献给北京大学建校一百二十周年

申 丹 总主编

"北京大学人文学科文库"编委会

顾问：袁行霈
主任：申 丹
副主任：阎步克 张旭东 李四龙
编委：（以姓氏拼音为序）
曹文轩 褚 敏 丁宏为 付志明 韩水法 李道新 李四龙
刘元满 彭 锋 彭小瑜 漆永祥 秦海鹰 荣新江 申 丹
孙 华 孙庆伟 王一丹 王中江 阎步克 袁毓林 张旭东

北大中国文学研究丛书
陈平原 主编

# 杜诗艺术与辨体

葛晓音 著

图书在版编目(CIP)数据

杜诗艺术与辨体/葛晓音著. —北京：北京大学出版社，2018.3
（北京大学人文学科文库·北大中国文学研究丛书）
ISBN 978-7-301-26431-7

Ⅰ.①杜… Ⅱ.①葛… Ⅲ.①杜诗—诗歌研究 Ⅳ.①I207.227.423

中国版本图书馆 CIP 数据核字(2018)第 010712 号

<br/>

**北京市社会科学理论著作出版基金资助**

| | |
|---|---|
| 书　　名 | 杜诗艺术与辨体<br>DUSHI YISHU YU BIANTI |
| 著作责任者 | 葛晓音　著 |
| 责任编辑 | 艾　英 |
| 标准书号 | ISBN 978-7-301-26431-7 |
| 出版发行 | 北京大学出版社 |
| 地　　址 | 北京市海淀区成府路 205 号　100871 |
| 网　　址 | http://www.pup.cn　新浪微博：@北京大学出版社 |
| 电子邮箱 | 编辑部 wsz@pup.cn　总编室 zpup@pup.cn |
| 电　　话 | 邮购部 62752015　发行部 62750672　编辑部 62756467 |
| 印刷者 | 北京中科印刷有限公司 |
| 经销者 | 新华书店 |
| | 965 毫米×1300 毫米　16 开本　23.25 印张　320 千字<br>2018 年 3 月第 1 版　2025 年 5 月第 3 次印刷 |
| 定　　价 | 79.00 元 |

未经许可，不得以任何方式复制或抄袭本书之部分或全部内容。
**版权所有，侵权必究**
举报电话：010-62752024　电子邮箱：fd@pup.cn
图书如有印装质量问题，请与出版部联系，电话：010-62756370

# 总 序

袁行霈

人文学科是北京大学的传统优势学科。早在京师大学堂建立之初,就设立了经学科、文学科,预科学生必须在5种外语中选修一种。京师大学堂于1912年改为现名,1917年,蔡元培先生出任北京大学校长,他"循思想自由原则,取兼容并包主义",促进了思想解放和学术繁荣。1921年北大成立了四个全校性的研究所,下设自然科学、社会科学、国学和外国文学四门,人文学科仍然居于重要地位,广受社会的关注。这个传统一直沿袭下来,中华人民共和国成立后,1952年北京大学与清华大学、燕京大学三校的文、理科合并为现在的北京大学,大师云集,人文荟萃,成果斐然。改革开放后,北京大学的历史翻开了新的一页。

近十几年来,人文学科在学科建设、人才培养、师资队伍建设、教学科研等各方面改善了条件,取得了显著成绩。北大的人文学科门类齐全,在国内整体上居于优势地位,在世界上也占有引人瞩目的地位,相继出版了《中华文明史》《世界文明史》《世界现代化历程》《中国儒学史》《中国美学通史》《欧洲文学史》等高水平的著作,并主持了许多重大的考古项目,这些成果发挥着引领学术前进的作用。目前北大还承担着《儒藏》《中华文明探源》《北京大学藏西汉竹书》的整理与研究工作,以及《新编新注十三经》等重要项目。

与此同时,我们也清醒地看到,北大人文学科整体的绝对优势正在减弱,有的学科只具备相对优势了;有的成果规模优势明显,高度优势还有待提升。北大出了许多成果,但还要出思想,要产生影响人类命运和前途的思想理论。我们距离理想的目标还有相当长的距离,需要人文学科的老师和同学们加倍努力。

我曾经说过:与自然科学或社会科学相比,人文学科的成果,难以直接转化为生产力,给社会带来财富,人们或以为无用。其实,人文学科力求揭示人生的意义和价值、塑造理想的人格,指点人生趋向完美的境地。它能丰富人的精神,美化人的心灵,提升人的品德,协调人和自然的关系以及人和人的关系,促使人把自己掌握的知识和技术用到造福于人类的正道上来,这是人文无用之大用!试想,如果我们的心灵中没有诗意,我们的记忆中没有历史,我们的思考中没有哲理,我们的生活将成为什么样子?国家的强盛与否,将来不仅要看经济实力、国防实力,也要看国民的精神世界是否丰富,活得充实不充实,愉快不愉快,自在不自在,美不美。

一个民族,如果从根本上丧失了对人文学科的热情,丧失了对人文精神的追求和坚守,这个民族就丧失了进步的精神源泉。文化是一个民族的标志,是一个民族的根,在经济全球化的大趋势中,拥有几千年文化传统的中华民族,必须自觉维护自己的根,并以开放的态度吸取世界上其他民族的优秀文化,以跟上世界的潮流。站在这样的高度看待人文学科,我们深感责任之重大与紧迫。

北大人文学科的老师们蕴藏着巨大的潜力和创造性。我相信,只要使老师们的潜力充分发挥出来,北大人文学科便能克服种种障碍,在国内外开辟出一片新天地。

人文学科的研究主要是著书立说,以个体撰写著作为一大特点。除了需要协同研究的集体大项目外,我们还希望为教师独立探索,撰写、出版专著搭建平台,形成既具个体思想,又汇聚集体智慧的系列研究成果。为此,北京大学人文学部决定建设"北京大学人文学科文库",旨在汇集新时代北大人文学科的优秀成果,弘扬北大人文学科的学术传统,展示北大人文学科的整体实力和研究特色,为推动北大世界一流大学建设、促进人文学术发展做出贡献。

我们需要努力营造宽松的学术环境、浓厚的研究气氛。既要提倡教师根据国家的需要选择研究课题,集中人力物力进行研究,也鼓励教师按照自己的兴趣自由地选择课题。鼓励自由选题是"北京大学人文学科文库"的一个特点。

我们不可满足于泛泛的议论,也不可追求热闹,而应沉潜下来,认真钻研,将切实的成果贡献给社会。学术质量是"北京大学人文学科文库"的一大追求。文库的撰稿者会力求通过自己潜心研究、多年积累而成的优秀成果,来展示自己的学术水平。

我们要保持优良的学风,进一步突出北大的个性与特色。北大人要有大志气、大眼光、大手笔、大格局、大气象,做一些符合北大地位的事,做一些开风气之先的事。北大不能随波逐流,不能甘于平庸,不能跟在别人后面小打小闹。北大的学者要有与北大相称的气质、气节、气派、气势、气宇、气度、气韵和气象。北大的学者要致力于弘扬民族精神和时代精神,以提升国民的人文素质为己任。而承担这样的使命,首先要有谦逊的态度,向人民群众学习,向兄弟院校学习。切不可妄自尊大,目空一切。这也是"北京大学人文学科文库"力求展现的北大的人文素质。

这个文库第一批包括:

"北大中国文学研究丛书" (陈平原 主编)

"北大中国语言学研究丛书" (王洪君 郭锐 主编)

"北大比较文学与世界文学研究丛书" (陈跃红 张辉 主编)

"北大批评理论研究丛书" (张旭东 主编)

"北大中国史研究丛书" (荣新江 张帆 主编)

"北大世界史研究丛书" (高毅 主编)

"北大考古学研究丛书" (赵辉 主编)

"北大马克思主义哲学研究丛书"（丰子义 主编）
"北大中国哲学研究丛书"（王博 主编）
"北大外国哲学研究丛书"（韩水法 主编）
"北大东方文学研究丛书"（王邦维 主编）
"北大欧美文学研究丛书"（申丹 主编）
"北大外国语言学研究丛书"（宁琦 高一虹 主编）
"北大艺术学研究丛书"（王一川 主编）
"北大对外汉语研究丛书"（赵杨 主编）

此后，文库又新增了跨学科的"北大古典学研究丛书"（李四龙、彭小瑜、廖可斌主编）和跨历史时期的"北大人文学古今融通研究丛书"（陈晓明、王一川主编）。这17套丛书仅收入学术新作，涵盖了北大人文学科的多个领域，它们的推出有利于读者整体了解当下北大人文学者的科研动态、学术实力和研究特色。这一文库将持续编辑出版，我们相信通过老中青学者的不断努力，其影响会越来越大，并将对北大人文学科的建设和北大创建世界一流大学起到积极作用，进而引起国际学术界的瞩目。

2017年10月修订

# 丛书序言

陈平原

不同学科的国际化,步调很不一致。自然科学全世界评价标准接近,学者们都在追求诺贝尔物理学奖、化学奖;社会科学次一等,但学术趣味、理论模型以及研究方法等,也都比较容易接轨。最麻烦的是人文学,各有自己的一套,所有的论述都跟自家的历史文化传统甚至"一方水土"有密切的联系,很难截然割舍。人文学里面的文学专业,因对各自所使用的"语言"有很深的依赖性,应该是最难"接轨"的了。文学研究者的"不接轨""有隔阂",不一定就是我们的问题。非要向美国大学看齐,用人家的语言及评价标准来规范自家行为,即便经过一番励精图治,收获若干掌声,也得扪心自问:我们是否过于委曲求全,乃至丧失了自家立场与根基?

这么说,显得理直气壮;可问题还有另外一面——若过分强调"一方水土"的制约,是否会形成某种自我保护机制,减少突围的欲望与动力?想当然地以为本国学者研究本国文学最为"本色当行",那是不妥的。我们的任务,不是关起门来称老大,而是努力在全球化大潮中站稳自家脚跟,追求国际视野与本土情怀的合一。这么做学问,方才有可能实现鲁迅当年"要出而参与世界的事业"(《而已集·当陶元庆君的绘画展览时》)的期许。

既然打出"北大"的旗帜,出学术精品,那应该是起码的要求。放眼世界,"本国文学研究"做得好的话,是可以出原理、出思想、出精神的。比如你我不做外国文学研究,但照样读巴赫金、德里达、萨义德、哈贝马斯的书。而目前我们最好的人文学著作,在国际上也只是作为"中国研究"成果来征引,极少被当作理论、方法或研究模式。

随着中国政治、经济、社会、文化的迅速崛起,总有一天,我们不仅能为国际学界提供"案例",还能提供"原理"。能不能做到是一回事,敢不敢想或者说心里是否存有这么个大目标,决定了"北大中国文学研究丛书"的视野、标杆与境界。

2017 年 7 月 22 日于京西圆明园花园

# 目 录

## 第一章　杜诗艺术的历史评价和争议焦点 …………… 3
### 第一节　杜诗艺术评价的历史走向 ……………… 4
### 第二节　杜诗艺术评议的争论焦点 ……………… 31

## 第二章　"诗圣"的形象提炼 …………………………… 45
### 第一节　"乾坤一腐儒"的孤独感 ………………… 45
### 第二节　杜甫孤独感的艺术提炼 ………………… 54
### 第三节　"少陵野老"的性情面目 ………………… 61

## 第三章　"诗史"的叙述艺术 …………………………… 81
### 第一节　五言古诗叙述潜力的发挥 ……………… 81
### 第二节　以时事立新题的五言乐府 ……………… 100
### 第三节　七言新题乐府直陈时事的创举 ………… 111
### 第四节　律诗和绝句评述时事的表现方式 ……… 122

## 第四章　七古歌行的"创体" …………………………… 137
### 第一节　短篇七古的抒情特色 …………………… 137
### 第二节　长篇七古与"歌"诗和"行"诗的辨体 ……… 150
### 第三节　七言长篇古诗和歌行的艺术创新 ……… 158

## 第五章　五律的"独造"和"集大成" …………………… 179
第一节　题材风格的"包蕴众体" ………………………… 180
第二节　取景造境的"尽越陈规" ………………………… 193
第三节　穷理尽性的"独造"之功 ………………………… 206

## 第六章　"融各体之法"的七律圣手 …………………… 220
第一节　盛唐七律"正宗说" ……………………………… 220
第二节　杜甫七律的开拓和创新 …………………………… 229
第三节　杜甫七律"变格"的原理 ………………………… 253

## 第七章　兴致情趣的新颖表现 …………………………… 270
第一节　绝句的表现原理和审美传统 ……………………… 270
第二节　杜甫五绝的审美趣味和表现角度 ………………… 279
第三节　杜甫七绝的情致和意趣 …………………………… 290

## 第八章　创奇求变的想象力和新思路 …………………… 308
第一节　杜甫的"奇思"与诗歌体式的关系 ……………… 309
第二节　杜甫五古"奇思"的表现原理 …………………… 316
第三节　杜甫五古和五排处理情景关系的新探索 ………… 324

## 馀　论　杜甫的诗学思想与艺术追求 …………………… 337

引用书目 ……………………………………………………… 355
关键词索引 …………………………………………………… 359
后　记 ………………………………………………………… 361

杜甫是我国唐代最伟大的诗人。他一生将自己与国家的命运联系在一起，深切地同情人民的苦难，执着地关怀现实政治，写下了大量抨击时弊的优秀篇章，深刻反映了唐王朝由盛而衰的急剧转变，尤其是安史之乱以后广阔的社会现实，因而被称为"诗史"；他的诗歌集前代诗歌艺术之大成，如地负海涵、包罗万汇，形成了宏博精深、沉郁顿挫的独特风格。被后人尊为"诗圣"的杜甫，为中国的人文精神树立了忧国忧民的百世楷模，为中国的诗歌艺术建立了沉雄博大的最高典范。

杜甫在中国诗歌史上的至高地位是毋庸置疑的。历代高度评价杜诗的论著和杜诗注本汗牛充栋。新时期以来，有关杜诗学的论著和文献整理也取得了很大成绩。但是从宋代到明清诗论中，批评杜诗艺术的声音夹杂在对杜诗的赞美中，一直不绝于耳。这与中国诗学批评中的门户之见以及崇尚"天分"和"学力"这两种审美标准的争议有关，也与许多论者对杜甫各体诗歌开拓创新的意义认识不足有关。通过公正平允地辨析这些争议的焦点问题，认真探讨杜诗的表现艺术与辨体的关系和原理，才能对杜甫建设和发展诗歌体式的重大贡献和深远历史影响获得更深入透辟的认识。

# 第一章　杜诗艺术的历史评价和争议焦点

历来对杜诗艺术成就最重要的评价，就是他在体势风格上的集大成。中唐时代，元稹最早指出："至于子美，盖所谓上薄风骚，下该沈、宋，言夺苏、李，气吞曹、刘，掩颜、谢之孤高，杂徐、庾之流丽，尽得古今之体势，而兼人人之所独专矣！"①之后北宋的秦观进一步以孔子所说"集大成"来概括杜诗的艺术成就："杜子美者，穷高妙之格，极豪逸之气，包冲澹之趣，兼峻洁之姿，备藻丽之态，而诸家之作所不及焉。然不集诸家之长，杜氏亦不能独至于斯也。岂非适其当时故耶？孟子曰：'……孔子之谓集大成。'呜呼！杜氏、韩氏，亦其集诗、文之大成者欤？"②杜诗将《诗经》、汉乐府、魏晋齐梁诗和初盛唐诗的表现艺术熔为一炉，同时又擅长各种诗体，风格变化多端，"集大成"三字确能概括杜诗博大精深、包罗万汇的艺术成就。

元稹和秦观的这两段论述大致奠定了后世评杜的基调，总体上可以代表历代绝大多数评杜者的意见。但是随着诗学研究的细化和深入，以及不同时期审美标准的变化，也出现了

---

① 刘昫《旧唐书·杜甫传》，《旧唐书》，第5056页，中华书局，1975年。
② 秦观《韩愈论》，周义敢、程自信、周雷编注《秦观集编年校注》下，第480页，人民文学出版社，2001年。

一些不和谐的声音。以下我们从两方面来看看这些争议集中于哪些问题，呈现出怎样的发展态势。

## 第一节 杜诗艺术评价的历史走向

从中唐到清代，历代诗家对杜诗艺术的认识经历了一个曲折的过程。根据其走向大致可以分为以下几个阶段。

### 一 杜诗在中晚唐诗坛的地位

杜甫是后代公认的唐代最伟大的诗人。但在他生活的盛唐时代，在孟浩然、王维、李白、高适、岑参等群星灿烂的光芒笼罩下，杜甫的诗歌成就还没有受到足够的重视。杜甫去世后不久，润州刺史樊晃采其遗文290篇，编成六卷，在序文中称当时杜甫已有"文集六十卷，行于江汉之南"，"属时方用武，斯文将坠。故不为东人之所知。江左词人所传颂者，皆公之戏题剧论耳。曾不知君有大雅之作，当今一人而已"。① 可惜他的看法在较长时期内没有成为世人的共识。从唐人所选唐诗来看，在天宝十二载殷璠所选的《河岳英灵集》里，杜诗没有入选。多数研究者认为这与杜甫在天宝诗坛尚未崭露头角有关。贞元初高仲武编选的《中兴间气集》收录大历诗人26位，却没有杜甫。由令狐楚编选、大约在元和九年到十二年间(814—817)进撰的《御览集》所收30位诗人，都是唐肃宗、代宗和德宗时代人；中唐诗人姚合所编《极玄集》收"诗家射雕手"30人(今本21人)。这两种选集里也都没有杜甫。而大历前期正是杜甫创作的高峰期，这一现象只能说明杜诗当时尚未受到普遍关注。此后直到唐末诗人韦庄编选《又玄集》收"国朝大手名人"146人(韦庄自序谓150人)时，杜甫才被列为上卷第一名。后

---

① 樊晃《杜工部小集序》，《全唐文》第五册附录陆心源辑《唐文拾遗》卷二三，第116页，上海古籍出版社，1990年。

蜀韦縠所编《才调集》编排混乱,看不出编选标准和排列依据,也没有选杜诗。但在序文中已经将"李、杜集,元、白诗"并提,可见直到唐末五代杜甫才进入了选家的视野。

杜甫在中晚唐诗坛的地位是由韩愈、元稹、白居易等大诗人奠定的。韩愈在《调张籍》中说:"李杜文章在,光焰万丈长。不知群儿愚,那用故谤伤。蚍蜉撼大树,可笑不自量。伊我生其后,举颈遥相望。"不但表达了对李、杜的无限追慕之情,而且称道二人"想当施手时,巨刃摩天扬","平生千万篇,金薤垂琳琅"。① 又作《题杜子美坟》,将杜甫放在整个唐代文化的发展中来评价:"有唐文物盛复全,名书史册俱才贤。中间诗笔谁清新,屈指都无四五人。独有工部称全美,当日诗人无拟伦。笔追清风洗俗耳,心夺造化回阳春。"②此诗是否确为韩愈所作,虽然存疑,但指出杜甫可称诗笔之"全美",当时无与伦比,与他称李杜文章光焰万丈的观点是一致的。

白居易在提倡诗歌的风雅比兴和教化作用时,特别推崇杜甫的诗歌。《与元九书》说:"唐兴二百年,其间诗人不可胜数。所可举者,陈子昂有《感遇诗》二十首,鲍防有《感兴诗》十五首。又诗之豪者,世称李、杜。李之作才矣奇矣,人不逮矣,索其风雅比兴,十无一焉。杜诗最多,可传者千馀篇,至于贯穿今古,觑缕格律,尽工尽善,又过于李。"③他还将杜甫、陈子昂并列,视为自己的榜样:"杜甫陈子昂,才名括天地。"④"致吾陈杜间,赏爱非常意。"⑤《读李杜诗集因题卷后》说:"暮年逋客恨,浮世谪仙悲。吟咏留千古,声名动四夷。文场供秀句,乐府待

---

① 《韩愈全集》,第88页,上海古籍出版社,1997年。
② 此诗见分类千家注本,不见于韩诗原集,有人怀疑非韩愈作。仇兆鳌认为"其中隽拔之语,又似非后人所托","或云《题子美坟》诗,亦其散逸人间者"。《杜诗详注》第五册,第2260页,中华书局,1979年。
③ 朱金城《白居易集笺校》第五册,第2791页,上海古籍出版社,1988年。
④ 《初授拾遗》,朱金城《白居易集笺校》第一册,第20页。
⑤ 《伤唐衢》二首其二,朱金城《白居易集笺校》第一册,第47页。

新词。天意君须会,人间要好诗。"①这些诗对陈子昂、李白、杜甫的才名和成就作出了极高评价,并认为在包容古今、工于格律方面,杜甫更胜于李白。

元稹是中唐对杜诗艺术成就评价最为全面具体的诗人。他不仅在《唐检校工部员外郎杜君墓系铭》序中提出杜甫"尽得古今之体势,而兼人人之所独专"的著名论点,而且认为:"苟以为能所不能,无可无不可,则诗人以来,未有如子美者。时山东人李白,亦以奇文取称,时人谓之'李杜'。予观其壮浪纵恣,摆去拘束,模写物象,及乐府歌诗,诚亦差肩于子美矣;至若铺陈终始,排比声韵,大或千言,次犹数百,词气豪迈,而风调清深,属对律切,而脱弃凡近,则李尚不能历其藩翰,况堂奥乎?"②他对李、杜的各自特长作出比较,意见与白居易一样,认为杜甫在格律方面的成就远超李白。在《叙诗寄乐天书》里,他还提到自己学诗时"得杜甫诗数百首,爱其浩荡津涯,处处臻到,始病沈、宋之不存寄兴,而讶子昂之未暇旁备矣"③,指出杜甫的博大周备是陈子昂都不能比的。可以说,到元稹评杜时,杜甫已经登上了唐代诗坛第一人的位置。

经过韩、白、元这几位大家的极力颂扬,唐代文人普遍认识到了杜甫的价值。到晚唐五代,产生了不少怀杜、咏杜、评杜的诗篇。如杜牧说:"命代风骚将,谁登李杜坛。少陵鲸海动,翰苑鹤天寒。"④继承韩愈的说法,将李杜并举。其《读韩杜集》说:"杜诗韩笔愁来读,似倩麻姑痒处搔。天外凤凰谁得髓?无人解合续弦胶。"⑤将杜诗和韩文并提,感叹后世无人能得其精髓。又说:"高摘屈宋艳,浓熏班马香。李杜泛

---

① 朱金城《白居易集笺校》第二册,第958页。
② 刘昫《旧唐书·杜甫传》,《旧唐书》,第5056页。
③ 《元稹集》(修订本)上册,第406页,中华书局,1982年。
④ 杜牧《雪晴访赵嘏街西所居三韵》,《杜牧全集》,第25页,上海古籍出版社,1997年。
⑤ 杜牧《读韩杜集》,《杜牧全集》,第19页。

浩浩,韩柳摩苍苍。近者四君子,与古争强梁。"①认为李、杜、韩、柳四人可与屈原、宋玉、班固、司马相如争胜。徐介说:"手接汨罗水,天心知所存。固教工部死,来伴大夫魂。流落同千古,风骚共一源。"②则将杜甫和屈原视为同源。裴说也感叹:"骚人久不出,安得国风清。拟掘孤坟破,重教大雅生。"③也将杜甫看作屈原的后继。可见此时杜甫不但在唐代诗坛上确立了崇高的地位,而且成为继屈宋之后的代表作家,进入了骚人以来的风雅传统。

## 二 宋代诗坛尊杜的盛况

宋初诗风先后流行"白体"和"西昆体",人们学习的是白居易、李商隐。随着北宋诗文革新运动的发展和深入,杜诗越来越受到人们的重视。王禹偁是宋初较早提倡复兴古道、振兴风雅的诗人,他从学习"白体"进而吸取中唐新乐府的讽喻精神,写作了一些反映民生疾苦的诗歌,希望被"采诗官闻之,传于执政者"④。由此他对杜甫的诗歌也有了较深的体会,并努力效仿杜甫的诗风,明确表示自己"本与乐天为后进,敢期子美是前身"⑤,还提出了"子美集开诗世界"⑥的精辟论断。被王禹偁称为"韩柳之徒"的孙何也是当时崇杜的重要人物。他在《读杜子美集》中盛赞杜诗"逸气应天与,淳风自我还。锋芒堪定霸,徽墨可绳奸。……楚辞休独步,周雅合重删",而且将杜甫与唐代诸贤相

---

① 杜牧《冬至日寄小侄阿宜诗》,《杜牧全集》,第7页。
② 徐介《耒阳杜工部祠堂》,《全唐诗》卷七七五,第8785页,中华书局,1960年。
③ 裴说《经杜工部坟》,《全唐诗》卷七二〇,第8268页。
④ 王禹偁《小畜集钞·畲田词序》,吴之振、吕留良、吴自牧选辑《宋诗钞 宋诗钞补》,第10页,上海三联书店,1988年据1914年上海涵芬楼影印本重印。
⑤ 王禹偁《小畜集钞·前赋村居杂兴诗二首,间半岁不复省视,因长男嘉祐读杜工部集,见语意颇有相类者,咨于予,且意予窃之也。予喜而作诗,聊以自贺》,《宋诗钞 宋诗钞补》,第12页。
⑥ 王禹偁《小畜集钞·日长简仲咸》,《宋诗钞 宋诗钞补》,第12页。

比,认为"李白从先达,王维亦厚颜","元白词华窄,钱郎景象悭"①,王维、元稹、白居易、钱起、郎士元都不如杜甫。孙何之兄孙仅也编辑过杜诗,有《读杜工部诗集序》,称杜甫"剔陈、梁,乱齐、宋,抉晋、魏,潴其淫波,遏其烦声,与周楚西汉相准的"②。孙氏兄弟都把杜甫推举到可与《诗经》《楚辞》并列的高度。

在欧阳修主导的批判西昆体和太学体的诗文革新运动中,一大批与之志同道合的诗人都提倡用诗歌反映社会弊病和民生疾苦,杜甫诗歌的价值得到更深刻的认识。张方平《读杜工部诗》说:"文物皇唐盛,诗家老杜豪。雅音还正始,感兴出离骚。"③认为杜甫继承了《诗经》和《离骚》的风雅传统。欧阳修诗虽然学李白、韩愈,但他曾高度评价杜甫:"风雅久寂寞,吾思见其人。杜君诗之豪,来者孰比伦。生为一身穷,死也万世珍。"④苏轼有多首诗称赞杜甫,《次韵张安道读杜诗》说:"大雅初微缺,流风困暴豪。张为词客赋,变作楚臣骚。展转更崩坏,纷纶阅俊髦。地偏蕃怪产,源失乱狂涛。粉黛迷真色,鱼虾易豢牢。谁知杜陵杰,名与谪仙高。扫地收千轨,争标看两艘。"⑤将杜诗置于先秦到六朝诗歌发展的流变中,盛赞其力挽六朝以来迷失风骚本源的狂涛,使诗歌回复正道的功绩。王安石更是酷爱杜甫,他在《杜工部诗后集序》中说:"予考古之诗,尤爱杜甫氏作者。其辞所从出,一莫知穷极,而病未能学也。"⑥他的名作《杜甫画像》对杜甫的人品心性、学问才情作了透辟的阐述,感情真挚动人。开篇"吾观少陵诗,为与元气侔。力能排天斡天地,壮颜毅色不可求"⑦等句,看到了杜甫包容乾坤的博大

---

① 孙何《读杜子美集》,《杜诗详注》第五册,第2266页引。
② 孙仅《读杜工部诗集序》,《杜诗详注》第五册,第2237页引。
③ 《张方平集》,第15—16页,中州古籍出版社,1992年。
④ 欧阳修《堂中画像探题得杜子美》,《欧阳修全集》,第369页,中国书店,1986年。
⑤ 苏轼《次韵张安道读杜诗》,《苏轼诗集》第一册,第265—266页,中华书局,1982年。
⑥ 王安石著,李之亮笺注《王荆公文集笺注》,第1619页,巴蜀书社,2005年。
⑦ 王安石《临川先生文集》卷九,《四部丛刊》影明嘉靖本。

胸怀以及回旋天地、与元气同在的精神力量,真可谓使"后世颂杜者,无以复加矣"①!他还敏锐地指出杜甫之不可企及在于其风格丰富多变。陈正敏《遁斋闲览》曾引述"王荆公云":"至于甫,则悲欢穷泰,发敛抑扬,疾徐纵横,无施不可。故其诗有平淡简易者,有绵丽精确者,有严重威武若三军之帅者,有奋迅驰骤若泛驾之马者,有寂泊闲静若山谷隐士者,有风流蕴藉若贵介公子者。盖其诗绪密而思深,观者苟不能臻其阃奥,未易识其妙处,夫岂浅近者所能窥哉!此甫所以光掩前人而后无来继也。"②苏门弟子秦观继元稹之后,发挥王安石的论点,以及苏轼所说"子美之诗""集大成者也"③的说法,对杜诗艺术成就的"集大成"作出了更精要的概括,成为后人不断发挥引述的经典论断。

苏门弟子黄庭坚是宋代学杜影响最大的诗人。他所开启的江西诗派,正是以杜甫为宗祖的。这一诗派学杜,与前人重在风雅古道不同,更侧重于学习杜诗的诗法和艺术创新。他在《大雅堂记》中说:"由杜子美以来,四百余年,斯文委地。文章之士,随世所能,杰出时辈,未有升子美之堂者","虽然,子美诗妙处乃在无意于文。夫无意而意已至,非广之以《国风》《雅》《颂》、深之以《离骚》《九歌》,安能咀嚼其意味,闯然入其门耶?"④认为要理解杜诗的境界,必须对诗骚有深广的领会。同时他又认为"老杜作诗,退之作文,无一字无来处",是因为读书多,能"陶冶万物"的缘故。⑤ 为了揣摩杜诗的语言艺术,黄庭坚提出了"夺胎换骨,点铁成金"的论点,被后人奉为名言。所谓"夺胎换骨",指"不

---

① 仇兆鳌《杜诗详注》第五册,第 2268 页。
② 方深道辑《诸家老杜诗评卷之五》,张忠纲《杜甫诗话校注五种》,第 70 页,书目文献出版社,1994 年。
③ 陈师道《后山诗话》引,何文焕辑《历代诗话》上册,第 304 页,中华书局,1981 年。
④ 郑永晓整理《黄庭坚全集辑校编年》,第 927 页,江西人民出版社,2011 年。
⑤ 《答洪驹父书三首》其二,《黄庭坚全集辑校编年》,第 733 页。

易其意而造其语,谓之换骨法;窥入其意而形容之,谓之夺胎法"①。"点铁成金"则指"取古人之陈言入于翰墨,如灵丹一粒,点铁成金也"②。江西诗派的主要代表人物陈师道和陈与义学杜与黄庭坚取向相似。陈师道被黄庭坚誉为"深得老杜之法"③。刘后村说陈与义:"元祐后,诗人迭起,不出苏黄二体。及简斋始以老杜为师。"④所以方回在《瀛奎律髓》中称:"古今诗人当以老杜、山谷、后山、简斋为一祖三宗。"⑤

江西诗派的影响也笼罩了南宋诗坛。但是由于北宋灭亡,民族矛盾尖锐,爱国热情激发了诗人们对杜诗新的认识,他们转而更倾向取法杜诗忧国忧民的主题和沉郁顿挫的风格。陈与义在"建炎间,避地湖峤,行万里路,诗益奇壮。造次不忘忧爱,以简严埽繁缛,以雄浑代尖巧"⑥,就典型地反映了这一变化。南宋爱国诗人李纲、陆游都很热爱杜甫。如陆游《读杜诗》说:"千载诗亡不复删,少陵谈笑即追还。"⑦认为杜诗恢复了《诗经》的优良传统,更是从山河分裂的时势中悟出了杜诗的经典意义。他自己的诗歌也从思想感情到诗歌风格全面继承了杜甫的成就。正如清人吴之振所说:"宋诗大半从少陵分支。故山谷云:天下几人学杜甫,谁得其皮与其骨。若放翁者,不宁皮骨,盖得其心矣。所谓爱君忧国之诚见乎辞者,每饭不忘,故其诗浩瀚崒嵂,自有神合,鸣呼此其所以为大宗也与?"⑧南宋末年,面对国家败亡的时局,更多的诗

---

① 惠洪《冷斋夜话》卷一"换骨夺胎法"引"山谷云",张伯伟编校《稀见本宋人诗话四种·日本五山版冷斋夜话》,第17—18页,江苏古籍出版社,2002年。
② 《答洪驹父书三首》其二,郑永晓整理《黄庭坚全集辑校编年》,第733页。
③ 《后山诗钞序》,《宋诗钞 宋诗钞补》,第152页。
④ 《简斋诗钞序》,《宋诗钞 宋诗钞补》,第237页。
⑤ 方回选评,李庆甲集评点校《瀛奎律髓汇评》卷二六,第1149页,上海古籍出版社,2005年。
⑥ 《简斋诗钞序》,《宋诗钞 宋诗钞补》,第237页。
⑦ 陆游《剑南诗稿》,《陆游集》卷三四,第889页,中华书局,1976年。
⑧ 《剑南诗钞序》,《宋诗钞 宋诗钞补》,第332页。

人在杜诗中找到了知音,并以生命继承了杜甫的爱国精神。文天祥曾在燕京监狱中作《集杜诗》二百首,凭借习诵杜诗坚持了民族气节,就是最感人的范例。

宋代的杜诗热不仅见于诗人们学杜的诗作,也见于杜诗的搜集辑注和各种评论诗话。中唐时白居易《与元九书》说杜甫诗"可传者千余篇"。唐末刘昫《旧唐书·杜甫传》则说"甫有文集六十卷"。但据苏舜钦说,北宋前期所存才二十卷,且未经编辑。他在天圣末年得到民间传本《杜工部别集》五百篇,参考旧集,删削相同者,得三百余篇。景祐初(1036)又获一集,挑得八十多首,将所获编成《老杜别集》。宝元二年(1039),王洙搜集流传的各种大小杜集,除去重复,定为1405篇。分十八卷,又别录赋笔杂著29篇为二卷,合为二十卷。这个版本不仅参考的本子多,而且分为古诗396首、近体1006首,还初步进行了编年。嘉祐四年(1059),王琪等人将王洙的辑本加以整理刻印出版。这就是后代杜集的祖本。与此同时,刘敞编成一个五卷本的《杜子美外集》。皇祐五年(1053)王安石也曾得到世所不传的二百余篇杜诗,编成《杜工部诗后集》。

从北宋后期到南宋,黄伯思再加搜集,以编年为主,编成《校定杜工部集》二十二卷,收诗1447首,但这个本子没有流传下来。到蔡梦弼《杜工部草堂诗笺》,收诗已经增加到1454首,接近完本。所以杜诗的收集主要是在宋人手里逐渐完备的。南宋初杜诗注本和集注本陆续出现。一般认为赵次公的《杜诗先后解》五十九卷是较早全面、完整地阐释杜诗的注本。此本约成书于高宗绍兴四年到十七年(1134—1147),早已残缺不全,经当代学者不断补辑,已出版接近原貌的辑本。集注本较有代表性的有淳熙八年(1181)郭知达《九家集注杜诗》,王十朋《王状元集百家注编年杜陵诗史》,嘉泰四年(1204)蔡梦弼《杜工部草堂诗笺》,黄希、黄鹤父子《黄氏补千家集注杜工部诗史》等。这些辑本和注本为后世的杜诗辑注奠定了基础。

宋代诗话兴起,它们与散见于文人著作的诗论都有大量评杜的论述,如胡仔《苕溪渔隐丛话》前后一百卷中有十三卷论杜。南宋还出现了像方深道《诸家老杜诗评》和蔡梦弼《草堂诗话》这样专门辑录评论杜诗的诗话。① 宋代关于杜诗的评论虽然还不成系统,较多见的是对杜诗某些诗句的评赏,但也出现了一些概略的理论性观点,其中"诗史"说的影响最大。"诗史"说最早见于晚唐孟棨《本事诗》记李白的大段事迹之后:"杜所赠二十韵,备叙其事,读其文,尽得其故迹。杜逢禄山之难,流离陇蜀,毕陈于诗,推见至隐,殆无遗事,故当时号为'诗史'。"②宋人接受了孟棨的说法,如《新唐书·杜甫传》:"甫又善陈时事,律切精深,至千言不少衰,世号'诗史'。"③蔡居厚《蔡宽夫诗话》基本上复述了这一观点:"子美诗善叙事,故号'诗史'。其律诗多至百韵,本末贯穿如一辞,前此盖未有。"④姚宽《西溪丛语》说:"或谓诗史者,有年月地理本末之类,故名诗史。盖唐人尝目杜甫为诗史,本出孟棨《本事》,而《新书》亦云。"⑤北宋诗话中解释"诗史"之意并以唐代史事与杜诗相印证的例子不少。可以看出,他们所说的"诗史",主要指杜甫善用叙事实录时事的变化。例如北宋王得臣说:"予以谓世称子美为诗史,盖实录也。"⑥南宋魏了翁说:"杜少陵所为号诗史者,以其不特模写物象,凡一代兴替之变寓焉。"⑦南宋陈岩肖也说:"杜少陵子美诗,多记当时事,皆有据依,古号诗史。"⑧也有认为杜甫之所以可称"诗

---

① 参见张忠纲《杜甫诗话校注五种》。
② 孟棨《本事诗·高逸第三》,《唐五代笔记小说大观》下册,第1247页,上海古籍出版社,2000年。
③ 欧阳修《新唐书》卷二〇一,第5738页,中华书局,1975年。
④ 《蔡宽夫诗话》第三十二"荆公选杜诗",郭绍虞辑《宋诗话辑佚》,第393页,中华书局,1980年。
⑤ 《西溪丛语 家世旧闻》,第61页,中华书局,1993年。
⑥ 王得臣《麈史》卷二,《文渊阁四库全书》第二八五册,第536页,商务印书馆,2005年。
⑦ 魏了翁《鹤山集·侯氏少陵诗注序》,《文渊阁四库全书》第三九二册,第13页。
⑧ 陈岩肖《庚溪诗话》卷上,《文渊阁四库全书》第四九四册,第690—691页。

史",与他能通过本人经历反映时代有关,如胡宗愈说:"先生以诗鸣于唐,凡出处去就,动息劳佚,悲欢忧乐,忠愤感激,好贤恶恶,一见于诗,读之可以知其世。学士大夫谓之诗史。"①"诗史"说影响巨大,一直延续到当代的杜诗研究中。

与"诗史"说兴起同时,"诗圣"说也开始出现,杨万里在《江西宗派诗序》里说:"今夫四家者流,苏似李,黄似杜。苏李之诗,子列子之御风也;杜黄之诗,灵均之乘桂舟驾玉车也。无待者神于诗者欤?有待而未尝有待者,圣于诗者欤?"②这里化用了《庄子·逍遥游》所说有待和无待的意思。庄子说"列子御风而行",原意是说列子虽然可以御风自由来往,但对于风"犹有所待",而最高的自由境界是至人的无待于物。郭象注希望把无待等同于有待,但在逻辑上没有做到。东晋支遁《逍遥论》则联系庄子在其他文章中所说的"物物而不物于物",指出庄子的真正意思是提倡有待而未尝有待的境界,即虽然实际上有待于物,但心理上可以视有待为无待。杨万里将苏轼和李白比作御风而行的列子,因苏李都有谪仙的称号,诗风飘飘欲仙,诗歌似乎不讲技巧而达到自由境界,所以更像列子;屈原执着于现实,精神与杜甫更为接近,他凭依舟车行进,显然是有所待,就像杜甫和黄庭坚的诗歌也讲究法度技巧。杨万里认为无待是神于诗的境界,即完全出于天然不用人工技巧的境界;有待而未尝有待是圣于诗的境界,即虽要凭借技巧但可以达到自由驾驭技巧、自然无痕迹的境界。但杨万里这段话没有明确将苏李和杜黄分别与神和圣对应,只是含糊其词地说:"离神与圣,苏李苏李乎尔,杜黄杜黄乎尔;合神与圣,苏李不杜黄、杜黄不苏李乎?"朱熹认为李白也是"圣于诗"的:"李太白诗,非无法度,乃从容于法度之中,盖

---

① 胡宗愈《成都新刻草堂先生诗碑序》,仇兆鳌《杜诗详注》第五册,第2243页。
② 辛更儒《杨万里集笺校》,第3231—3232页,中华书局,2007年。

圣于诗者也。"①这其实正是杨万里所说"有待而未尝有待"的意思。但是后人认为杜甫"圣于诗"是杨万里提出来的。这一提法在明清时渐渐进一步坐实,明确地将李白称为"诗仙"、杜甫称为"诗圣"②。

宋代尊杜之风虽然极盛,但是对杜诗艺术的评价已经开始出现分歧。例如杜甫入蜀以后尤其是在夔州期间诗风有很大变化。黄庭坚特别喜欢他这一时期的诗作,曾在《大雅堂记》里说"余欲尽书杜子美两川夔峡诸诗,刻石藏蜀中"③。并在《与王观复书》中说:"观杜子美到夔州后诗,韩退之自潮州还朝后文章,皆不烦绳削而自合矣。"④这与他所说杜甫诗"妙处乃在无意于文"是一致的。但是朱熹却只肯定杜甫"初年"和"中前"的诗,认为"夔州诗却说得郑重烦絮,不如他中前有一节诗好","杜子美晚年诗都不可晓"。⑤《蔡宽夫诗话》则从"诗语大忌用工太过"的角度,指出杜甫夔州所作《秋兴》八首中"香稻啄余鹦鹉粒"一类句子过于精细,不够天然自在。⑥ 对夔州诗看法的差异已开后世对杜诗"变体"争议的端倪。

## 三 金元时代学杜的特点

元初诗人来自与南宋长期对峙的金代和南宋灭亡后入元的遗民。元初诗坛一般沿袭江西诗派的余风,中期以后开始学唐人,而以学李

---

① 朱熹《朱子语类》卷一四〇,《朱子全书》第十八册,第4323页,上海古籍出版社、安徽教育出版社,2010年。

② 张忠纲《说"诗圣"》(《安徽大学学报》2012年第1期)指出:将"诗圣"明确地作为一个概念与杜甫相联系的是明代的费宏、杨慎,但仍包括李杜二人。明中叶以后,渐渐独尊杜甫为"诗圣"。但对"诗圣"的阐发仍各有别,有的认为其同《三百篇》之思无邪,有的则认为"杜陵兼《风》《骚》、汉魏六朝而成诗圣者也"(黄子云《野鸿诗的》)。

③ 《大雅堂记》,《黄庭坚全集辑校编年》,第927页。

④ 《与王观复书三首》其一,《黄庭坚全集辑校编年》,第939页。

⑤ 朱熹《朱子语类》卷一四〇,《朱子全书》第十八册,第4324页。

⑥ 《蔡宽夫诗话》第十九"杜诗优劣",《宋诗话辑佚》,第385页。

贺、李商隐及温庭筠为多。诗学方面受唐宋影响,出现了许多讲诗法、诗格的著作,其中有相当部分内容来自唐人的诗格著作、宋代的诗话或笔记。对于诗歌理论的总结,也在宋人基础上进一步细化,涉及题材、体裁、作法、气象、性情等各方面。对于杜诗的评述,与这种诗学趋势密切相关。由于杜诗作法多变,尤其是律诗,所以一些诗法诗格类著作还专以杜甫律诗为范例。这是元代学杜的显著特点。

  金代诗坛影响最大的王若虚和元好问都爱好杜诗。王若虚说他的舅舅周德卿"自幼为诗,便祖工部。其教人亦必先此"[1],并称"史舜元作吾舅诗集序,以为有老杜句法,盖得之矣"[2],重视的正是杜甫的句法。元好问由金入元,经历了与杜甫相同的家国之恨,诗风也近似杜甫。正如赵翼所说:"七言律则更沉挚悲凉,自成声调。唐以来律诗之可歌可泣者,少陵十数联外绝无嗣响,遗山则往往有之。"[3]元好问仿杜甫《戏为六绝句》作《论诗绝句三十首》,成为历代诗学中的名作。其中还批评元稹只论杜甫的排律,是不认识杜诗的真正价值:"排比铺张特一途,藩篱如此亦区区。少陵自有连城璧,争奈微之识碔砆。"[4]南宋的方回入元以后,极力提倡江西诗派,而且创立"一祖三宗"之说,明确以杜甫为一祖,黄庭坚、陈师道、陈与义为三宗,此说对明清诗坛影响极大。他的《瀛奎律髓》编选唐宋以来律诗,大量选入杜诗。元中叶的"元诗四大家"虞集、杨载、范梈、揭傒斯,也莫不尊崇杜诗。虞集有较强的民族意识,曾作七律《挽文丞相》,传说曾注杜甫七律[5]。范梈五律专学杜甫,著有《批选杜子美诗》。杨载曾搜集杜甫所遗诗法并加注。元末明初著名文学家杨维桢的乐府被时人誉为出入少陵、二李间。他

---

[1] 王若虚《滹南诗话》卷一,丁福保辑《历代诗话续编》上册,第506页,中华书局,1983年。
[2] 同上书,第507页。
[3] 赵翼《瓯北诗话》,第117页,人民文学出版社,1963年。
[4] 元好问《遗山先生文集》卷一一,第154页,商务印书馆,1937年。
[5] 《杜律虞注》明人多以为是伪书,但程千帆先生《杜诗伪书考》曾对此说提出怀疑。

在《诗史宗要序》里论杜甫振兴风雅的功绩说:"及李唐之盛,士以诗命世者殆百数家,尚有袭六代之敝者,唯老杜氏慨然起揽千载既坠之绪,陈古讽今,言诗者宗为一代诗史,下洗哇淫,上薄风雅,使海内靡然,复知有三百篇之旨。议论杜氏之功者,谓不在骚人之下。"①可见杜诗在元代诗人中影响之深。

元代不少诗法类著作都以杜甫为典范。不能断定撰者的《诗法家数》(一题《杨仲弘诗法》《杨仲弘诗教》)"总论"说:"老杜全集,诗之大成也。"②《杜律心法》(又题《杨仲弘注杜少陵诗法》)据杨仲弘序,是从杜甫九世孙杜举处得来,乃杜甫传其门生吴成、邹遂、王恭的诗法之作。此书与佚名的《杜陵诗律五十一格》一样,都将杜甫七律的句法分出许多格式,供人效法。旧题为范德机所著《木天禁语》(又题《范椁德机述江左第一诗法》)讲述五七言律和五七言古诗的长篇短篇的篇法,也多举杜诗为例。其余如佚名(或题揭曼硕撰)《诗宗正法眼藏》也主要举杜甫五律及七律论字法篇法③。元代还继宋人之后,出版了一些杜诗的注本和选注选批本,如俞浙《杜诗举隅》、董养性《杜诗选注》、刘霖《杜诗类注》、黄钟《杜诗注释》等,还有以韵、类编注的杜集,如傅若川《杜诗类编》、曾巽申《韵编杜诗》、刘霖《杜诗类注》、申屠《杜诗纂例》等等。《杜工部诗范德机批选》也都是在篇末、句尾加批,可以看出元人读杜尤其重在篇法、句法、字法的揣摩。范批本卷首虞集序说:"杜公之诗,冲远浑厚,上薄风雅,下凌沈宋。每篇之中,有句法章法,截乎不可紊。至于以正为变,以变为正,妙用无方。如行云流水,初无定质,出于精微,夺乎天造。是大难以形器求矣!公之忠愤激切爱君忧国之心,一系于诗,故常因是而为之说曰:三百篇,经也,杜,史也。诗史之

---

① 杨维桢《诗史宗要序》,《东维子文集》卷七,《四库全书珍本三集》。该段话中"复知有三百篇之旨"一句,《四部丛刊》影旧钞本作"没知有百篇之旨",疑有误。

② 张健编著《元代诗法校考》,第33页,北京大学出版社,2001年。

③ 以上诗法著作参见张健编著《元代诗法校考》。

名,指事实耳。不与经对言也。然风雅绝响之后,唯杜公得之,则史而能经也。学工部而无往而不在也。"① 这段话里的意思大体上也能概括元人学杜的倾向。虞集既重视杜诗的句法章法,但又认为杜诗变化无方,不能仅以表面看到的诗法去求其精诣。他同时对宋人的"诗史"说和宋人以杜诗比拟风雅的说法加以分析,认为杜甫的"诗史"可以视为经。这说明元人对杜诗的评价在宋人基础上又有所推进。

## 四 明代至清前期杜诗研究的深入和分化

明代诗歌创作的成就不如前代,模拟唐诗之风盛行,以致被讥为唐诗的影子。但诗派很多,先后出现了台阁体、茶陵诗派、前后七子、公安派,诗派的风格和主张也各有同异。明代到清初的诗学理论却比前朝有了长足的发展,先后出现了体格声调说、性灵说、神韵说。由于唐诗和宋诗形成了两种审美标准,唐宋诗之争也出现了。明代各家学说都以宗唐为主,公安派似乎宗宋,但后来仍归于宗唐。学习和模拟唐诗虽然没有促使明诗形成自己的风貌,却促成了诗学理论的深入,很多诗学概念的产生与唐诗研究的细化有关。与此同时,唐诗分初盛中晚四期的观念也已确立。不少诗家看到初盛唐与中晚唐诗的差异、中晚唐诗对宋诗的影响,以及杜甫与中晚唐和宋诗之间的关系,于是杜诗研究也卷入了初盛、中晚之争,导致杜诗研究形成了不同观点的争议。

明代的宗唐派以宗尚汉魏盛唐的一派影响最大。这派的代表人物有茶陵诗派领袖李东阳、前后七子以及王世贞所说的末五子中的胡应麟、屠隆、李维桢,此外,杨慎、胡震亨、陆时雍等也都是盛唐派。明初高棅编选《唐诗品汇》一书,把南宋严羽划分的初盛晚三个阶段改为初盛中晚四个阶段,为明代宗尚盛唐的一派提供了方便。明代顾起纶《国雅品》说:"前贤叙论,代有高鉴,唯严仪卿一家,颇称指南。至我盛明

---

① 此段文字原为高棅编选《唐诗品汇》卷七"杜甫"总评所引。据张健考亦出自范批杜诗卷首虞集序,可知高棅所引即此书。见张健编著《元代诗法校考》,第441页。

弘嘉间,又谆谆启迪,如昌谷谈艺,足起膏肓,茂秦诗说,切于针砭,用修诗话,深于辨核,子循新语,详析品汇,元美卮言,独擅雌黄。五家大备,将复何云。"①认为前代诗论只有严羽《沧浪诗话》可称指南。他所说五家中,徐祯卿的《谈艺录》、谢榛的《四溟诗话》、杨慎的《升庵诗话》、王世贞的《艺苑卮言》②确是在明中叶前后产生较大影响的几家诗论。顾氏所举,只是大者,从现存明代诗论来看,绝大多数是继承和发挥严羽《沧浪诗话》宗尚汉魏盛唐,批评宋诗以学问、才力、议论为诗的。

明代的盛唐派虽然宗尚大体一致,但观点也有很大区别。例如高棅、李东阳、前七子之首李梦阳都强调以儒家诗教为根本。明中叶以后,随着禅学、心学的流行,理学的空疏,后七子、末五子等则多以禅喻诗,更强调诗歌表现性情兴趣,诗教观念渐趋淡薄。而且各自崇唐贬宋的角度也不全相同,李东阳从声调格律区分唐调,李梦阳从宋诗主理的角度贬宋,胡应麟等更讲求兴象风神。有的主张诗要法度,有的认为不要法度,有的调和二者。但是在以下几方面观点基本一致:

首先是比严羽更强调诗法和天真兴致的对立。

严羽《沧浪诗话》批评宋诗"多务使事不问兴致"③。李东阳进一步说:"唐人不言诗法,诗法多出宋,而宋人于诗无所得。所谓法者,不过一字一句对偶雕琢之工,而天真兴致则未可道。"④陆时雍说:"余谓万法总归一法,一法不如无法。水流自行,云生自起,更有何法可设。"⑤谢榛说:"宋人谓作诗贵先立意。李白斗酒百篇,岂先立许多意思而后措词哉!盖意随笔生,不假布置。""宋人必先命意,涉于理路,殊无思致。"⑥又说:"诗有不立意造句,以兴为主,漫然成篇,此诗之入

---

① 顾起纶《国雅品》,《历代诗话续编》下册,第1090页。
② "子循新语"指皇甫思勋,吴中人,名访,《艺苑卮言》引其言。
③ 严羽《沧浪诗话·诗辨》,《历代诗话》下册,第688页。
④ 李东阳《麓堂诗话》,《历代诗话续编》下册,第1371页。
⑤ 陆时雍《诗镜总论》,《历代诗话续编》下册,第1415页。
⑥ 谢榛《四溟诗话》卷一,《历代诗话续编》下册,第1149页。

化也。"①"走笔入诗,兴也,琢句入神,力也。"②认为立意、琢句、措词、布局都属于人力可为的诗法,诗歌的化境是以自然的兴致为主。

明人进一步发展了自唐代就开始出现的"自然"和"苦思"这一对概念的矛盾。唐大历时,皎然曾批评当时过分强调自然天真的观点:"诗不假修饰,任其丑朴,但风韵正,天真全,即名上等。予曰:不然,无盐阙容而有德,曷若文王太姒有容而有德乎?又云:不要苦思,苦思即丧自然之质。此亦不然。"③这说明盛唐诗坛已有崇尚天真、否定苦思的论调。宋人有不少强调诗要"精思""用功",如刘攽说:"唐人为诗,量力致功,精思数十年,然后名家。杜工部云:更觉良工用心苦。然岂独画手心苦耶!"④姜夔也说:"诗之不工,只是不精思耳。不思而作,虽多亦奚为?"⑤但也有认为"思苦言难者往往不悟"⑥的,蔡宽夫说:"天下事有意为之,辄不能尽妙,而文章尤然。文章之间,诗尤然。世乃有日锻月炼之说,此所以用工者虽多,而名家者终少也。"⑦到明代,偏向"自然"的论者更多,如谢榛虽不否定苦思,但更强调"自然妙为上,精工者次之。此着力不着力之分"⑧,"诗有天机,待时而发,触物而成,虽幽寻苦索,不易得也"⑨,这就将自然妙的效果归结到天机触发的创作灵感上。所以明人很重视"天机",胡应麟也赞"何仲默谓:'富于材积,使神情领会,天机自流,临景结构,不傍形迹。'此论直指真源,最为吃紧"⑩。

---

① 谢榛《四溟诗话》卷一,《历代诗话续编》下册,第1152页。
② 谢榛《四溟诗话》卷三,《历代诗话续编》下册,第1186页。
③ 皎然《诗式》,《历代诗话》上册,第31页。
④ 刘攽《中山诗话》,《历代诗话》上册,第289页。
⑤ 姜夔《白石道人诗说》,《历代诗话》下册,第680页。
⑥ 叶梦得《石林诗话》卷中,《历代诗话》上册,第426页。
⑦ 《蔡宽夫诗话》第十四"诗重自然",《宋诗话辑佚》,第383页。
⑧ 谢榛《四溟诗话》卷四,《历代诗话续编》下册,第1229页。
⑨ 谢榛《四溟诗话》卷二,《历代诗话续编》下册,第1161页。
⑩ 胡应麟《诗薮》内编卷五,第101页,上海古籍出版社,1958年。

不过胡应麟一方面强调汉诗"未尝锻炼求合,而神圣工巧,备出天造"①,一方面又承认法的重要性:"汉唐以后谈诗者,吾于宋严仪卿得一悟字,于明李献吉得一法字,皆千古词场大关键。"②王世贞则说:"篇法之妙,有不见句法者,句法之妙,有不见字法者,此是法极无迹,人能之至。境与天会,未易求也。"③认为法的最高境界是做到不见痕迹,这也正是宋人所追求的自然。他认为这终究只是人力所能达到的至境,而天授的境界才是很难求的。"天机"一词,早在梁代萧子显《南齐书·文学传论》中就已提出,与萧纲所说"吐言天拔,出于自然"意思相近。④ 从明人使用这一概念的语境来看,"天机"既包括天生的禀赋性灵,也包含自然触发的灵感。如果说宋人所说的自然还包括天和人两方面的因素,那么明人则进一步排除了人力可为的因素。

其次是进一步夸大了妙悟和学力的对立。

严羽以禅喻诗,说:"大抵禅道惟在妙悟,诗道亦在妙悟,且孟襄阳学力下韩退之远甚,而其诗独出退之之上者,一味妙悟而已。"⑤他认为学力不如韩愈的孟浩然,诗却写得比韩愈好得多,就是因为"诗有别趣",讲究妙悟。但他虽然认为诗非关书和理,却承认"然非多读书多穷理,则不能极其至"⑥。而明代盛唐派不但反对在诗里堆垛学问,而且提出了读书越多,越难入悟的观点。谢榛说:"作诗有专用学问而堆垛者,或不用学问而匀净者。二者悟不悟之间耳。"他以禅悟作比方,说五台山和尚不用一粒米,就煮成一锅稠粥,古人作诗就是这样无中生有的。"六祖惠能不识一字,参禅入道成佛,遂在难处用工。定想头,

---

① 胡应麟《诗薮》内编卷二,第24—25页。
② 胡应麟《诗薮》内编卷五,第100页。
③ 王世贞《艺苑卮言》卷一,《历代诗话续编》中册,第961页。
④ 参见拙著《八代诗史》,第194页,中华书局,2007年。
⑤ 严羽《沧浪诗话》,《历代诗话》上册,第686页。
⑥ 同上书,第688页。

炼心机,乃得无米粥之法",写诗如果"以六祖之心为心,而入悟也弗难矣"。① 可见不识字不读书也可以悟。胡震亨也说:"诗家虽忌疏学,然如诗料平时收拾太多,不能割爱,往往病堆垛,更不如寡学人作诗有情韵也。"②

明代的妙悟说到清前期发展为神韵说,王渔洋拈出"神韵"二字,本来是为救明人从体格声调模拟唐人之弊,他一生也经历了宗唐宗宋的几番变化,但到最后仍以宗盛唐为归宿。明代的天机天授之说到清前期也发展成"天分"这一概念。《师友诗传录》记张历友、张萧亭和王渔洋三人答学生问,历友说:"严羽沧浪有云:'诗有别材,非关学也,诗有别趣,非关理也',此得于先天者,才性也。'读书破万卷,下笔如有神','贯穿百万众,出入由咫尺',此得于后天者,学力也。"③把妙悟、天机进一步解释为先天的才性,把读书、苦思等后天功夫归结为学力。王渔洋说:"摩诘诗如参曹洞禅,不犯正位,须参活句。然钝根人学渠不得。"④钝根人就是天分不足、缺乏悟性的人。而学力是属于后天的、靠人为努力得来的。清人诗学多将这种先天才性简称为"天分",正如李重华说:"人谓诗有别才,非关学力者,只就天分一边论之。"⑤于是"天分"这一概念就包含了自然、妙悟、天趣、天授、天机的多重含义;"学力"则包含了苦思、雕琢、功力、法度、学问等多重含义。清代的天分说与明代天机说的另一个差异是在审美趣味上更趋向于清远古淡。严羽欣赏的不仅是优游不迫,也有沉着痛快。明人对于唐诗的多种风格还都能接受。而王渔洋则"独在冲和淡远一派"⑥。翁方纲指出:"先生于唐独推右丞、少伯诸家得三昧之旨,盖专以冲和淡远为主,不欲以

---

① 谢榛《四溟诗话》卷三,《历代诗话续编》下册,第 1201 页。
② 胡震亨《唐音癸签》卷四,第 35 页,上海古籍出版社,1981 年。
③ 《师友诗传录》,《清诗话》上册,第 125 页,上海古籍出版社,1963 年。
④ 《师友诗传续录》,《清诗话》上册,第 155 页。
⑤ 李重华《贞一斋诗说》,《清诗话》下册,第 932 页。
⑥ 翁方纲《七言诗三昧举隅》,《清诗话》上册,第 291 页。

雄鸷奥博为宗"①,甚至对明人特别推崇的李白,也有挑剔:"渔洋先生不喜诗有龙虎铅汞气,其于太白此等处,亦微有别择焉。"此外,"渔洋极不喜人作骚体","又不喜多作刻画体物语","又不喜诗中用经语"。② 于是天分和学力的对立又包含了清远古淡和雄鸷奥博这两种审美趣味的对立。

由于以上诗学观念的形成,明代到清前期的盛唐派把盛唐和中晚唐诗及宋诗的差别归结为天分与学力两种艺术标准的对立。大致区分出三个层次,第一个层次是唐诗和宋诗的差别:如李东阳所说"唐人不言诗法,诗法多出宋";杨慎所说"唐人诗主情","宋人诗主理"③;谢榛所说盛唐诗"意到辞工,不暇雕饰,或命意得句,以韵发端,浑成无迹","宋人专重转合,刻意精炼"④。他们都认为唐诗不讲诗法,以抒情为主,自然现成,不讲究雕刻;宋诗讲诗法,好说理,刻意追求精练。

第二个层次是盛唐和中晚唐诗的区别:如胡应麟说盛唐七言律"气象浑成,气韵轩举",中唐"体格日卑,气韵日薄,窘态毕露"⑤;王世贞论七绝说"盛唐主气,气完而意不尽工;中晚唐主意,意工而气不甚完"⑥,意思是盛唐七绝气韵完足,构思命意不一定工致,而中晚唐七绝立意为主,命意虽好而气韵不浑成;陆时雍说:"中唐人用意,好刻好苦,好异好详","盛唐人寄趣,在有无之间,可言处常留不尽,又似合于风人之旨,乃知盛唐人之地位故优也",而"中唐诗近收敛,境敛而实,语敛而精","然其病在雕刻太甚,元气不完,体格卑而声气亦降"⑦,也就是说,盛唐诗含蓄,寄托在有意无意之间,合乎诗经的风诗,而中唐诗

---

① 翁方纲《七言诗三昧举隅》,《清诗话》上册,第290—291页。
② 均见翁方纲《七言诗三昧举隅》,《清诗话》上册,第289、292页。
③ 杨慎《升庵诗话》卷八,《历代诗话续编》中册,第799页。
④ 谢榛《四溟诗话》论盛唐与宋人七绝的区别,《历代诗话续编》下册,第1143页。
⑤ 胡应麟《诗薮》内编卷五,第92页。
⑥ 王世贞《艺苑卮言》卷四,《历代诗话续编》中册,第1007页。
⑦ 陆时雍《诗镜总论》,《历代诗话续编》下册,第1417—1418页。

过于讲究立意雕刻，诗境较窄而实，追求详尽，但元气不足，体格就卑下。不过他们也承认"盛唐诗格极高，调极美，但不能多，不足以酬物而尽变，所以又有中、晚诗"①，所以并不完全排斥中晚唐诗。

第三个层次是在盛唐中又分出王、孟、李白与杜甫的不同：首先认为王维、李白等自然妙悟，风韵天然，俊逸高畅，兴会无穷；杜甫则凭借才力，讲究法度，过于精刻，求真求尽，缺乏潇洒清丽的风韵。其中包括李白和杜甫的比较与王维和杜甫的比较。胡应麟说："李杜二家，其才本无优劣，但工部体裁明密，有法可寻；青莲兴会标举，非学可至。"②王世贞说："五言古、选体及七言歌行，太白以气为主，以自然为宗，以俊逸高畅为贵；子美以意为主，以独造为宗，以奇拔沉雄为贵。"③指出杜甫独出匠心，讲究立意，风格与李白的自然俊逸不同。陆时雍说："太白七古，想落意外，局自变生。……其殆天授，非人力也。""少陵五古，材力作用。本之汉魏居多，第出手稍钝，苦雕细琢，降为唐音。……少陵精矣，刻矣，高矣，卓矣，然而未齐于古人者，以意胜也。"④都从天授、自然和法度、学力来区别李、杜，这正是唐、宋诗与盛唐和中晚唐诗的基本差别，可见他们实际上已经将杜甫视为中晚唐和宋诗一类。在与王维的比较中，屠隆认为"少陵沉雄博大，多所包括，而独少摩诘之冲然幽适，泠然独往，此少陵平生所短也"⑤。冲淡幽适、泠然独往是以王、孟为代表的盛唐山水诗中特有的意境和理趣，杜甫缺少的正是天分派最推崇的这种审美趣味。后来清人徐增也发挥这一观点说："盖杜陵严于师承，尚有尺寸可循；摩诘纯乎妙悟，绝无迹象可即。"⑥也认为王维与杜甫的差别在于妙悟和诗法的差别。至此，可以看出李白和王维作

---

① 胡震亨《唐音癸签》卷一一引王世贞语，第114页。
② 胡应麟《诗薮》外编卷四，第190页。
③ 王世贞《艺苑卮言》卷四，《历代诗话续编》中册，第1005页。
④ 陆时雍《诗镜总论》，《历代诗话续编》下册，第1414页。
⑤ 仇兆鳌《杜诗详注》第五册"附编"引屠隆语，第2328页。
⑥ 徐增《而庵诗话》，《清诗话》上册，第427页。

为天分的代表,杜甫作为学力的代表,已经成为两种对立的审美标准。

在以上比较中,杜甫的诗歌艺术受到了前所未有的批评。虽然盛唐派不少人并没有公然贬低杜诗,但却在其微词中流露了鲜明的审美倾向性。例如王世贞说"选体":"子美多稚语累语,置之陶谢间,便觉伧父面目","太白不成语者少,老杜不成语者多"①,认为杜甫五言不如陶谢,不成语的累句多。又批评"杜长篇曼衍拖沓,于选体殊不类"②。杨慎说:"少陵虽号大家,不能兼善,以拘于对偶,且汨于典故,乏性情尔。"③王世懋认为学诗者"学老杜尚不如学盛唐"④。焦竑曾引述郑善夫《批点杜诗》,赞其"指摘疵类,不遗余力,然实子美之知己","尝记其数则。一云:'诗之妙处,正在不必说到尽,不必写到真。而其欲说欲写者,自宛然可想,虽可想,而又不可道,斯得风人之义。杜公往往要到真处尽处,所以失之。'一云:'长篇沉着顿挫,指事陈情,有根节骨骼,此杜老独擅之能,唐人皆出其下。然诗正不以此为贵,但可以为难而已。宋人学之,往往以文为诗,雅道大坏,由老杜起之也。'一云:'杜陵只欲脱去唐人工丽之体,而独占高古,盖意在自成一家,不肯随场作剧也。……此诗终以兴致为宗,而气格反以为病也。'"⑤郑善夫所批的三点大致能代表明代宗唐派的看法。至清代,王渔洋不喜杜诗,许多人都看得很清楚。如赵执信说:"阮翁酷不喜少陵诗,特不敢显攻之,每举杨大年'村夫子'之目以语客。"⑥翁方纲也说:"渔洋于三唐虽通彻妙悟,而其精诣,实专在右丞、龙标间,若于杜则尚未敢以瓣香妄拟也。"⑦

---

① 王世贞《艺苑卮言》卷四,《历代诗话续编》中册,第1005、1009页。
② 潘德舆《养一斋李杜诗话》卷二引王世贞语,郭绍虞编选《清诗话续编》第四册,第2193页,上海古籍出版社,1983年。
③ 胡震亨《唐音癸签》卷一〇引杨升庵论绝句,第100页,上海古籍出版社,1981年。
④ 王世懋《艺圃撷余》,《历代诗话》下册,第778页。
⑤ 焦竑《焦氏笔乘》上册,第143条"评杜诗",第108—109页,中华书局,2008年。
⑥ 赵执信《谈龙录》,《清诗话》上册,第313页。
⑦ 翁方纲《石洲诗话》卷六,《清诗话续编》第三册,第1493页。

道出了王渔洋不尊杜诗的真正倾向。这些批评体现了宗唐派对诗学的深入思考和审美取向,但是也夹杂着唐宋诗之争的许多偏见,更反映了晚明时期文艺思潮的变化。随着禅学和心学的兴起,理学的空疏,儒家诗教观念愈趋淡薄。晚明人不再理会宋人对杜甫忠君爱国的推崇,多喜以禅喻诗,更强调诗歌表现个人的性情兴趣和自然本心。胡应麟直接说:"曰仙、曰禅,皆诗中本色。唯儒生气象,一毫不得着诗;儒者语言,一字不可入诗。"虽然他说"而杜诗往往兼之,不伤格,不累情,故自难及"①,但毕竟是以仙禅排斥儒者的。袁宏道也指出当时"高明玄旷清虚澹远者,一切皆归二氏(即仙禅),而所谓腐滥纤啬,卑滞局局者,尽取为吾儒之受用"②。在这样的时代氛围中,自诩为"乾坤一腐儒"的杜甫连同他的诗歌遭到批评,也就是必然的结果了。

尽管如此,杜甫的影响仍然巨大,这从明代至清前期注杜选杜的大量成果可以看出。如单复《读杜愚得》十八卷,张绖《杜诗通》十六卷加《本义》四卷,林兆珂《杜诗抄述注》十六卷,杨德周《杜诗解》八卷,邵宝《杜诗分类集注》二十卷,郝敬《杜诗选》四卷,胡震亨《杜诗通》四十卷等等,其中不少注本除了释义以外还有批点。有的还附有系统的艺术评论,如卢世㴶《杜诗胥钞》十五卷,另有《余论》和《读杜私言》二卷。明清之际的钱谦益《杜工部集笺注》是这一时期的重要杜诗注本,又名《钱注杜诗》二十卷,附年谱一卷,其中以史证诗的翔实考据为后人称赏。与之同时的朱鹤龄《杜工部诗集辑注》参考钱本,再加补注,先行刊布,共二十卷,还有集外诗一卷、补注一卷、文集二卷、年谱一卷,也是清前期的重要杜诗注本,对清代的几家杜注都有启发。清中叶前不但出现了仇兆鳌《杜少陵集详注》及杨伦《杜诗镜铨》这两种流行颇广的杜诗注本,还出现了浦起龙《读杜心解》、王嗣奭《杜臆》、黄生《杜

---

① 胡应麟《诗薮》内编卷五,第91页。
② 袁宏道《寿存斋张公七十序》,钱伯城《袁宏道集笺校》卷五四,第1541页,上海古籍出版社,1981年。

诗说》、卢元昌《杜诗阐》等解读杜诗的名作,这些著作往往在每首杜诗后附有多家点评,使杜诗艺术的研究更加细化。除此以外,见于《四库全书总目》和多种书目著录的杜诗选本评注本数量众多,难以缕述。可见明代至清前期的杜诗艺术研究虽有门户之见,但不可能动摇杜甫的地位。

## 五 清中叶至清末民初尊杜诗学的复兴

清前期与唐诗派并存的还有宋诗派,但其影响力直到乾隆时才逐渐彰显。清中叶学术界盛行以文字考订工夫充实宋明理学的风气,与此相应,诗学界也先后出现了一批有名望的论者,努力调和明代以来的两种审美标准之争,提出以学力调和天分、以诗教节制性情的理论主张。他们的共同特点是将天分和学力归结到性情与诗教,并归因于释道和儒教的分歧,同时特别强调读书和学问对诗歌创作的重要作用。

与王渔洋同时代的冯班就旗帜鲜明地标举儒教,否定佛教禅学,因为"儒教说话须要征于文献,做事须要读书,与释教不同"[①]。他批评严羽"以禅喻诗","但见其漫漶颠倒耳"[②],指出明七子"王、李妄庸处,人都不解,只是被他倒了六经架子。言不本于圣人,妄也。不知礼义,庸也"[③],并认为作诗要有学问才力,不能只凭天性:"余不能教人作诗,然喜劝人读书。有一分学识,便有一分文章。但得古今十分贯穿,自然才力百倍。相识中多有天性自能诗者,然学问不深,往往使才不尽。"[④]吴乔的观点与冯班接近,他说:"发乎情,止乎礼义,所谓性情也。"[⑤]他也宗尚唐诗,对盛唐诗和宋诗的分析大致不出明清天分派的藩篱,但认为

---

① 冯班《钝吟杂录》卷二"家戒下",第37页,中华书局,2013年。
② 冯班《钝吟杂录》卷五"严氏纠谬",第79页。
③ 冯班《钝吟杂录》卷六"日记",第108页。
④ 冯班《钝吟杂录》卷三"正俗",第53页。
⑤ 吴乔《答万季埜诗问》,《清诗话》上册,第30页。

唐诗既有性情也有学问："读唐人诗,知其性情,知其学问,知其立志。"①赵执信自称对王渔洋"余独不执弟子礼",而崇拜冯班,认为冯先生以诗教规劝人,真"今日之针砭"②。他也很称许吴乔,曾遍求吴乔所作的《围炉诗话》,因为《围炉诗话》"排击七子,探源六义"③。赵执信更强调"诗人贵知学,尤贵知道"④,不仅要懂学问,还要懂儒家之"道"。清前期的学力派还有李重华,他主张结合天分和学力:"究竟有天分者,非学力断不成家。"认为性灵要合乎儒家美刺的宗旨:"大致陶冶性灵为先,果得性灵和粹,即间有美刺,定能敦厚,不谬古人宗旨。"同时驳斥明人说诗之只谈仙释二氏的观点:"以某管见,诗以风雅为宗,二氏原不入局。……且如昌黎专辟二氏,今其诗卓然为一代宗师。"不但与胡应麟的论点针锋相对,而且标举被严羽诟病的韩愈,认为诗家"奥衍一派,开自昌黎,然昌黎全本经学"⑤,这就为晚清的桐城派同光体推崇韩愈开了先声。

在这派调和诗论中影响最大的是翁方纲。他是王渔洋的再传弟子。他的诗学虽出于渔洋,但为了矫正神韵之弊,主张"加以精密考订之功,从此充实涵养,适于大道"⑥。他主张的肌理说,强调文章的义理就是儒家的忠孝礼义,而且把性情和礼教等同起来:"诗者,忠孝而已矣,温柔敦厚而已矣,性情之事也。"⑦他认为"由渔洋之精诣,可以理性情,可以穷经史,此正是读书汲古之蕴味"⑧,所以称赞"谈理至宋人而精","诗则至宋而益加细密,盖刻抉入里实非唐人所能囿也",而"宋人

---

① 吴乔《答万季埜诗问》,《清诗话》上册,第25页。
② 赵执信《谈龙录》,《清诗话》上册,第311页。
③ 黄廷鉴识《围炉诗话》,《清诗话续编》第一册,第683页。
④ 赵执信《谈龙录》,《清诗话》上册,第313页。
⑤ 李重华《贞一斋诗说》,《清诗话》下册,第932、931、938页。
⑥ 翁方纲《七言诗三昧举隅》附录《渔洋诗髓论》,《清诗话》上册,第305页。
⑦ 同上书,第304页。
⑧ 同上书,第305页。

精诣"又"皆从各自读书学古中来"①。强调读书、谈理和儒家经义对诗歌的重要性,自然会落到肯定宋诗。

当时真正能从理论上纠正天分派流弊的诗论家是叶燮。他从推究诗歌创作的本源,诗歌的基本特征、特殊规律,以及沿和革、正与变等关系着眼,以发展的眼光评价了唐宋诗歌各自在文学史上的地位,提出了理、事、情三个论诗的概念,不再在妙悟、神韵、天分、读书、功力、诗法这几个陈熟的概念中兜圈子。论及性情时,提出"作诗有性情,必有面目"的精辟见解,指出历代大诗人只有陶渊明、李白、杜甫、韩愈、苏轼五人诗"皆全见面目"②。就诗学理论的深度和独创性而言,远远超出了持天分学力调和论的学者们。

叶燮的弟子沈德潜和薛雪虽然继承了他的一些见解,但还是跳不出以天分、学力论诗的藩篱。沈德潜在乾隆时地位高,影响大,论诗宗旨是"理性情,善伦物,感鬼神,设教邦国"。他也主张调和天分学力,认为"诗贵性情,亦须论法"③,但他提倡格调,肯定七子的见解,较偏向于天分派,认为李白"殆天授,非人力也",王维、李颀等盛唐诸家"品格既高,复饶远韵,故为正声",昌黎"欲以学问才力跨越李杜之上,然恢张处多,变化处少,力有余而巧不足也"④。当时提倡性灵的袁枚本来声称"论诗区别唐宋,判分中晚,余雅不喜"⑤,自云"专写性情","不分门户"⑥,但也是主张调和,认为"诗文自须学力,然用笔构思,全凭天分"⑦。而他的倾向是古体"可使才气卷轴。而近体之妙,须不着一字,

---

① 翁方纲《石洲诗话》卷四,《清诗话续编》第三册,第1426、1427页。
② 叶燮《原诗》外篇上,叶燮、薛雪、沈德潜《原诗 一瓢诗话 说诗晬语》,第50页,人民文学出版社,1979年。
③ 沈德潜《说诗晬语》卷上,《原诗 一瓢诗话 说诗晬语》,第186、188页。
④ 同上书,第209、211、217页。
⑤ 袁枚《随园诗话》卷七,第242页,人民文学出版社,1982年。
⑥ 同上书,第235页。
⑦ 袁枚《随园诗话》卷一五,第526页。

自得风流。天籁不来,人力亦无如何"①。潘德舆也认为"尚性情者无实腹,崇学问者乏灵心","必当和为一味,乃非离之两伤"②,不过也强调"诗之妙全在先天神运,不在后天迹象"③。总之乾隆前后,持天分学力调和论的诗家最多,影响也大,虽然他们的具体见解还有差异,各自的宗尚也有不同,但是倾向大致相同。

在这种调和论的呼声中,杜甫的地位得以恢复,尽管崇杜的说法各不相同。例如吴乔说:"杜诗之所以独高者,以不违无邪之训耳。"④李重华以天分来解释杜甫:"诗之宗莫若李、杜……是两人得之于天,各擅其长矣。"⑤翁方纲认为"杜公之学,所见直是峻绝,其自命稷契,欲因文扶树道教,全见于《偶题》一篇,所谓'法自儒家有'也。此乃羽翼经训,为风骚之本"⑥,从树立儒教的角度推崇杜甫。叶燮从集大成的角度崇杜:"今之人固群然宗杜,亦知杜之为杜,乃合汉、魏、六朝并后代千百年之诗人而陶铸之者乎?"⑦薛雪则表示:"余谓:杜浣花一举一动,无不是忠君爱国、悯时伤乱之心。"⑧潘德舆引沈德潜所说:"少陵才力标举,篇幅恢张,纵横挥霍,诗品又一变矣。其为国爱君,感时伤乱,忧黎元,希稷卨,生平抱负无不流露于楮墨中,诗之变,情之正也。"⑨但认为沈氏与高棅一样,只列杜为"大家",而不敢列为"正宗",是调停之见,并说:"子美以志士仁人之节,阐诗人比兴之旨,遂足为古今冠。"⑩

---

① 袁枚《随园诗话》卷五,第149页。
② 潘德舆《养一斋诗话》卷二,《清诗话续编》第四册,第2029页。
③ 同上书,第2023页。
④ 吴乔《围炉诗话》卷一,《清诗话续编》第一册,第480页。
⑤ 李重华《贞一斋诗说》,《清诗话》下册,第922页。
⑥ 翁方纲《石洲诗话》卷一,《清诗话续编》第三册,第1380页。
⑦ 叶燮《原诗》内篇上,《原诗 一瓢诗话 说诗晬语》,第8页。
⑧ 薛雪《一瓢诗话》,《原诗 一瓢诗话 说诗晬语》,第108页。
⑨ 潘德舆《养一斋李杜诗话》卷二,《清诗话续编》第四册,第2193页。
⑩ 同上书,第2184—2185页。

甚至还有以天分学力调和杜诗的,如徐增说杜子美"天才学力,略无欹头,似天平上兑出来者"①。尽管其中叶燮、沈德潜几家在具体评述杜诗时有很多卓见,但也有不少论者是重弹宋儒道学家的老调。

清中叶以后直到清末民初,清王朝渐趋没落,社会矛盾激化。鸦片战争后内忧外患日益严重,由于西方文化的影响渗透,学术思想也发生了重大变化。清初汉学兴起,黄宗羲、顾炎武等提出"舍经学无理学"。之后又有颜元、李塨的颜李学派和戴震。学派虽然不同,但一致批判禅学、心学和宋明理学,矛头指向封建秩序和礼教中的根本观念,不同程度上显现了离经叛道的民主色彩。一些坚守封建道统的文人学者努力挽救封建文化的没落,从翁方纲到桐城派及同光体一脉相承,主张折衷汉宋,认为宋儒义理要用训诂考证,但汉学训诂考证不足以尽得圣人之理。折衷的目的是自觉地在道丧文弊之时捍卫名教,即程朱理学的义理精微——三纲五常之道。在这样的社会思潮中,宋诗派又占据了上风。但他们虽然宗尚宋诗,却努力调和性情、诗教和学问,尤其到同光时期,陈衍提出"开天、元和、元祐",不同意"今之人喜分唐诗宋诗"②,沈曾植提出"诗有元祐、元和、元嘉三关"之说③,已将齐梁唐宋诗视为一个前后发展的诗学体系,从理论上跳出了唐宋诗之争的藩篱。在评论前代诗人时,他们也提出了不少客观的有价值的见解。但他们论诗以杜韩苏黄为典范,实际上还是偏好学力派诗人。这从他们将韩愈与杜甫并提,推到前所未有的高度就可以看出。早在乾嘉时,翁方纲就提出:"韩文公'约六经之旨而成文',其诗亦每于极琐碎极质实处直接六经之脉。盖爻象、繇占、典谟、誓命、笔削记载之法,悉酝入风雅正旨,而具有其遗味。"④桐城派文人方东树继承其师姚鼐"熔铸唐宋"的理念,

---

① 徐增《而庵诗话》,《清诗话》上册,第432页。
② 陈衍《剑怀堂诗草序》,《石遗室诗话》卷九,第30页,台湾商务印书馆,1976年。
③ 钱仲联《论同光体》,《梦苕庵清代文学论集》,第121页,齐鲁书社,1982年。
④ 翁方纲《石洲诗话》卷二,《清诗话续编》第三册,第1389页。

本于"兴观群怨"的诗教,认为"六经外无文章",并在这个意义上把杜甫和韩愈联系在一起,认为"杜韩之真气脉作用在读圣贤古人书,义理志气胸襟源头本领上"①,尤其推崇韩愈:"韩公一生只用得此功,故独步千古。"②由此可见清后期杜甫虽然重新得到推尊,但已经成为"因文树道教"的典范。

杜诗艺术的评价在宋元以后经历了如此曲折的过程,不但与诗学中的天分学力之争纠缠在一起,更随着不同时代学术思潮的变化而不断变更其价值判断。因此尽管历代杜诗学中有很多真正出于艺术敏感的真知灼见,但附着的偏见太多,今人有必要细加拣择和辨析,以现代学术思维作出公正的评议。

## 第二节 杜诗艺术评议的争论焦点

历代杜诗学对于杜诗艺术的争议既与唐宋诗之争和初盛中晚之争有关,也与宗唐派内部的分歧有关。大致有以下几个方面:

### 一 "诗史"说能否体现杜诗的成就?

"诗史"说由中唐孟棨发端,在宋代得到普遍认同。但是也有一些诗人认为这低估了杜诗的经典价值,特别是一些爱国诗人。例如李纲《子美》诗说:"岂徒号诗史,诚足继风雅。"③陆游《读杜诗》也说:"尝憎晚辈言诗史,《清庙》《生民》伯仲间。"④认为杜诗和《诗经》的《清庙》《生民》一样属于正始之音⑤,不同意仅仅视杜诗为"诗史"。后来虞集

---

① 方东树《昭昧詹言》卷八,第 211 页,人民文学出版社,1961 年。
② 方东树《昭昧詹言》卷一,第 4 页。
③ 李纲《读〈四家诗选〉四首》之《子美》,《李纲全集》卷九,第 97 页,岳麓书社,2004 年。
④ 陆游《剑南诗稿》,《陆游集》卷三四,第 889 页。
⑤ 司马迁以《诗经》中《关雎》《鹿鸣》《清庙》《文王》四篇为"四始",此说也被毛诗学者普遍接受。《生民》为《大雅》中篇章,《生民》《清庙》并举指雅颂之音。

提出"风雅绝响之后,唯杜公得之,则史而能经"①,将"诗史"和"风雅"统一起来,使这一争议淡化。而明代对宋人"诗史"说的质疑,则牵涉到如何从文体学的角度辨识诗与史的性质问题。杨慎提出:"宋人以杜子美能以韵语纪时事,谓之'诗史'。鄙哉宋人之见,不足以论诗也。夫六经各有体,《易》以道阴阳,《书》以道政事,《诗》以道性情,《春秋》以道名分。后世之所谓史者,左记言,右记事,古之《尚书》《春秋》也。若诗者,其体其旨,与《易》《书》《春秋》判然矣。《三百篇》皆约情合性而归之道德也。然未尝有道德字也,未尝有道德性情句也。二南者,修身齐家其旨也,然其言琴瑟钟鼓,荇菜芣苢,夭桃秾李,雀角鼠牙,何尝有修身齐家字耶? 皆意在言外,使人自悟。至于变风变雅,尤其含蓄,言之者无罪,闻之者足以戒。如刺淫乱,则曰'雝雝鸣雁,旭日始旦',不必曰'慎莫近前丞相嗔'也;悯流民,则曰'鸿雁于飞,哀鸣嗷嗷',不必曰'千家今有百家存'也;伤暴敛,则曰'维南有箕,载翕其舌',不必曰'哀哀寡妇诛求尽'也;叙饥乱,则曰'牂羊羵首,三星在罶',不必曰'但有牙齿存,可堪皮骨干'也。杜诗之含蓄蕴藉者,盖亦多矣,宋人不能学之。至于直陈时事,类于讪讦,乃其下乘末脚,而宋人拾以为己宝,又撰出'诗史'二字以误后人。如诗可兼史,则《尚书》《春秋》可以并省。"②这一大段话实际提出了两个问题,一是诗和史书在表达功能上有区别,诗应含蓄蕴藉,是否就不能兼有史的记事效果? 二是杨慎通过比较《诗经》和杜诗的例句,认为即使是刺时,也要含蓄不露,反对用诗歌直陈时事,并指责这类诗"类于讪讦",是"下乘末脚"。这对宋人"诗史"说是一个彻底的颠覆。

王世贞在《艺苑卮言》中引述了"升庵驳宋人诗史之说"后,虽称"其言甚辨而核",但指出杨慎的论述有逻辑漏洞:"不知向所称皆兴比耳。诗固有赋,以述情切事为快,不尽含蓄也。语荒而曰'周余黎民,

---

① 《杜工部诗范德机批选》虞集序,《元代诗法校考》,第441页。
② 杨慎《升庵诗话》卷一一,《历代诗话续编》中册,第868页。

靡有孑遗',劝乐而曰'宛其死矣,它人入室',讥失仪而曰'人而无礼,胡不遄死',怨谗而曰'豺虎不受,投畀有昊'。若使出少陵口,不知用修何如贬剥也。且'慎莫近前丞相嗔',乐府雅语,用修乌足知之。"①王世贞指出《诗经》中也有直接陈情指事、不尽含蓄的赋法,可见杨慎以《诗经》的比兴和杜甫的赋相比较,例证逻辑是站不住的。但是明人也确有一些不认可"诗史"说的,只是没有杨慎这么偏激。如谢榛说:"用事多则流于议论。子美虽为'诗史',气格自高。"②虽然说杜甫气格高,但对他的"诗史"显然不以为然。谢肇淛《小草斋诗话》说:"少陵以史为诗,已非风雅本色,然出于忧时悯俗,牢骚呻吟之声,犹不失三百篇遗意焉。"③虽肯定杜甫的忧国忧民,但认为以史为诗不符合风雅本色。

杨慎之说启发清人从诗和史的关系上对"诗史"说作了新的阐发。钱谦益《胡致果诗序》说:"孟子曰:《诗》亡然后《春秋》作,《春秋》未作以前之诗,皆国史也。人知夫子之删《诗》,不知其为定史,人知夫子之作《春秋》,不知其为续诗。《诗》也,《书》也,《春秋》也,首尾为一书,离而三者也。三代以降,史自史,诗自诗,而诗之义不能不本于史。曹之《赠白马》,阮之《咏怀》,刘之扶风,张之七哀,千古之兴亡升降,感叹悲愤,皆于诗发之。驯至于少陵,而诗中之史大备,天下称之曰'诗史'。"以下他又联系宋元的遗民诗,指出:"谓诗之不足以续史也,不亦诬乎?"④这段话从上古诗、史同源的角度,以及历代诗歌反映兴亡历史的事实,论述了诗义应以史为本的道理。清初的黄宗羲、吴伟业、屈大均等遗民经历了明清之际的重大历史变故,对于诗可续史的体会同样痛切,都认为诗与史相表里,"诗史"说又在新的理论层面上重新得到

---

① 王世贞《艺苑卮言》卷四,《历代诗话续编》中册,第1010页。
② 谢榛《四溟诗话》卷一,《历代诗话续编》下册,第1139页。
③ 谢肇淛《小草斋诗话》卷二外篇上,周维德辑校《全明诗话》第四册,第3513页,齐鲁书社,2005年。
④ 钱谦益《有学集》卷一八,第811页,上海古籍出版社,1996年。

肯定。此后清人更有将"诗圣"和"诗史"说等同看待的,如吴乔说:"杜诗是非不谬于圣人,故曰'诗史',非直指纪事之谓也。""诗可经,何不可史,同其无邪而已。用修不喜宋人之说,并'诗史'非之,误也。"①又有论者进一步发挥王世贞的意见,从诗应折衷六义的角度纠正杨慎的偏颇,如朱庭珍《筱园诗话》引述杨慎之论后,说:"升庵此论甚辨,其识亦卓,然未免一偏之见也。诗道大而体裁各别,古人谓诗有六义,比兴与赋,各自一体。升庵所引毛诗,皆微婉含蕴,义近于风,诗中之比兴体也。所引杜句,则直陈其事之赋体也。体格不同,言各有当,岂得以彼例此,以古非今,意为轩轾哉!宋人诗多为赋体,绝少比兴,古意浸失,升庵以此论议宋人则可。老杜无所不有,众体兼备,使仅摘此数语,轻议其后,则不可。"他又举出《诗经》中"皆直言不讳,怨而且怒,了无余地"的一些诗例,指出"又岂能以无含蓄而废之?夫言岂一端而已,何升庵所见之不广也!"②至此,清人对杨慎论点中的两个问题都作了有理有据的辩驳。但是如何从文体学的角度界分诗和史的表现原理和功能,清人并没有从正面作出回答。

今人对宋元明清关于"诗史"说的论争已有系统的梳理,将此论中以史证诗、以诗述时事的内涵都发掘出来,并联系杜诗以文为诗、以韵语记时事乃至于重视叙事等创作现象展开了辨析。但是杜诗究竟如何处理诗和史的关系,诗人自己对于诗与文的界分有无明晰认识等问题,还有很大的讨论空间。

## 二 如何评价杜甫晚年尤其是夔州时期的诗作?

杜甫晚年尤其是夔州诗的发展呈现出多方面的变化,其中有两种倾向较受争议。第一种是信笔率意之作增多。黄庭坚最早注意到杜甫晚年诗歌艺术的变化,指出杜子美到夔州以后诗达到了"不烦绳削而

---

① 吴乔《围炉诗话》卷四,《清诗话续编》第一册,第584页。
② 朱庭珍《筱园诗话》卷三,《清诗话续编》第四册,第2390—2391页。

自合"的境界。陈善也引唐子西所说:"观子美到夔州以后诗,简易纯熟,无斧凿痕,信是如弹丸矣。"①方回《瀛奎律髓》在选诗评语中说:"大抵老杜集,成都时诗胜似关辅时,夔州时诗胜似成都时,而湖南时诗又胜似夔州时,一节高一节,愈老愈剥落也。"②冯舒也说:"律诗本贵乎整,老杜晚年以古文法为律,下笔如神,为不可及矣。"③都认为杜甫晚年诗尽去雕琢痕迹,更加纯熟自由。

朱熹却认为"杜甫夔州以前诗佳,夔州以后,自出规模,不可学。杜诗初年甚精细,晚年横逆不可当,只意当处便押一个韵,如自秦州入蜀诸诗,分明如画,乃其少作也。"对杜甫晚年诗的随意很不满意,甚至说杜甫"晚年诗都不可晓"。④王世贞也说:"子美晚年诗,信口冲出,啼笑雅俗,皆中音律,更不宜以清空流丽风韵姿态求之。但后人效颦,便学为一种生涩险拗之体,所谓不画人物而画鬼魅者矣。"⑤王夫之对杜甫夔州诗评价不一,曾评杜甫七律《城西陂泛舟》说:"夔州以后诗自可引人嫚斓,思有闲则韵得回翔,必推早岁绝伦。"⑥还是认为杜甫早年诗好。他在评点杜甫作于夔州的五律《漫成》时,说:"杜诗情事朴率者,唯此自有风味。过是则有'鹅鸭宜长数''计拙无衣食''老翁难早出'一流语,先已自堕尘土,非但学之者拙,似之者死也。"⑦所举拙句都是杜甫在蜀及夔州时作。袁枚甚至对杜甫夔州七律的代表作《秋兴八首》也表示不欣赏:"余雅不喜杜少陵《秋兴八首》,而世间耳食者,往往赞叹,奉为标准。不知少陵海涵地负之才,其佳处未易窥测。此八首,

---

① 陈善著,孙钒婧、孙友新评注《扪虱新话评注》上集卷一,第10页,福建人民出版社,2014年。

② 方回选评,李庆甲集评点校《瀛奎律髓汇评》卷一〇,第325页。

③ 同上书,第357页。

④ 朱熹《朱子语类》卷一四〇,《朱子全书》第十八册,第4323、4324页。

⑤ 仇兆鳌《杜诗详注》第五册,第2325—2326页引王世贞语。

⑥ 王夫之《唐诗评选》卷四,第188页,上海古籍出版社,2011年。

⑦ 王夫之《唐诗评选》卷三,第125页。

不过一时兴到语耳,非其至者也。如曰'一系',曰'两开',曰'还泛泛'曰'故飞飞',习气大重,毫无意义。"①

夔州诗的第二种倾向是内容繁复的长篇排律和五古增多。朱熹说:"人多说杜子美夔州诗好,此不可晓。夔州诗却说得郑重烦絮,不如他中前有一节诗好。"②叶梦得说"长篇最难","初不以序事倾尽为工。至老杜《述怀》《北征》诸篇,穷极笔力,如太史公纪传,此固古今绝唱。然《八哀》八篇,本非集中高作,而世多尊称之不敢议,此乃揣骨听声耳,其病盖伤于多也。如李邕、苏源明诗中极多累句,余尝痛删去,仅各取其半,方为尽善。"③则主要指杜甫夔州诗中《八哀诗》这类五古大篇,文字过于繁富,不够简约。

也有人并不同意将杜诗分为夔州以前和以后的看法。如明卢世㴶说:"自云'晚节渐于诗律细',子美一生诗,只受用一细字,不止晚节为然。"④清黄生认为"杜公近体分二种,有极意经营者,有不烦绳削者。极意经营,则自破万卷中来;不烦绳削,斯真下笔有神助矣。夔州以前,夔州以后,二种并具,乃山谷、晦翁偏有所主,不知果以何者拟杜之心神也。"⑤潘德舆赞同黄生之说:"杜公早年晚年,皆有极意研炼之诗,亦皆有兴到疾挥之诗。谢无逸所谓'老杜有自然不做语到极致处者,有雕琢语到极致处者'。黄氏生论亦如此,予极韪之。"⑥同时他认为山谷晚年的"不烦绳削"之言"实在不谬",表达了肯定杜甫晚年诗的态度。

此外,清代还有人能较为客观地分析杜甫各体诗的前后差异,例如清人贺黄裳认为"杜诗惟七言古诗终始多奇,不胜枚举;五言律亦前后相称。五古之妙,虽至老不衰,然求其尤精出者……俱在未入蜀以前,

---

① 袁枚《随园诗话》卷七,第 254 页。
② 朱熹《朱子语类》卷一四〇,《朱子全书》第十八册,第 4324 页。
③ 叶梦得《石林诗话》卷上,《历代诗话》上册,第 411 页。
④ 卢世㴶《读杜私言》,《全明诗话》第六册,第 4386 页。
⑤ 黄生《杜诗说·杜诗概说》,第 5 页,黄山书社,2014 年。
⑥ 潘德舆《养一斋李杜诗话》卷二,《清诗话续编》第四册,第 2189—2190 页。

后虽有《写怀》《早发》数章,奇亦不减,终不可多得。余但手笔妙耳,神完味足,似不复如"。"惟七言律,则失官流徙之后,日益精工,反不似拾遗时曲江之作,有老人衰飒之气。在蜀时犹仅风流潇洒,夔州后更沉雄温丽。"①认为杜甫五古的精品晚年较少,但七律却是越写越好。沈德潜则对杜甫歌行评价极高——"与太白各不相似,而各造其极",但认为"夔州以后,比之扫残毫颖,时带颓秃"②,就像用秃的毛笔,锋颖不如前期。这些都是本于事实的客观评价。

## 三 怎样看待杜诗的"变体"?

从正变的视点评杜,主要见于明清诗论。明代不少论者以初盛唐为比较的准则,看出杜诗的种种"变态""变格"。明人对于变的必要性在理论上还是认可的。如王世贞说:"彼见夫盛唐之诗,格极高,调极美,而不能多有,不足以酬物而尽变,故独于少陵氏而有合焉。"③指出杜甫求变的原因在于盛唐诗太少,不能充分表现万事万物和诗歌本身的变化。王世懋论古诗之变说:"古诗,两汉以来,曹子建出而始为宏肆,多生情态,此一变也;自此作者,多入史语,然不能入经语。谢灵运出,而《易》辞《庄》语,无所不为用矣。剪裁之妙,千古为宗,又一变也。中间何庾加工,沈宋增丽,而变态未极,七言犹以闲雅为致。杜子美出,而百家稗官,都作雅音,马浡牛溲,咸成郁致,于是诗之变极矣。"④承认"变"本是古诗发展的自然趋势,杜之变在于极大地扩大了诗歌的取材,但化俗为雅,改变了盛唐以前闲雅的取尚。又说:"杜诗七言律之有拗体,其犹变风变雅乎?……少陵故多变态,其诗有深句,有雄句,有

---

① 贺黄裳《载酒园诗话又编·杜甫》,《清诗话续编》第一册,第317页。
② 沈德潜《说诗晬语》卷上,《原诗 一瓢诗话 说诗晬语》,第210页。
③ 王世贞《书苏诗后》,《读书后》卷四,《弇州四部稿 外六种》,第1285页,上海古籍出版社1993年影印《四库全书》本。
④ 王世懋《艺圃撷余》,《历代诗话》下册,第774页。

老句,有秀句,有丽句,有险句,有拙句,有累句。后世别为大家,特高于盛唐者,以其有深句、雄句、老句也。而终不失为盛唐者,以其有秀句、丽句也。轻浅子弟,往往有薄之者,则以其有险句、拙句、累句也。不知其愈险愈老,正是此老独得处,故不足难之。独拙、累之句,我不能为掩瑕。"①他认为杜诗中有正有变,即使是"变态",也并非全不可取,反而有其独到之处,唯独拙句、累句是不能掩盖的瑕疵。由于明人始终以盛唐闲雅为正,相对"正"而言,"变"会改变一些传统的审美趣味,因此对于杜甫不合于正的变化就难免有微词。

叶燮论诗主张变化是诗歌发展的必然规律,认为历代诗歌在正宗历久不变而衰落之后,都是因为能创新变化而再盛,并从这一点出发,推崇"变化而不失其正,千古诗人,惟杜甫为能"②,对"变"的看法最为辩证。不少清人虽然没有叶燮这样深刻的认识,但也都能对正变持包容态度。如宋荦说:"少陵包三唐,该正变,为广大教化主,生平瓣香,实在此公。"③清中叶以后,多数论者驳斥七子之说,都能从杜诗集汉魏六朝之大成、包古今之正变的角度来肯定其变。如陈廷焯说:"诗至杜陵而圣,亦诗至杜陵而变。""故余谓自风骚以迄太白,诗之正也,诗之古也。杜陵而后,诗之变也。自有杜陵,后之学诗者,更不能求风骚之所在,而亦不得不以杜陵为止境。""杜陵与古为化者也,惟其与古为化,故一变而莫可复兴。"这种"不变之变,乃真变矣"!④ 他认为所谓正,就是李白以前与古诗一脉相承的诗。杜甫学古而能化,他的诗不受古人羁缚,变化不可测。自杜甫之后,后来的学诗者就不再追求恢复风骚古诗的传统,而以杜诗为至高境界了。这样认识杜诗之变的意义,又高于明人仅从体调风格去分辨杜诗的眼光。

---

① 王世懋《艺圃撷余》,《历代诗话》下册,第776—777页。
② 叶燮《原诗》内篇下,《原诗 一瓢诗话 说诗晬语》,第19页。
③ 宋荦《漫堂说诗》,《清诗话》上册,第419页。
④ 陈廷焯《白雨斋词话》,第183、184、185页,人民文学出版社,1953年。

对杜诗"变体"的认识,更多地体现在对杜甫各体诗歌的具体品评之中。而对变的评价,则褒贬不一,关键要看论者究竟如何认识变的意义,以及是否欣赏杜甫变的风格。以下我们分几类诗体来看看这些具体的争议。

一是律诗。宋元时期对杜甫律诗的争议极少,到明代多数论者还是认为杜甫的五律最能体现其集大成的成就,对他的变化也都持赞赏的态度。如胡应麟说:"杜五言律,规模正大,格致沉深,而体势飞动",又"正而能变,变而能化,化而不失本调,不失本调而兼得众调,故绝不可及"①,并综论其律诗说:"杜公诸作,真所谓正中有变,大而能化者。今其体调之正,规模之大,人所共知。惟变化二端,勘核未彻,故自宋以来,学杜者什九失之,不知变主格,化主境;格易见,境难窥。变则标奇越险,不主故常;化则神动天随,从心所欲。如五言咏物诸篇,七言拗体诸作,所谓变也。宋以后诸人竞相师袭者是,然化境殊不在此。"②他认为杜诗格调之变是表面容易看到的现象,但其变能达到化境之处,则一般人不能领会。他举了大量杜甫近体字法、句法、篇法入化的诗例,认为这些都是"天造地设,尽谢斧凿"的,对于"变"持辩证的看法,并不简单贬低。

但是对于杜甫的七律是否位居第一,在晚明时期就出现过一些争议。胡震亨说:"七言律独取王、李而绌老杜者,李于鳞也。夷王、李于岑、高而大家老杜者,高廷礼也。尊老杜而谓王不如李者,胡元瑞也。谓老杜即不无利钝,终是上国武库,又谓摩诘堪敌老杜,他皆莫及者,王弇州也。意见互殊,几成诤论。虽然,吾终以弇州公之言为衷。"③按胡震亨的说法,包括他自己在内的五位诗家,对杜甫七律和王维、李颀等七律的取向,归纳起来有三种不同意见:一种是贬低杜甫七律的地位,

---

① 胡应麟《诗薮》内编卷四,第73页。
② 胡应麟《诗薮》内编卷五,第90页。
③ 胡震亨《唐音癸签》卷一〇,第93—94页。

而独尊王维、李颀,此说由李攀龙提出;另一种是尊尚杜甫,以高棅、胡应麟为代表;第三种是对杜甫七律不无看法,但碍于杜甫的地位,而认为王维可以和老杜并提。这一争论的出现说明晚明宗唐派诗论家对杜甫七律的"变格"持有异议。而真正推崇杜甫七律的主要是宋人和多数清代诗论家。

二是五言古诗。明代宗唐派对五古的态度较其他诗体严苛,他们认为五古的最高境界是汉魏五古,唐人的五古都不算五古。李攀龙在《唐诗选序》里曾经批评陈子昂的古诗:"唐无五言古诗,而有其古诗。陈子昂以其古诗为古诗,弗取也。"①模仿汉魏最像的陈子昂都被否定,其他人就更不用提了。李攀龙的看法在明清诗论中引起很大反响,许多论者都表达过自己对于唐究竟有无五古的看法。李维桢、于慎行、孙应鳌、陆时雍、王渔洋等对李攀龙之说都持赞同态度,王世懋甚至说:"唐人无五言古,就中有酷似乐府语而不伤气骨者,得杜工部四语……得王右丞四语……"②眼光比李攀龙还严苛。清人对李攀龙之说加以分辨,肯定了唐有自己古诗的说法,并联系到杜甫。如徐增认为:"杜少陵古诗,为有唐之独步,从'熟精《文选》理'得来,盖深于汉魏者也,而毕竟非汉魏也。李沧溟判之曰'唐无古诗',未尝无据。愚以为去唐古诗,则汉魏愈无径路矣。……学汉魏,方得唐古诗,则唐古诗谈何容易。"③冒春荣一方面认为:"称诗莫盛于唐,唯去汉魏日远,古体遂乏浑厚之气。"④另一方面认为:"谓唐人古诗,无有不从前代入者。……独老杜从汉魏入,取法乎上,所以卓绝众家。"⑤主要是从杜甫五古善学汉

---

① 李攀龙选,蒋一葵笺释《唐诗选》,清华大学图书馆藏明刻本,《四库全书存目丛书》集部第三〇九册,第1页,台湾庄严文化事业有限公司,1997年。
② 王世懋《艺圃撷余》,《历代诗话》下册,第778页。
③ 徐增《而庵说唐诗》卷一"五言古之上",《四库全书存目丛书》集部第三九六册,第560页。
④ 冒春荣《葚原诗说》卷四,《清诗话续编》第三册,第1618页。
⑤ 同上书,第1620页。

魏这一点来肯定其成就。

但是对杜甫的五言乐府,论者的态度又有所不同。杜甫极少写古题乐府,主要是另立新题,所以对古题乐府而言就是变。胡应麟说:"杜之乐府,扫六代沿洄之习,真谓自启堂奥,别创门户。然终不以彼易此者,陶之意调虽新,源流匪远,杜之篇目虽变,风格靡超。故知三正迭兴,未若一中相授也。"①虽然肯定杜甫的创新,但认为还是离传统乐府的源流远了些。宋荦则说:"古乐府音节久亡,不可模拟。……少陵乐府以时事创新题,如《无家别》《新婚别》《留花门》著作,便成千古绝调。"②潘德舆也说:"后世诗人本宜自创一题,咏歌时事,沿袭旧题,情理未笃。故余窃谓杜之乐府,非变也,真也;今之好沿乐府题者,非古也,伪也。"③大体说来,清人对于杜甫运用古乐府原理创作五言乐府新题的认识较元明人清晰,艺术评价上的争议也少。

三是七言古诗。明清论者对于杜甫七言古诗均推崇备至,认为七古至"太白少陵,大而化矣,能事毕矣"④。唯有极少数论者如李攀龙认为"七言古诗唯杜子美不失初唐气格,而纵横有之"⑤,虽是赞美口气,但显然是以初唐七古为正宗。何景明则直接说杜诗为变体,不如初唐。他在《明月篇序》中说:"仆始读杜子七言诗歌,爱其陈事切实,布辞沉著,鄙心窃效之,以为长篇圣于子美矣!既而读汉魏以来歌诗,及唐初四子者之所为而反复之,则知汉魏固承《三百篇》之后,流风犹可征焉。而四子者虽工富丽,去古远甚,至其音节往往可歌。乃至子美辞固沉着而调失流转,虽成一家语,实则诗歌之变体也。"⑥但此说被大多数论者

---

① 胡应麟《诗薮》内编卷二,第35页。
② 宋荦《漫堂说诗》,《清诗话》上册,第417页。
③ 潘德舆《养一斋李杜诗话》卷二,《清诗话续编》第四册,第2193页。
④ 胡应麟《诗薮》内编卷三,第50页。
⑤ 李攀龙选,蒋一葵笺释《唐诗选》,清华大学图书馆藏明刻本,《四库全书存目丛书》集部第三〇九册,第1页。
⑥ 胡应麟《诗薮》内编卷三引,第53页。

驳斥,如许学夷说"七言古":"(王、卢、骆)三子偶俪极工,绮艳变为富丽,然调犹未纯,语犹未畅,其风格虽优,而气象不足。"①"盖歌行自李杜纵横轶荡,穷极笔力,后人往往慕李杜而藻高岑。"②宋荦说:"七言古诗,上下千百年定当推少陵为第一。……何大复序《明月篇》,谓初唐四子之作,往往可歌,反在少陵之上。此未尝概七言之正变而言之,不足为典要也。"③明清论者还多喜以李白和杜甫的七言古诗作比较,但没有轩轾之意。

四是五言排律。历代诗论对于杜甫排律的得失不无争讼。有一些论者特别讨厌排律这种体裁。如郝敬说:"近体之败兴,无如俳律。使有情者不得展措,滞钝者托以藏拙。"④认为排律最不适宜抒情,只利于文思滞涩的钝根人藏拙。王夫之说:"盛唐以后,失其宗旨。以排为律,引律使排,于是日非当日,人非当人,物非当物,意非当意,杂俎新陈,伦纪莫辨,徒以首尾络束,强合令成。其凉法之始,自杜陵夔府诸作以相沿染,而人间乃有此脆蛇寸断、万蚁群攒之诗,谓之排律。"⑤杜甫因擅长排律也被批得一无是处:"杜于排律极为漫烂,使才使气,大损神理,庸目所惊,正以是为杜至处。"⑥

然而凡是肯定杜律成就者,无不推其为唐代排律之巅峰。如高棅说:"排律之盛,至少陵极矣。诸家皆不及。诸家得其一概,少陵独得其兼善者。"⑦"长篇排律,唐初作者绝少。开元后,杜少陵独步当世,浑涵汪洋,千汇万状,至百韵千言,力不少衰。"⑧胡应麟也说:"益以摩诘

---

① 许学夷《诗源辩体》卷一二,《全明诗话》第四册,第3262页。
② 许学夷《诗源辩体》卷一七,《全明诗话》第四册,第3283页。
③ 宋荦《漫堂说诗》,《清诗话》上册,第418页。
④ 郝敬《艺圃伧谈》卷一,《全明诗话》第四册,第2885页。
⑤ 王夫之《唐诗评选》,第150页。
⑥ 同上书,第160页。
⑦ 高棅《五言排律叙目·大家》,《唐诗品汇》,第618页,上海古籍出版社,1982年。
⑧ 同上书,第621页。

之风神,太白之气概,既奄有诸家,美善咸备,然后究极杜陵,扩之以闳大,浚之以沉深,鼓之以变化,排律之能事尽矣!"①除了认为杜甫独步当世、兼得众善以外,还认为杜甫不可及处在于篇法纵横奇正,开合变化,运古于律。沈德潜论长律说:"唐初应制、赠送诸篇,王、杨、卢、骆、陈、杜、沈、宋、燕、许、曲江,并皆佳妙。少陵出而瑰奇鸿丽,一变故方,后此无能为役。"②这些争议已经涉及杜甫五排"一变"初盛唐五排"故方"的某些特点,因为关系到究竟如何认识排律的体裁特性,以及杜甫改造排律的得失,所以也有深入探讨的余地。

五是绝句。在各种诗体中,杜甫的绝句最受争议。影响比较大的是胡应麟所说:"子美于绝句无所解,不必法也。"③徐师曾虽然没有说得这么直截了当,但也说:"虽以杜少陵之圣于诗,而于此(按,指绝句)尚有遗憾,则此体岂可易而为之哉?"④清代宗唐派对于杜甫绝句也有微词,如王士禛说:"(杜甫)诸体擅长,绝句不妨稍绌,吾亦不能妄叹者。"⑤

宗唐派否定杜甫绝句的主要原因是认为其不合绝句的正声。如沈德潜说:"少陵绝句,直抒胸臆,自是大家气度,然以为正声则未也。宋人不善学之,往往流于粗率。"⑥他虽然没有否定杜甫的大家气度,但认为杜甫绝句不是正声。清人张谦宜也说:"(绝句)法莫备于唐人,中晚尤妙。但不当学少陵绝句,彼是变格,太白则圣手矣。"⑦正声的典范是盛唐绝句,五绝以王维为代表,七绝以李白、王昌龄为代表,这是明清宗唐派的一致认识。

---

① 胡应麟《诗薮》内编卷四,第76—77页。
② 沈德潜《说诗晬语》卷上,《原诗 一瓢诗话 说诗晬语》,第218页。
③ 胡应麟《诗薮》内编卷六,第109页。
④ 徐师曾《诗体明辨》,《全明诗话》第二册,第1462页。
⑤ 王士禛等《师友诗传录》阮亭答问,《清诗话》上册,第145页。
⑥ 沈德潜编《唐诗别裁》卷二〇,第389页,中国致公出版社,2011年。
⑦ 张谦宜《絸斋诗谈》卷二,《清诗话续编》第二册,第807页。

而一些为杜甫绝句辩护的诗家,也是从其不合正声这一点着眼的。明人卢世㴶说:"天生太白、少伯以主绝句之席。……子美恰与两公同时,又与太白同游,乃恣其倔强之性,颓然自放,独成一家。宁为鸡口,勿为牛后。天实生才不尽,才人用才又自不同。若子美者,可谓巧于用拙,长于用短,精于用粗,婉于用憨者也。"①认为少陵天性不甘随人做场,绝句也要独成一家,但仍承认杜甫绝句有"拙、短、粗、憨"的缺点。潘德舆则认为卢氏将杜甫绝句的独成一家归因于刻意弄巧求胜,太小看了杜甫的胸怀和才能:"杜公天挺之才,横绝一世,无所不可。自率本怀,则为绝句创调;偶从时轨,则为绝句冠场。疑其不习者非,疑其弄巧者亦非。"②指出杜甫本来无所不能,当他直抒胸臆、自率本性时,绝句就成创调,而偶尔遵循当时流行作法的时候,绝句就成为此体的最佳作品,所以怀疑杜甫不懂绝句或者以为他有意弄巧的看法都不对。以上种种争议,似乎都看到了杜甫绝句不同于盛唐的独特之处,但是对这一现象的解释和评价却差异很大。即使是推崇杜诗的论者,也不敢过高评价其绝句的成就。因此这至今仍是一个热门的话题。

历代诗论对杜诗有敏锐的艺术感觉,尽管由于审美倾向各不相同,产生不少争议,但也给当代的杜诗研究留下了不少值得深入探讨的课题。以下各章将联系上述争议的焦点,以杜诗的不同体裁为主要框架,展开对杜诗艺术的评议。

---

① 卢世㴶《读杜私言·论五七言绝句》,《全明诗话》第六册,第4391页。
② 潘德舆《养一斋李杜诗话》卷三,《清诗话续编》第四册,第2202页。

# 第二章 "诗圣"的形象提炼

杜甫忧国忧民、悲天悯人的精神受到万世敬仰。他毕生的饥寒流离,往往被看成造就"诗圣"的前提条件。但"诗圣"的称号只是后人对他的人格和"圣于诗"的艺术成就的一个综合性评价,杜甫从来没有把自己看成超越世人的圣贤,恰恰相反,他在诗歌中塑造的自我形象,始终是一个执着孤独、不合时宜的"腐儒"和穷愁潦倒、寂寞困苦的"少陵野老"。

## 第一节 "乾坤一腐儒"的孤独感

中国文学史上的大作家都有程度不同的孤独感,尤其是先秦汉魏六朝至初盛唐的诗人。失意困顿的遭际、缺乏同道的寂寞、对理想和操守的坚持、对世俗的洞彻和鄙视,是他们产生孤独感的共同原因。而就不同时代、不同境遇的诗人而言,其孤独感又有不同的内涵。提炼孤独感的艺术方式的差异,往往会造成诗人不同的艺术个性。如屈原以香草自饰、独清独醒的孤洁,阮籍独坐空堂、徘徊旷野的茫然,陶渊明面对"八表同昏"、独酌思友的寂寞,李白天马行空、从云端俯视人寰的清高,都与他们构筑的独特的艺术境界有关。不过,虽然比兴和构思的方式不同,其艺术提炼的原理却是相同的,这就是以诗人高大伟岸的个人形象与污浊荒漠的世俗世界构成反差强烈的对比。这也可以说是盛唐以前诗歌浪漫精神的表现传统之一。杜甫同样体尝了屈原、阮籍、陶渊明和李白诸家大诗人的各种孤独感,而且愈到晚年,他对孤独心境的提炼也愈益自觉。去世前一年他称自己为"乾坤一腐儒"①,就是对自己与整个世界的关系经过反复思考之后的最后概括。与其他大诗人相比,杜甫最大的不同是:在个人形象和广漠时空的对比中,诗人突显的是自己的渺小和无力,然而其思考的深度和高度却迥出于前人之上。

## 一　人生大志与政治挫败感

杜甫一生曲折的经历,并非总是和孤独感相伴随的。大致说来,当杜甫处境顺利、不愁生计时,他对生活的浓厚兴趣是诗歌灵感的主要来源;当他身陷贼营、卷入战乱时,他对国运和民生的忧虑也使他无暇顾及个人的失意。而在困顿穷愁之际、羁旅漂泊途中,对于人生归宿的思考和寻求,才使他产生了强烈的孤独感。

早年的杜甫与李白一样,以大才自许,具有高远的志向。当他十四五岁时,便能"出游翰墨场",被"斯文崔魏徒"比作班固、杨雄,"脱略小时辈,结交皆老苍。饮酣视八极,俗物皆茫茫"②。初次科举落第,也没有影响他对前程万里的信心。远望泰山时,他曾豪迈地宣称:"会当凌绝顶,一览众山小。"③看到气势凌厉的画鹰和胡马时,便想象自己将来也会像鹰和马一样,"何当击凡鸟,毛血洒平芜"④,"骁腾有如此,万里可横行"⑤。正是这种不甘凡庸的追求,使他日后对人生的挫败感更加敏锐。

十年困守长安期间,杜甫感受最深的是无人援引的悲哀。"残杯

---

① 《江汉》,杨伦《杜诗镜铨》下册,第 935 页,上海古籍出版社,1962 年。
② 《壮游》,《杜诗镜铨》下册,第 696 页。
③ 《望岳》,《杜诗镜铨》上册,第 1 页。
④ 《画鹰》,《杜诗镜铨》上册,第 6 页。
⑤ 《房兵曹胡马》,《杜诗镜铨》上册,第 6 页。

与冷炙,到处潜悲辛"①的遭际使他初次产生了没有归宿的孤独感:"长安苦寒谁独悲,杜陵野老骨欲折。"②"圣朝亦知贱士丑,一物但荷皇天慈。此身饮罢无归处,独立苍茫自咏诗。"③天宝十载献赋长安,玄宗命宰相试文章,曾一度激起他的自信和希望:"忆献三赋蓬莱宫,自怪一日声辉赫。集贤学士如堵墙,观我落笔中书堂。"④然而以"文彩动人主"的辉煌转瞬即逝,"破胆遭前政,阴谋独秉钧。微生沾忌刻,万事益酸辛",妒才嫉贤的李林甫摧毁了他"奋飞超等级"⑤的幻想,使他重新落入"愁饿死"的境地。"酒尽沙头双玉瓶,众宾皆醉我独醒"⑥,经过这一番挫折,此时的杜甫已经尝到屈原式的独醒滋味。但是他从小立下的人生大志并没有动摇,在《自京赴奉先县咏怀五百字》中,他一方面抒发着仕既不成、隐又不遂的悲哀,一方面执着地坚持自己甘愿被"同学翁"取笑而绝不放弃"窃比稷与契"的志向。这种志向已经不是出于个人的"稻粱谋",更重要的是发自"穷年忧黎元,叹息肠内热"⑦的浩叹。

安史之乱爆发以后,穷愁失意的诗人又增添了一层死生无常的忧虑:"垂老恶闻战鼓悲,急觞为缓忧心捣。少年努力纵谈笑,看我形容已枯槁。……诸生颇尽新知乐,万事终伤不自保。……忽忆雨时秋井塌,古人白骨生青苔,如何不饮令心哀。"⑧尽管诗人此时尚未垂老,但是形貌已经枯槁,唯恐埋没沟渠的忧思显然不是同饮谈笑的新知们所能理解的。因此,他无论是在与家人欢聚时还是在道路奔波中,都时时

---

① 《奉赠韦左丞丈二十二韵》,《杜诗镜铨》上册,第25页。
② 《投简咸华两县诸子》,《杜诗镜铨》上册,第36页。
③ 《乐游园歌》,《杜诗镜铨》上册,第44页。
④ 《莫相疑行》,《杜诗镜铨》下册,第561页。
⑤ 《奉赠鲜于京兆二十韵》,《杜诗镜铨》上册,第57页。
⑥ 《醉歌行》,《杜诗镜铨》上册,第62页。
⑦ 《自京赴奉先县咏怀五百字》,《杜诗镜铨》上册,第105页。
⑧ 《苏端薛复筵简薛华醉歌》,《杜诗镜铨》上册,第126—127页。

怀着穷独的恐惧:"沉思欢会处,恐作穷独叟。"①"浮生有荡汨,吾道正羁束。人寰难容身,石壁滑侧足。"②在"羯胡腥四海,回首一茫茫"③的人寰中,他似乎预感到了此生因道不行而难以容身的艰辛。

　　从华州到秦州时期,是杜甫选择人生道路的转折时期。本来因逃难到行在,被肃宗授为左拾遗,在政治上有了施展的机会,此后直到两京收复,有了一年多参与朝政的历练。然而凭着一腔热血履行谏臣职责,却因疏救房琯而不小心触到了统治者内斗的痛处。从下狱到被疏救,最后被贬官疏远,政治上的挫败以及被众谤所伤的境遇给他带来的幽独感,较之早年的穷独失意是更深刻的:"巢边野雀群欺燕,花底山蜂远趁人。更欲题诗满青竹,晚来幽独恐伤神。"④他把中伤自己的小人比作野雀和山蜂,在经历了政治的风险之后,诗人已经体会到坚持清节的孤独。于是,非无沧海志的诗人开始了进退之间的选择。作于华州期间的《独立》诗说:"空外一鸷鸟,河间双白鸥。飘飘搏击便,容易往来游。草露亦多湿,蛛丝仍未收。天机近人事,独立万端忧。"⑤仇兆鳌引赵汸注说此诗"鸷鸟,比小人之媢嫉者,白鸥比君子幽放者"⑥,这一解说虽不为无据,但杜甫在诗文中多处赞扬"鸷鸟""以雄才为己任""搏击而不可当"的"英雄之姿"⑦,笔者以为这首诗里是以鸷鸟摩天搏击的姿态比喻"大臣正色立朝之义"⑧,以河间白鸥往来容易的姿态比

---

① 《述怀》,《杜诗镜铨》上册,第141页。
② 《三川观水涨二十韵》,《杜诗镜铨》上册,第119页。
③ 《送灵州李判官》,《杜诗镜铨》上册,第152页。
④ 《题郑县亭子》,《杜诗镜铨》上册,第198页。
⑤ 《独立》,《杜诗镜铨》上册,第214页。
⑥ 仇兆鳌《杜诗详注》第2册,第495页。
⑦ 《进雕赋表》《雕赋》,《杜诗镜铨》下册,第1040—1045页。《画鹰》《义鹘行》《画鹘行》也都是赞扬"鸷鸟"的。
⑧ 杜甫《进雕赋表》:"臣以为雕者,鸷鸟之殊特,搏击而不可当。岂但壮观于旌门,发狂于原隰。引以为类,是大臣正色立朝之义也。臣窃重其有英雄之姿,故作此赋。"《杜诗镜铨》下册,第1041页。

喻自由生活，两相并列，暗示了仕与隐的两种选择。草露和蛛丝也是以天机喻人事，就像政治生涯中常遭罪名罗织，令诗人忧思万端。思考的结果，他还是选择了辞官："平生独往愿，惆怅年半百。罢官亦由人，何事拘形役？"①"独往"一词，见于《庄子·外篇·在宥》："出入六合，游乎九州岛，独往独来，是谓独有。"②这种独往独来是指在精神上独游于天地之间，不受任何外物阻碍的极高境界。西晋到盛唐又为神仙家和佛家所使用，"独往"渐成为表示高蹈出世之意的常用词。对于毕生未能忘其济世之志的诗人来说，选择隐逸出世是痛苦的。这意味着他要对前半生执着追求的人生道路重新反省："万方声一概，吾道竟何之？"③陶渊明虽然也有过贫富交战的挣扎，但是他几乎没有问道的犹疑。而杜甫在选择了罢官之后，却因不知"吾道"之去向而茫然。这道，固然是实际的生存之道，更是自己的精神归宿之所在："百川日东流，客去亦不息。我生苦漂荡，何时有终极。"④"大哉宇宙内，吾道长悠悠。"⑤从秦州开始羁旅漂泊的漫长道途，似乎是他一生寻求无着的象征。

  杜甫在漂泊西南的十多年里，只有草堂时期的诗歌最为平和，抒发穷独之感的诗篇较少，其余的日子几乎都在贫病流离的境况中度过，所以孤独感与日俱增。首先是衰病困穷、故乡难归的孤愁："贫病转零落，故乡不可思。常恐死道路，永为高人嗤"⑥，"老魂招不得，归路恐长迷"⑦，"墙宇资屡修，衰年怯幽独"⑧。流落终生，到死后魂魄都不得归去的恐惧使他越到衰年，越是孤独。

---

① 《立秋后题》，《杜诗镜铨》上册，第 228 页。
② 王先谦《庄子集解》，第 68 页，中华书局《诸子集成》本，1954 年。
③ 《秦州杂诗》其四，《杜诗镜铨》上册，第 240 页。
④ 《别赞上人》，《杜诗镜铨》上册，第 284 页。
⑤ 《发秦州》，《杜诗镜铨》上册，第 288 页。
⑥ 《赤谷》，《杜诗镜铨》上册，第 288—289 页。
⑦ 《散愁》其二，《杜诗镜铨》上册，第 335 页。
⑧ 《课伐木》，《杜诗镜铨》下册，第 764 页。

其次是亲友音信断绝、天涯独处的忧念:"海内风尘诸弟隔,天涯涕泪一身遥。"①几个弟弟都被烽烟阻隔,而在乱离之中,朋友也渐渐凋零,自己的存亡竟无人可托付:"乱离朋友尽,合沓岁月徂。吾衰将焉托?存殁再呜呼。萧条病益甚,独在天一隅。"②

再次是穷途漂泊、无处投奔的悲凉:"真成穷辙鲋,或似丧家狗。"③严武和高适去世以后,杜甫在成都失去了依靠。在夔州虽然有柏茂琳照应两年,但也不是长久之计。离开夔州后出峡,一路寻访干谒,但屡遭白眼,无处可以久留。"更欲投何处,飘然去此都。形骸原土木,舟楫复江湖。社稷缠妖气,干戈送老儒。百年同弃物,万国尽穷途。"④在风尘漂泊之中看尽世态,尤其是各处官衙小吏的轻蔑,更加深了诗人的挫败感:"羁旅知交态,淹留见俗情。衰颜聊自哂,小吏最相轻。……狐狸何足道,豺狼正纵横。"⑤寄人篱下而饱尝炎凉的困境,使杜甫体会到阮籍在"走兽交横驰"⑥的世界中的孤独。"舟楫渺然自此去,江湖远适无前期"⑦这两句诗,为他前途渺茫、看不到归宿的漂流生涯作了形象的写照。

## 二 "吾道何之"的探索和疑问

除了生计无着的困境以外,杜甫最深刻的悲哀还来自于他对"吾道何之"的疑问。达与不达,只是个人的出处问题,而"吾道"是否可行,则是精神有无归宿的问题。"致君尧舜上,再使风俗淳"⑧,是身为儒者的终极理想。因此即使在艰难流离之中,他仍然多次抒发过"济

---

① 《野望》,《杜诗镜铨》上册,第374页。
② 《遣怀》,《杜诗镜铨》下册,第703—704页。
③ 《奉赠李八丈曛判官》,《杜诗镜铨》下册,第996页。
④ 《舟中出江陵南浦》,《杜诗镜铨》下册,第938页。
⑤ 《久客》,《杜诗镜铨》下册,第947页。
⑥ 《咏怀诗》其二十,《阮籍集》,第94页,上海古籍出版社,1978年。
⑦ 《晓发公安》,《杜诗镜铨》下册,第948页。
⑧ 《自京赴奉先县咏怀五百字》,《杜诗镜铨》上册,第109页。

时敢爱死,寂寞壮心惊"①的慷慨意气;即使弃官,他还是时时流露出"心虽在朝谒,力与愿矛盾"②的遗憾。他在从秦州到达同谷时,住在凤凰台下的凤凰村。七岁就开口咏凤凰的诗人由此联想到西伯姬昌时凤鸣岐山的故事,产生了凤凰台上或许有凤雏在挨饿的奇想:"我能剖心血,饮啄慰孤愁。血以当醴泉,岂徒比清流?所重王者瑞,敢辞微命休?"③凤凰向来被儒家奉为国家祥瑞。为重现太平之治,他甘愿剖心沥血,以生命来供养那可能被遗落的凤雏。这就是他身在江湖依然信守的"吾道",但在现实中是否行得通呢?

在开元清平年代,历代士人理想中的凤凰确实一度出现。那时天下太平,经济繁荣,国力强盛,政治清明。正如杜甫在《有事于南郊赋》中所说:"盖九五之后,人人自以遭唐虞;四十年来,家家自以为稷卨。"④多少代人幻想的尧舜之世仿佛变成了现实。以张说、张九龄为代表的文儒型官僚提倡的礼乐政治,既迎合了封建盛世粉饰太平的需要,也展现了实践儒家政治理想的希望。他们从复兴儒学的角度提倡礼乐,得到玄宗的大力支持,并成为时代的共识。由于制礼作乐需要雅颂之文的配合,"文儒"的概念逐渐形成,它的含义就是"儒学博通及文词秀逸者"⑤。朝廷在开元十三年设立集贤殿书院,"延礼文儒,发挥典籍"⑥,专门征集鸿儒和文士。玄宗给予集贤殿学士无上的荣耀,充分肯定了文儒的政治地位和学术方向。文儒型官僚很快成为政坛和文坛的中坚力量,并影响了整整一代人的命运。开元时代的著名诗人绝大部分受到以二张为代表的文儒集团引荐,天宝年间的文人受开元学风

---

① 《岁暮》,《杜诗镜铨》上册,第483页。
② 《赠郑十八贲》,《杜诗镜铨》上册,第588页。
③ 《凤凰台》,《杜诗镜铨》上册,第295页。
④ 《有事于南郊赋》,《杜诗镜铨》下册,第1062页。
⑤ 宋敏求编《唐大诏令集》卷四《改元天宝赦》,第9页A,《中华文史丛书》本,台湾华文书局,1969年。
⑥ 司马光《资治通鉴》卷二一二,第6756页,中华书局,1956年。

的熏陶,或受开元文儒所荐举,在所受教育、学问修养、政治思想等方面都具有鲜明的文儒色彩。①

但是随着张九龄的去世,吏能型官僚李林甫的登台,开元时文儒在政治上的鼎盛时期到天宝时便一去不复返了。杜甫后半生的经历证明在开元时期短暂的清平政治消逝之后,无论是在治世还是乱世,儒术都没有立足之地。天宝中他和元结等文士赴京师选举,被李林甫全部黜落,就是因为李林甫绝不会录用借制礼作乐献艺的文士。天宝十载,杜甫献三大礼赋,本来已经被玄宗命令待诏集贤院,但再次被李林甫黜落。这更说明李林甫作为一个天性忌刻的吏能型宰相,绝不会允许一个文儒通过进献礼赋而直至青云。杜甫当时就感叹"儒术诚难起"②,后来李林甫下台,他又说"破胆遭前政"③,说明他对前执政者李林甫排斥儒术文章是很清楚的。杜甫的悲剧典型地反映了这一代生长于开元时期,接受诗礼教育的文人被培养成文儒以后,在天宝排斥文儒的吏能政治下必然陷于困顿的共同命运。

战乱爆发后,肃宗排斥玄宗时代以房琯为代表的文儒,重用武将和勋官,儒术更无用处。所以杜甫深深感慨:"兵戈犹在眼,儒术岂谋身。"④他虽然自比稷契,期望大用,但在实际的官场事务中又无可为用:虽然一度在肃宗朝做过拾遗,却因为疏救房琯而成为朝廷政治钩心斗角的牺牲品;在华州做地方官,又耐不住簿书的烦劳;在幕府参谋,更是"深觉负平生"⑤;到白头为郎时,已是有心无力。杜甫致君尧舜的大志是开元一代文儒的共同志向,而杜甫仕途的坎坷也典型地反映了文儒理想与现实政治之间固有的矛盾。但是诗人一直以文儒士自居,战

---

① 以上论点参见拙文《盛唐文儒的形成和复古思潮的滥觞》,《文学遗产》1998年第6期。
② 《奉留赠集贤院崔于二学士》,《杜诗镜铨》上册,第55页。
③ 《奉赠鲜于京兆二十韵》,《杜诗镜铨》上册,第57页。
④ 《独酌成诗》,《杜诗镜铨》上册,第155页。
⑤ 《正月三日归溪上有作,简院内诸公》,《杜诗镜铨》下册,第553页。

乱初起时,他说:"伤哉文儒士,愤激驰林丘。中原正格斗,后会何缘由。百年赋命定,岂料沉与浮。"①感伤文儒士赶上这样的战乱,已经难料此生的沉浮。到临终前两年,他仍然说:"摧毁几年唯镇静,曳裾终日盛文儒。"②深深怀念那个文儒鼎盛的时代。杜甫在文儒政治的氛围中长大,与他关系较深的房琯、严武之父严挺之都是文儒的代表人物。因此他晚年对于盛唐的怀念,始终定格在一度实现了文儒理想的开元时代。但是即使战乱结束,太平再现,文儒之道是否就能用世呢?天宝时代还算是太平之世,却没有文儒生存的空间。以至杜甫在早年就曾愤愤地喊出过"儒术于我何有哉,孔丘盗跖俱尘埃!"③这两句诗看似醉言,其实是毕生埋藏在他心底的疑问:"先生有道出羲皇,先生有才过屈宋。德尊一代常坎坷,名垂万古知何用?"④羲皇之道加屈宋之才,正是文儒的最高典型。然而德尊一代者虽能名垂万古,生前却往往坎坷失意。更何况生当乱世,直到临死还看不见太平的希望,那么身为文儒士的现实意义究竟在哪里呢?难怪汉高祖说,为天下者不用腐儒。当杜甫晚年总结生平,自嘲为"腐儒"时,应当是彻悟了"文儒士"的这一悲剧和根本矛盾的。

杜甫的悲剧是时代的悲剧,也是文儒的悲剧。"吾道"之不行使他只能屡屡作穷途之哭,发歧路之悲:"茫然阮籍途,更洒杨朱泣。"⑤"苍茫步兵哭,展转仲宣哀。……不必伊周地,皆登屈宋才。"⑥君主昏庸,官资滥进,枢要皆为武夫,伊周之位已再也用不着屈宋之才。以文儒而致君尧舜的理想被现实彻底粉碎。"天下尚未宁,健儿胜腐儒。飘飖风尘际,何地置老夫?于时见疣赘,骨髓幸未枯。饮啄愧残生,食薇不

---

① 《送韦十六评事充同谷防御判官》,《杜诗镜铨》上册,第147—148页。
② 《又作此奉卫王》,《杜诗镜铨》下册,第926页。
③ 《醉时歌》,《杜诗镜铨》上册,第61页。
④ 同上书,第60页。
⑤ 《早发射洪县南途中作》,《杜诗镜铨》上册,第427页。
⑥ 《秋日荆南述怀三十韵》,《杜诗镜铨》下册,第928—929页。

愿余。"①天下虽大，却不但令他无处容身，甚至令他感到生为附赘悬疣。但是"腐儒"二字虽然概括了杜甫一生的悲辛，他却仍然以腐儒的道而自傲："甲卒身虽贵，书生道固殊。"②依靠武功谋富贵的将士，哪里懂得书生自有不同的"道"呢？"安得覆八溟，为君洗乾坤？稷契易为力，犬戎安足吞。儒生老无成，臣子忧四藩。"③尽管腐儒至老无成，但是他依然相信洗净乾坤、安定天下的根本还是要依靠儒家理想的稷契大才。"呜呼已十年，儒服敝于地。征夫不遑息，学者沦素志。……周室宜中兴，孔门未应弃。"④王室中兴不能抛弃孔门之道，这是他的精神支柱。正是这道，给了杜甫终生不懈地批判时弊的勇气和关切国运民瘼的热情。正是对"吾道"的坚信，使他能将一介腐儒置于广大的乾坤中自我观照。腐儒虽然渺小，但是他所恪守的道是至大无边的可以拯救乾坤的真理。正如他自己所说："乾坤虽宽大，所适装囊空。"⑤从这个意义上来说，乾坤又可以成为腐儒的囊中之物。这就是"乾坤一腐儒"这一理念概括的深厚内涵。正因如此，后人才会从这一对比中看到诗人的经纬天地之志，以及包容乾坤、与元气同在的精神力量。

## 第二节 杜甫孤独感的艺术提炼

### 一 渺小喻象与广阔天地的对比

从天宝后期到流落荆湘时期，随着杜甫对孤独感的体味愈益深入，对自己孤独形象的艺术提炼也越来越自觉。早年在长安时期，他已经

---

① 《草堂》，《杜诗镜铨》上册，第516页。
② 《大历三年春白帝城放船出瞿塘峡》，《杜诗镜铨》下册，第906页。
③ 《客居》，《杜诗镜铨》下册，第583页。
④ 《题衡山县文宣王庙新学堂呈陆宰》，《杜诗镜铨》下册，第1026—1027页。
⑤ 《赠苏四徯》，《杜诗镜铨》下册，第791页。

开始用一些飘零的比兴意象自喻。如"此生任春草,垂老独漂萍"①,虽然此时他只是在长安没有落脚之处,说"垂老"也似乎早些,但是已经觉得自己的命运如同漂泊的浮萍。又如"曲江萧条秋气高,菱荷枯折随风涛。游子空嗟垂二毛,白石素沙亦相荡,哀鸿独叫求其曹"②,这是杜甫最早用孤鸿自喻其孤独潦倒的处境,以及希望有人援引的心情。其中值得注意的是"白鸥没浩荡,万里谁能驯?"③比喻自己将辞别京华归隐,自由翱翔于江海之上,白鸥后来成为杜甫漂泊西南时期常用的喻象。

乱离之中,杜诗里飘萍、浮萍的意象逐渐多见。如"乱后故人双别泪,春深逐客一浮萍"④,比喻被贬的郑虔,以"一"字强调一叶浮萍的渺小、孤独,是后来杜甫屡用"一"字的开始。又如"相看万里外,同是一浮萍"⑤,既是自喻,亦喻对方。再如"日月笼中鸟,乾坤水上萍"⑥,已经开始以"万里""乾坤""日月"这样广阔的空间意象和笼中鸟及水上萍的渺小形象对比,强调自己在茫茫天地中的孤独无着。他也曾用过飘蓬:"蓬生非无根,漂荡随天风。天寒落万里,不复归本丛。……生涯能几何,常在羁旅中。"⑦飘蓬是汉魏诗里的常见喻象,比喻离开本根的羁旅者,非常贴切。

尽管四处漂泊,诗人并没有忘记自己的初志,因此他的自喻中并非只有自艾自怜的飘蓬和浮萍,他还好用鹘、鸷鸟类猛禽比喻自己独立高飞的壮志。如前文所引《画鹘行》中"侧脑看青霄"的鹘和《独立》诗中的"空外一鸷鸟",都暗示了自己超越世俗的不凡。秦州以后,他还屡

---

① 《赠翰林张四学士垍》,《杜诗镜铨》上册,第 30 页。
② 《曲江三章章五句》其一,《杜诗镜铨》上册,第 44 页。
③ 《奉赠韦左丞丈二十二韵》,《杜诗镜铨》上册,第 26 页。
④ 《题郑十八著作丈故居》,《杜诗镜铨》上册,第 191 页。
⑤ 《又呈窦使君》,《杜诗镜铨》上册,第 411 页。
⑥ 《衡州送李大夫七丈赴广州》,《杜诗镜铨》下册,第 976 页。
⑦ 《遣兴三首》其二,《杜诗镜铨》上册,第 205 页。

用独鹤、独鸟的比兴:"抱叶寒蝉静,归山独鸟迟。"①归山的独鸟是从陶诗中得来的喻象,陶渊明用来比喻自己早年出仕,几经反复终于归隐,突显与众鸟不同的出处思考,杜甫也用此意。"独鹤归何晚,昏鸦已满林。"②"独鹤不知何事舞,饥乌似欲向人啼。"③鹤是孤高超群的鸟类,因此与"昏鸦""饥乌"形成对比,更显出其虽然退居江湖,却依然与众不同的形象。这些比喻中鹛和鸷鸟能体现出杜甫自年轻时就独有的凌厉气骨,独鹤、白鸥等则更多地表现了杜甫天性中不喜羁束、高傲孤清的一面。他在《通泉县署屋壁后薛少保画鹤》诗中说:"赤霄有真骨,耻饮洿池津。冥冥任所往,脱略谁能驯?"④与白鸥的"万里谁能驯"意思相同。但另一方面,鹤有一飞冲天、一鸣惊人的典故,支遁曾赞鹤为"冲天之物",杜甫此诗说"佳此志气远",都是取此意。可见在他心目中,鹤既与鸷鸟一样有冲天之志,又与"万里谁能驯"的白鸥一样意味着任性独往、不受驯服。以上比兴或喻象,或借以比喻自己到处飘零的处境,或借以表现自己性格中的某一特征,并没有构成内涵丰富的完整的主人公形象,也没有充分显示出杜甫提炼孤独感的艺术特色。直到这些比兴和"宇宙""乾坤""天地"等字眼组合在短句之中,形成渺小和广阔的巨大反差时,才渐渐形成其独特的思路。

杜甫喜用"乾坤""天地""宇宙""人寰"等词汇,曾受到有的评杜者的诟病。重复过多,固然显得空泛熟滥,但是对杜甫来说,这些词汇其实是国家、天下的同义词,是他对所处混沌世界的不同概括方式。试看几例:"羯胡腥四海,回首一茫茫。血战乾坤赤,氛迷日月黄。"⑤"相

---

① 《秦州杂诗》其四,《杜诗镜铨》上册,第240页。
② 《野望》,《杜诗镜铨》上册,第262页。
③ 在梓州作《野望》,《杜诗镜铨》上册,第422页。
④ 《通泉县署屋壁后薛少保画鹤》,《杜诗镜铨》上册,第430页。
⑤ 《送灵州李判官》,《杜诗镜铨》上册,第152页。

望无所成,乾坤莽回互。"①"华夷相混合,宇宙一膻腥。"②"开辟乾坤正,荣枯雨露偏。"③"苍生未苏息,胡马半乾坤。"④"乡关胡骑满,宇宙蜀城偏。"⑤从这些诗例来看,乾坤、宇宙固然包括自然界的天地山河,但更多情况下是指被战争烟尘笼罩的整个国家。具体地说,就是"崆峒地无轴,青海天轩轾。西极最疮痍,连山暗烽燧"⑥。特别是"乾坤"一词,杜甫在安史之乱前很少使用,在乱离中才逐渐多用,而且越到后期频度越密。这个概念包含了破碎的家国河山、走马灯般变幻无常的人事,而且因他长期跋涉在群山丛中、飘荡在长河之上的游历,融入了直接面对日月苍穹的观感,是他在羁旅生涯中逐渐充实和提炼出来的诗语。它虽是抽象的概念,却是内涵极其丰富具体的整个世界。

当杜甫把乾坤和他自己的孤游生涯联系到一起来思考时,他早年用于表现孤独感的比兴形象也发生了变化。虽然也偶尔用沙鸥、孤雁等眼前见到的物象比兴,但更多的是直接代入自己的个人形象。如上文所引"万方声一概,吾道竟何之"⑦及"大哉乾坤内,吾道长悠悠"⑧,与战乱声中的"万方""乾坤"相对的是孤独地求索大道的诗人。"路经滟滪双蓬鬓,天入沧浪一钓舟"⑨,与天水峡江相对的是一叶钓舟上的蓬鬓老翁。"关塞极天唯鸟道,江湖满地一渔翁"⑩,遍地江湖之上只有一个渔翁在极目眺望北方的关塞。"眼前今古意,江汉一归舟"⑪,江汉

---

① 《有怀台州郑十八司户》,《杜诗镜铨》上册,第233页。
② 《秦州见敕目,薛三据授司议郎》,《杜诗镜铨》上册,第269页。
③ 《寄岳州贾司马六丈》,《杜诗镜铨》上册,第274页。
④ 《建都十二韵》,《杜诗镜铨》上册,第337页。
⑤ 《得广州张判官叔卿书使还以诗代意》,《杜诗镜铨》上册,第380页。
⑥ 《送从弟亚赴河西判官》,《杜诗镜铨》上册,第145页。
⑦ 《秦州杂诗》其四,《杜诗镜铨》上册,第240页。
⑧ 《发秦州》,《杜诗镜铨》上册,第288页。
⑨ 《将赴荆南寄别李剑州》,《杜诗镜铨》上册,第507页。
⑩ 《秋兴八首》其七,《杜诗镜铨》下册,第648页。
⑪ 《怀灞上游》,《杜诗镜铨》下册,第741页。

的空阔之中更融入了古往今来的历史内涵。由于渔翁和钓舟的意象表达了诗人身在江湖的无奈,正所谓"磨灭余篇翰,平生一钓舟"①,因而能够概括其半世漂泊的遭际。此外如"身世双蓬鬓,乾坤一草亭。哀歌时自惜,醉舞为谁醒?"②草亭和钓舟一样,都指代自惜不能为世所用的诗人,而乾坤之中只有这一个草亭,又是何等孤独渺小。有时他更直接将自己短暂的浮生与永恒的宇宙对比:"天地身何往?风尘病敢辞。"③天地之间,不知这孑然一身当处于何地。"儿童相识尽,宇宙此生浮"④,由童年的相识都已去世的现实,想到此生浮游在宇宙之中的短暂。正是在这种越来越明确的思路中,他最后提炼出了"乾坤一腐儒"这一最有概括力的理念,比以前所有的同类诗句更精练地表现了他对自己在乾坤之间定位的思考。

## 二 高远意境中的孤独形象

有评杜者认为"乾坤一腐儒"并非佳句,无论是否赞同此论,都不能否认这句诗是诗人对自己一生最准确的概括。乾坤和腐儒的对比,除了内蕴的深厚以外,更重要的意义在于:这种将个人置于宇宙乾坤中思考的意识经过长期提炼,已经深刻地影响了杜甫的艺术思维,并成为他后期创作灵感的来源之一。实际上他出蜀以后的一些不朽名篇的产生都与这种思考有关,其中最典型的就是《旅夜书怀》《白帝城最高楼》《登高》《登岳阳楼》《江汉》诸作。这五篇杰作都作于水上或江边,天高地远的开阔视野,使他心目中的乾坤和广漠的时空融合在一起,也使独自登览或者独宿舟中的诗人在相形之下更显得渺小,因此这些诗篇都在不同的境界中体现了"乾坤一腐儒"的内涵。

---

① 《秋日寄题郑监湖上亭三首》其一,《杜诗镜铨》下册,第670页。
② 《暮春题瀼西新赁草屋五首》其三,《杜诗镜铨》下册,第747页。
③ 《寄杜位》,《杜诗镜铨》下册,第851页。
④ 《重题》,《杜诗镜铨》下册,第937页。

《旅夜书怀》：

> 细草微风岸，危樯独夜舟。星垂平野阔，月涌大江流。
> 名岂文章著，官应老病休。飘飘何所似？天地一沙鸥。①

这首诗有意突出了微风、细草、危樯、孤舟等景物在时空中的"微细"和孤独。面对广阔无垠的星空平野，在这种大小的对比中更令人觉得个人身世的微不足道，何况一世漂泊，像一只到处漂游的沙鸥。杜甫多年来以白鸥自喻，但这首诗初次将它与"天地"的对照浓缩在一句之中，突显了自己对人生进行反思之后的孤独感。如果说"沙鸥"的意象还只是对漂泊生涯的概括，那么越到后期，杜甫对于个人形象的概括力度就越高。

《旅夜书怀》表现的主要是诗人的身世之感，而《白帝城最高楼》和《登岳阳楼》突出的都是诗人忧世的形象。《白帝城最高楼》：

> 城尖径仄旌旆愁，独立缥缈之飞楼。
> 峡坼云霾龙虎卧，江清日抱鼋鼍游。
> 扶桑西枝对断石，弱水东影随长流。
> 杖藜叹世者谁子？泣血迸空回白头。②

白帝城楼的地势如飞在虚无缥缈的空中，登上最高处的诗人可以望到极远之处。然而眼前的峡江景物都幻化成了龙争虎斗的乱世影像，这就以动荡不定的时代幻影作为背景，烘托出独立在飞楼最高处的一个老人：他拄着藜杖，白发在风中飘拂，点点血泪迸射到空中。如此悲壮感人的叹世形象，比"沙鸥"更有实感地突显了诗人内心的孤独、沉痛和无力感。

《登岳阳楼》：

---

① 《旅夜书怀》，《杜诗镜铨》下册，第570页。
② 《白帝城最高楼》，《杜诗镜铨》下册，第596页。

> 昔闻洞庭水,今上岳阳楼。吴楚东南坼,乾坤日夜浮。
> 亲朋无一字,老病有孤舟。戎马关山北,凭轩涕泗流。①

前半首写湖水浩瀚、天高地广,极力渲染洞庭湖分裂吴楚的地势和包容乾坤的度量,后半首自抒兵乱中漂泊的孤独,则以"无一字"和"有孤舟"相对,无论是有还是无,都极言其小,这就又造成极小之身世与极广之乾坤的对照,反衬出极目戎马关山的诗人独自凭轩流涕的形象。

《登高》和《江汉》则将诗人的身世之感和忧世之悲结合起来,在对广漠时空的哲理思考中,寻求自己人生的最后定位。《登高》:

> 风急天高猿啸哀,渚清沙白鸟飞回。
> 无边落木萧萧下,不尽长江滚滚来。
> 万里悲秋长作客,百年多病独登台。
> 艰难苦恨繁霜鬓,潦倒新停浊酒杯。②

前半首展现了秋气笼罩中的大江风急天高、落叶无边、江流滚滚的壮观境界,后半首以同样快速的节奏概括了人生之秋的艰难苦恨:万里漂流,客中悲秋,衰老多病,无酒解忧,种种最凄凉的景况集于一身。前后相映对比,自然突显出一个独立在秋气中的饱经忧患的诗人形象。在人类历史的无尽长河中,这样一个将随落叶飘零的衰弱生命究竟如何寻找自己的位置?《江汉》回答了《登高》中隐含的疑问:

> 江汉思归客,乾坤一腐儒。片云天共远,永夜月同孤。
> 落日心犹壮,秋风病欲苏。古来存老马,不必取长途。③

这首诗作于杜甫生命结束的前一年。如果说在江汉的广阔天地中漂流的思归之客的形象,还只是强调了诗人滞留在此的思乡之心,那么"乾坤一腐儒"就是在这一背景下,将自己在天地宇宙间的渺小孤独感进

---

① 《登岳阳楼》,《杜诗镜铨》下册,第952页。
② 《登高》,《杜诗镜铨》下册,第842页。
③ 《江汉》,《杜诗镜铨》下册,第935页。

一步抽象化之后产生的一个象征性的意象,并以此为自己在宇宙间确定了位置。诗人越到人生的最后阶段,越是痛感自己的渺小无力。汉高祖说,为天下不用腐儒。一生奉儒的杜甫在这乱世中真正体会到了自己于天下的无用,因此"乾坤一腐儒"的自嘲中包蕴着多少痛楚和无奈!然而这个时代尽管不需要腐儒,乾坤之间却只有他这个腐儒始终没有放弃经天纬地之心,这难道不是伟大的孤独吗?诗人显然是甘心于这种孤独的。所以他说自己和天上的云彩一起飘向远方,像长夜里的明月一样孤单。古人向来以浮云比游子,与片云共远的比喻当然首先是感叹自己的漂泊无依,但是陶渊明也曾把自己比作"暧暧空中灭"的孤云,那就是甘愿随着自己的理想孤独地消失的象征了。于是在这孤独之中又可体会到诗人的孤高自许。同样,与月同孤的诗人固然是孤单,但明月的皎洁和孤清不也象征着诗人光明的心地吗?这云,是短暂的;这月,却是永恒的。诗人对自己在乾坤中的定位,正体现了他能够获得生命永恒的信念。

总之,从《旅夜书怀》到《江汉》,这一系列名篇是在诗人不断深化和提炼自己的孤独感的过程中产生的。屈原、阮籍、陶渊明、李白诸大家虽然也各以不同的艺术表现方式对照了自己与世俗世界的关系,突显了自己的孤独感,但是没有像杜甫这样,最终将自己对精神归宿的探寻以及个人身名的思考提升到寻找人生在天地间定位的高度,可以说这样伟大的胸怀和高远的境界在诗歌史上是前无古人后无来者的。从这个角度来看,杜甫也是无愧于"诗圣"之称号的。

## 第三节 "少陵野老"的性情面目

叶燮在《原诗》中提出一个富有原创性的论点:"'作诗有性情必有面目',此不但未尽夫人能然之,并未尽夫人能知之而言之者也。如杜甫之诗,随举其一篇,篇举其一句,无处不可见其忧国爱君,悯时伤乱,遭颠沛而不苟,处穷约而不滥,崎岖兵戈盗贼之地,而以山川风景友朋杯酒抒愤陶情,此杜甫之面目也。我一读之,甫之面目跃然于前。读其诗一日,一日与之对,读其诗终身,日日与之对也。故可慕可乐而可敬也。"①并认为历代大家,能于诗中全见面目者,唯陶渊明、李白、杜甫、韩愈、苏轼五人。所谓诗歌能全见面目,就是读诗者不但能从其全部诗作中看出诗人的真性情,而且能见出诗人鲜活的性格神态、音容笑貌,如与本人当面晤对。叶燮指出忧国伤乱、"可慕可敬"的一面,固然是杜甫最主要的性情,同时也看到他还有面对山川风景朋友陶情的"可乐"的一面,这才是杜甫的全人形象。

杜甫对"乾坤一腐儒"的定位,是从国家、天下的角度审视自己的形象,虽然包含着生命价值的自信,但突出了个人的渺小孤独。他虽然在精神上能够超越凡俗,但在现实生活中却不像屈原、阮籍和李白那样与世俗世界对立,这与他在日常生活中的性情面目是一致的。在全部杜诗中,诗人的自我称谓最多见的是"野老"。事实上,除了一年多的从政经历以外,他始终只是一个江湖野老。诗歌中所见的杜甫,热爱生活,亲切平易,风趣活泼,待人至诚,时时在山川风景和日常琐事中率真地表现出自己的喜怒哀乐,是一个具有至情至性的"野老"形象。

## 一 诚笃恳挚的至情至性

杜甫一生遭逢世乱,饱尝人生苦况,对于亲情友情尤为珍惜。乱离之中骨肉之情更加深切,老妻幼子、弟妹诸侄,无一不在惦念中,这种诚笃恳挚的天伦之情与家国之忧融合在一起,正是杜诗最感人之处。当他在长安困守十年,好不容易熬到一个率府录事参军时,想到的是"老妻寄异县,十口隔风雪。谁能久不顾?庶往共饥渴",而历经千辛万苦,刚进家门,便听到"幼子饿已卒"的噩耗,又使他由"所愧为人父,无食致夭折"的内疚,推及广大"失业徒"和"远戍卒",成为全诗"忧端齐

---

① 叶燮《原诗》外篇上,《原诗 一瓢诗话 说诗晬语》,第50—51页。

终南"的激发点。① 当他陷于贼中时,对妻儿的思念促使他写下了《月夜》《一百五日夜对月》等名作,对月抒发分隔两地的深切相思之情。《述怀》写他得不到家书的担忧:"寄书问三川,不知家在否?""几人全性命?尽室岂相偶?""自寄一封书,今已十月后。反畏消息来,寸心亦何有。"②因为太担心家人在战乱中罹难,他既盼望家书,又怕得到不幸的消息无法自处。这样的矛盾和纠结,更见出诗人的真率和至情。也正是因为亲身体验到战乱之中亲人的平安消息比什么都珍贵,他才会在《春望》中道出"烽火连三月,家书抵万金"③这样的名言,将个人的感受提炼成人之常情,使之成为表达人们在乱离中盼望家信的成语。当他从行在回到鄜州探亲时,见到久已不知生死的妻儿,又写下了著名的《羌村三首》。其一:

> 峥嵘赤云西,日脚下平地。柴门鸟雀噪,归客千里至。
> 妻孥怪我在,惊定还拭泪。世乱遭飘荡,生还偶然遂。
> 邻人满墙头,感叹亦歔欷。夜阑更秉烛,相对如梦寐。④

诗人喜气洋洋地在满天夕霞的陪伴下赶回家里。而亲人因为乱离久别,生死未卜,已经不存希望。突然相见,乍见的第一个反应自然是惊诧人还活着,然后才是惊定之后悲喜交集的拭泪。接着是来看归客的邻居扒满墙头,陪着一起叹息。最妙的还是最后夜深之后依然秉烛相看:大惊大喜大悲之后余波未平,唯有人静之后,对于乱离滋味体会最深的夫妇才有机会单独相对,慢慢回味别后的百般辛酸。此时犹如在梦中,说明惊怪之意尚未尽消,还不敢完全相信梦寐以求的重逢已成事实。能将乱离中与家人久别重逢的情景写得如此真切,同时又表达出乱世常人在同样情景中都有的感受,正是因为诗人亲情之深厚。作于

---

① 《自京赴奉先县咏怀五百字》,《杜诗镜铨》上册,第111页。
② 《述怀》,《杜诗镜铨》上册,第140—141页。
③ 《春望》,《杜诗镜铨》上册,第128页。
④ 《羌村三首》其一,《杜诗镜铨》上册,第158—159页。

同时的《北征》描写到家后百感交集的心情,则从大乱之后家人衣衫褴褛的艰难境况着笔,在观察极细微处真挚地表达出夫妻儿女的至情和全家团聚的天伦之乐。正如卢德水所说,读《自京赴奉先县咏怀五百字》及《北征》,似可见到杜甫"肝肠如火,涕泪横流"①,不能不为之感动。

在诸儿面前,杜甫是一个可以任孩子们"问事竞挽须"②而不忍呵斥的慈父。作于陷贼期间的《忆幼子》回想起骥子的婴儿时期:"忆渠愁只睡,炙背俯晴轩。"③幼子趴在阳光下的睡态使诗人在满面愁容中不由得露出慈爱的微笑。作于同一时期的《遣兴》回忆骥子牙牙学语时的聪慧:"骥子好男儿,前年学语时。问知人客姓,诵得老夫诗。"④孩子学语时已能问知客人的姓氏,还会背诵父亲的诗。诗人夸耀的口吻中深藏着无限怜爱。到秦州以后,杜甫听说此地多猢狲,托人弄一只寄回给孩子玩:"预哂愁胡面,初调见马鞭。许求聪慧者,童稚捧应癫。"⑤猢狲还没到手,就已经预想到孩童们捧着猢狲高兴得发癫的情景了。就连他流寓梓、阆之间时,写儿子饿得不顾礼貌,也是充满疼爱和心酸的:"入门依旧四壁空,老妻睹我颜色同。痴儿不知父子礼,叫怒索饭啼门东。"⑥宗武在成都,没有跟他到梓州。到了儿子生日,他抑制不住思念,即使病得坐不起来也要为宗武摆生日筵:"小子何时见?高秋此日生。""凋瘵筵初秩,欹斜坐不成。"并殷殷嘱咐:"诗是吾家事,人传世上情。熟精《文选》理,休觅彩衣轻。"⑦夔州时期,父衰子长,彼此相怜的方式又颠倒过来。《元日示宗武》说:"汝啼吾手战,吾笑汝身

---

① 《杜诗镜铨》,第163页引卢德水语。
② 《北征》,《杜诗镜铨》上册,第161页。
③ 《忆幼子》,《杜诗镜铨》上册,第130页。
④ 同上书,第131页。
⑤ 《从人觅小胡孙许寄》,《杜诗镜铨》上册,第268页。
⑥ 《百忧集行》,《杜诗镜铨》上册,第367页。
⑦ 《宗武生日》,《杜诗镜铨》上册,第413—414页。

长。处处逢正月,迢迢滞远方。"①儿子为父亲手颤而流泪,父亲则为儿子已经长大而宽慰。飘零之中父子相依为命的深情感人肺腑。

对于弟妹们来说,杜甫又是一个宽厚至诚的兄长。在乱离中,他因与诸弟和妹妹音信不通而日夜焦虑:"我今日夜忧,诸弟各异方。不知死与生,何况道路长。避寇一分散,饥寒永相望。"②当他得到一点消息时,兴奋得先后写了好几首题为《得舍弟消息》的诗,如"近有平阴信,遥怜舍弟存",又担心自己死期难料,不复相会:"不知临老日,招得几时魂。"③虽有消息,却不知几时相会,只有徒自叹息:"花落辞故枝,风回返无处。骨肉恩书重,漂泊难相遇。犹有泪成河,经天复东注。"④《乾元中寓居同谷县作歌七首》是他寓居同谷县时的一组七言短歌,其中第三、四两首是怀念诸弟妹的。其三:

> 有弟有弟在远方,三人各瘦何人强?
> 生别展转不相见,胡尘暗天道路长。
> 前飞䴔鹅后鹙鸧,安得送我置汝旁?
> 呜呼三歌兮歌三发,汝归何处收兄骨?⑤

诗人想象三个弟弟辗转远方挨饿瘦弱的样子,谁也不比谁强。兄弟因胡尘蔽天、道路阻隔而不能相见。看到野鹅飞鹤之类的鸟儿前后相随,自由飞翔,幻想要是能把自己带到兄弟们身旁该多好呢?然而眼前不但生聚无望,只怕就连自己的骸骨,弟弟们将来归去后都不知到哪里去收。其四:

> 有妹有妹在钟离,良人早殁诸孤痴。
> 长淮浪高蛟龙怒,十年不见来何时?

---

① 《元日示宗武》,《杜诗镜铨》下册,第896页。
② 《遣兴三首》其一,《杜诗镜铨》上册,第205页。
③ 《得舍弟消息二首》其一,《杜诗镜铨》上册,第129页。
④ 《得舍弟消息》,《杜诗镜铨》上册,第188页。
⑤ 《乾元中寓居同谷县作歌七首》其三,《杜诗镜铨》上册,第297页。

扁舟欲往箭满眼,杳杳南国多旌旗。
呜呼四歌兮歌四奏,林猿为我啼清昼。①

杜甫有妹妹嫁给了钟离县韦氏,陷贼时他曾写过《元日寄韦氏妹诗》,表达因被南北隔绝而"啼痕满面垂"的感伤。当他在同谷时,妹妹已经守寡带着几个孤儿,使他更加惦念。但是南方水险路远,更何况干戈满眼,见面难期。那南方的林猿啼鸣到清晨,应是为自己悲啼啊!这两首诗声声涕泪,如闻悲风从天而落。《遣兴》说:"干戈犹未定,弟妹各何之!拭泪沾襟血,梳头满面丝。"②正可形容他思念弟妹时血泪迸溅、白发落尽的苦况。所以前人评他"忆弟诸作",都赞其"语出至情,不嫌朴率"③,"呜咽悱恻,如闻哀弦"④,"全是一片真气流注"⑤。

杜甫对自己敬仰的好友,更是诚挚敦厚,情谊深长。其中最动人的是他对李白的感情。他在李白最失意的时候与之结识,年龄和阅历的差异使这时的杜甫还不是很了解李白内心的痛苦,但是对李白的崇敬和亲密之情洋溢在字里行间:"李侯有佳句,往往似阴铿。余亦东蒙客,怜君如弟兄。醉眠秋共被,携手日同行。"⑥在经历了一段梁园之游的快意生活后,李白南下吴越,杜甫对他一直念念不忘:"寂寞书斋里,终朝独尔思。更寻嘉树传,不忘角弓诗。"⑦《左传》载韩宣子聘鲁,赋《角弓》,并在宴会上赞誉嘉树,季武赋《甘棠》,表示不忘韩宣子,此处借喻自己不忘与李白同游齐鲁的兄弟之情。《春日忆李白》是杜甫忆李白的一首著名五律:

---

① 《乾元中寓居同谷县作歌七首》其四,《杜诗镜铨》上册,第298页。
② 《遣兴》,《杜诗镜铨》上册,第322页。
③ 《杜诗镜铨》上册,第213页杨伦评。
④ 同上书,第298页引李子德评。
⑤ 同上书,第129页引邵子湘评。
⑥ 《与李十二白同寻范十隐居》,《杜诗镜铨》上册,第15页。
⑦ 《冬日有怀李白》,《杜诗镜铨》上册,第31页。

> 白也诗无敌,飘然思不群。清新庾开府,俊逸鲍参军。
> 渭北春天树,江东日暮云。何时一尊酒,重与细论文?①

诗人阅尽上下古今,对李白的诗风和成就给予了极高的评价,认为他不但天下无敌,而且兼有庾信的清新和鲍照的俊逸。以南朝这两位著名的大诗人相比,确实概括了李白诗风的主要特色。诗人身在渭北,看到春树返绿,想到身在江东的李白,以"日暮云"概括了"浮云游子意,落日故人情"②的深意,同时表达了对李白的膺服和深切的思念。

李白因从永王璘以谋逆罪下狱,后流放夜郎,生死不明。杜甫无限忧念,写下了《梦李白二首》《天末怀李白》《寄李十二白》等多篇名作。《梦李白二首》其一:

> 死别已吞声,生别常恻恻。江南瘴疠地,逐客无消息。
> 故人入我梦,明我长相忆。恐非平生魂,路远不可测!
> 魂来枫林青,魂返关塞黑。君今在罗网,何以有羽翼?
> 落月满屋梁,犹疑照颜色。水深波浪阔,无使蛟龙得!③

李白被判刑时已经五十八岁,今后能否生还,无法预料。杜甫强调李白所去的是江南瘴疠之地,毫无消息,生死不明,难免魂牵梦萦。本来是自己梦见故人,但诗里却感谢故人深知自己的相忆之情,远道而来看望自己,又似乎是故人尚在,恍若平生。随即又惊疑路途遥远,故人怎能前来,恐怕来的已不是生人之魂!这又是怀疑故人已经永别。这一从欣慰变为猜疑的心理活动,既像是在梦中对故人的问讯,又像是醒后的反复思忖,诗人的思念之苦也就在这惶惑不安的心理变化中得到了充分的表现。梦境的展开是承接"路远不可测"而来的。魂来时经过江南青青的枫树林,这是化用《楚辞·招魂》的现成意境,借原辞中的青

---

① 《春日忆李白》,《杜诗镜铨》上册,第32页。
② 李白《送友人》,王琦注《李太白全集》中册,第837页,中华书局,1977年。
③ 《梦李白二首》其一,《杜诗镜铨》上册,第231页。

枫江水渲染了千里江南的伤心春色,而且与下一句魂去时返程中黑沉沉的秦陇关塞共同构成了阴沉凄惨的梦境。"黑"是夜色,也是魂梦的昏黑混沌之境。想到故人来去路途的遥远,诗人不禁再次产生了疑问:君既身在罗网,又怎能生出羽翼自由来往?这是将现实中的思维逻辑置于非理性的梦中。而梦醒之后唯见落月满屋,故人音容尚宛然在目,又更见梦境的逼真。最后叮嘱故人之魂平安归去,望其勿为蛟龙攫取,既是对梦中漂泊的生魂的忧虑,又是对现实中生死难卜的逐客的祝愿。《梦李白二首》其二写频频梦见李白之后的感慨:

> 浮云终日行,游子久不至。三夜频梦君,情亲见君意。
> 告归常局促,苦道来不易。江湖多风波,舟楫恐失坠。
> 出门搔白首,若负平生志。冠盖满京华,斯人独憔悴。
> 孰云网恢恢?将老身反累,千秋万岁名,寂寞身后事!①

此诗中虽然写的仍是梦中的李白形象,但实际是杜甫对李白后半生命运的形象化的高度概括。在冠盖满京城的热闹繁华之中,只有失意的李白搔首独立,形容憔悴。虽然必将名垂万古,但身后却是何等寂寞!这不止是对李白个人遭遇不公的感叹,其实也是夫子自道、千古之叹。《天末怀李白》②与这两首诗一样,生恐李白在江湖风波中惨遭不测:"文章憎命达,魑魅喜人过。应共冤魂语,投诗赠汨罗。"从这些诗里可以看出诗人因思念李白而坐立不安,向空遥望,喃喃祝祷的情景。写于同一时期的《寄李十二白二十韵》③可说是对李白一生才华、经历、性格的全面总结:"昔年有狂客,号尔谪仙人。笔落惊风雨,诗成泣鬼神。"传神地描绘出李白惊天动地的诗才和被称"谪仙"的传奇色彩,其中特别回忆了他在朝廷"文采承殊渥,流传必绝伦"的辉煌,以及被赐金放还后,在梁园一带行歌醉舞的颓放、嗜酒度日的天真,以及"才高心不

---

① 《梦李白二首》其二,《杜诗镜铨》上册,第232页。
② 《天末怀李白》,《杜诗镜铨》上册,第248页。
③ 《寄李十二白二十韵》,《杜诗镜铨》上册,第283—284页。

展,道屈苦无邻"的抑郁。后半篇想象李白被永王事件牵连而遭受的磨难:"五岭炎蒸地,三危放逐臣。几年遭鹏鸟,独泣向麒麟",李白被谤放逐的冤屈和悲愤,杜甫感同身受,所以写得无限沉痛。足见他对李白的感情是何等深厚诚挚。

杜甫与高适、岑参和郑虔的友谊,同样生死不渝。高、岑都是他天宝时期就结识的旧友。他在秦州时,就写过寄给高、岑两人的长篇诗歌,尽管高、岑其时已任刺史、长史,与他的处境天壤有别,但是诗人相信他们不会忘记故旧:"故人何寂寞?今我独凄凉。老去才难尽,秋来兴甚长。物情尤可见,词客未能忘。"仍希望战争结束后能与之相聚论文:"会待妖氛静,论文暂裹粮。"①高适在蜀中任职时,对杜甫的生活多有关照,并曾作《人日寄杜二拾遗》。高适去世以后,杜甫检出这篇旧作,"泪洒行间,读终篇末",虽然距高适寄诗"已十余年,莫记存没,又六七年矣",但诗人依然"迸泪幽吟事如昨",并写了《追酬故高蜀州人日见寄》,对高适无限感念:"叹我凄凄求友篇,感君郁郁匡时略。""长笛邻家乱愁思,昭州词翰与招魂。"②想起去世这么多年的友人,诗人仍悲戚难抑。郑虔是杜甫在天宝年间"忘形到尔汝"③的朋友,曾以诗书画三绝而著称于世,但清贫不得志,在安史之乱中因任伪职而被贬为台州司户。杜甫不能当面相送,遂写了《送郑十八虔贬台州司户,伤其临老陷贼之故,阙为面别,情见于诗》这首七律:

郑公樗散鬓成丝,酒后常称老画师。
万里伤心严谴日,百年垂死中兴时。
苍皇已就长途往,邂逅无端出饯迟。

---

① 《寄彭州高三十五使君适、虢州岑二十七长史参三十韵》,《杜诗镜铨》上册,第271—274页。
② 《追酬故高蜀州人日见寄并序》,《杜诗镜铨》下册,第1006—1007页。
③ 《醉时歌赠郑广文》,《杜诗镜铨》上册,第60页。

便与先生成永诀,九重泉路尽交期!①

郑虔才大而不合世用,偏偏正当国家将要中兴之时,在垂死之年被贬谪万里,诗人的痛惜无可言喻,也无法安慰友人,索性在结尾直接道出永诀之词,预定九泉再见之约。正如卢德水所评:"此诗万转千回,清空一气,纯是泪点,都无墨痕。诗至此可使暑日霜飞,午时鬼泣。"②这种感天地、泣鬼神的力量正是来自诗人的至情。郑虔被贬台州后,杜甫思念不已,又写了《有怀台州郑十八司户》③,想象郑虔如今的悲惨处境:"天台隔三江,风浪无晨暮。郑公纵得归,老病不识路。昔如水上鸥,今如罝中兔。性命由他人,悲辛但狂顾。山鬼独一脚,蝮蛇长如树。呼号傍孤城,岁月谁与度?"在陌生的环境中,郑虔不识道路,不得自由,处处毒蛇山魈,性命由人掌控,独自在孤城过着呼号无告的日子。所有这些"孤危之状",杜甫"如亲见,亦如身历,纯是一片交情","一字一泪"。④ 郑虔去世以后,杜甫又作了五言长律《哭台州郑司户苏少监》⑤二十二韵,追叙昔日与郑虔和苏源明的诗酒交情,称颂二人的文名和逸才,回顾肃宗复国之后苏得官而郑遭贬的不同命运,并反复将郑虔和苏源明的卒年、壮志、仕历、乱后处境作多层对照,与双方的境遇起落相互交织,中间穿插自己的追思、号呼,最后以诗人独自在天地间痛哭的孤独形象结束全篇:"俗依绵谷异,客对雪山孤。童稚思诸子,交朋列友于。情乖清酒送,望绝抚坟呼。疟疠餐巴水,疮痍老蜀都。飘零迷哭处,天地日榛芜。"全诗往复回环、淋漓尽致。正如卢世㴶所说,"此诗泣下最多,缘二公与子美莫逆故也","结云飘零迷哭处,天地日榛芜,苍

---

① 《送郑十八虔贬台州司户,伤其临老陷贼之故,阙为面别,情见于诗》,《杜诗镜铨》上册,第172—173页。
② 《杜诗镜铨》上册,第173页引卢德水评。
③ 《有怀台州郑十八司户》,《杜诗镜铨》上册,第232页。
④ 王嗣奭评语,《杜臆》,第85页,上海古籍出版社,1983年。
⑤ 《哭台州郑司户苏少监》,《杜诗镜铨》上册,第549—551页。

苍茫茫,有何地置老夫之意。想诗成时热泪一涌而出,不复论行点矣"。①

杜甫不但对莫逆之交情谊深厚,对有一饭之恩的朋友也同样念念不忘。如他在天宝年间困守长安时得了一场大病,病后得到王倚的款待,便写了《病后过王倚饮赠歌》②,感念王倚对自己的关怀:"王生怪我颜色恶,答云伏枕艰难遍:疟疠三秋孰可忍,寒热百日交相战。""惟生哀我未平复,为我力致美肴膳。遣人向市赊香粳,唤妇出房亲自馔。""故人情义晚谁似?令我手脚轻欲旋。"不但写出王生待自己的细心和体贴,还特别强调了王生并不宽裕的生活境况,更见其待人的敦厚诚笃。《彭衙行》写自己逃难途中受到孙宰接待的情景,也对故人的古道热肠感激涕零。《阌乡姜七少府设鲙戏赠长歌》③感谢对方能不以穷通论交谊,热情招待自己这个初次相识的过客:"可怜为人好心事,于我见子真颜色。不恨我衰子贵时,怅望且为今相忆。"从这几首诗都可以见出他不忘一饭之德的恳挚真情。

而杜甫对于邻里乃至家中仆人的关爱和至诚,更是流露在许多生活小诗里。如夔州期间,杜甫自瀼西移居东屯,把瀼西草堂让给一位晚辈亲戚吴郎住,特意写了题为《又呈吴郎》④的一首诗给他,诗中说瀼西草堂西邻住着一位无食无儿的妇人,常到草堂来打枣。杜甫住在这里时,是"枣熟从人打"⑤,从不干涉。吴郎入住后,插上了篱笆。因此杜甫担心那妇人以后不敢再来,便委婉地劝导吴郎:我向来是任凭西邻到堂前打枣的,她是一个无食无儿的寡妇呵!如果不是因为穷困怎会这样做。听她平时诉说被官府征敛已经穷到骨髓,想到战乱带给这些穷人的苦难,不由得我热泪沾满了手巾!诗用第二人称的口吻,措辞委曲

---

① 《余论·论五七言排律》,《杜诗胥钞》,第 32 页,崇祯七年(1634)刻本。
② 《病后过王倚饮赠歌》,《杜诗镜铨》上册,第 38 页。
③ 《阌乡姜七少府设鲙戏赠长歌》,《杜诗镜铨》上册,第 210 页。
④ 《又呈吴郎》,《杜诗镜铨》下册,第 843—844 页。
⑤ 《秋野》五首其一,《杜诗镜铨》下册,第 813 页。

周至,对西邻的同情发自肺腑,极其恳挚感人。此外如《孟氏》①写自己卜邻孟家时,称赞"孟氏好兄弟,养亲惟小园"的耕读生活,并谦虚地表示"卜邻惭近舍,训子学先门",也极尽诚恳。《信行远修水筒》②是他专为仆人信行写的一首诗:"汝性不茹荤,清静仆夫内。秉心识本源,于事少滞碍。云端水筒坼,林表山石碎。触热藉子修,通流与厨会。往来四十里,荒险崖谷大。日曛惊未餐,貌赤愧相对。浮瓜供老病,裂饼常所爱。于斯答恭谨,足以殊殿最。"信行为修好引水筒,来回四十里山路,涉险冒暑,黄昏回来,连饭都没吃。诗人为此深感愧疚,赶快将自己最爱的食物奉上,表示答谢,并热情称赞信行的为人。由此一件小事,足见杜甫对仆人的体恤和仁爱。

当然,最能见出杜甫"圣于情"的诗篇莫过于《茅屋为秋风所破歌》③,当茅屋被大风吹破后,诗人的生活更加雪上加霜,但是长夜不眠中,他想到自经丧乱以来已经度过多少个不眠之夜:"自经丧乱少睡眠,长夜沾湿何由彻?安得广厦千万间,大庇天下寒士俱欢颜,风雨不动安如山。呜呼!何时眼前突兀见此屋,吾庐独破受冻死亦足!"诗人多次在诗里展示过愿为拯救苍生而牺牲自己的伟大情怀。而这首诗之所以特别感人,就是因为"各使苍生有环堵"④的愿望来自他自己的痛苦生活体验,以及他恳挚仁爱的至情至性。在个人陷于困境中时,杜甫总能推己及人,联想到普天之下那些比自己更加困苦的人们。因此在这间风雨飘摇的茅屋里,他所祈求的不是一己的安定,而是为了天下寒士的欢乐,他可以献出自己的一切,哪怕是"吾庐独破受冻死亦足"!这样高尚的思想境界正是杜甫平生敦厚天性的自然升华。

总而言之,杜甫在日常生活的许多诗作中充分表露了他的至情至

---

① 《孟氏》,《杜诗镜铨》下册,第793页。
② 《信行远修水筒》,《杜诗镜铨》下册,第621页。
③ 《茅屋为秋风所破歌》,《杜诗镜铨》上册,第364—365页。
④ 《寄柏学士林居》,《杜诗镜铨》下册,第847页。

性。这种发自天性的深厚感情,与他对祖国、民族和人民所怀的大爱一样至死不衰,支持着他一生为苍生社稷泣血呼号。杜甫的圣于情,体现了历代中国人理想中的古圣人之心,正是他能圣于诗的根本原因。

## 二 生动传神的性格写真

杜甫在诗歌中不但充分表露了他的至情至性,而且从很多侧面描绘出他丰满的性格特征,这也是杜诗能全见面目的重要原因。

杜甫早年胸怀大志,自视甚高,性格中有狂放的一面。天宝年间,他描写自己在"咸阳客舍一事无"的无聊生活:"相与博塞为欢娱。凭陵大叫呼五白,袒跣不肯成枭卢"①,化用刘毅在东堂聚众赌博的故事②,活画出一个赌徒输急了眼的情状。一边还为自己解嘲:"英雄有时亦如此,邂逅岂即非良图?君莫笑,刘毅从来布衣愿,家无儋石输百万。"失意赌徒的狂态中又掩不住英雄的豪气。他在献《三大礼赋》以后,到处干谒,直到李林甫下台以后,到天宝十三载,才得了河西尉的任命,而县尉本来是盛唐诗人们最不愿担任的吏职。尽管在长安困守十年,杜甫也不愿意去担任这个趋走风尘的小吏,决心不受。后来又改派了率府兵曹参军。虽然是个闲职,仍不免失望,但任所在长安,尚可屈就。于是他写了一首《官定后戏赠》③自我解嘲:"不作河西尉,凄凉为折腰。老夫怕趋走,率府且逍遥。耽酒须微禄,狂歌托圣朝。"诗里明白表示自己不做县尉,就是像陶渊明一样怕为五斗米折腰,情愿像阮步兵一样得了微禄耽酒狂歌。《新唐书》本传说杜甫"性褊躁傲诞",这种狂躁个性有时还在一些生活小节中流露出来。如作于华州期间的《早

---

① 《今夕行》,《杜诗镜铨》上册,第 18 页。
② 枭、卢都是博彩中的贵彩。房玄龄等《晋书·刘毅传》载刘毅曾在东府聚众赌博,刘毅掷得雉,"大喜,褰衣绕床,叫谓同座曰:'非不能卢,不事此耳'"。刘裕揉搓五子,四子变黑,"其一子转跃未定,裕厉声喝之,即成卢焉"。见卷八五,第 2210—2211 页,中华书局,1974 年。
③ 《官定后戏赠》,《杜诗镜铨》上册,第 102 页。

秋苦热堆案相仍》说:

> 七月六日苦炎蒸,对食暂餐还不能。
> 每愁夜中自足蝎,况乃秋后转多蝇。
> 束带发狂欲大叫,簿书何急来相仍。
> 南望青松架短壑,安得赤脚蹋层冰?①

杜甫从朝廷近侍被贬到外州,心理落差本来就大,盛唐文人最不喜担任地方掾属之职,看见簿书琐碎,已经不耐烦。加上天气炎热,内心的烦躁不能克制,便形于发狂大叫的情状。直到晚年,杜甫在饥困老病的生活状态中,偶尔来了兴致,还会聊发少年狂。如《醉为马坠,群公携酒相看》②:"甫也诸侯老宾客,罢酒酣歌拓金戟。骑马忽忆少年时,散蹄迸落瞿塘石。"本来以为"向来皓首惊万人,自倚红颜能骑射",结果"不虞一蹶终损伤,人生快意多所辱"。诗人自嘲"职当忧戚伏衾枕,况乃迟暮加烦促。朋知来问腆我颜,杖藜强起依僮仆"。这首诗将自己放马冲下高坡的过程写得惊险万状,与坠马以后卧床不起的狼狈相以及见朋友来探望时的尴尬表情形成生动的对照。诗人不甘衰老,逞能过头的性格也活灵活现。又如《夜归》③也是炫耀自己敢于涉险:"夜半归来冲虎过,山黑家中已眠卧。傍见北斗向江低,仰看明星当空大。庭前把烛唤两炬,峡口惊猿闻一个。白头老罢舞复歌,杖藜不睡谁能那?"诗人半夜到家,路上冒着遇到老虎的危险,可能有几分夸张,但也有"虎迹"的根据。家人虽然都已睡下,诗人却还兴致很高,又点起蜡烛,伴着远处传来的猿啼,拄着藜杖歌舞起来。这首诗以自夸老壮的语气描画了一位白发老人在星斗临峡、虎咆猿啼的荒凉背景下拄杖独舞的图景,诗人放达可爱的性格也不难见出。

诗人的狂放还表现为他在大自然面前的放诞。尤其在草堂时期,

---

① 《早秋苦热堆案相仍》,《杜诗镜铨》上册,第200页。
② 《醉为马坠,群公携酒相看》,《杜诗镜铨》下册,第752页。
③ 《夜归》,《杜诗镜铨》下册,第892页。

浣花溪的幽静环境使他能以疏放的情怀纾解身处困境的凄凉。《狂夫》说：

> 万里桥西一草堂，百花潭水即沧浪。
> 风含翠筿娟娟净，雨裛红蕖冉冉香。
> 厚禄故人书断绝，恒饥稚子色凄凉。
> 欲填沟壑唯疏放，自笑狂夫老更狂。①

杜甫虽然一生都不甘心"潇洒送日月"，也与桃源无缘，但成都草堂确实给他提供了类似沧浪的闲居环境。尽管厚禄故人提供的援助没有保障，妻儿常处饥困之中，但是诗人依然自称狂夫，一则是因为倔强如昔，一则是因为面对风竹红莲，更多了一层珍惜青春和生命的癫狂。而放诞散淡本来也是他的天性，所以他说："我生性放诞，雅欲逃自然。嗜酒爱风竹，卜居必林泉。"②他很享受在田园中疏懒的生活："江皋已仲春，花下复清晨。仰面贪看鸟，回头错应人。读书难字过，对酒满壶倾。近识峨眉老，知余懒是真。"③因为贪看春景，以致忽略了与人应答；读书不求甚解，正见懒趣。"失学从儿懒，长贫任妇愁。百年浑得醉，一月不梳头。"④儿子懒得上学，家贫任由妇愁；自己也整日昏酣，甚至一个月都不梳一次头。有时他还会像王羲之那样"坦腹江亭卧，长吟野望时"⑤，潇洒得和东晋文人一样。而这样的懒散放诞恰是"用拙存吾道""心迹喜双清"⑥的体现。正因如此，他在严武幕府里任职的时期，就觉得浑身不自在："白头趋幕府，深觉负平生。"⑦"不爱入州府，畏人

---

① 《狂夫》，《杜诗镜铨》上册，第319页。
② 《寄题江外草堂》，《杜诗镜铨》上册，第452页。
③ 《漫成二首》其二，《杜诗镜铨》上册，第344页。
④ 《屏迹三首》其三，《杜诗镜铨》上册，第389页。
⑤ 《江亭》，《杜诗镜铨》上册，第348页。
⑥ 《屏迹三首》其二，《杜诗镜铨》上册，第388页。
⑦ 《正月三日归溪上有作简院内诸公》，《杜诗镜铨》下册，第553页。

嫌我真。及乎归茅宇,旁舍未曾嗔。老病忌拘束,应接丧精神。江村意自放,林木心所欣。"①天生真率的性格,使他在州府应酬就没了精神,回到江村才觉得自由舒坦。

在杜甫之前,历代诗人抒发自己的不平和落魄,都是从内心活动着笔,极少描绘外表形象,因而仅看其诗不易想象出诗人的性格和外貌特征。杜甫则善于将自己穷愁潦倒的老丑形象和内心的复杂情感融为一体,自外而内,由内形外,使自己鲜活的性情面目凸显于纸上。如《奉赠韦左丞丈二十二韵》②写自己在长安旅食的处境:"朝扣富儿门,暮随肥马尘。残杯与冷炙,到处潜悲辛。"典型地概括了作为清客到处干谒,在达官贵人鞍前马后奔走,得到的只是残杯冷炙的冷遇以及内心的屈辱。又如《投简咸华两县诸子》③:"长安苦寒谁独悲,杜陵野老骨欲折。……饥卧动即向一旬,弊衣何啻联百结。君不见空墙日色晚,此老无声泪垂血!"在长安天寒地冻的日子里,被故旧抛弃,无人体恤,这个野老只能穿着褴褛的衣衫,饥卧在空墙的夕阳中,默默落泪,心底流血。再如《醉时歌》④描写自己的形象:"杜陵野客人更嗤,被褐短窄鬓如丝。日籴太仓五升米,时赴郑老同襟期。"被人嗤笑的野客,穿着又短又窄的粗布衣,每天还要随着众人一起去买太仓的减粜米。当他从叛胡占领的长安逃出,来到天子的行在时,形象是:"麻鞋见天子,衣袖露两肘。朝廷愍生还,亲故伤老丑。"⑤逃亡途中所经历的艰辛,一心投奔朝廷的意志,都在破衣烂鞋的细节和受人怜悯的老丑形象中见出。在弃官后从秦州到同谷的旅程中,他还是这样一副满头乱发、衣不蔽体的模样:"有客有客字子美,白头乱发垂过耳。岁拾橡栗随狙公","手脚冻

---

① 《暇日小园散病,将种秋菜,督勒耕牛,兼书触目》,《杜诗镜铨》下册,第777页。
② 《奉赠韦左丞丈二十二韵》,《杜诗镜铨》上册,第25页。
③ 《投简咸华两县诸子》,《杜诗镜铨》上册,第36页。
④ 《醉时歌》,《杜诗镜铨》上册,第60页。
⑤ 《述怀》,《杜诗镜铨》上册,第140页。

皲皮肉死"①,"黄精无苗山雪盛,短衣数挽不掩胫"②。每日靠捡拾橡栗和挖土芋充饥,短衣遮不住脚胫,手脚冻得皲裂。这一形象经杜甫在诗中反复描写,越来越鲜明,不但生动地展现了诗人漂泊生涯中的失意落魄,也突显了他在艰难困苦中顽强挣扎的生活意志。

同时,这种老丑的形象又往往与他自叹性格直拙、不善干求联系在一起。如《将适吴楚,留别章使君留后兼幕府诸公,得柳字》③:"我来入蜀门,岁月亦已久。岂惟长儿童,自觉成老丑。常恐性坦率,失身为杯酒。近辞痛饮徒,折节万夫后。"诗中说自己入蜀岁月已久,岂止是儿童长大,自己也成了老丑。他所恐惧的是因自己天性坦率,而在杯酒应酬之间得罪丧生,所以向章留后辞别。诗作于避乱梓州期间。据《杜臆》分析:"章留后所为多不法,而待杜特厚。公诗讽谏殊不俊,想公托词避去,乃保身之哲。不然,公有地主如章,不必去蜀,何以留别而终不去蜀也。""及严武再镇蜀,召章杀之,必有罪可指。"④这一分析是有道理的。杜甫如果依靠章留后的照拂,至少衣食不愁,但章留后骄横不法,不听杜甫讽谏,按照杜甫的直性子,难免会引起争执而肇祸。如果说这首诗因为是留别,写得比较含蓄,那么《上水遣怀》⑤就更清楚地说明了自己"成老丑"与天性直拙的关系:"我衰太平时,身病戎马后。蹭蹬多拙为,安得不皓首!驱驰四海内,童稚日糊口。但遇新少年,少逢旧亲友。低颜下色地,故人知善诱。后生血气豪,举动见老丑。穷迫挫囊怀,常如中风走。"在战乱中衰病流离,仕途蹭蹬,性行直拙,怎能不白头呢?四海驱驰,只是为了童稚糊口,然而在需要低声下气的地方,虽有故人诱导,自己还是不善逢迎,难免一举一动都被视为老丑。所以

---

① 《乾元中寓居同谷县作歌七首》其一,《杜诗镜铨》上册,第296页。
② 《乾元中寓居同谷县作歌七首》其二,《杜诗镜铨》上册,第297页。
③ 《将适吴楚,留别章使君留后兼幕府诸公,得柳字》,《杜诗镜铨》上册,第481页。
④ 王嗣奭《杜臆》,第176页。
⑤ 《上水遣怀》,《杜诗镜铨》下册,第957页。

只能穷迫潦倒,如中风一般到处狂走。可见诗人之所以屡屡刻画自己的老丑形象,正是为了说明自己不合时宜的"拙"。《早发》①说得更清楚:"烦促瘴岂侵,颓倚睡未醒。仆夫问盥栉,暮颜腼青镜。随意簪葛巾,仰惭林花盛。侧闻夜来寇,幸喜囊中净。艰危作远客,干请伤直性。"由清晨开船前仆夫来问盥洗的一个细节,引出前夜盗贼光顾,反而幸喜囊中干净的自嘲。而自己之所以在这种艰危时世中到处漂流,还是因为不愿干求请谒,伤了自己的直性之故。那就只能过着"疏布缠枯骨,奔走苦不暖"②的日子直到老死了。诗人在早期的《自京赴奉先县咏怀五百字》③中曾经自嘲"杜陵有布衣,老大意转拙",尽管"居然成濩落",还是"物性固难夺"。这种"拙"正是诗人一生坚持"穷年忧黎元"的执着。"直拙"是他的天性,也是他的人生原则,为此他付出了一生蹭蹬穷迫的代价,但至死不悔。诗人在塑造自己"杜陵野老"的"老丑"形象时,突出了其性格中的"直性"和"拙为"。而这种不合时宜的执着,与他内心的孤独感又正是互为因果的。

杜甫虽然饱尝饥寒衰病之苦,却并非总是愁眉苦脸。他的天性虽然直拙,却又不失风趣。在长期流落的生涯中,他很善于发现生活中的乐趣。《自阆州领妻子却赴蜀山行》写他在梓、阆之间避乱后回蜀途中的情景,尽管"我生无倚着,尽室畏途边"④,但是一路之上还能寻到不少乐子。其三说:"行色递隐现,人烟时有无。仆夫穿竹语,稚子入云呼。转石惊魑魅,抨弓落狖鼯。真供一笑乐,似欲慰穷途。"⑤仆夫、稚子跑在前面,说话声和呼叫声从竹林里、云端外传来。遇到怪石以为是魑魅吓一大跳,碰到树上的鼯鼠用弓箭弹射,这些有趣的经历都能供人

---

① 《早发》,《杜诗镜铨》下册,第963—964页。
② 《逃难》,《杜诗镜铨》下册,第1034页。
③ 《自京赴奉先县咏怀五百字》,《杜诗镜铨》上册,第108—109页。
④ 《自阆州领妻子却赴蜀山行》其一,《杜诗镜铨》上册,第509页。
⑤ 《自阆州领妻子却赴蜀山行》其三,《杜诗镜铨》上册,第510页。

笑乐,安慰穷途的困苦。所以王嗣奭评此诗说:"末章之景,开畅之意多,全是挈家山行趣致","性情都出"。①《缚鸡行》写自己处理鸡虫小事的无奈:

> 小奴缚鸡向市卖,鸡被缚急相喧争。
> 家中厌鸡食虫蚁,不知鸡卖还遭烹。
> 虫鸡于人何厚薄?吾叱奴人解其缚。
> 鸡虫得失无了时,注目寒江倚山阁。②

自己与家人为鸡吃虫蚁和卖鸡遭烹二者孰得孰失而争论不休,趣味不仅在全诗六句都重复"鸡"字,三句重复"鸡虫""虫鸡",以豆子打鼓般的声调强调鸡虫得失没完没了的不耐烦,更在末句写诗人自己不得已扭转头去倚着山阁,注目寒江,其中固然有得失两忘的深远寄托可以体味,但这一副无奈而又超然的姿态,确实生动地画出了诗人幽默的神情。

此外,诗人写自己的衰老无力,有时也带有一种自嘲的幽默感。《茅屋为秋风所破歌》描写屋顶上的茅草被风卷走,诗人追在孩子们后面喊叫的情景:"南村群童欺我老无力,忍能对面为盗贼?公然抱茅入竹去,唇焦口燥呼不得,归来倚仗自叹息。"③孩子们淘气恶作剧,当然不理会诗人经营草堂的辛苦。而诗人急得骂这些孩子欺负自己衰老无力,忍心当面做贼,朝他们喊得唇焦口燥也叫不回来,又活画出一个对顽童无可奈何的老人焦躁的神情。顽童的调皮和老人的愤怒形成幽默的对照,神情十分生动。杜甫晚年多病,不但消渴、肺病缠身,在夔州时耳朵又聋了。《耳聋》诗说:

> 生年鹖冠子,叹世鹿皮翁。眼复几时暗,耳从前月聋。

---

① 王嗣奭《杜臆》,第 474 页。
② 《缚鸡行》,《杜诗镜铨》下册,第 735 页。
③ 《茅屋为秋风所破歌》,《杜诗镜铨》上册,第 364 页。

> 猿鸣秋泪缺,雀噪晚愁空。黄落惊山树,呼儿问朔风。①

鹖冠子因以鹖为冠而得名号,是真隐;鹿皮翁因服鹿皮而得名号,是仙人。这里借二人自比衣衫褴褛,衰老绝俗。以眼未暗带出耳已聋,本是感伤之事,但反而以庆幸的口气说:耳聋听不见秋天猿鸣,免得为岁暮落泪;也听不到傍晚鸟雀聒噪,不会再因迟暮发愁。最后却惊见山树的黄叶都掉光了,这才叫儿子来问问是否朔风刮得正盛。将耳聋的悲哀写得趣味横生,也是苦中作乐。杜甫性格中的幽默和风趣更多地表现在他的七言绝句中,本书将在第七章结合七绝体式的特点展开详论。

总之,杜甫在诗歌中为自己提炼的形象是孤独无力的"腐儒"和衰老穷愁的"野老"。前者侧重于内心,后者侧重于外表。二者融合成一个平凡而伟大的"诗圣"形象。他虽有经天纬地之志,却无扭转乾坤之力。他不懈地探寻拯世济民的大道,却无人理解,寂寞终生。然而他关怀苍生黎民的热肠一刻也没有变冷。他不肯趋走风尘,不善逢迎干请,坚持用拙存道,心迹双清,所以只能穷愁潦倒,自甘老丑。但他能在生活中随时发现人间真情,善于用幽默调侃排解苦难衰病。他真诚地袒露自己的苦恼,坦率地嘲弄自己的困境。因此在杜甫之前,从未有一个诗人能将自己的性情面目如此鲜活地突显在诗作之中,使后代读者能与这位"诗圣"如此亲近。

---

① 《耳聋》,《杜诗镜铨》下册,第854页。

# 第三章 "诗史"的叙述艺术

"诗史"说虽然引起过很多争议,但是这一说法确实概括了杜诗的一个主要特点:善以叙述笔法直陈时事。杜甫通过他一生的遭际,反映了安史之乱前后唐代社会巨变的事实,在当时是纪实,记载下来就成为历史。杜甫诗中有"史"的重要意义,清人已经充分肯定。但是杜甫的"诗史"和史书在性质功能上有什么本质的区别?他又是怎样运用不同诗体的不同表现方式来描写史实的?杨慎当初对"诗史"说的质疑中其实还包含着这些深层次的问题没有得到彻底解决。这一章打算就杜甫在五言古诗、新题乐府和律诗绝句等不同诗体中处理叙事的不同方式,来回答以上问题。

## 第一节 五言古诗叙述潜力的发挥

### 一 五言古诗的叙述功能

在中国古代的各类诗体中,五言古诗的叙述功能最强。这是因为五言句最原始的自然形态,是作为散文句式存在的。在形成五言诗的过程中,逐渐提炼成诗化的节奏,即由一个双音节词加一个三音节词构成,形成"二、三"的诵读节奏,这是自明清到当代研究者公认的五言诗句的典型节奏。由于前后两个词组可以构成一个语法独立的句子,加上三音节词可以分成"一、二"或"二、一"的两个词组,使五言句表意的语法结构变化灵活,很容易形成单行散句。而且早期五言诗的形成,一般是五言句的顺序连接,因此在秦汉杂言和五言歌谣中就显示出便于叙述的特质。但是由于早期作者尚未普遍掌握将五言单行散句连贯地连缀成篇的节奏感,汉代的许多叙述性较强的五言古诗还必须依靠对偶、排比、重叠等句法来形成流畅的节奏。此后五言古诗走向成熟的过程,也就是五言体雏形将重叠复沓的诗化途径和寻找连贯的散句叙述节奏相融合的过程。①

  五言诗在汉魏的发展过程中,逐渐探索出了五言句连贯叙述的节奏规律。为了摆脱对修辞重叠的依赖,充分发挥五言便于单行散句组合的优越性,汉代文人作者已经初步找到了一些表现方式,如层意的重叠、语脉的贯穿、连接词的呼应、叙述片断的截取、诗骚比兴的吸收等等。其中最重要的是场景片断的单一性和叙述的连贯性,由于叙述和抒情往往只是通过一个时间地点相同的场景片断的描写来完成,顺序连续写一个场景或事件片断,比较容易保持句意之间的连贯和呼应,这就形成了汉魏五言古诗以单行散句连接的基本特点。前人称道汉魏诗气象浑成,多重在其气脉的贯通,意在语先,难以句摘。如庞垲《诗义固说》所说:"汉五言诗去三百篇最近,以直抒胸臆,一意始终,而字圆句稳,相生相续成章。"②也就是说汉魏诗的句意连为一绪,前后意思相生,句子相连续,而且始终贯穿。单行散句的连缀同样也是散文的基本结构,只是散文不用整齐句式而已。因此五言古诗与散文具有天然的联系。后来五言诗经过晋宋齐梁的发展,虽然偶句越来越多,但是仍然保持着脉络连贯的基本特点。

  "史"是过往事件的记录,历来属于散文的职责,仅仅在叙述的脉络贯通这一点上,与五言古诗是相通的。但是五古虽然从汉魏时起就

---

① 参见拙文《五言诗的生成途径及其对汉诗艺术的影响》,《文学遗产》2006年第6期。
② 《诗义固说》上,《清诗话续编》第二册,第731页。

有适宜叙述的特性,却因为在魏晋以后,五言诗发展的主要路向是抒情言志以及摹写物态,在杜甫以前,叙事脉络清晰的作品并不多见。可以举出的例子除了汉魏时期的部分五言乐府和古诗以及《古诗为焦仲卿妻作》、蔡琰自述身世的《悲愤诗》以外,就是西晋傅玄的一些记述历史故事的五言诗,如《秦女休行》写汉代庞烈妇为报父仇手刃仇敌的事件;《和班氏诗》写春秋时秋胡戏妻的故事;《惟汉行》完整记述鸿门宴的过程。这类叙述事件过程的作品在西晋时出现,很可能与当时五古的多层次结构扩大了五言的表现功能有关。[①] 这种结构特征使西晋诗的表现不受同一时间和空间距离的局限,因而许多诗篇不再延续汉魏诗着重单一场景表现或片段情节的方式,而是能够描写完整复杂的事件及其发展过程。但即使是在西晋,同类作品也很少,东晋以后更是罕见。南朝新体兴起,古诗衰落,其中只有刘孝绰以诗代书的五古长篇《酬陆长史倕》比较特别,这首诗虽以偶句为主,散句连缀其间,但好像一封回信,由送别对方开始,从头告知自己的近况,并详细记述最近寻访庐山的经过,以及在回城途中经过寺院所见的景色、与僧人中宵谈佛的领悟等等。全诗内容庞杂,以平叙为主线。不过这类诗在当时几乎是绝无仅有。

从南朝到初唐,五言诗的大势是古近不分。直到盛唐,不少诗人的五古仍杂用律体。但即使是李白、岑参这些五古正宗,也很少有以散句为主直陈其事的长篇五古。李白的古诗大部分是汉魏六朝风味的乐府和歌行,以叙述为体的中长篇五古数量较少,且充满想象和夸张,如《送王屋山人魏万还王屋》虽自注"述其行",却全篇都是将魏万写成一个飘游于吴越山水中的仙人,以仙境烘托其仙迹。篇幅最长的《乱离后经天恩流夜郎忆旧游书怀赠江夏韦太守良宰》本来应有许多叙述性的回忆,却也极少连贯的叙述片段。岑参的中长篇五古除了在边塞的应酬诗、早年隐居的山水诗及后期的郡斋诗以外,多数是行旅游宿送别

---

① 参见拙文《西晋五古的结构特征和表现方式》,《中华文史论丛》2009年第2期。

之作,以抒情为主,其中只有少数写人以及忆旧的片段用叙述句调。因此可以说从汉魏到盛唐五古的创作资源虽然丰厚,但叙述性强的先例却不多。

## 二 杜甫中长篇五古的叙述艺术

杜甫"诗史"的叙述艺术主要体现在他的中长篇五古之中。杜甫现有的263篇五古中,只有22篇是八句体五古,另有5篇十句体,3篇六句体,9篇八句体乐府,十四句以上的中长篇尤其是长篇占据了最大比例。杜甫五古主攻中长篇的原因,也要从回顾五古在南朝以后的发展趋势说起。大约在南朝宋末,鲍照、江淹五言诗的八句体、十句体、十二句体等已经为齐梁永明体提供了常用的篇制。齐梁以后新体诗主要在四句、六句、八句、十二句体中发展,到初唐迅速走向律化。陈子昂的《感遇》38首中有34首是十二句以下的短篇,并以八句体为主,正是为了在这类律化程度最高的篇制中探索恢复汉魏古诗的途径。同时代的宋之问也尝试了区分八句体古诗和律诗的多种句法和表现方式。而他们的中长篇五言古诗则依然和当时的初唐五古一样,基本上仍延续了宋齐体的格调。[①] 于是五言古诗逐渐形成十二句体以下(以八句体为主)的短篇和十四句体以上的中长篇两类。继陈子昂在八句体中效法汉魏古诗的探索之后,杜甫主攻中长篇,同样是意图使杂用律体的中长篇五古能清晰地界分古、律的体调,但是与陈子昂模仿汉魏的做法不同,他主要是运用汉魏古诗的创作原理,使中长篇五言古诗发挥了用散句连贯叙述的最大潜力。

杜甫学习汉魏五古的最基本方式是从当代语言中提炼单行散句,在诗中形成叙述主线,甚至全篇不用骈偶句。正如吴乔所说:"五古须通篇无偶句,汉魏则然。"[②]但从西晋以后,五古的对偶句越来越多,到

---

① 参见拙文《陈子昂与初唐五言诗古、律体调的界分》,《文史哲》2011年第3期。
② 《答万季埜问》,《清诗话》上册,第31页。

盛唐时使用骈偶句的习惯仍然难以消除,尤其是中长篇五古。这就促使杜甫的中长篇五古转为追溯至汉魏五古的本源,寻找单行散句连缀的原理,建立新的五古节奏。中长篇五古连用单行散句的难度在于容易变成押韵散文,叙述节奏难以把握,前人可借鉴的范例不多。汉魏五古的散句直接来自当时生活语言的提炼,因为生活语言都是散文语言,经过提炼,形成自然的散句节奏,最省力现成。汉魏散句的句法和表现方式固然仍可为后世诗人效仿,但语言随着时代发展变化,诗歌要创造新的自然的散句节奏,必须从当代的生活语言中提炼,杜甫显然是深深懂得这个道理的。这就是后人多称杜甫善用口语俗语的根本原因。他的很多单行散句都是家常话的提炼,最典型的诗例莫过于《遭田父泥饮美严中丞》:

> 步屦随春风,村村自花柳。田翁逼社日,邀我尝春酒。
> 酒酣夸新尹,畜眼未见有。回头指大男,渠是弓弩手。
> 名在飞骑籍,长番岁时久。前日放营农,辛苦救衰朽。
> 差科死则已,誓不举家走。今年大作社,拾遗能住否?
> 叫妇开大瓶,盆中为吾取。感此气扬扬,须知风化首。
> 语多虽杂乱,说尹终在口。朝来偶然出,自卯将及酉。
> 久客惜人情,如何拒邻叟?高声索果栗,欲起时被肘。
> 指挥过无礼,未觉村野丑。月出遮我留,仍嗔问升斗。①

严武节制两川并拜成都尹时,实行过一些改革地方军政的措施,其中有一条是将长期在军中服役的兵丁放回家务农,这正是杜甫提出的建议,被严武采纳。② 这首诗所反映的就是这一举措实施以后大获人心的情况。全诗长达32句,全用单行散句构成,描述了诗人在临近社日时遇到一个田翁,被拉到家里喝酒的经过。通过记叙田父的大段独白,表现

---

① 《遭田父泥饮美严中丞》,《杜诗镜铨》上册,第393—394页。
② 参见陈贻焮《杜甫评传》中卷,第752—753页,上海古籍出版社,1988年。

了他因在外服役已久的儿子被放回家的感激和喜悦。无论是田父独白还是诗人对田父神态动作的描绘,都很粗犷风趣,其中为人们称道的"渠是弓弩手""今年大作社""叫妇开大瓶,盆中为吾取"等口语和俗语,都是经过提炼的农村生活语言,因而能够活灵活现地画出田父的音容笑貌。

杜甫诗中的"史",都是他平生所遭遇的兵戈乱离、饥寒老病的经历,从困守长安到陷于贼中、奔赴行在到最后流落夔蜀的经过和见闻一一见于杜诗,固然都能反映他的时代,但他经历的一切能勾连成"史",则是诗人有意发挥五古的叙述潜力的结果。从诗题看来,杜甫五古的题材很广,他善于把单行散句的叙述扩大到各种日常生活的描写和吟咏中去。凡是可以展开记述脉络的内容,他都尝试以五古去表现。特别是寻访、回忆、写人、写信等,因为适宜于展开细节和过程的记叙,叙述的脉络最为清晰。例如作于秦陇时期的《两当县吴十侍御江上宅》本来是一首应酬诗,但是除了开头十二句以惨淡的景色烘托自己来到两当县的心情以外,后面大半首都是回忆吴侍御当初在凤翔因剖析间谍案较为慎重,反而被朝廷斥逐的往事:

> 昔在凤翔都,共通金闺籍。天子犹蒙尘,东郊暗长戟。
> 兵家忌间谍,此辈常接迹。台中领举劾,君必慎剖析。
> 不忍杀无辜,所以分白黑。上官权许与,失意见迁斥。
> 仲尼甘旅人,向子识损益。朝廷非不知,闭口休叹息。
> 余时忝诤臣,丹陛实咫尺。相看受狼狈,至死难塞责。
> 行迈心多违,出门无与适。于公负明义,惆怅头更白。[①]

诗里不但写出了上官表面许可、暗中排斥的心术,还表白了当时自己身为谏官而未能疏救的内疚。这样复杂的事件,即使直接用散文表述,也有相当的难度。而杜甫用一段散句便将事件的背景、原委、吴侍御的仁

---

[①] 《两当县吴十侍御江上宅》,《杜诗镜铨》上册,第285—286页。

心及遭受的冤屈交代得清清楚楚,令人从这段往事中看到了安史之乱中复杂黑暗的官场真相,这是史书所不可能记述的。又如作于夔州的《往在》回忆从安史之乱到肃宗收复、代宗再遭吐蕃之祸后收京的形势反复。前半首从自己陷入贼中,亲见叛逆焚毁九庙的往事,说到二京收复后重修祠庙,自己跟随百官参加郊祀的经过,抒发恢复礼乐以重建太平的中兴理想,着重从宫室被毁到重建的角度叙述了这段悲惨的历史:

> 往在西京日,胡来满彤宫。中宵焚九庙,云汉为之红。
> 解瓦飞十里,繐帷纷曾空。疚心惜木主,一一灰悲风。
> 合昏排铁骑,清旭散锦幪。贼臣表逆节,相贺以成功。
> 是时妃嫔戮,连为粪土丛。当宁陷玉座,白间剥画虫。
> 不知二圣处,私泣百岁翁。车驾既云还,楹桷欻穹崇。
> 故老复涕泗,祠官树椅桐。宏壮不如初,已见帝力雄。①

宗庙半夜化为飞灰、火光冲天、嫔妃被杀的景象,在杜甫陷贼期间的作品中没有记述。这里虽是回忆,仍然如眼前发生一样,令人发指。

描写人物也是杜甫在五古中展开记述的一个重要方面。因为善用叙事手法描写细节和场景,人物特征如记叙文一样鲜明。杜甫往往通过记述他的一些朋友,反映出时代动乱的面影。例如《八哀诗》中的《故秘书少监武功苏公源明》开头写苏源明自幼孤苦,到东岳艰难求学的情景:

> 武功少也孤,徒步客徐兖。读书东岳中,十载考坟典。
> 时下莱芜郭,忍饥浮云嶺。负米晚为身,每食脸必泚。
> 夜字照爇薪,垢衣生碧藓。②

苏源明徒步求学徐兖,忍饥背米上山,每食必会落泪,夜读靠柴火照亮,衣服脏得长出苔藓,这些生动的细节突出了苏源明靠苦读出身的经历,

---

① 《往在》,《杜诗镜铨》下册,第704—705页。
② 《八哀诗·故秘书少监武功苏公源明》,《杜诗镜铨》下册,第687页。

及其"学蔚醇儒姿,文包旧史善"的成就得来之不易。正因如此,这个文儒士在收复两京后因遭遇荒年而病逝的悲剧才更令杜甫痛惜①。又如《彭衙行》通过回忆自己逃难的经过,描写了一个古道热肠的朋友形象:

> 忆昔避贼初,北走经险艰。夜深彭衙道,月照白水山。
> 尽室久徒步,逢人多厚颜。参差谷鸟吟,不见游子还。
> 痴女饥咬我,啼畏虎狼闻。怀中掩其口,反侧声愈嗔。
> 小儿强解事,故索苦李餐。一旬半雷雨,泥泞相牵攀。
> 既无御雨备,径滑衣又寒。有时经契阔,竟日数里间。
> 野果充糇粮,卑枝成屋椽。早行石上水,暮宿天边烟。
> 少留同家洼,欲出芦子关。故人有孙宰,高义薄曾云。
> 延客已曛黑,张灯启重门。暖汤濯我足,剪纸招我魂。
> 从此出妻孥,相视涕阑干。众雏烂熳睡,唤起沾盘飧。
> 誓将与夫子,永结为弟昆。遂空所坐堂,安居奉我欢。
> 谁肯艰难际,豁达露心肝。别来岁月周,胡羯仍构患。
> 何时有翅翎,飞去堕尔前?②

杜甫于天宝十五载(756)带领家眷避难,从白水县向北,经过彭衙,到达同家洼时稍事休息,得到故人孙宰的热情招待。这首诗是第二年回忆当初情景,寄赠给孙宰表示感谢的。诗分两部分,前半首从夜路险恶、饥寒交迫、霖雨难行三方面描写自己一家人在彭衙道上艰难跋涉的情景。最后总叙一路以野果充饥、以树枝代屋、朝行泥水之上、暮投人烟而宿的惨状。这一部分以痴女、小儿挨饿的不同表现和自己的"厚颜"求人及困窘无助为情感脉络,写尽一家人的行路之苦。后半首写

---

① 《故秘书少监武功苏公源明》:"呜呼子逝日,始泰则终蹇。长安米万钱,凋丧尽余喘。"可见苏源明因遇荒年病死。正如胡夏客所评:"武功少孤,忍饥为官,复以饥卒。"(《杜诗镜铨》,第689页引)

② 《彭衙行》,《杜诗镜铨》上册,第166—167页。

受到同家洼故人孙宰热情招待的情景，也分三层来说：一是迎进门来的体恤照料，使自己无比温暖；二是把累得一进门就睡着了的孩子们叫起来吃饭；三是把堂屋腾空后，安顿杜甫一家安居。三层叙述对应前面所说的行路之劳累、饥饿和无处住宿三层意思，便显出孙宰的款待无一不是针对杜甫一家的迫切需要而来。后半首答谢故人在艰难之际待人的豁达大度，以赞扬和感激之情为脉络，写出孙宰的厚道、热情和待人的真诚周到，人物特征全在叙事细节和诗人抒情中见出，充分体现了杜甫善写人情、曲折尽致的特色。

杜甫五古中最多的是以述怀言志为主题的咏怀诗。咏怀自汉魏以来便确立了比兴、典故、直抒胸臆相结合的抒情传统，杜甫在此基础上更增加了细节描写、纵横议论等，使这类题材发展成可以自由书写的长篇巨制。最典型的是《自京赴奉先县咏怀五百字》[①]和《北征》。《自京赴奉先县咏怀五百字》的两段叙事描写都起到了推动诗情走向高潮的作用。第一段写从长安出发途经骊山的情景：

> 岁暮百草零，疾风高冈裂。天衢阴峥嵘，客子中夜发。
> 霜严衣带断，指直不得结。凌晨过骊山，御榻在嵽嵲。
> 蚩尤塞寒空，蹴踏崖谷滑。瑶池气郁律，羽林相摩戛。
> 君臣留欢娱，乐动殷胶葛。赐浴皆长缨，与宴非短褐。

在一路风高霜严、雾重路滑的行程中，又插入手指冻僵以致拉断衣带都不能结上的细节，以及接近宫墙时，连御林军兵器相碰的声音都能听到的情景。这就突出了诗人此时离骊宫近在咫尺的处境，使他对宫墙内外的寒暖反差和苦乐之别感受更深，因而大声呼出"朱门酒肉臭，路有冻死骨"这两句千古名言，便成为诗情发展的必然。第二段是记述其继续北上，渡过冰河，历经千辛万苦回到家里却先遭迎头一击的经过：

---

[①] 《自京赴奉先县咏怀五百字》，《杜诗镜铨》上册，第108—111页。

> 群冰从西下①，极目高崒兀。疑是崆峒来，恐触天柱折。
> 河梁幸未坼，枝撑声窸窣。行李相攀援，川广不可越。
> 老妻寄异县，十口隔风雪。谁能久不顾，庶往共饥渴。
> 入门闻号咷，幼子饿已卒。吾宁舍一哀，里巷亦呜咽。

幼子在秋禾登场时饿死的典型意义，使诗人由自己"生常免租税，名不隶征伐"的待遇联想到更困苦的"失业徒"和"远戍卒"，看到了一触即发的政治危机，从而在结尾将诗情推向"忧端齐终南，澒洞不可掇"的最高潮。

《北征》②不同于《自京赴奉先县咏怀五百字》的夹叙夹议，而是叙事加议论，叙的是探亲私事，议的是军国大事，二者之所以能有机结合，在于叙事中处处连带战乱的背景，始终不离忧国忧民的心事。前半第一段按白昼到入夜的时间顺序，记述离开凤翔回鄜州途中所见山川地貌的变化、好恶不齐的景色、流血呻吟的伤者，兼带"身世拙"的感叹，表现了诗人虽然被朝廷疏远仍然不肯遁入桃源的责任感。第二段写诗人回家后与妻儿团聚的悲喜交集之情：

> 经年至茅屋，妻子衣百结。恸哭松声回，悲泉共幽咽。
> 平生所骄儿，颜色白胜雪。见耶背面啼，垢腻脚不袜。
> 床前两小女，补绽才过膝。海图拆波涛，旧绣移曲折。
> 天吴及紫凤，颠倒在裋褐。老夫情怀恶，呕泄卧数日。
> 那无囊中帛，救汝寒凛栗？粉黛亦解苞，衾裯稍罗列。
> 瘦妻面复光，痴女头自栉。学母无不为，晓妆随手抹。
> 移时施朱铅，狼藉画眉阔。生还对童稚，似欲忘饥渴。

对家人在大乱之后衣衫褴褛的艰难境况，写得极其琐细而又切合人之

---

① "群冰从西下"句，杨伦注本作"群水"，诸本谓"群水"一作"群冰"。今按黄河每年十一月封冻前，有大量冰凌从上游下来，此句当作"群冰"为是。

② 《北征》，《杜诗镜铨》上册，第159—163页。

常情。尤其是绣着海涛和珍禽异兽的官服拆开当了补丁,"天吴""紫凤"的纹样都横七竖八地颠倒在小儿女穿的粗布衣上,写尽原来的官宦人家窘迫的苦处。两小女学母化妆的一节,更是憨态可掬,极其传神,从观察极其细微之处真挚地传达出乱离中夫妻儿女的至情。细节的真实更生动地反映了所有战乱受害者的共同命运,从而使结尾的两大段时事议论成为感情逻辑发展的必然。

这两篇长诗结构虽各有特点,但都以还家探亲为主线,将具体的叙事和细节的描绘与慷慨述怀、时事评论以及对丰富社会内容的高度概括和谐地统一在完整的艺术结构中,为咏怀诗开创出全篇叙事和议论相交融的新形式,可称是"诗史"中的洪钟巨响。

### 三 杜甫五古处理"诗""史"关系的原理

"诗"与"史"的最大区别,在于无论杜甫五古中的叙述脉络多么清晰,其叙述节奏依然是诗而不是叙述文或议论文。那么杜甫是如何用诗的节奏来表现史的呢?最根本的原理是杜甫所有的五古从整体结构到表现方式始终以抒情为本,从未因追求叙述的功能而偏离了抒情的主导节奏。

中国诗歌的抒情传统源远流长,抒情节奏长期以来一直是诗歌节奏的主导,也积累了丰富的表现经验。杜甫诗中的叙述脉络主要表现为在句意跳跃性较强的抒情节奏中穿插叙述节奏,因而其整体架构是以抒情为主导的。诗歌语言超越散文语言的关键在于其飞跃性①。抒情节奏随诗人感情随时变化,不需要散文那样连贯的理性逻辑,相对叙述节奏而言,跳跃的幅度较大;叙述节奏由于用单行散句紧密勾连,句意密度较大,不容易摆脱散文式的逻辑性和连续性。以抒情为主导,穿

---

① 参见林庚《关于新诗形式的问题和建议》:"诗歌语言在整个文学语言中比一般逻辑语言乃是更灵活更富于飞跃性的语言。"《新诗格律与语言的诗化》,第67页,经济日报出版社,2000年。

插叙述节奏,就可以使五古节奏达到整密中见疏宕的效果。如果细察杜甫在五古中处理叙述节奏与抒情节奏之间关系的多种方式,不难看出他的探索是以学习汉魏古诗表现的原理为基础的。前人早就看到少陵善学汉魏这一点,如《岁寒堂诗话》:"识汉魏诗,然后知子美遣词处。"①《诗镜总论》:"少陵五古,材力作用,本之汉魏居多。"②《岘佣说诗》:"少陵五古千变万化,尽有汉、魏以来之长而变其面目。"③但杜甫五古究竟在哪些方面本之汉魏,历来少见有人阐发。笔者认为主要体现为以下两方面:

首先,杜甫把握了汉魏古诗善于提炼人生感慨、总结人之常情的特点,化用到他对自己人生经历的记叙中去。这种提炼往往包含诗情哲理,能立片言之警策,使诗歌语言跳出散文平叙的逻辑来造成飞跃,避免"从头叙去,如写家书"④般的平板。如《羌村三首》其一中记述自己回到羌村与妻孥见面时,感慨"世乱遭飘荡,生还偶然遂","夜阑更秉烛,相对如梦寐"⑤,既是实际情景的描写,同时又以朴素平常的语言将自己饱经乱离之后与亲人团聚的感触提炼出来,在普通的日常生活场面中表达出乱世常人在同样情景中都有的感受。又如《驱竖子摘苍耳》就诗题所示的一件生活小事,将战乱所造成的贫富差距浓缩为"富家厨肉臭,战地骸骨白"⑥的对照,与他的"朱门酒肉臭,路有冻死骨"同样警策。《送率府程录事还乡》感叹"途穷见交态,世梗悲路涩"⑦,也是汉魏古诗式的人情世态的总结。《上水遣怀》"但遇新少年,少逢旧

---

① 张戒《岁寒堂诗话》卷上,《历代诗话续编》上册,第451页。
② 陆时雍《诗镜总论》,《历代诗话续编》下册,第1414页。
③ 施补华《岘佣说诗》,《清诗话》下册,第978页。
④ 谢榛说:"(古体)贵乎平直,不可立意含蓄。"但平直"未必篇篇从头叙去,如写家书然,毕竟有何警拔?"见《四溟诗话》卷四,《历代诗话续编》下册,第1220—1221页。
⑤ 《羌村三首》,《杜诗镜铨》上册,第158—159页。
⑥ 《驱竖子摘苍耳》,《杜诗镜铨》下册,第623页。
⑦ 《送率府程录事还乡》,《杜诗镜铨》上册,第115页。

亲友"①,与曹植《送应氏》中"不见旧耆老,但睹新少年"②一样,都是概括战乱造成的人事兴废的警句。

其次,杜甫在各类题材的五古中都善于活用汉魏式的比兴寄托和古诗的章法句法。汉魏古诗在单一场景片段的叙述中,由于是"相生相续成章",所以句意是连贯而不能跳跃的。比兴在早期五言诗中,仅凭其寓意的内在逻辑连缀成行,不但意象富有跳跃性,而且因为多采用排比对偶重叠句法,节奏感也比较强,正可以弥补叙述节奏的不足,加强章节转换的自由度。因此比兴和场景片断的互补性和互相转化,是汉魏五言诗的重要特征。③ 杜甫五古中汉魏式的比兴随处可见,如《有怀台州郑十八司户》中"昔如水上鸥,今为罝中兔"④,比喻郑虔在安史之乱前后不同的境遇,形象而且警炼;《佳人》中"在山泉水清,出山泉水浊",以山中泉水为比兴,衬托因战乱"幽居在空谷"⑤的佳人清白的品质。《除草》⑥平铺直叙地记述了诗人从早晨到晚上全天除草的过程,先以散文句式"草有害于人"开头,用议论体分两层强调毒草的害处和除草的必要性;然后写"清晨步前林"时看见满目山韭急欲除去的心情;再展开除草的情景:"荷锄先童稚,日入仍讨求。转致水中央,岂无双钓舟。"最后点出全诗的寄托:"芟夷不可阙,疾恶信如仇。"由于通篇寓意全部都在除草过程的着力描写中,结尾恰到好处的点题,使诗里关于除草务急务尽的三次致意也注入了深刻的意味:如果说"芒刺在我眼,焉能待高秋"是以除草的刻不容缓比喻除恶必须及时,那么"霜露一沾凝,蕙叶亦难留"则是以除草必辨美恶比喻锄恶应注意护美存善;而"顽根易滋蔓,敢使依旧丘"则是从除草必绝其根比喻除恶务

---

① 《上水遣怀》,《杜诗镜铨》下册,第957—958页。
② 曹植《送应氏》,赵幼文《曹植集校注》,第3页,人民文学出版社,1984年。
③ 参见拙文《论汉魏五言的古意》,《北京大学学报》2009年第2期。
④ 《有怀台州郑十八司户》,《杜诗镜铨》上册,第232—233页。
⑤ 《佳人》,《杜诗镜铨》上册,第230页。
⑥ 《除草》,《杜诗镜铨》下册,第554—555页。

尽。除草这样一件日常生活小事,便以其丰富的叙述层次充实了《左传》所说"为国家者,见恶,如农夫之务去草焉"(隐公六年)①的道理。《枯棕》也是一首以比兴为主的讽时诗:

> 蜀门多棕榈,高者十八九。其皮割剥甚,虽众亦易朽。
> 徒布如云叶,青黄岁寒后。交横集斧斤,凋丧先蒲柳。
> 伤时苦军乏,一物官尽取。嗟尔江汉人,生成复何有?
> 有同枯棕木,使我沉叹久。死者即已休,生者何自守?
> 啾啾黄雀啄,侧见寒蓬走。念尔形影干,摧残没藜莠。②

全篇以生机蓬勃的枯棕被摧残至形影枯干的形象,比喻被割剥至死的江汉百姓,不但最早明确地用"割剥"这个词来比喻官府对人民的剥削搜刮,而且使用一系列感叹词来连接句意,如"伤""苦""嗟尔""沉叹""念尔"等。加上问句和感叹句,读起来长吁短叹,悲悯之情溢于言表。结尾四句,又以汉魏古诗中常见的黄雀和寒蓬的意象描写了枯棕形体干枯后最终被摧残毁灭,落得埋没草野的下场,像是另借比兴哀挽枯棕的一个尾声。可见杜甫对于汉魏比兴的精熟和运用的出神入化。杨慎以《诗经》中的比兴与杜诗中直陈的赋体句相比较,以贬低杜甫"诗史"的价值,无视杜诗中大量使用比兴"伤暴敛""叙饥乱"、刺时弊的事实,显然是出于偏见。

汉魏五古善用叠字对偶句、对照排比句式和分层递进的诗行穿插在叙述之中,以加强抒情力度,杜甫诗中也俯拾皆是。如《草堂》③中,开头"昔我去草堂,蛮夷塞成都。今我归草堂,成都适无虞"四句,以隔句排比形成今昔对照,然后以汉魏常见的自陈句式展开对时势的批评:"请陈初乱时,反复乃须臾。"在历述经年乱兵之祸造成的灾难和后遗症之后,最后一段用《木兰诗》中的排比句式抒发回归草堂的喜悦:"旧

---

① 杨伯峻《春秋左氏传注》第一册,第50页,中华书局,1990年。
② 《枯棕》,《杜诗镜铨》上册,第371页。
③ 《草堂》,《杜诗镜铨》上册,第514—516页。

犬喜我归,低徊入衣裾;邻里喜我归,沽酒携葫芦;大官喜我来,遣骑问所须;城郭喜我来,宾客隘村墟。"在首尾汉魏句式的架构中,对乱局的回顾则以漫画式的笔触勾勒出乱贼的残暴嘴脸:"唱和作威福,孰肯辨无辜。眼前列杻械,背后吹笙竽。谈笑行杀戮,溅血满长衢。到今用钺地,风雨闻号呼",又令人联想到蔡琰的《悲愤诗》。除了句式和段落以外,杜甫也很擅长化用汉魏古诗式的章法。如《太子张舍人遗织成褥段》①以主客对答的形式,记述了自己谢绝张舍人礼物的一件小事。篇首四句"客从西北来,遗我翠织成。开缄风涛涌,中有掉尾鲸",是汉乐府古诗中"客从远方来,遗我双鲤鱼""客从远方来,遗我一端绮"一类常见的开头句法。以下通过"客云充君褥,承君终宴荣"的回答,引出自己宁可安于粗席藜羹的理由,并指出在"干戈尚纵横"的时代,"当路子"因骄奢淫逸导致尊卑失序,才有李鼎、来瑱之流的军阀叛乱。这就将一段大义凛然的时势批评通过汉魏叙事诗式的结构化成了一个对话构成的场景。在以上诗例中,杜甫化用汉魏式的比兴、句法和章法,或以抒情笔调勾勒出全篇轮廓,以支撑叙述节奏的架构;或以强烈的抒情色彩,在叙述节奏中突出警拔之处。这就将中短篇的汉魏五古叙述与抒情互补和交融的原理活用到中长篇里,保证了其中的叙述脉络始终不离抒情的主旋律。

杜甫在活用汉魏五古创作原理的基础上,更进一步探索了不靠句法而仅凭句意的勾连构成叙述句诗行的内在节奏感。善用叙述句调展开议论,议论中又充满激情,更成为他的独创。如《自京赴奉先县咏怀五百字》开头的大段咏怀:

> 杜陵有布衣,老大意转拙。许身一何愚?窃比稷与契。
> 居然成濩落,白首甘契阔。盖棺事则已,此志常觊豁。
> 穷年忧黎元,叹息肠内热。取笑同学翁,浩歌弥激烈。

---

① 《太子张舍人遗织成褥段》,《杜诗镜铨》上册,第534—535页。

> 非无江海志,萧洒送日月。生逢尧舜君,不忍便永诀。
> 当今廊庙具,构厦岂云缺？葵藿倾太阳,物性固莫夺。
> 顾惟蝼蚁辈,但自求其穴。胡为慕大鲸,辄拟偃溟渤。
> 以兹悟生理,独耻事干谒。兀兀遂至今,忍为尘埃没。
> 终愧巢与由,未能易其节。沉饮聊自遣,放歌破愁绝。①

诗人以自述心事的语调,感叹长安困守十年的遭遇,围绕着"许身一何愚,窃比稷与契"的执着信念,从各种角度层层推覆。一口气七八层转折,跌宕起伏,连绵不断,像剥茧抽丝一样,后一层意思从前一层意思中引出,先反后正,自嘲自解。理想和现实的矛盾、兼济和独善的冲突也在痛苦的反省中得到解决。由叙述句构成的框架中是议论推驳的层次,却形成了抒情的回环往复。《北征》结尾"阴风西北来,惨淡随回纥"一大段议论时事,先在陈述回纥送兵驱马愿来"助顺"的同时,委婉地表示了"此辈少为贵"的看法,然后申述自己的主张：

> 伊洛指掌收,西京不足拔。官军请深入,蓄锐俱可发。
> 此举开青徐,旋瞻略恒碣。昊天积霜露,正气有肃杀。
> 祸转亡胡岁,势成擒胡月。胡命其能久？皇纲未宜绝！②

这段主张利用官军力量破贼的议论,在瞻望官军连续进兵直捣安禄山老巢的前景描述中展开,完全凭句意的紧逼紧接形成内在的气势和紧促的节奏感,激情澎湃,一气呵成。

杜甫还有些五古以感情逻辑作为叙述节奏的脉络,使叙述充满诗意,更成为脍炙人口的名篇,如《赠卫八处士》③由首句"人生不相见,动如参与商"这一概括人生聚散之感的比兴先立全篇之警策,然后按感情起落的自然逻辑,展开宾主相见和主人款待的过程：先是大乱兼久别

---

① 《自京赴奉先县咏怀五百字》,《杜诗镜铨》上册,第108—109页。
② 《北征》,《杜诗镜铨》上册,第161—162页。
③ 《赠卫八处士》,《杜诗镜铨》上册,第207—208页。

之后竟能邂逅的惊喜:"今夕复何夕,共此灯烛光?"定下神来以后,彼此互相打量才感叹:"少壮能几时?鬓发各已苍。"自然联想到其他故旧的下落,不由得"惊呼热中肠"。情绪渐渐安定以后,又看到故人一家老小,"昔别君未婚,儿女忽成行"两句,跳过二十年的漫长岁月,写出故人儿女忽然在眼的恍惚之感,提炼了常人遇此情景都有的人生感触,与首句呼应,使感情再次达到高潮。而在春雨夜话、宾主同醉的温馨氛围中,又不免想到"明日隔山岳,世事两茫茫",最终归结到聚散无常之悲。全诗的语调始终在惊呼和叹息的交替中低昂起伏,叙事的过程在悲喜更迭中自然完成,以至分不清究竟是叙述还是抒情。而许多关乎人情之常的警句也成为后人在喜遇故旧时常用的熟语。

又如《羌村三首》其三:

> 群鸡正乱叫,客至鸡斗争。驱鸡上树木,始闻叩柴荆。
> 父老四五人,问我久远行。手中各有携,倾榼浊复清。
> 苦辞酒味薄,黍地无人耕。兵革既未息,儿童尽东征。
> 请为父老歌,艰难愧深情。歌罢仰天叹,四座泪纵横。①

这首诗的叙述框架借鉴了陶渊明《饮酒》其九中田父携酒叩门慰问的场景,开头活画出一幅热闹的柴门客至图。群鸡乱叫迎客,赶鸡上树才听到客人的敲门声②,这比陶渊明的田园诗更有生活情趣。父老各自携酒前来看望远客,尽管已是倾其所有,尚恐客嫌酒味太薄;父老的诚恳淳朴已使诗人感愧不已,何况"黍地无人耕""儿童尽东征"两句解释酒薄的理由,又可见田园凋敝、民生何等艰难。诗人答谢父老的悲歌包含着无力补救时政的深深内疚,更是声泪俱下,感人至深。所以刘须溪评此诗说:"当时适然,千载之泪,常在人目。诗三百不多见也。"③

---

① 《羌村三首》其三,《杜诗镜铨》上册,第158页。
② "驱鸡上树木"一句历来为注家所不解。今新疆民间仍有不剪鸡翅、任其栖宿于树巅的习惯。汉乐府也说:"鸡鸣高树巅"。可见唐代西北地区鸡是可以上树的。
③ 《杜诗镜铨》上册,第159页引刘须溪评。

杜甫的五古大部分都是长篇,通篇节奏的把握,历来是五古的难点。宋齐以来,五古形成了四句一节的固定格式,容易造成徐增所批评的"四句板板排下去"①的弊病。杜甫的长篇往往结构复杂,但开合排荡、曲折如意,正得力于他处理抒情节奏和叙述节奏的方式变化多端。如《八哀诗·赠秘书监江夏李公邕》②是八篇《八哀诗》中内容最复杂的一首。李邕一生经历曲折,多次遭贬,又多次任外州刺史,最后在天宝五载被李林甫陷害致死,但才高名大,深受士人爱戴。要全面概括他的生平非常困难。这首诗前半首将重点放在赞美他的才学、书法成就以及人品上。首四句以感慨古人高风无人后继领起全篇,先以十二句概括其诗文书法学问造诣之精深。然后以十八句着重渲染他擅长碑版、求者盈门的盛况,道观佛寺学宫因李邕书碑而引来无数观众的场面,以及富贵之家求文的各色财宝。这就难免涉及仇人告他贪赃枉法而被孔璋相救之事,但杜甫只用四句便轻巧地将此事转为对李邕"众归赒给美,摆落多藏秽"的肯定。然后以四句赞颂其在文坛"独步四十年"的高名,与开头呼应。文势至此一泊。随即转为回忆李邕在"往者武后朝",敢于"面折二张势"的凛然正气。由此一泻直下,以十六句展开了李邕"放逐早联翩,低垂困炎疠"的不幸遭遇,前后连接,正可见出其耿直磊落的性格是"忠贞负冤恨"的根本原因。虽然李邕一生有升有贬,但这一大段的重点在感叹其含冤负屈,这就和前半首形容李邕的高名正好形成极大的反差,形成大起大落之势。随后再转为对昔日与李邕交往的回忆,彼此论文的快意,再次赞美其"旷怀"和"慷慨"之后,以"坡陀青州血,芜没汶阳瘗"的悲惨结局作为对照,形成又一个跌宕。全诗三大段回忆连用倒叙,中间插入品评和抒情,章法虽然复杂而详略得宜,文势倒推逆转均无不如意,将李邕的生平写得回肠荡气,鲜明地刻画出这位盛唐名家才高气盛而又不遇于当世的形象。尽管前人批评

---

① 徐增《而庵诗话》,《续修四库全书》第一六九八册,第5页,上海古籍出版社,1995年。
② 《八哀诗·赠秘书监江夏李公邕》,《杜诗镜铨》下册,第682—686页。

此诗过于繁累,但杜甫操控五古大篇的才力确令后人难以企及。

《题衡山县文宣王庙新学堂呈陆宰》①的章法则另是一格。首四句从天象落到人事:"庞头彗紫微,无复俎豆事。金甲相排荡,青衿一憔悴。"点出了全诗感慨战乱之中儒学衰微的主旨。然后转入叹息:"呜呼已十年,儒服弊于地。征夫不遑息,学者沦素志!"又奠定了全诗的抒情基调。前八句以战事和学者作四层对比,在起落跌宕的节奏中进入叙事:"我行洞庭野,欻得文翁肆。侁侁胄子行,若舞风雩至。"这就突显了诗人忽然见到洞庭之野居然有一座学堂的惊喜。然后正面议论唐朝欲求中兴,不可废弃孔门,在对"衡山虽小邑,首唱恢大义"的赞扬中转为记叙学堂的环境:"讲堂非曩构,大尾加涂塈。下可容百人,墙隅亦深邃。何必三千徒,始压戎马气。林木在庭户,密干叠苍翠。有井朱夏时,辘轳冻阶甃。耳闻读书声,杀伐灾仿佛。"这段记叙分两节,每节六句,前四句分写讲堂结构和庭院景色,后两句以感慨议论将眼前所见与讲堂之外的战乱局势联系起来,与首段的四层对比相呼应,突出了全诗希望以读书声压灭戎马气的主旨。虽然全诗夹叙夹议,写法颇似一篇题记,但贯穿其中的则是由战争和儒学这两条主线反复交错对照形成的抒情节奏,又是一种结构的创变。

总之,杜甫在活用汉魏古诗创作原理的基础上,从当代生活语言中提炼新的五古节奏,深入发掘五古以单行散句叙述的潜力,探索了在诗歌中展开叙述的多种表现方式,使五言古诗本来便于叙述的特长得到最大程度的发挥,尤其是长篇的功能拓展到自由挥洒、无所不能的境地,又通过抒情节奏的主导严格把握了避免诗歌散文化的基本尺度。杜诗之所以能成为"诗史",五古的这一重要创变也为其提供了体制的极大便利。

---

① 《题衡山县文宣王庙新学堂呈陆宰》,《杜诗镜铨》下册,第 1026—1027 页。

## 第二节 以时事立新题的五言乐府

杜甫的五言古诗中还有一部分被明清诗论家称为"新题乐府"的作品,因为集中体现了他以五古反映时事的成就,与他的部分同类七言"行"诗成为"诗史"的代表作。

### 一 五言"新题乐府"称谓的由来

初盛唐诗人有沿袭汉魏六朝乐府旧题的创作传统,李白更是创作了大量的古题乐府。而杜甫则极少采用古题乐府,文学史上公认他是新题乐府的开创者。但是近年来对新题乐府概念的界定尚无定论,所以也不能完全确认哪些作品可以视为新题乐府,只是大致可知有五言和七言两类。七言大多是以"行"命题的七言歌行体,相对容易辨识。五言则有较大争议,如果根据白居易《新乐府》五十首均为七言和含杂言的七言体来界定,那么无论是新乐府还是"新题乐府"都不包含五言。然而白居易的新乐府理论和创作是他对盛唐以来类似的创作现象的总结和提升,尽管他规范了新乐府的体式,但在他之前的讽喻诗处于一种自由发展的状态,其中是否有可以称为"新题乐府"的五言诗,是可以进一步考察的。

"新题乐府"的名称是李绅提出的,他所作的新题乐府已经失传,不明其体裁。元稹响应,和了十二首,都是七言,并作了《和李校书新题乐府序》和《古题乐府序》,这些序文中提到杜甫的《悲陈陶》《哀江头》《兵车行》《丽人行》等"即事名篇"的歌行,也都是七言。白居易在《与元九书》里说到"唐兴二百年""所可举者",从陈子昂《感遇》、鲍防《感兴》到"诗之豪者,世称李杜。李之作,才矣奇矣,人不逮矣。索其风雅比兴,十无一焉。杜诗最多,可传者千余首。……然撮其《新安吏》《石壕吏》《潼关吏》《塞芦子》《留花门》之章,'朱门酒肉臭,路有冻死骨'之句,亦不过三四十首",只是以风雅比兴的标准作的界定,不分体裁。到宋郭茂倩《乐府诗集》中杜甫的《悲陈陶》《悲青坂》《哀江头》《哀王孙》《兵车行》被列入"新乐府辞",也都是杂言和七言歌行体。但是宋《蔡宽夫诗话》提出:"齐梁以来,文士喜为乐府辞,然沿袭之久,往往失其命题本意。……惟老杜《兵车行》《悲青坂》《无家别》等数篇,皆因事自出己意立题,略不更蹈前人陈迹,真豪杰也。"①其中《无家别》是五言。此说后来也被宋至明清的一些诗话引述。

到明清时,诗论家的辨体意识增强。胡应麟论乐府时说:"乐府则太白擅奇古今,少陵嗣迹风、雅。《蜀道难》《远别离》等篇,出鬼入神,惝恍莫测。《兵车行》《新婚别》等作,述情陈事,恳恻如见。""少陵不效四言,不仿离骚,不用乐府旧题,是此老胸中壁立处。然风、骚、乐府遗意,杜往往深得之。"②值得注意的是这里将五古《新婚别》列为乐府。许学夷说:"五、七言乐府,太白虽用古题,而自出机轴,故能超越诸子;至子美,则自立新题,自创己格,自叙时事,视诸家纷纷范古者不能无厌。"③这段话已经是对新题乐府的完整定义,而且指出包括五言和七言。

清代诗论家进一步确认了杜甫创造新题乐府的功绩,如冯班说:"杜子美创为新题乐府,至元白而盛。指论时事,颂美刺恶,合于诗人之旨,忠志远谋,方为百代鉴戒,诚杰作绝思也。"④不少论者认为杜甫新题乐府中有五言。如王阮亭回答学生问"唐人乐府,何以别于汉魏"时说:"盛唐如杜子美之《新婚》《无家》诸别,《潼关》《石壕》诸吏,李太白之《远别离》《蜀道难》,则乐府之变也。"⑤将"三吏""三别"视为乐府。宋荦说:"古乐府音节久亡,不可摹拟。……少陵乐府以时事创新题,如《无家别》《新婚别》《留花门》诸作,便成千古绝调。"⑥五言古诗

---

① 《蔡宽夫诗话》,《宋诗话辑佚》,第379页。
② 胡应麟《诗薮》内编卷二,第38页。
③ 许学夷《诗源辩体》卷一九,《全明诗话》第四册,第3301页。
④ 冯班《钝吟杂录·正俗》,《清诗话》上册,第42页。
⑤ 刘大勤《师友诗传续录》,《清诗话》上册,第151页。
⑥ 宋荦《漫堂说诗》,《清诗话》上册,第417页。

《留花门》也进入了新题乐府。施闰章也说:"杜不拟古乐府,用新题纪时事,自是创识。就中《潼关吏》《新安》《石壕》《新婚》《垂老》《无家》等篇,妙在痛快,亦伤太尽。"①陈余山回答学生问"何为新乐府"时说:"乐府音节不传,唐人每借旧题自标新义。至少陵,并不袭旧题,如'三吏''三别'等诗,乃真乐府也。"②总之,无论对杜诗有何看法,清人都承认杜甫的新题乐府有五言,以"三吏""三别"为代表,甚至还包括其他性质类似的五古。

那么为什么这些论者将杜甫的"三吏""三别"视为五言新题乐府呢?以上论断多基于一些辨体意识较强的论者,他们的看法应当主要是来自对古乐府创作传统的认识。乐府诗在汉代出现,包含五言和七言两体。从汉魏到晋宋,五言古诗和五言乐府实际上形成了彼此有别的创作传统。鲍照的多首五言"代"乐府就体现了他对这一差别的认识③。汉魏六朝的七言乐府相对五言不但发展滞后,而且古题较少,到初唐更衍生出歌行一体。直到盛唐,人们心目中的乐府都是包含五言的。根据明清诗论中所说的这些五言新题乐府的定义和篇目,可以总结出以下三个特征:

首先,从"自立新题"来看,杜甫的五七言新题乐府的取题方式主要是两类:一类是以"行"为主的歌辞性题目,主要见于七言;另一类是以二字或三字为题,五言和七言都有,这是从古乐府借鉴来的。古乐府中除了"歌""篇""行""曲"一类歌辞性题目以外,还有不少二字、三字(间有四字、五字)的没有歌辞字样的题目,例如汉《铙歌》十八首全为二字、三字题,像《芳树》《上陵》《有所思》《君马黄》《战城南》《将进酒》《临高台》等等;其余如《江南》《平陵东》《陌上桑》《羽林郎》《董娇

---

① 施闰章《蠖斋诗话》,《清诗话》上册,第406页。
② 陈仅《竹林答问》,《清诗话续编》第四册,第2225页。
③ 参见拙文《鲍照"代"乐府体探析——兼论汉魏乐府创作传统的特征》,《上海大学学报》2009年第2期。

娆》等,也都是或取首句的二字、三字为题,或者概括诗意立题。后出的古乐府取题也不外乎这两类方式。清人所说杜诗中"三吏""三别"、《留花门》这几首五言,以及《哀江头》《悲陈陶》《哀王孙》《悲青坂》等七言,都是采取以三字题概括篇意的做法。后来盛唐至中唐不少诗人包括元稹的新题乐府十二首大多也是这种三字题。

其次,从"用新题纪时事"来看,这些新题乐府的内容以直陈时事、伤民病痛为主,表现上具有与汉乐府一样的"场面的客体化"[①]的特征,即客观地描述事件的经过和场面。作者如有议论感慨,也主要是针对时事而发,而不是自己的抒怀言志。如《新安吏》中行客安慰被征的中男,构成对话的场面,虽然体现了诗人自己矛盾的心情,但在诗里是通过行客的口吻表达的。

再次,直陈时事的视角更接近古乐府的创作传统。古乐府反映时事的视角与古诗以第一人称即事寄慨不同。松浦友久先生指出,汉乐府表现功能的另一主要特点是"视点的第三人称化"[②]。汉乐府叙事诗是以旁观者的眼光来描写事件和场景的,鲍照的"代"乐府也继承了这一特点。即使诗中有"我"的称谓,也不是作者自己,而是以作者所设计的他者的眼光来观察,这就是第三人称的视点。杜甫的"三吏""三别"虽然都是根据自己的见闻提炼,但《新婚别》《垂老别》《无家别》诗中的主角都不是诗人自己,《石壕吏》中的诗人隐身在事件背后,《新安吏》中的"客"、《潼关吏》中的"我"固然有诗人自己的影子,但也是以一个过客的身份引出事件的客观描写。

根据以上三个特征来界定杜甫的新题乐府,符合这三个条件的五言古诗还有《留花门》《塞芦子》《客从》《白马》等,数量虽然不如七言

---

① 日本学者松浦友久先生曾经指出,汉乐府表现功能的主要特点之一是"场面的客体化"和"视点的第三人称化"。松浦友久著,孙昌武、郑天刚译《中国诗歌原理》第八篇《乐府·新乐府·歌行论》,辽宁教育出版社,1990年。

② 同上。

多,但都是新题乐府中的佳作。

## 二　杜甫五言新题乐府的艺术特色

"三吏""三别"是杜甫五言新题乐府的代表作。这组诗的创作背景是两京收复以后,九节度围攻邺城,安庆绪坚守不出,城内食尽。本来官军胜利在望,但史思明从魏州引兵来邺,多方抄掠,使官军缺粮,人心动摇,然后与官军摆开阵势大战。战斗中风沙骤起,两军溃散。乾元元年(758)六月杜甫被贬为华州司功参军。第二年三月他从洛阳回华州,一路上看到相州大败所造成的兵荒马乱的景象,以及官府到处征丁给百姓带来的苦难,遂写下了"三吏""三别"这两组传世名篇。

"三吏""三别"体现了杜甫善于化用汉魏乐府神理的创造性。汉乐府进行艺术概括的特点是抓住人情最惨酷的现象反映社会问题;建安文人诗发展了这一特色,善于从人情最反常的角度着眼,选取典型事例以反映人民的苦难。如王粲的《七哀诗》在白骨遍野的背景下选取母亲弃幼子于草丛的一个典型场景,反映了董卓之乱给生民带来的灾难;陈琳的《饮马长城窟行》从丈夫劝妻子改嫁的角度,写出修筑长城的民夫都将葬身边地的悲惨下场。"三吏""三别"显然在取材上运用了这一原理。这组诗的主题是指责统治者在国难当头时,将战争的灾难全部推向人民,同时又含着眼泪激励人民支持平叛战争。《新安吏》中不够征兵年龄的中男,《石壕吏》中衰老无力的老妇,《新婚别》中"暮婚晨告别"的征夫,《垂老别》中暮年从军的老翁,《无家别》中还乡后重又被征的军人,都是不该服役而被赶上战场的。这就集中了战乱所造成的生离死别中最不合人情的惨酷情景,从各个角度反映了由于战争的旷日持久,民间已无丁壮可征,而朝廷仍在强行征发的严重问题,更深切地表现了民不聊生的社会现状。

"三吏"都采用问答兼叙事的写法。问答的一方都有吏,所以三篇均以"吏"为题。《石壕吏》和《新安吏》都是从县吏征丁的角度反映邺城战败之后的形势。《石壕吏》写诗人投宿石壕村的见闻:

> 暮投石壕村,有吏夜捉人。老翁逾墙走,老妇出门看。
> 吏呼一何怒!妇啼一何苦!听妇前致词,三男邺城戍。
> 一男附书至,二男新战死。存者且偷生,死者长已矣。
> 室中更无人,惟有乳下孙。有孙母未去,出入无完裙。
> 老妪力虽衰,请从吏夜归。急应河阳役,犹得备晨炊。
> 夜久语声绝,如闻泣幽咽。天明登前途,独与老翁别。①

官吏半夜捉人,正是为将壮丁堵在家里。户主老翁虽然年老不应服役,但还是躲出去以防万一。由于老妇应门,诗人只能躲在屋里静听,所以听到的对话就自然成为过程的叙述。诗人以投宿者的身份隐身在事外,成为这一荒诞的抓丁经过的见证。这种艺术处理别具匠心,却是直接来自生活。全诗对话的展开也很特别,吏作为对话的一方,除了"吏呼一何怒"这句以外,没有一句言词,全是老妇一人的独白。据陈贻焮先生《杜甫评传》研究,老妇的十三句话,并不是一口气说完,而是在"吏呼一何怒"的步步进逼下一层深似一层的对答之词。这样理解,才能想象到作为对话另一方的吏没有用文字表述出来的逼问。② 老妇先说家里已有三个儿子在邺城当兵,其中两个已经战死。本来按惯例,古代点兵一家只征一人,而老妇三个儿子都被征,完全可以免于再征。但是这显然不能说服那个蛮不讲理的吏;于是只好再说家里只剩下媳妇和吃奶的孙子,还是应付不过去;最后只得表示自己愿意去河阳为官军做饭。老妇的三段话委婉、机智而又颇见血性,典型地概括了百姓们在邺城之役中家破人亡的悲惨遭遇,同时也在无字处勾画出毫无人性的吏凶神恶煞般的嘴脸。老妇的话音落后,夜里久无人声。诗人天明时"独与老翁别",本来无须顾虑自己会被充"丁"的老妇真被抓走的结局也不言自明。全诗纯以听觉写事写人,从头到尾没有一句诗人自己的议论和感慨,但是余味无穷,可说是杜甫善于实录亲身经历的长处与特

---

① 《石壕吏》,《杜诗镜铨》上册,第221—222页。
② 陈贻焮《杜甫评传》上卷,第489页。

殊的生活机遇相结合而产生的一篇杰作。

《新安吏》：

> 客行新安道，喧呼闻点兵。借问新安吏："县小更无丁？"
> "府帖昨夜下，次选中男行。""中男绝短小，何以守王城？"
> 肥男有母送，瘦男独伶俜。白水暮东流，青山犹哭声。
> 莫自使眼枯，收汝泪纵横。眼枯即见骨，天地终无情。
> 我军取相州，日夕望其平。岂意贼难料，归军星散营。
> 就粮近故垒，练卒依旧京。掘壕不到水，牧马役亦轻。
> 况乃王师顺，抚养甚分明。送行勿泣血，仆射如父兄。①

新安吏所点的兵是未成年的中男。按天宝初兵制，二十三岁成丁，十八岁以上为中男。此诗开头仿照《木兰诗》"昨夜见军帖，可汗大点兵"的句式，以行客与新安吏的几句对话简略交代征发中男的原因，则这个小县里成年壮丁已被征尽的惨象便可想而知了。以下都是"客"对中男的安慰之词，实际上也表达了诗人自己内心的矛盾：一方面，男孩子们还没有成丁就要面对残酷的战争，无论有母亲相送还是孤苦伶仃，都令人于心不忍；另一方面，又不得不含着眼泪激励他们走上战场，为国出力，只能找一些理由来宽慰他们，诸如阵地不远、劳役不重、主帅爱护士兵等等，但这些违心的安慰之词，反过来更说明征发"绝短小"的中男去"守王城"是多么不合理。诗中写青山回荡哭声，白水默默东去，是以无情之景烘托人的无可奈何之情。"肥男"两句用通俗的口语活用典故②，"客"的劝慰均用第二人称的语气，都是在学习乐府民歌基础上的创新。

---

① 《新安吏》，《杜诗镜铨》上册，第 219—220 页。
② 范晔《后汉书》（中华书局，1965 年）卷三九《刘赵淳于江刘周赵列传》第二十九："孝弟礼为饿贼所得，孝闻之，即自缚诣贼，曰：'礼久饿羸瘦，不如孝肥饱。'贼大惊，并放之。"又严可均辑《全梁文》（商务印书馆，1999 年）卷一七梁元帝《与武陵王纪书》："兄肥弟瘦，无复相代之期。"

《潼关吏》①也是因看到筑城士卒的辛苦,引起"我"与潼关吏的对话,反映出邺城败后,官军又在潼关修工事,以防备胡人再次入寇的形势,同时由潼关之险点出此地易守难攻。结尾却以四两压千斤的力量暗示了哥舒翰潼关之败不在工事而在人事的教训。"大城铁不如,小城万丈余"的排比句,结尾"请嘱""慎勿"的劝诫句式,都有汉乐府风味。

"三别"与"三吏"反映的时事相同,但均采用由主人公独白的写法,着眼于被征的士兵在与亲人离别时刻痛苦的内心活动。如果说"三吏"是从写"事"的角度批评朝廷竭尽民力征发兵役的不合理,那么"三别"就是从写"情"的角度描写人民面对战争的态度和复杂的心理,以及他们对正常人生和亲情的留恋、为国家承担责任的勇气。杜甫的伟大就在于他能达到人性的深处,关注处身于历史灾难中的人们对生存境遇的强烈感受。这种人道精神在"三别"中得到了集中的体现。《新婚别》:

> 兔丝附蓬麻,引蔓故不长。嫁女与征夫,不如弃路旁。
> 结发为君妻,席不暖君床。暮婚晨告别,无乃太匆忙?
> 君行虽不远,守边赴河阳。妾身未分明,何以拜姑嫜?
> 父母养我时,日夜令我藏。生女有所归,鸡狗亦得将。
> 君今往死地,沉痛迫中肠。誓欲随君去,形势反苍黄。
> 勿为新婚念,努力事戎行。妇人在军中,兵气恐不扬。
> 自嗟贫家女,久致罗襦裳。罗襦不复施,对君洗红妆。
> 仰视百鸟飞,大小必双翔。人事多错迕,与君永相望!②

这首诗写的是一个"暮婚晨告别"的新郎被征上战场前与新娘离别的情景。《杜臆》引真德秀语说:"先王之政,新有婚者,期不役政。"③说

---

① 《潼关吏》,《杜诗镜铨》上册,第221页。
② 《新婚别》,《杜诗镜铨》上册,第222—223页。
③ 王嗣奭《杜臆》,第82页。

明这个新婚的征夫是不应该被征丁的。这首诗从比兴的使用到叙述的口吻都最具汉乐府古诗的风味。开头"兔丝附蓬麻,引蔓故不长"的比象就取自汉古诗"与君为新婚,兔丝附女萝"。"席不煖君床"的构思也出自张衡《同声歌》:"思为苑蒻席,在下蔽匡床。"再如"父母养我时,日夜令我藏"令人想到西晋傅玄的《豫章行·苦相篇》:"长大逃深室,藏头羞见人。"此外,"生女有所归,鸡狗亦得将""仰视百鸟飞,大小必双翔"等,或取民间俗语,或用汉魏诗常见的比兴方法。一首诗从汉魏乐府里借鉴了这么多关于婚嫁的比兴,自然就乐府味十足了。

托为送者对行者的送别之词,也是汉代乐府和赠答诗常见的写法。而最为神似的则是此诗用第一人称,以新妇的独白贯穿全篇,连续使用对"君"诉说的口吻和语气,综合了汉诗中许多女主人公的表情。杜甫把汉乐府的比兴和汉诗对面倾诉的抒情语调结合起来,创造了一个满腔怨愤而又深明大义的新妇形象。全诗语意层次分明整齐,基本上是八句一层,四层四转。新妇的语气由怨恨悲愤到沉痛决绝,使新婚之别的悲惨深入到封建社会女子的精神世界:从小遵从礼法教育的新妇因婚礼未明而没有在丈夫家庭立足的名分,这将使她出嫁后的生活永远失去礼的保障;而征夫将往死地,今后的"永相望"又将是无望无期的等待。死者固然可悯,而生者在精神上与死者又有什么区别呢?陈琳《饮马长城窟行》中"内舍"的回答:"结发行事君,慊慊心意关。明知边地苦,贱妾何能久自全?"①其实也包括了《新婚别》中新妇这一大段独白的基本意思。但杜诗表现得更加委曲婉转,淋漓尽致。

与《新婚别》一样,《垂老别》和《无家别》都是以第一人称的口吻代人叙事,从不同角度写出了征夫与家乡和亲人生离死别的深刻痛苦。《垂老别》②写一个暮年从军的老翁,已经落到了"子孙阵亡尽"的地步,只剩一个病弱的老妻。分手时明知是死别,仍在怜惜"老妻卧路

---

① 郭茂倩辑《乐府诗集》卷三八,第557页,中华书局,1979年。
② 《垂老别》,《杜诗镜铨》上册,第223—224页。

啼,岁暮衣裳单。孰知是死别?且复伤其寒"。所赖以安慰的只是:等死不如战死,何况"纵死时犹宽"。杜甫从垂死者的内心深处发掘出老翁对生的留恋和对亲情的珍惜,却发为自宽自解之词,因而比恸哭哀号更加伤心惨目。而在这一离别场面的背后则是"万国尽征戍,烽火被冈峦。积尸草木腥,流血川原丹"的广阔背景,这就更突显了《垂老别》的典型意义。《无家别》①诗里的主人公是邺城之战中溃散的士兵之一。侥幸生还故里,尽管田园荡尽,仍未丧失"当春力农务"的生趣。但正当他"方春独荷锄,日暮还灌畦"时,又有"县吏知我至,召令习鼓鞞",这个士兵渴望正常农作的可怜愿望又被再度征发所剥夺。诗里描写田园荒凉的情景尤其真切:"久行见空巷,日瘦气惨凄。但对狐与狸,竖毛怒我啼。四邻何所有?一二老寡妻。"以"瘦"字形容日头,生动地传达出万物凋敝的惨淡氛围。家乡亲人死绝的情景与汉古诗"十五从军征"里的老兵遭遇十分相似。诗人或许无意于用典,但取材角度的类似,使他从邺城败卒中选取的这个人物,凝聚了古往今来无数人民的家园被战争毁灭的共同命运。"三别"之所以"是古乐府化境"②,正应从它学习汉乐府又发展了乐府表现艺术的层面去理解。

《客从》从命题到句式都更像汉乐府,但内容则是根据唐代的时事,可以说是一首新题乐府:

> 客从南溟来,遗我泉客珠。珠中有隐字,欲辨不成书。
> 缄之箧笥久,以俟公家须。开视化为血,哀今征敛无!③

标题效仿汉乐府取首句头两个字或三个字为题的做法。而"客从远方来,遗我双鲤鱼""客从远方来,遗我一端绮"这样的开头,在汉乐府和汉古诗中也是常见的。全篇运用叙事手法,虚构了一个珠化为血的故事,以奇特的构思形象地说明了朝廷征敛的珠玉均为人民的血泪所凝

---

① 《无家别》,《杜诗镜铨》上册,第 225 页。
② 《杜诗镜铨》上册,第 222 页杨伦注。
③ 《客从》,《杜诗镜铨》下册,第 1003 页。

的道理,寓意极其鲜明深刻。《白马》①开头先给一匹空鞍白马一个特写:"白马东北来,空鞍贯双箭。"然后引起对马上儿郎今在何处的悬念。再联系到"近时主将戮,中夜伤于战",反映了潭州臧玠之乱所造成的后果:"丧乱死多门,呜呼泪如霰!"仇兆鳌引蔡兴宗说:"'丧乱死多门'一语极惨,或死于寇贼,或死于官兵,或死于赋役,或死于饥馁,或死于奔窜流离,或死于寒暑暴露。唯身历患难始知其情状。"②篇幅虽短,却是一场战乱的实录。卢世㴶将此诗与《客从》和"三吏""三别"并列,称其"补偏救敝,体人情若雪片,数世事如雨点,情酸味厚,歌短泣长,而一唱三叹,蕴藉优柔"③,说出了这些新题乐府补救时弊的用心、对民情体察入微和表现含蓄蕴藉的共同特色。

《塞芦子》和《留花门》在直陈时事的同时提出自己的政见,是杜甫新题乐府的一种创新。《塞芦子》④忧虑肃宗所在的灵武五城空虚,恐高秀岩和史思明得太原后,渡过黄河到延州界,则距延州才六百里的灵武便会遭袭,为此建议派兵塞住芦子关,守住延安府门户。杨伦说此诗"以韵语代奏议,洞悉时势"⑤。但诗人并未用议论体,而是以乐府式的叠字领起,先写出边城空虚的现状:"五城何迢迢? 迢迢隔河水。边兵尽东征,城内空荆杞。"然后假设高、史二贼"回略大荒来,崤函盖虚尔"的可能性,再提出"延州秦北户,关防犹可倚。焉得一万人,疾驱塞芦子"的建议。同时联系岐州薛大夫制贼,京城豪杰相配合的近事,道出"芦关扼两寇,深意实在此"的用心。将现状、假设、时事打成一片,用叙事的手法表达出来,毫无议论的枯燥之感。《留花门》⑥则是批评朝廷利用回纥兵收复两京后久留不遣的失策。除了引用"诗人厌薄

---

① 《白马》,《杜诗镜铨》下册,第1023—1024页。
② 仇兆鳌《杜诗详注》第五册,第2074页。
③ 卢世㴶《读杜私言》,《全明诗话》第六册,第4374页。
④ 《塞芦子》,《杜诗镜铨》上册,第131—132页。
⑤ 《杜诗镜铨》上册,第132页杨伦注。
⑥ 《留花门》,《杜诗镜铨》上册,第201—202页。

伐,修德使其来"的古训以外,全篇同样不发议论,只是着重形容回纥兵"饱肉气勇决""挟矢射汉月"的骄悍之状,"胡为倾国至,出入暗金阙"的嚣张气焰和"连云屯左辅,百里见积雪"的汹汹阵势;同时以朝廷"隐忍用此物"的无奈,公主出嫁回纥可汗的悲伤,"田家最恐惧,麦倒桑枝折"的民怨与之对比,"花门既须留,原野转萧瑟"的后果便尽在必然。诗人的高明就在使自己的政见在鲜明的现实描绘中自然显现。

总之,杜甫的五言新题乐府数量虽不多,但在运用乐府创作原理的同时,每篇各有特色,都能"自创己格",这就大大丰富了乐府的表现艺术。

## 第三节　七言新题乐府直陈时事的创举

### 一　七言"行"诗适宜叙述的特点

中唐新题乐府有不少题为"行""曲""词""怨"一类的歌辞性题目,其中新题"行"诗,可以说是从杜甫到中唐前期,旨在"讽兴当时之事"的新题乐府诗的土壤。杜甫是最早运用七言"行"诗来直陈时事的诗人。那么在七言歌行的各种体裁中,他为什么要选择"行"呢?这就要从"行"的诗体特征说起。

"行"在汉乐府中是比较多见的题目,如《长歌行》《短歌行》《燕歌行》《东门行》等等,杂言、五言和七言都有。"歌"也是上古到汉代常用的诗题,但是"歌"不一定入乐府,"行"则一定属于乐府。关于"行"的本义,前人有很多猜测,但都无根据。日本学者清水茂先生据《汉书·司马相如传》中"为鼓一再行"句的颜师古注,指出"行"是指曲子,即汉乐府《长歌行》《短歌行》的"行",而"行"用于音乐最早可以追溯到上古的"行钟"。笔者在此基础上继续考辨,认为汉代"行"是一种可以反复数遍的乐曲,沈约《宋书·乐志》在清商三调(即平、清、瑟调)下列大曲十六,其中十四曲是"行",也可证"行"曲以及与之相配的歌辞的基本特征是重叠反复。① "行"诗除了五、七言及杂言乐府以外,由于七言乐府从南朝到初唐,还衍生出一批不用古乐府题的七言古诗,声调体制与乐府相近,这些诗中有不少取题方式是根据内容立新题并加"行"字,如《塞垣行》《大漠行》《将军行》《春女行》《公子行》《汾阴行》等等,可以称之为新题"行"诗,属于新题歌行的一类。到盛唐,这类新题"行"诗还有以时事为题材的,如张说《安乐公主花烛行》、王维《燕支行》,只不过都是歌颂,而不是批判时弊。盛唐"行"诗虽然已经初露借古喻今或吟咏时事的端倪,但在取材和体制上还没有形成区别于"歌"的明显特色。

杜甫创作了94首七言歌行,其中"歌"43首,"行"51首。日本学者松原朗先生对杜甫"歌"与"行"的分工做了详尽的研究,指出杜甫的"歌"诗以饮酒、题画、游览等为主,较多表现个人生活中的感慨,而"行"诗则较多政治批判性的内容,这一看法是通过排比杜甫的全部歌行之后得出的可靠结论。② 杜甫使"歌"与"行"形成表现功能上的大致分工,这是他的重要独创。那么"行"诗的体制究竟有什么特点,可以承担这样的分工呢?

七言歌行本来是最适宜于抒情的体裁。它最突出的特点是始终以咏叹语调贯穿抒情节奏,抒情与声调密切配合,是七言歌行的基本表现方式。但是"歌"与"行"的体式又有一些差别,这在杜甫的长篇七言歌行中已经较为明显地呈现出来。其七言"歌"诗的抒情脉络的连接方式是断续变化、曲折跳跃的;而其七言"行"诗的特点是平铺直叙、起伏有序的,或多或少有不同方式的重叠复沓,这样的体式特性更适宜于叙述。五言古诗便于叙述的原因就在其可用散文语法连贯叙述事件过程。七古比五古每句多两个字,语言又偏于通俗,理论上是适宜叙述

---

① 参见拙文《关于"行"之释义的补正》,《先秦汉魏六朝诗歌体式研究》,第467—469页,北京大学出版社,2012年。

② 见松原朗《杜甫的歌行》,《中国诗文论丛》第四集,日本中国诗文研究会,1985年。

的。但七言在诗化之初，便以抒情为主，在后来的发展过程中也没有用于叙事的创作传统。杜甫在将七古长篇分成"歌""行"两类题目的创作过程中，探索了二者体式的区别，并发现了"行"诗节奏平稳、脉络连贯的特性，因此在一些"行"诗中充分发挥了七言叙述的功能。

七言"行"诗适宜叙述的特性，正是杜甫选择这种体式反映时事的主要原因。通常被视为新题乐府的《兵车行》《丽人行》《岁晏行》，从不同角度体现了"行"诗的体式特征。还有一部分被视为新题乐府的篇章，如《哀江头》《哀王孙》《悲陈陶》《悲青坂》等，虽不用"歌""行"类题目，但是取题与五言新题乐府一样，学习汉乐府以三字题概括篇意的方式，而且以"悲""哀"冠题，已经标明了歌行式的悲叹基调。这些以叙述为体的七言古诗体制也与"行"诗相同。根据上文界定新题乐府的三条标准，杜甫的七言新题乐府有《兵车行》《丽人行》《哀王孙》《哀江头》《悲陈陶》《悲青坂》《洗兵马》《大麦行》《苦战行》《折槛行》《去秋行》《岁晏行》《蚕谷行》等十余首。

## 二 杜甫七言新题乐府对乐府传统的发展

杜甫的七言新题乐府与五言新题乐府一样，借鉴了汉魏古乐府即事名篇的传统，自创新题，不仅在反映现实的深度和广度上远超同时代诗人，而且在艺术上极富独创性。这种继承性和独创性的完美结合主要体现在以下两方面：

首先，他善于综合运用汉魏至北朝乐府民歌的传统手法，通过高度概括的场面描写，以史诗般的大手笔展现广阔的社会背景，突破了汉乐府叙事方式的局限。

汉乐府叙事的基本特征是选取生活中某一场景，运用对话或独白，对事件过程中的一个情节或断面加以集中描绘，以此反映出某一类社会问题。例如《妇病行》写鳏夫在妻子病死后无力照料孤儿，《孤儿行》写失去父母的孤儿遭兄嫂欺负，《东门行》写贫困失业之徒不顾妻子劝阻铤而走险等等，都体现了汉代关注鳏寡孤独及流民问题的统治思想。

但这些场景描写不追求故事的完整性,也不能展示事件发生发展的社会背景。汉乐府的这种叙述方式使作品的意义并未局限于某一特定历史时期的特定事件,而是从伦理上反映了人类生活中带有普遍性的现象。杜甫运用了汉乐府取材典型化的原理,也采用了对话、独白和截取情节片段的叙述方式,但既能将事件发生的广阔背景展示出来,又使高度提炼的场景具有普遍意义,不为一时一地的历史事件所局限。例如《兵车行》:

> 车辚辚,马萧萧,行人弓箭各在腰。
> 耶娘妻子走相送,尘埃不见咸阳桥。
> 牵衣顿足拦道哭,哭声直上干云霄。
> 道傍过者问行人,行人但云点行频。
> 或从十五北防河,便至四十西营田。
> 去时里正与裹头,归来头白还戍边。
> 边庭流血成海水,武皇开边意未已。
> 君不闻汉家山东二百州,千村万落生荆杞。
> 纵有健妇把锄犁,禾生陇亩无东西。
> 况复秦兵耐苦战,被驱不异犬与鸡。
> 长者虽有问,役夫敢申恨。
> 且如今年冬,未休关西卒。
> 县官急索租,租税从何出。
> 信知生男恶,反是生女好。
> 生女犹得嫁比邻,生男埋没随百草。
> 君不见,青海头,古来白骨无人收。
> 新鬼烦冤旧鬼哭,天阴雨湿声啾啾。①

开头先从兵车的滚动声和战马的嘶鸣声落笔,再给行人腰间的弓箭一

---

① 《兵车行》,《杜诗镜铨》上册,第33—35页。

个特写,然后对家属们奔走拦道、牵衣顿足而哭的情景稍作几笔速写,以大笔晕染出漫天黄尘,读之便觉车声、马嘶、人喊在耳边汇成一片纷乱杂沓的巨响。这就通过少量最典型的细节勾勒出包含巨大历史容量的场面,概括了历代统治者多次征丁所造成的百姓妻离子散的悲惨场景。接着诗人又借鉴陈琳《饮马长城窟行》用对话展开故事,将数万民夫的命运集中体现在一个太原卒身上的手法,在成千上万士兵与亲属渭桥送别这一场景中,构思出一个历经征战之苦的老战士,借他对生平的自述,展现了从关中到山东、从边庭到内地、从士卒到农夫,广大人民深受兵赋徭役之害的历史和现实。诗里综合了秦代民谣、汉乐府《战城南》、古诗《十五从军征》的意蕴,以及北朝乐府民歌分层复沓的递进句式。结尾更以青海头"古来无人收"的白骨为证,将眼前生离死别的场景与千百年来无数征人有去无回的事实相联系,暗示了秦汉唐几代统治者穷兵黩武的历史延续性。因而既深得汉乐府及北朝乐府的神髓,又充分体现了杜甫新题乐府的艺术独创性。

杜甫的"诗史"效果还与他取材大多从某一重大事件出发有关,这与汉乐府偏重于从伦理上概括社会现象有所不同,因而带有更鲜明的时代色彩。但他从不局限于事实的描绘,而是善于从中发掘出人们对于灾难、战乱、生死的强烈感受,从而使特定的事件上升到具有社会伦理的普遍意义的高度。例如《悲陈陶》[①]没有实录陈陶战役失败的过程和原因,而是着意描绘了"孟冬十郡良家子,血作陈陶泽中水"的惨烈场面,将"四万义军"的巨大数字与"同日死"的短促时间的对比压缩在一句之中,强调无数生命毁于一旦的过于轻易和荒诞。然后突出"群胡归来血洗箭,仍唱胡歌饮都市"的残忍和没有人性,与"都人回面向北啼"的哀痛再作对比,惊心动魄地揭示出两京生灵在血泊中呻吟的惨景,不仅反映了当时叛军气焰正盛的时局,而且以典型的画面凸显了人类战争的残酷。《哀王孙》:

---

① 《悲陈陶》,《杜诗镜铨》上册,第 124 页。

长安城头头白乌,夜飞延秋门上呼。
又向人家啄大屋,屋底达官走避胡。
金鞭断折九马死,骨肉不待同驰驱。
腰下宝玦青珊瑚,可怜王孙泣路隅。
问之不肯道姓名,但道困苦乞为奴。
已经百日窜荆棘,身上无有完肌肤。
高帝子孙尽隆准,龙种自与常人殊。
豺狼在邑龙在野,王孙善保千金躯。
不敢长语临交衢,且为王孙立斯须。
昨夜东风吹血腥,东来橐驼满旧都。
朔方健儿好身手,昔何勇锐今何愚。
窃闻天子已传位,圣德北服南单于。
花门剺面请雪耻,慎勿出口他人狙。
哀哉王孙慎勿疏,五陵佳气无时无。①

开头四句先用汉魏乐府常见的比兴手法,化用侯景之乱时"白头乌,拂朱雀"的童谣,虚写长安沦陷时明皇出逃、百官四散的场面。然后展开诗人路遇落难王孙的情节,在安慰王孙的对话中道出叛军入都的现实以及肃宗在灵武即位,西北回纥将要协助平叛的传闻。诗人将比兴、对话的表现力扩展到能最大限度展现时代背景的程度,便使这一偶遇的场景反映了长安沦陷之初唐王室从几近崩溃到重新整顿的历史过程;又通过王孙的狼狈境遇,反映了在大动乱中因正常的社会秩序被打破而导致人们命运倒置和心理错位的普遍现象,从而更深刻地观照了人生的命运与时代的关系。

其次,他利用七言长篇歌行的赋化和大容量,以及层意转折跌宕的特点,将汉乐府叙事在时空和场景上的单一性变为多面性,充分地反映

---

① 《哀王孙》,《杜诗镜铨》上册,第120—122页。

出时势的复杂变化,自由地抒发对时事的感想和见解。这也是杜甫对乐府表现艺术的重要发展。

汉乐府叙事具有场景单一性的特点,这种单向的叙事方式不便于大幅度地展现不同时空中的事件和场景,更不适于表现复杂变化中的政治形势。而七言长篇歌行随着游子或征人思妇的题材发展,层意的转折过渡容许跳跃,使之可以大幅度地跨越地域和时空的局限。随着梁陈、初唐歌行趋于赋化,又具备了可以多方位、多视角地铺叙事物的性能。杜甫利用歌行的这种长处,创造出他特有的时事述评式的新题乐府。例如《洗兵马》①简洁明晰地综述了官军包围邺城、回纥助讨安庆绪的最新形势,热情赞美了广平王、郭子仪等"二三豪俊""整顿乾坤"的济时之功;描写了上皇回京、紫禁城春光正好的氤氲气象;在预测王业将兴、重现太平的前景时,又委婉地道出对诸将封爵太滥的忧虑,指出"攀龙附凤势莫当,天下尽化为侯王"的隐患,最后表达盼望太平祥瑞、让人民解甲归田的愿望:"安得壮士挽天河,净洗甲兵长不用!"自然成为诗情的最高潮。全诗视点从战场到宫禁、从朝廷到民间,人物从主帅到丞相、从诸将到田家,诗人庆功的欢愉之中见出清醒的头脑,中兴的展望中又包含着深沉的隐忧,错综的时事和复杂的感想交织在一起,组成完整的艺术结构。这样雄浑阔大的长篇巨制,正是杜甫将他善于概括巨大社会内容的笔力与歌行适于多方位铺陈的体式相结合的产物。

《岁晏行》与《洗兵马》都是评论时事,写法又不同:

> 岁云暮矣多北风,潇湘洞庭白雪中。
> 渔父天寒网罟冻,莫徭射雁鸣桑弓。
> 去年米贵阙军食,今年米贱大伤农。
> 高马达官厌酒肉,此辈杼轴茅茨空。

---

① 《洗兵马》,《杜诗镜铨》上册,第215—218页。

> 楚人重鱼不重鸟,汝休枉杀南飞鸿。
> 况闻处处鬻男女,割慈忍爱还租庸。
> 往日用钱捉私铸,今许铅锡和青铜。
> 刻泥为之最易得,好恶不合长相蒙。
> 万国城头尽吹角,此曲哀怨何时终?①

此诗由岁暮时天寒地冻的景象起兴,反映江南百姓的穷困状况,铺开了广阔的社会生活画面。诗里涉及的内容乍看很杂,但实际从渔夫无米充饥、百姓卖儿鬻女等各方面集中描写了民不聊生的惨况。同时深挖了其中的根源:粮食充作军粮,官府搜刮一空,恶钱泛滥成灾。这就一步逼进一步,透彻淋漓地揭示了百姓贫困之极的现状和原因。全诗所述各种现象之间的因果和递进关系并没有在字面上显现出来,而是隐藏在事实的对比以及作者的长吁短叹中,初读一时不辨章法,仔细体悟则能看出层层深入的内在逻辑。

杜甫还将梁陈歌行辞采华丽的特点吸收到新题乐府中去,例如《丽人行》:

> 三月三日天气新,长安水边多丽人。
> 态浓意远淑且真,肌理细腻骨肉匀。
> 绣罗衣裳照暮春,蹙金孔雀银麒麟。
> 头上何所有?翠为匌叶垂鬓唇。
> 背后何所见?珠压腰衱稳称身。
> 就中云幕椒房亲,赐名大国虢与秦。
> 紫驼之峰出翠釜,水精之盘行素鳞。
> 犀箸厌饫久未下,鸾刀缕切空纷纶。
> 黄门飞鞚不动尘,御厨络绎送八珍。
> 箫鼓哀吟感鬼神,宾从杂遝实要津。

---

① 《岁晏行》,《杜诗镜铨》下册,第950—951页。"尽吹角"一作"吹画角"。

>后来鞍马何逡巡,当轩下马入锦茵。
>杨花雪落覆白蘋,青鸟飞去衔红巾。
>炙手可热势绝伦,慎莫近前丞相嗔。①

此诗采用齐梁歌行以浓丽色泽赋咏美人的手法,对曲江丽人的意态服饰之美从头上到背后全面铺写,然后重点突出虢国、秦国和韩国夫人三位外戚的肴馔品物之丰盛。以宦官飞马跑来却没有扬起尘土的细节,引出本诗最后出现的一位主人公,并借杨花覆白蘋的典故暗示杨氏兄妹的暧昧关系。直到结尾才直接点明后来者正是杨国忠,刚到高潮却戛然而止。全诗叙述主要在工笔画一样精细的描摹中展开,其中稍用曲笔和闲笔调节平铺直叙的节奏,而深刻的讽意则从场面和情节中自然流露出来。诗中描写丽人姿态,用旁观者问答的方法,出自汉乐府《陌上桑》和曹植《美女篇》,但又别出手眼,只写隔花临水、背后远望的印象,比正面描写留下更多的想象余地,因而能在融汇汉魏乐府和梁陈歌行创作原理的同时,自创新调。

梁陈歌行善以跌宕起伏的章法抒写哀艳之情,这一特点也被《哀江头》所吸取:

>少陵野老吞声哭,春日潜行曲江曲。
>江头宫殿锁千门,细柳新蒲为谁绿。
>忆昔霓旌下南苑,苑中万物生颜色。
>昭阳殿里第一人,同辇随君侍君侧。
>辇前才人带弓箭,白马嚼啮黄金勒。
>翻身向天仰射云,一箭正坠双飞翼。
>明眸皓齿今何在,血污游魂归不得。
>清渭东流剑阁深,去住彼此无消息。
>人生有情泪沾臆,江水江花岂终极?

---

① 《丽人行》,《杜诗镜铨》上册,第58—59页。

黄昏胡骑尘满城，欲往城南望城北。①

前半首以第三人称的视点写诗人自己春日潜行曲江所见景象，回忆昔日皇帝与后宫美人游览曲江的盛况。在煊赫的排场之中，诗人只选取了辇前才人射猎一事作细节描绘，"一箭正坠双飞翼"句使欢乐的气氛达到高潮之后形成一个急剧的转折：原是比翼双飞的禽鸟由天坠地，不难令人联想到玄宗、贵妃命运的骤变。前后内容的陡转，因是利用歌行章法的跳跃跌宕，借助意象的双关在暗中完成，便丝毫不觉突兀。后半首自然转换到唏嘘感叹帝妃的生离死别和天长地久之恨，想象玄宗西去途中对贵妃的哀思，映带出玄宗西逃、贵妃死于马嵬的重大历史事件。情词的哀艳动人，为后世的《梧桐雨》《长生殿》留下了极大的发挥余地。

杜甫的长篇七言新题乐府大多写于早年，晚年较偏重于短篇。七言短篇"行"诗虽然受篇幅局限，不利于从容地展开叙述，但也有一部分在取材上与长篇有相同之处，因感于时事而发。写法则主要以抒情带出时事，如《大麦行》②借用童谣口吻，在怨叹中揭露出麦收时节百姓躲避兵祸，被胡羌抢走麦子的现实。《蚕谷行》③因大历三年商州、幽州、广州、桂州同时出现叛乱，加上吐蕃连年入寇，遂感叹天下处处兵甲，祈望铸甲为农具，使"男谷女丝行复歌"的太平时代早日到来。此外，《光禄坂行》④描写在梓州山行，恐惧山贼乘险劫道的心理，反映蜀中徐知道叛变所造成的社会乱象。《苦战行》⑤伤悼死于苦战的马将军，带出涪江之南的叛乱。《去秋行》⑥同是回忆去年秋天马将军带领

---

① 《哀江头》，《杜诗镜铨》上册，第122页。
② 《大麦行》，《杜诗镜铨》上册，第403页。
③ 《蚕谷行》，《杜诗镜铨》下册，第1004页。
④ 《光禄坂行》，《杜诗镜铨》上册，第412页。
⑤ 《苦战行》，《杜诗镜铨》上册，第412—413页。
⑥ 《去秋行》，《杜诗镜铨》上册，第413页。

涪江之兵救遂州的战事，只是重点在叹息战士有去无归，遂州城百姓凋敝。这三首诗集中反映了代宗宝应元年到广德二年西川兵马使徐知道反叛的时事。《折槛行》①用朱云折槛死谏的故事，讽刺时无直臣。这些都可以视为七言体的新题乐府。

除了七言歌行以外，杜甫还有一些八句体七古采用以首二字取题的方式，如《青丝》《近闻》《自平》等，都是写时事，取题方式类似新题乐府，但艺术表现与歌行差别较大。《青丝》②记述仆固怀恩叛乱之事，先以问句"青丝白马谁家子，粗豪且逐风尘起"开头，是乐府式句法。而且用侯景之乱时童谣"青丝白马寿阳来"，切合仆固怀恩勾结回纥、吐蕃、吐谷浑、党项、奴刺等外族入寇的事实。三四句"不闻汉主放妃嫔，近静潼关扫蜂蚁"一句一事，一是永泰元年，代宗放出宫女千人；一是吐蕃陷长安时，潼关守将李日越擒杀为吐蕃做向导的高晖。这两句用反问句责问叛贼岂不闻朝廷有德、潼关有将，叛乱只能自取其辱。后半首预期殿前兵马必将在十月破胡，劝仆固怀恩不如面缚归降，也都以神策军数次征伐有功以及代宗派裴遵庆到怀恩处劝其入朝等事实为背景。短短八句诗，通过指责、反问、讥嘲的语气逐层转折，如同当面直斥叛胡，却概括了当时几件大事。《近闻》③所写时事与《青丝》相同，记述郭子仪和回纥约定共击吐蕃，仆固及党项帅都来投降之事。但采用听闻的角度和庆贺的语调，前六句列举临洮、渭水、陇山、崆峒、五原、北庭等地名，分别描写各地归于平静的景象。末句再以"似闻"引出吐蕃也可能来求亲的传闻，充满了乐观的展望。《自平》④则根据广德到大历二年间西南蛮族骚乱的时事，对朝政提出劝诫。开头"自平中官吕太一，收珠南海千余日"，以叙述句概括广德元年底宦官吕太一驱逐广

---

① 《折槛行》，《杜诗镜铨》下册，第 735 页。
② 《青丝》，《杜诗镜铨》上册，第 576 页。
③ 《近闻》，《杜诗镜铨》下册，第 583 页。
④ 《自平》，《杜诗镜铨》下册，第 875 页。

南节度使张休,纵兵焚掠,被官军讨平之事,以及其后南海收珠有三年太平的大致形势。然后以"近供生犀翡翠稀"转到眼前形势有变,带出"复恐征戍干戈密"的担忧,指出历来溪洞蛮酋归顺即世授刺史,朝廷不应听信中官兴兵生事。此诗以叙事带议论,因只是看到苗头,预先告诫,所以语气委婉,与前两首又不同。可见杜甫善于根据内容的差异变换写法。这类七古虽可算作新题乐府的一种,但不像他的七言长篇新题乐府那样具有较为鲜明的铺叙笔调。

总之,杜甫的七言新题乐府不求在意象、声情和韵致方面模拟古乐府,而是综合运用汉魏六朝乐府的创作原理,创造出变化多端的表现手法,大大扩展了乐府的规模和容量,使传统的叙事方式产生了史诗般的艺术魅力,并兼有抒情和议论的极大自由。这就开创了以七言古诗和"行"诗反映时事的范例,成为白居易新乐府采用七言歌行体的先导。

## 第四节 律诗和绝句评议时事的表现方式

杜甫直陈时事的代表作虽然主要采用适宜叙述的五古和五七言新题乐府这两类诗体,但他在其余各类诗体中都有反映时事的尝试,只是表现方式遵循各体自身的表现原理而已。这些作品同样是杜甫"诗史"的组成部分。

### 一 以排比铺陈反映时事的五言排律

在杜甫的各体诗作中,五言排律与五七言古诗一样,是最见其平生大本领的诗体。因七言排律数量稀少,杜甫的排律主要指127首五言排律。初盛唐的排律主要用于酬赠和颂美,长篇排律也少见。杜甫将排律分出八韵以下的短篇和十韵以上的长篇两类,同时使排律的表现功能由应酬转为述怀,又倾力于创作长篇,得到了历代爱好杜律者众口一词的极高评价。正如《唐诗品汇》的编选者高棅所说:"长篇排律,唐初作者绝少。开元后,杜少陵独步当世,浑涵汪洋,千汇万状,至百韵千言,力不少衰。"①

排律的基本表现方式是全篇从头到尾排比铺陈俪偶辞藻和声律典故,由此形成错综顿挫的节律感,可称为排律的铺陈节奏。这种体裁最适合颂美,但杜甫却能将排律的表现功能由颂美变为讽喻。如他的名作《行次昭陵》:

> 旧俗疲庸主,群雄问独夫。谶归龙凤质,威定虎狼都。
> 天属尊尧典,神功协禹谟。风云随绝足,日月继高衢。
> 文物多师古,朝廷半老儒。直词宁戮辱,贤路不崎岖。
> 往者灾犹降,苍生喘未苏。指麾安率土,荡涤抚洪炉。
> 壮士悲陵邑,幽人拜鼎湖。玉衣晨自举,铁马汗常趋。
> 松柏瞻虚殿,尘沙立暝途。寂寥开国日,流恨满山隅。②

全诗歌颂唐太宗开国定天下的文治武功,特别赞美其贞观时任用文儒的治绩:贞观政治文物制度师于古制,朝廷大臣一半都是老儒。谏臣直言不会遭到戮辱,进贤之路平坦通畅。这显然是针对肃宗政治排斥文儒、堵塞贤路而言。最后联系到当前时事,指出隋末的灾难重见于今日,太宗这样的明君却再也没有后继。所以诗人只能对着昭陵悲泣,流恨满山了。前半首歌颂太宗,典雅精警,后半首感慨时事,沉郁悲凉,所以杨伦赞此诗"以正雅之体裁,写变雅之情绪"③。又如《建都十二韵》④为上元初以荆州置南都一事而作,建都是朝廷大计,所以要用典雅的颂体。但此诗上半首直斥庙谟之失:"议在云台上,谁扶黄屋尊?建都分魏阙,下诏辟荆门。恐失东人望,其如西极存。时危当雪耻,计大岂轻论?"结尾指责朝廷百官"衣冠空攘攘,关辅久昏昏",极为犀利愤激。有时他还用颂诗直接反映时事,抒发忧国忧民的激情。如写于

---

① 《五言排律叙目·长篇》,高棅编选《唐诗品汇》,第621页。
② 《行次昭陵》,《杜诗镜铨》上册,第164—165页。
③ 《杜诗镜铨》上册,第165页。
④ 《建都十二韵》,《杜诗镜铨》上册,第337—338页。

行在期间的《喜闻官军已临贼境二十韵》①激情满怀地称颂至德二载广平王李俶带领朔方军及西域兵十五万攻入西京的大捷,虽然不乏诗人乐观的预测和想象,但也是这一重要事件的实录。《奉送郭中丞兼太仆卿充陇右节度使三十韵》②,只用三韵对郭英乂的家声和忠诚稍加赞誉,紧接着联系其异域专征之职责,转向燕蓟、周秦的战争形势,重点铺展开胡骑横行中原、皇宫惨遭抢掠、园陵太庙被焚的种种乱象。"废邑狐狸语,空村虎豹争。人频坠涂炭,公岂忘精诚"等句,以人间惨象激励行者在此艰难时世发愤戮力,为国立功。郭英乂赴陇右,原是边备,形势尚缓,但杜甫却借送别描述了安史之乱爆发到王师初整时期京师沦陷的情景,表达了中原更需要勤王之兵的政见。

杜甫还常常在寄赠诗里借回忆往昔带出史实,或是在述怀诗里穿插时事述评,只是与他的长篇五古重在事件脉络和情节的叙述方式不同,其长律多用平面铺排的节奏从横向展开时代画卷,重在场面和景象的描绘。如《赠李八秘书别三十韵》开头概括安史乱起到恢复两京的过程:

> 往时中补右,崆岈上元初。反气凌行在,妖星下直庐。
> 六龙瞻汉殿,万骑略姚墟。元朔回天步,神都忆帝车。
> 一戎才汗马,百姓免为鱼。③

这段本应是纵向的叙事,但中间六句通过天上和地面景象的三次对照,构成从行在到汉宫的广阔画面:反气由地凌天,妖星由天下地;回日之六龙与万骑犯舜居又构成天与地的对应;"回天步"和"忆帝车"相对,原意是以天步和斗星对仗④,借喻肃宗灵武即位和都人思念乘舆,但帝

---

① 《喜闻官军已临贼境二十韵》,《杜诗镜铨》上册,第167—168页。
② 《奉送郭中丞兼太仆卿充陇右节度使三十韵》,《杜诗镜铨》上册,第148—150页。
③ 《赠李八秘书别三十韵》,《杜诗镜铨》上册,第787页。
④ 《史记·天官书》:"斗为帝车,运于中央,临制四乡"。《史记》卷二七,第1291页,中华书局,1982年。

车本身和神都又构成与天步相对的地面意象。于是从驻跸到收京的转折就在这天与地的再次对仗中完成,巧妙地运用平面的铺陈替代了线性的叙述。又如《偶题》后半首从蜀中动乱写到全国战局:

> 尘沙傍蜂虿,江峡绕蛟螭。萧瑟唐虞远,联翩楚汉危。
> 圣朝兼盗贼,异俗更喧卑。……
> 两都开幕府,万宇插军麾。南海残铜柱,东风避月支。①

以"蜂虿""蛟螭"比喻蜀中多如毒蜂的寇盗以及凶如蛟龙的军阀,以唐尧虞舜远去和楚汉相争危局比喻争斗不息,太平无望;"圣朝"对"异俗"、"两都"对"万宇"的两个对句概括了从僻乡到朝廷处处插满军旗的情景,"南海""月支"的对句则点出粤寇初平、吐蕃犯京的最近动态。五韵对句全部着眼于东南西北的地域,仿佛铺展开一张天下无处不乱的平面形势图。

《夔府书怀四十韵》②中间两大段时事述评运用了各种不同的铺陈方式。第一段先以大跨度的对句概述安史乱起到当前的局势:

> 四渎楼船泛,中原鼓角悲。贼壕连白翟,战瓦落丹墀。
> 先帝严灵寝,宗臣切受遗。恒山犹突骑,辽海竟张旗。
> 田父嗟胶漆,行人避蒺藜。

"四渎"一联从水陆用兵的角度铺开中原战场。后四联分别以战争场面和朝野景象交替:"贼壕"联以城壕和战瓦的画面描绘官军攻城破贼的胜利,"先帝"联用君臣对仗交代肃宗临终嘱托郭子仪,"恒山"联用地名对仗说明河北战火依然未熄的形势,"田父"联展开百姓被诛求和战乱所困的景况,便跨越了四个历史时段。然后引出当前形势:

> 总戎存大体,降将饰卑词。楚贡何年绝,尧封旧俗疑。

---

① 《偶题》,《杜诗镜铨》下册,第714—715页。
② 《夔府书怀四十韵》,《杜诗镜铨》下册,第708—710页。

> 长吁翻北寇,一望卷西夷。不必陪玄圃,超然待具茨。
> 凶兵铸农器,讲殿辟书帷。庙算高难测,天忧实在兹。

六韵分三层,四句一事。"总戎"一联据朱鹤龄注,是记副元帅仆固怀恩奏留降将等分帅河北,导致诸镇桀骜不可制,所以"楚贡"一联紧接着感叹"沧海未全归禹贡,蓟门何处尽尧封"①。"长吁"四句指吐蕃回纥卷土入寇,导致代宗出逃陕州之事,"玄圃""具茨"用周穆王游昆仑和黄帝往具茨山在襄城之野迷路之典,语含讥刺;"凶兵"四句讽代宗懦弱不能讨贼,只是命宰相百官听讲国子监,于国事无补,自叹难测庙算。这三层分别从叛将、外寇、朝廷三方面评述了代宗幸陕这场大乱的事实和原因。铺陈方式是每层前两句论事,后两句叹息讥讽,三层相同,形成句意的排比。第二段批评各地牧民之吏横征暴敛,不问疮痍,导致百姓造反:

> 使者分王命,群公各典司。恐乖均赋敛,不似问疮痍。
> 万里烦供给,孤城最怨思。绿林宁小患,云梦欲难追。
> 即事须尝胆,苍生可察眉。议堂犹集凤,贞观是元龟。
> 处处喧飞檄,家家急竞锥。萧车安不定,蜀使下何之?

八韵以正面劝诫和负面警示反复交替:"使者"四句以王命典司的职责批评群吏征敛不恤百姓;"万里"四句从百姓怨恨的角度指出须防绿林之患;"即事"四句从正面劝诫体察民情,效法贞观之治;"处处"四句以官府飞文催逼和民间穷于应付两相对比,从反面揭示现实;"萧车"一联分用汉帝以三公使车请名臣萧育安抚盗贼,以及唐蒙通夜郎惊扰巴蜀之民、汉帝使司马相如谕告的典故对举,再推进一层,强调民间盗贼群起,即使以萧车安抚,犹恐不定,而蜀使频下,更欲何为?②四层意思先正后反,两次反复形成节奏的复沓,诗人的忧心忡忡也可从中体味。

---

① 《诸将》其三,《杜诗镜铨》下册,第641页。
② 《杜诗镜铨》下册,第710页杨伦注。

其余如《秋日夔府咏怀一百韵》①中段由吐蕃陷京师一事回顾两京收复以来战乱频起的原因,这段史实从肃宗时期除恶未尽说到对代宗朝廷的期望,本应是纵向述评的线索,但是十二韵对句全部扣住各类人物的罗列,通过众多人物形象的全面铺陈自然交代了时势的变化过程。可见杜甫的长律虽然在转型中开拓了评述历史、反映时事的功能,但并非运用五古的线性叙述方式,而是发挥排律横向铺陈的独特优势,在平面图景的不断转换中自然显示了过程的发展。

## 二 杜甫五言律诗对直陈时事的探索

五律的特点是立意集中,在炼句炼字上比其他的体裁要求更高,便于表现出言外之意和味外之旨。长处在适宜于写景和造境,短处在不适宜叙述过程。而杜甫往往通过组诗的形式,在抒情中带出事件和过程的脉络。如《喜达行在所三首》②其一扣住自己逃出长安到达行在的途中,绝望和希望交织的矛盾:

> 西忆岐阳信,无人遂却回。眼穿当落日,心死著寒灰。
> 雾树行相引,莲峰望忽开。所亲惊老瘦,辛苦贼中来。

行在凤翔在长安以西,荒山中不见人烟,诗人只能望落日而去,靠雾中的树林指引,看见华山莲峰才看到前路。而"所亲惊老瘦"五字已将陷贼和逃难的一路辛苦概括无余。其二以长安的凄愁和行在的气象作两层对比,复以庆幸生还和喜极而泣再作两层呼应:

> 愁思胡笳夕,凄凉汉苑春。生还今日事,间道暂时人。
> 司隶章初睹,南阳气已新。喜心翻倒极,呜咽泪沾巾。

侥幸生还之事今日才知,可见昨日还不知是人是鬼,两句对仗补足了逃亡途中生死未卜的仓皇惊险。喜极而反悲是只有亲身经历颠沛的人才

---

① 《秋日夔府咏怀一百韵》,《杜诗镜铨》下册,第802—803页。
② 《喜达行在所三首》,《杜诗镜铨》上册,第138—139页。

有的反应。其三以死去和归来、太白雪和武功天的对比,确认眼前得以列于朝班的现实:

> 死去凭谁报,归来始自怜。犹瞻太白雪,喜遇武功天。
> 影静千官里,心苏七校前。今朝汉社稷,新数中兴年。

脱险之后再度反思,长安的情景仍在眼前。置身于肃静的百官和校尉行列之前,才使原先已如死灰的心真正复苏。三首诗都运用五律长于对比的结构,按照感情发展的逻辑,在淋漓尽致地抒发喜达行在的心情之时,也显示了事情的始末。

至于议论时事,也是立意单一的五律较难承担的,而杜甫直接写时事的佳作亦有例可数。如《收京》三首①从明皇奔蜀写到西京收复,概括了两代禅让的复杂背景。其一:

> 仙仗离丹极,妖星照玉除。须为下殿走,不可好楼居。
> 暂屈汾阳驾,聊飞燕将书。依然七庙略,更与万方初。

写安史乱起,叛贼攻入长安,玄宗逃离宫禁,出走蜀中。待破贼捷报飞来,天子又将回驾,依然万物重光。② 其二:

> 生意甘衰白,天涯正寂寥。忽闻哀痛诏,又下圣明朝。
> 羽翼怀商老,文思忆帝尧。叨逢罪己日,沾洒望青霄。

诗人听到收京消息时,还在鄜州探家。三四句由肃宗还京下制之传闻倒溯天宝十五载八月玄宗在蜀下诏罪己之事,概括了西京一年之内失而复得的经过,同时借商山四皓辅佐太子和帝尧禅让虞舜的故事带出玄宗已传位肃宗的事实。其三:

---

① 《收京》,《杜诗镜铨》上册,第169—171页。
② 此处用浦起龙解,见《读杜心解》第二册,第367页。中二联各注本多有歧解,杨伦认为三四句用梁武帝因谚语"天子下殿走"而赤足下殿禳灾,以及汉武帝作迎仙宫观的典故,讽刺玄宗因宠爱曾为女道士的杨妃,以致酿成大祸;五六句以聊城被燕国攻陷,鲁仲连射书遗燕将、燕将得书自杀的典故,比喻当时严庄投降,史思明亦叛安庆绪,河北将定的形势。

> 汗马收宫阙,春城铲贼壕。赏应歌杕杜,归及荐樱桃。
> 杂虏横戈数,功臣甲第高。万方频送喜,毋乃圣躬劳。

预想西京收复后将铲平战壕,期待春荐樱桃之时便可平定邺城的安庆绪。但在欢庆之时又忧虑回纥横戈跋扈,诸将邀功竞起大宅。正当万方报喜之时,恐怕圣上的焦虑刚刚开始。这三首诗与《洗兵马》一样,表现了诗人见微知著的远见,但自有律诗含蓄不露的特色。

《警急》《王命》《征夫》《西山三首》都是为吐蕃陷松州而作,只是角度不同。杜甫在梓州、阆州期间,吐蕃攻陷陇右,进逼京师。高适当时领西川节度,在蜀练兵,准备进攻吐蕃南境以牵制其东犯。《警急》①从赞美高适的才名和妙略的角度期望其出师成功,同时为"青海今谁得?西戎实饱飞"的形势深感忧虑。《王命》②从"汉北豺狼满"的危急形势说起,以"血埋诸将甲,骨断使臣鞍"的对句反映出朝廷对吐蕃无论和战都不能奏效的无奈,盼望朝廷起用郭子仪、严武等功臣以救巴西之警。《征夫》则感叹蜀中已化为战场:

> 十室几人在?千山空自多!路衢惟见哭,城市不闻歌。
> 漂梗无安地,衔枚有荷戈。官军未通蜀,吾道竟如何?③

展现了蜀中十室九空,有险莫守,道路城市只闻哭声,人人变成荷戟征夫的现实。《西山》三首④则从松、维等州处于控扼吐蕃要冲的地势,唐军防戍的不力以及军需供应疲敝等方面,写出形势的堪忧。这些律诗较少用典,语言与新题乐府一样直白,只是更加精简而已。

《有感五首》⑤分别抓住一个重点切入,议论天宝以来将帅辜负朝廷,幽蓟余孽未灭,河北藩镇反复,朝廷不能"躬俭节用",节度使权位

---

① 《警急》,《杜诗镜铨》上册,第471页。
② 《王命》,《杜诗镜铨》上册,第472页。
③ 《征夫》,《杜诗镜铨》上册,第472—473页。
④ 《西山》,《杜诗镜铨》上册,第472—473页。
⑤ 《有感五首》,《杜诗镜铨》上册,第493—496页。

过重等一系列问题。如其二：

> 幽蓟余蛇豕，乾坤尚虎狼。诸侯春不贡，使者日相望。
> 慎勿吞青海，无劳问越裳。大君先息战，归马华山阳。

指出安史余孽未灭，天下尚多虎狼。河北诸镇凡是拜节度使及封爵等，朝廷还要派使者到封地去授予，而这些藩镇从来就不向朝廷进贡，就更不要说去讨伐吞灭青海的吐蕃和屡屡犯边的南诏了。然而君王对他们却先自放马归山，哪里敢发兵征讨呢？其三：

> 洛下舟车入，天中贡赋均。日闻红粟腐，寒待翠华春。
> 莫取金汤固，长令宇宙新。不过行俭德，盗贼本王臣。

诗人说因为天下的赋税都用车船进贡到洛阳，每天都听说有粟米堆积腐烂，以致去冬有迁都洛阳的议论。别以为有地利之便，天下就能固若金汤，关键在于使宇内气象更新。倘若不能厉行节俭之德，那么王臣也要变成盗贼。最后两句一针见血地指出天下动乱、盗贼丛生的根本原因是统治者的骄奢淫逸。杨伦说："先程元振劝帝迁都洛阳，郭子仪附章论奏，有曰：明明天子，躬俭节用，则黎元自理，寇盗自息，太平之功，旬日可冀。"①正是此诗的背景。可见这些诗都是针对时事有感而发。五首诗联系起来，以议论带叙述，综合了杜甫对当前诸将反复作乱原因的深入思考。这组诗创五律写时事之新格，直接启发了李商隐的《有感》和《重有感》。

## 三 杜甫绝句批评时事的艺术特色

绝句的体式特点是篇幅短小，仅有四句，刚开头就要结尾，艺术表现要求"以小见大"，含蓄蕴藉，更不适合展开叙述。但杜甫运用五言和七言绝句，写出了多首批评时事的佳作。

以五绝表现对时事的思考和批评，是杜甫对五绝题材的重要突破。

---

① 《杜诗镜铨》上册，第495页杨伦注。

虽然均为议论,但都能体现五绝的表现原理,在议论中留出最大的联想空间。有的思考针对长远深层的政治隐患,如《复愁》其六:

> 胡虏何曾盛,干戈不肯休?闾阎听小子,谈笑觅封侯。①

通常忧时伤乱,都从百姓遭难、渴望和平这一点上着眼,杜甫却观察到战乱太久种下的祸根,是无知狂少希求在乱中立功以飞黄腾达的欲望。正如《杜臆》所说:"定外寇易,定人心难。人怀幸功之意,此干戈所以不息也。"②这一思考是杜甫独有的。这就从思考当前战争起源的高度着眼,触及了肃宗、代宗两代纵容武将、封赏战功太滥的现实弊病。各处军阀恃功而骄、轻视朝廷,乃至动辄叛乱,根源正在此处。其七:

> 贞观铜牙弩,开元锦兽张。花门小箭好,此物弃沙场。③

铜牙弩据说是南越王弩营所用的强弓,贞观时可能曾经仿制。"锦兽张"指所设锦制箭靶④。前两句从贞观和开元这两个盛世各取一种弓弩和箭靶为射艺的代表,以华丽的辞藻描绘出来,却在后两句突转为因花门小箭而被沙场弃用的结果。据朱鹤龄注:"按史收复东京时,郭子仪战不利。回纥于黄埃中发十余矢。贼惊顾曰:回纥至矣。遂溃。花门小箭好,此一证也。"⑤但杜甫在这里并非比较前朝与回纥弓箭的优劣,而是感叹"安史之乱,皆藉回纥兵收复,中国劲弩,反失其长技"⑥,更深的言外之意则是忧虑唐朝过度依赖回纥平叛所带来的后患。这一问题杜甫在早年的《北征》《留花门》诗里已经预见,到代宗时竟成事实。这首小诗从贞观、开元的射艺都被舍弃的角度倒溯回纥成为边患

---

① 《复愁》其六,《杜诗镜铨》下册,第820页。
② 王嗣奭《杜臆》,第319页,上海古籍出版社,1983年。
③ 《复愁》其七,《杜诗镜铨》下册,第820—821页。
④ 仇注和杨注均谓锦兽张即设射侯,侯即箭靶。《诗经·小雅·初筵》:"大侯既抗,弓矢斯张。"
⑤ 《杜诗镜铨》下册,第821页引。
⑥ 同上书,第821页杨伦注。

的原因,可令人对唐朝与回纥的关系变化产生更多的联想:太宗、玄宗时,唐朝与回纥保持良好的民族关系,天下太平,无须使用花门小箭。待沙场因花门小箭好而弃用中国劲弩时,也就陷入了被回纥控制无法自拔的困境。

有的批评针对当时的时事而发,看来讽意显露,但仍有言外深味。如《复愁》其八:

> 今日翔麟马,先宜驾鼓车。无劳问河北,诸将角荣华!①

后两句意思显豁,但前二句所用之典与后二句之间的关系不甚明了。杨伦注说,据《唐会要》,贞观中,骨利干献良马十匹,太宗各为制名,九曰翔麟紫。"驾鼓车"典出《后汉书》卷七六《循吏列传》:"建武十三年,异国有献名马者,日行千里,又进宝剑,贾兼百金,诏以马驾鼓车,剑赐骑士。"②史书记载的原意是称赞汉光武帝的"勤约之风"。杨伦认为前二句"即'大君先息战,归马华山阳'意。时降将羁縻,代宗专事姑息,故云然"。此注的根据是杜甫的《有感五首》其二(见前)。但杜甫《送从弟亚赴河西判官》说:"吾闻驾鼓车,不合用骐骥。"③良马驰骋千里,不用于战场而用于驾车,是良才非其所用。"先宜驾鼓车",应有反讽代宗不用贤才之意。《伤春五首》其三说:"行在诸军阙,来朝大将稀。贤多隐屠钓,王肯载同归?"④指出代宗逃到陕州,诸将都不来勤王,不能进贤除奸,难免"再有朝廷乱"⑤,正是将代宗不肯用贤与大将不朝联系在一起。此诗后二句刺将士骄惰的意思明确,但句脉与前二句的用典之间并无直接关系,这一间断留下的空白自然导致读者追问良马驾鼓车是因为君王不能用贤呢,还是因为君王息战放弃平叛呢?

---

① 《复愁》其八,《杜诗镜铨》下册,第821页。
② 范晔《后汉书》卷七六,第2457页。
③ 《送从弟亚赴河西判官》,《杜诗镜铨》上册,第146页。
④ 《伤春五首》其三,《杜诗镜铨》上册,第488页。
⑤ 《伤春五首》其四,《杜诗镜铨》上册,第488页。

其用意耐人琢磨。这首小诗引人联想之处正由此生发。其九：

> 任转江淮粟，休添苑囿兵。由来貔虎士，不满凤凰城。①

此诗直接针对当时两件时事。首句指"当时刘晏均节赋敛，岁运江淮米数十万石以给关中"②，次句指"永泰元年，鱼朝恩以神策军屯苑中。公诗所云殿前兵马也"③，这两件事本来未必有直接关联，但是"若宿卫冗军不裁，立见其匮也"④，宫苑禁卫军多了，再转多少江淮米也不够吃，这是两件事之间的逻辑联系。后两句推进一层：骁勇将士不会满足于守卫京城，言外之意是"天子有道，守在四夷"⑤。此诗将两件表面无关的时事联系在一起，不仅批评宫苑宿卫冗军，更讽刺了代宗使宦官典兵的昏庸。以上几首五绝不但突破了传统题材范围，而且根据内容的变化，通过句意的跳跃或典故的多义性等引起思理逻辑方面的联想，这正是杜甫运用五绝表现原理的创新。

用七绝议论时事，在杜甫之前罕见。杜甫反映时事的七绝，既能充分利用七绝的表现原理而作法又变化多端。有的追溯到七绝的源头北地谣谚，如《黄河》二首，就是"代蜀人为蜀谣告哀"⑥。其一：

> 黄河北岸海西军，椎鼓鸣钟天下闻。
> 铁马长鸣不知数，胡人高鼻动成群。

海西军原为唐时所置，昔日军威之盛，天下闻名。此时依然铁马长鸣，但已是胡人高鼻成群。虽然二、三句之间没有今昔对比的转折，但海西军陷于吐蕃的现实已经昭然。其二：

---

① 《复愁》其九，《杜诗镜铨》下册，第821页。
② 《杜诗镜铨》下册，第821页引卢德水注。
③ 同上书，第821页引朱鹤龄注。
④ 同上书，第821页引卢德水注。
⑤ 同上书，第821页引朱鹤龄注。
⑥ 《黄河》，《杜诗镜铨》上册，第526页题下注。

> 黄河西岸是吾蜀，欲须供给家无粟。
> 愿驱众庶戴君王，混一车书弃金玉。

诗人以蜀民的口气，倾诉家无粟米、供给断绝的痛苦，急盼天下统一，以纾民困。两首诗只是朴拙地诉说现状和愿望，并无背景原因的说明，却反映了海西军陷于吐蕃后，铁骑横行、河槽不通、粮运屡绝的严酷现实。语言质朴直白，近似北地民谣的风味。又如《三绝句》[①]虽然不是谣谚体，却与《黄河》一样是七言古绝，属于早期绝句的声调。风格粗犷，便于更加直白地痛斥那些盗贼、胡寇和官军：

> 其一
> 前年渝州杀刺史，今年开州杀刺史。
> 群盗相随剧虎狼，食人更肯留妻子？
> 其二
> 二十一家同入蜀，惟残一人出骆谷。
> 自说二女啮臂时，回头却向秦云哭。
> 其三
> 殿前兵马虽骁雄，纵暴略与羌浑同。
> 闻道杀人汉水上，妇女多在官军中。

三首诗均以兵匪胡寇的残暴为焦点。第一首开头用两个民谣式的排比句，控诉滥杀刺史的"群盗"无法无天，将他们剧于虎狼的残暴写到极致；第二首指向纵暴的"羌浑"，却像他的新题乐府一样，通过二十一家入蜀避难只剩一人逃生的典型例子，取亲人离别时"儿女啮臂"这一最惨痛的时刻，反映了羌浑滥杀无辜的暴行；第三首指向杀掠无度的"殿前兵马"，直叱其杀人和掠夺妇女的罪恶不亚于羌浑。三首诗均不求含蓄，而以笔力横绝震撼人心。

---

[①] 《三绝句》，《杜诗镜铨》下册，第576页。

《承闻河北诸道节度入朝欢喜口号绝句十二首》①是直接反映时事之作。据朱鹤龄注,大历二年分别有淮南、汴宋、凤翔节度使入朝,但河北诸镇入朝,史无明文,可能是杜甫在夔州听到的传闻。这组诗抒发自己听说诸镇入朝的喜讯而不得亲见的伤感,追忆此前河北诸道拥兵相斗不尊朝廷的历史,正面赞美朝廷将偃武修文,尽扫妖氛。各首虽然独立成章,但都意脉相连,正如浦起龙说:"十二首竟是一大篇议论夹叙事之文,与纪传论赞相表里。"②基调虽然以欢庆为主,但有些诗却是颂中有讥,意在言外。如其二:

　　社稷苍生计必安,蛮夷杂种错相干。
　　周宣汉武今王是,孝子忠臣后代看。

表面看是用大白话歌颂今王中兴,正面告诫安史乱党不得干扰社稷苍生的太平。但末句意味深长:河北节度虽然入朝,能否就算"孝子忠臣",要后代来评。这既暗示了河北藩镇阳奉阴违的本性,更向朝廷提出了警惕乱臣反复无常的忠告。又如《喜闻盗贼总退口号》五首③因大历二年九月朔方节度使路嗣恭击破入寇灵州的吐蕃而作,也是庆功之作。其一:

　　萧关陇水入官军,青海黄河卷塞云。
　　北极转愁龙虎气,西戎休纵犬羊群。

官军已经破敌,本是喜事。后半首却为龙虎禁军"转愁",似乎西戎未破,因而乍看不明其意。仇兆鳌注:"时宦官典兵,内忧方切,故云北极转愁。吐蕃暂退,而祸根未除,故云西戎休纵。"④此解甚得诗人本意。杜甫从胜利中看到的是更远的内忧外患,所以敌寇方退,已经预见到以

---

① 《承闻河北诸道节度入朝欢喜口号绝句十二首》,《杜诗镜铨》下册,第754—757页。
② 浦起龙《读杜心解》第三册,第857页。
③ 《喜闻盗贼总退口号》,《杜诗镜铨》下册,第900—901页。
④ 仇兆鳌《杜诗详注》第四册,第1857页。

后的祸乱。其四:

> 勃律天西采玉河,坚昆碧盌最来多。
> 旧随汉使千堆宝,少答胡王万匹罗。

坚昆在康居国之西,后名黠戛斯。勃律在吐蕃之西,开元二十二年为吐蕃所破。查《旧唐书·西戎传》,西域各国在贞观及开天年间朝贡最多,朝廷亦以缯彩、绫绮答礼①,天宝末以后大多断绝。此诗回忆西域勃律、坚昆诸国旧时与唐朝通好,似乎只是对昔日和平景象的怀念。但诗中的言外之意在第三句的"旧"字上,说明西域朝贡的盛况不再,则安史之乱后朝廷的衰弱和吐蕃、回纥阻断交通的现状就不难想象了。可见欢喜口号虽然只是一时兴起的口占,但杜甫同样善于在时事中融入自己的思考,利用七绝前后两句的对比和第三句的转折,以新警的议论发人深思。

总而言之,杜甫的"诗史"主要体现在五古、五七言新题乐府等直陈时事的体裁中,反映了他善于叙事的特长,但也在律诗、排律和绝句等不适宜叙事的体裁中随处可见。他运用各种诗体的表现原理,采取不同的表现方式,从各个不同角度反映了他的时代,同时在广阔的社会背景下展现了从帝王后妃到官僚士子等各色人物在大动乱中的命运,尤其是最前线的战士与最底层的百姓在血泊和饥寒中挣扎的惨状。最可贵的是诗人的心始终和人民一起滴血,所以他的诗笔能发掘到人性的深处,深刻地揭示出处于历史灾难中的人们对生存境遇的痛苦感受和复杂心理。可见杜甫的"诗史"绝不仅仅是用诗的形式实录历史事件的"史",而是以史实为背景观照人生的诗。

---

① "少答胡王万匹罗"句有歧解,杨伦认为"少酬亦必万匹,正言朝廷报礼之重,以绥远夷"。《杜臆》引刘须溪说谓"更少也须以万匹罗答之",仇注则认为"来多答少,此朝廷羁縻远夷之法"。"少"一作"小"。笔者认为诗人之意不在答多答少,而在西域对唐朝的朝贡在安史之乱后基本断绝。

# 第四章　七古歌行的"创体"

前代大多数诗评家认为杜甫和李白的七言古诗成就不分轩轾,只是风格不同。如王世贞说:"其歌行之妙,咏之使人飘扬欲仙者,太白也;使人慷慨激烈、唏嘘欲绝者,子美也。"① 胡应麟说:"李、杜二公,诚为劲敌。杜陵沉郁雄深,太白豪逸宕丽。"②并认为"古诗窘于格调,近体束于声律,惟歌行大小短长,纵横阖辟,素无定体,故极能发人才思。李、杜之才,不尽于古诗而尽于歌行"③。确实,七言古体是最能发挥李、杜雄才的一种诗体。前人评点杜甫七古,除了概括其总体风格以外,还常用"新格""创格""新调""创体"等词语来形容他的创新。其中新题乐府是最重要的一类,上一章已经联系他反映时事的"诗史"详加论述。这一章主要从七古的辨体和风格着眼,阐发他在七古艺术表现方面的创造性。

## 第一节　短篇七古的抒情特色

杜甫七言古体的总数是141首。题材内容和体式比较复

---

① 王世贞《艺苑卮言》卷四,《历代诗话续编》中册,第1005页。
② 胡应麟《诗薮》内编卷三,第49页。
③ 同上书,第55页。

杂,就诗题来看①,大致分为三种题目:一是以"XX 歌"为题,二是以"XX 行"为题,三是无"歌"或"行"题的其他题目。② 这三类诗的篇幅皆有长短之分。超过十句体以上的长篇 84 首,以八句体为主的短篇 49 首,十句体和五句体各 3 首,九句体和四句体各 1 首。而长篇与短篇虽然都是抒情性最强的体裁,但体式特征有较大区别。这一节先讨论十句体以下的短篇。

齐梁时七言八句体有一部分发展成七律,因与歌行同步,以至到初盛唐之交仍带有歌行风味。还有一部分是歌行或不用歌行类题目的七古③,初唐诗人宋之问和张说等为了显示七律和七古的差别,把功夫下在强化七古的歌行体调上。杜甫的短篇七古则在歌行和古诗的体制方面作出了更多的探索。

## 一 七古短篇歌行的"创体"

歌是产生于先秦时代的最早最原始的诗歌。先秦典籍中记载的"歌"多数是杂言,往往带有"兮"字或"何""奈何""若何""乎"等疑问词。两汉的歌也多带有问句或感叹句,因此其最早的特色是篇幅短,句式长短自由,语气比较强烈。东汉以后,乐府中出现了少量杂言和七言的"行"诗。"歌"受到"行"的影响,渐渐形成一些篇幅较长的七言体制,改变了先秦汉魏以来以"兮"字句为主的短歌传统,并且进入乐府。齐梁以来,一部分八句体七言逐渐律化,一部分则随歌行发展。自由体的短歌逐渐减少。杜甫的七古短歌采用长短不拘的句式和自由的体

---

① 由于不少论者认为七言古诗就是七言歌行,为了与"七言古诗"在表述上有所区别,本书所说的"七言古体"与五言古体属于一个层面,包括所有不合律的七言诗如歌行、乐府及无歌辞类题目的七言古诗。

② 有少数"XX 歌"或"XX 行"后面再加题目的诗作,如《玄都坛歌寄元逸人》《短歌行赠王郎司直》等等,一概视为"歌"诗或"行"诗。其他歌辞类题目,如"XX 引""XX 叹"则根据其抒情节奏的特点分别归入"歌"或"行"两类加以辨析。

③ 参见拙文《论杜甫七律"变格"的原理和意义》,《北京大学学报》2011 年第 6 期。

制,恢复了秦汉短歌强烈的抒情色彩,同时又能自由变化,创出新格。最典型的是他的《乾元中寓居同谷县作歌七首》①,每首八句。各首有一个独立主旨,但七首诗意思勾连,脉理相通,都统摄在嗟时伤乱、自悲穷愁、家人饥寒、弟妹离散的大旨中,将此时的艰难困苦、流寓穷谷、光阴蹉跎等种种忧虑囊括无遗。结构尤有新创:结尾第七句都以"呜呼一歌兮歌XX"引出哀叹,类似《胡笳十八拍》每拍结尾的句法。组诗章法整密,但七首又变化错落。前四首开头四字均为两词重叠,以呼叫领起:"有客有客字子美""长镵长镵白木柄""有弟有弟在远方""有妹有妹在钟离",化用张衡《四愁诗》四章开头的句式。后三首首句或为七言"四山多风溪水急",或为骚体句"南有龙兮在山湫",或为九言句"男儿生不成名身已老",加上各首中多穿插问句:"安得送我置汝傍?""汝归何处收兄骨?""十年不见来何时?""我生何为在穷谷?"再加感叹句:"悲风为我从天来""邻里为我色惆怅""林猿为我啼清昼""溪壑为我回春姿"等等。整组诗读来,音节顿挫淋漓,纯是呼号悲叹。但精神却并不颓唐,尽管困顿已极,却还想着拔剑斩蛇,早立功名。各首诗中还吸取了不少楚辞和汉赋的意象,如"前飞驾鹅后鹙鸧"取自《子虚赋》及《楚辞·大招》,"古木巃嵸枝相樛"取自《招隐士》,"魂招不来归故乡"化用《楚辞·远游》"魂兮归来,反故居些"等,为组诗增添了悲凄阴惨的氛围。所以朱熹评这组诗说:"豪宕奇崛,兼取《九歌》《四愁》《十八拍》诸调而变化出之,遂成创体。"②

七古短歌的强烈抒情色彩主要体现在整齐句式中的自由吁叹,杜甫能做到句调变化自如,各篇绝不雷同。如《阆山歌》③和《阆水歌》④是八句体短歌的两首姐妹篇。前者起头"阆州城东灵山白,阆州城北

---

① 《乾元中寓居同谷县作歌七首》,《杜诗镜铨》上册,第296—299页。
② 《杜诗镜铨》上册,第299页引朱子评。
③ 《阆山歌》,《杜诗镜铨》上册,第498页。
④ 《阆水歌》,《杜诗镜铨》上册,第499页。

玉台碧",以民歌式的重复用字句式奠定全诗歌吟的句调,然后描写山景:"松浮欲尽不尽云,江动将崩未崩石。"次以句中重复用字形成工整的对偶,使语调流畅,再接五六两句以"那知""已觉"虚字开头的歌行式对偶,以惊怪的语气赞美阆山的气势。六句语调顺流而下,似叹似吟。后者则以自问自答开头:"嘉陵江色何所似?石黛碧玉相因依。"先确定赞叹的口吻,然后以"正怜""更复"开头的递进句式,进一步赞美阆水日出和春归的美景,再点缀巴童荡桨和水鸡捕鱼的活泼动态,最后以"阆中胜事可肠断,阆州城南天下稀"的首字重复句式正面赞叹阆中景色之美,与《阆山歌》的开头两句遥相呼应,配成一对短歌。陈师道赞此诗:"词致峭丽,语脉新奇,句清而体好,在集中似又另为一格。"①

又如《题壁上韦偃画马歌》《姜楚公画角鹰歌》都是咏画,相同的题材杜甫已经有好几首长歌。短歌则重点不在描写画面,而是简略交代作画经过,带出观者感想。《题壁上韦偃画马歌》②只是实实在在地叙述韦偃用秃笔快速画马的简单经过,及观者的感想。"一匹龁草一匹嘶,坐看千里当霜蹄",写得尤其朴实老苍。短短八句,韵脚变化三次,前四句一二四句押仄韵,后四句连押两句平韵,再转两句连押仄韵。因而诗风虽然平实而声调却不平板。《姜楚公画角鹰歌》③则起得突兀,首三句渲染画鹰"杀气森森到幽朔",令"观者徒惊掣臂飞",从第五句赞画师之有心,突转为观者的嗟叹:画再逼真,也只是虚传,真骨不见,既不能上天,燕雀也不必惊怕。与前诗希望画马成真"与人同生亦同死"的说法正相反,两首诗因立意不同而各见特色。

在艺术表现上,杜甫有些"行"诗上溯到汉乐府的短篇"行"诗,吸

---

① 《杜诗镜铨》上册,第499页引陈师道评。
② 《题壁上韦偃画马歌》,《杜诗镜铨》上册,第326页。
③ 《姜楚公画角鹰歌》,《杜诗镜铨》上册,第410页。

取了汉乐府的句法和章法。如《贫交行》①仅四句:"翻手作云覆手雨,纷纷轻薄何须数?君不见管鲍贫时交,此道今人弃如土!"以管鲍之交与今人交情的对比,点出当今交友之道的轻薄。语虽短而恨极长,一腔激愤喷薄而出。首句的比喻类似汉乐府中的谚语,无首无尾、直接倾泻的方式也像汉乐府中的短篇"行"诗。《去矣行》②:"君不见鞲上鹰,一饱即飞掣。焉能作堂上燕,衔泥附炎热?野人旷荡无腼颜,岂可久在王侯间?未试囊中餐玉法,明朝且入蓝田山。"鞲上鹰虽不自由,饱食后就可飞走③,怎能做堂上燕,久居人下,趋炎附势。诗人自诩野人,选择的是进蓝田山餐玉求道,自由自在。这也是愤极之语。首四句以杂言比兴,两层反问形成对比,句法类似汉乐府《猛虎行》。后四句七言,两层递进。全诗句调错杂历落而一气直下。这两首诗都是直接吸取汉乐府短篇"行"诗的作法。《大麦行》则是取自东汉桓帝时童谣"小麦青青大麦枯,谁当获者妇与姑,丈夫何在西击胡":

  大麦干枯小麦黄,妇女行泣夫走藏。
  冬至集壁西梁洋,问谁腰镰胡与羌。
  岂无蜀兵三千人,部领辛苦江山长。
  安得如鸟有羽翅,托身白云归故乡?④

诗中不但化用了汉代童谣的内容,而且连续以"问谁""岂无""安得"等语气词接转,形成两层反问,倾诉蜀兵将士不敌胡兵,逃难者返乡无望的伤痛,使短篇一波三折,概括了民生凋敝、外敌猖狂、蜀将无能等重要的社会现象,颇有汉代民歌谣谚的古韵。

----

 ① 《贫交行》,《杜诗镜铨》上册,第46页。
 ② 《去矣行》,《杜诗镜铨》上册,第105页。
 ③ 鲍照《代东武吟》:"昔如鞲上鹰,今似槛中猿。"(钱仲联增补集说校《鲍参军集注》,第159页,上海古籍出版社,1980年)"鞲上鹰"典出《东观汉纪》,原意是形容善吏。鲍照怀恋旧主,所以如此对比。杜甫则用意有别。
 ④ 《大麦行》,《杜诗镜铨》上册,第403页。

又如《白凫行》以白凫自比漂泊荆湘的处境:

> 君不见黄鹄高于五尺童,化为白凫似老翁。
> 故畦遗穗已荡尽,天寒岁暮波涛中。
> 鳞介腥膻素不食,终日忍饥西复东。
> 鲁门鶢鶋亦蹭蹬,闻道如今犹避风。①

杜甫早年曾在《同诸公登慈恩寺塔》中以黄鹄哀鸣自比谋生不如随阳雁,这里以黄鹄化为白凫,比喻自己已成老翁,不复少壮,就像白凫一样,因从前的居处无食可觅,只能在天寒岁暮之时到处随波漂流。即使如此,仍然坚持不吃腥膻,只好终日忍饥挨饿,东奔西走。结尾推开一步,说海鸟鶢鶋也因海上多灾而避风至今,言外之意是何况白凫呢?开头暗用屈原《卜居》"将泛泛若水中之凫乎"和"与黄鹄比翼乎"二句②,但黄鹄化为白凫的奇思则是杜甫的独创。全篇仅"似老翁"透露寓意,"起句如谣,寓意深恻"③。如果说《白凫行》是自比漂泊饥困而不失固穷之节,那么《朱凤行》则是以凤凰自任了:

> 君不见潇湘之山衡山高,山巅朱凤声嗷嗷。
> 侧身长顾求其曹,翅垂口噤心甚劳。
> 下悯百鸟在罗网,黄雀最小犹难逃。
> 愿分竹实及蝼蚁,尽使鸱枭相怒号。④

儒家认为凤凰是天下太平的象征,也是杜甫政治理想的艺术化身。他一生歌唱凤凰,赞美凤凰。但到垂死之年,仍未看到天下太平的征兆,他只能想象由自己来行使凤凰的职能了。他像衡山上的一只孤独的凤凰,虽然没有同伴,不能展翅,不能开口歌唱,心中焦虑苦恼,但还是在

---

① 《白凫行》,《杜诗镜铨》下册,第1004—1005页。"如今"一作"于今"。
② 吴瞻泰《杜诗提要》,第139页,黄山书社,2015年。
③ 《杜诗镜铨》下册,第1005页杨伦注。
④ 《朱凤行》,《杜诗镜铨》下册,第1005页。

怜悯天下陷入罗网的苍生,痛恨那些迫害弱小的恶禽,而且希望把自己的食物分给最可怜的蝼蚁。诗人悲天悯人的伟大情怀在这首诗里再次展现。诗以黄雀蝼蚁比喻被征敛诛求的民众,以鸱鸮比喻剥削百姓的官府,而且表示只要惠泽下民,不惜触怒所有的权奸。这两首诗都吸取了汉乐府《蜨蝶行》这类杂言"行"诗全篇赋物的创作原理,但比喻的精当以及含义的深刻,则是杜甫自己的特色。可见杜甫的短篇"行"诗与他的某些短歌一样,都是尝试在恢复秦汉歌谣和乐府风味的基础上变化创新。

但是,杜甫的短篇"行"诗虽然在取材上与长篇一样都侧重于时事,在体制和节奏上却与短篇"歌"诗没有长篇那样明显的差别。杜甫的长篇"行"诗抒情脉络比较连贯平稳,不像"歌"诗那样跳跃动荡,而他的有些短篇"行"诗抒情的激烈和起伏则不亚于"歌"诗。如《短歌行赠王郎司直》:

> 王郎酒酣拔剑斫地歌莫哀,我能拔尔抑塞磊落之奇才。
> 豫章翻风白日动,鲸鱼跋浪沧溟开。且脱佩剑休徘徊。
> 西得诸侯棹锦水,欲向何门趿珠履?
> 仲宣楼头春色深,青眼高歌望吾子,眼中之人吾老矣!①

这首诗作于杜甫离开蜀中后不久。王郎欲去成都干谒,而蜀中尚乱,前途未卜。但为了使青年友人振作起来,杜甫掩藏了自己对世事的失望,鼓起了最大的劲头来勉励他。开头使用两个十一字的长句,劝王郎不要拔剑悲歌,起得突兀豪荡,如一股狂飙拔地而起。第一句里堆砌了王郎酒酣、拔剑斫地及哀歌的三个动作,几个密集的词组之间没有顿逗,造成了一口气道出的急促语感,也写出了王郎极度愤激无奈的神情。第二句以同样的字数相接,但并不对偶,而是在"奇才"前加了"抑塞磊落"的长定语,这同样是以密集的词组造成与上句相称的气势,并进一

---

① 《短歌行赠王郎司直》,《杜诗镜铨》下册,第916页。

步阐发上句诗意,说明王郎之所以拔剑哀歌是因为怀才不遇。两句紧承紧接,连续使用"拔"字,便以振拔之气先声夺人。以下连举两个比喻来振拔王郎:先把他比作豫章名木,枝大叶茂,虽要承受劲风,但终能撼动白日;又比作大海鲸鱼,在巨浪间跋涉虽然不易,但沧溟终会为之敞开。意为虽然行路艰难,但必定前程万里。然后从"且脱佩剑休徘徊"以下突然换韵,点出王郎的去向是到蜀中干谒诸侯,尚不知哪座府门能够把他尊为上客。这就从豪情万丈的展望猛然跌落到眼前的失意困顿,但还是以"锦水"与"珠履"的富丽辞藻表示了对王郎的美好祝愿。尽管王郎此时的心境犹如当初王粲写《登楼赋》一样伤感,诗人还是以青眼凝望王郎,放声高歌,只希望这眼中知己能够有以慰我衰老之人。结尾大声嗟叹,高歌之中透出无穷悲感。全诗首尾四句均用散文句调,以中间转韵分出前后两层意思,每层四句后用一个单句,前人赞其篇法调法并为奇绝。脉络的跳跃像"歌"诗一样反复跌宕,突兀横绝,在短篇"行"诗中也是创体。

还有一些短篇利用"行"诗原有重叠复沓的特点创出新体。如《蚕谷行》:

> 天下郡国向万城,无有一城无甲兵。
> 焉得铸甲作农器,一寸荒田牛得耕。
> 牛尽耕,蚕亦成,不劳烈士泪滂沱,男谷女丝行复歌。①

此诗的主旨是希望尽毁兵甲铸成农具,恢复男耕女织的正常生产秩序,意义分明而句式特别:前二句中两用"城"字,两用"无"字,强调天下万城只见兵甲,第三句重复第二句中的"甲"字,第四句"一寸荒田牛得耕"的可怜愿望与第二句"无有一城无甲兵"的残酷现实形成对比,又两用"一"字。接着"牛尽耕"与前句末三字复叠顶针,引出"蚕亦成"的对句,最后以"男谷女丝"收结点题。全诗用同字复沓浓缩了"行诗"

---

① 《蚕谷行》,《杜诗镜铨》下册,第1004页。

重叠反复的特点,由前句牵出后句,"叙法参差得妙"①,又有歌谣的语调。此外,《前苦寒行》二首和《后苦寒行》二首"异格,而二首之格又小异"②,用意、用笔、转换各首都不重复,也可以看出杜甫短篇行诗的变化多端。

总之,杜甫的短篇"歌"诗和"行"诗大都以歌吟哀叹的语调为主,抒情色彩强烈,艺术表现较多地吸取先秦歌谣和两汉乐府民歌的句法和比兴,再加变化创新。无论是体制还是声调都突出了歌行的特色,这就与他那些非歌行类题目的七古有了明显的区别。

## 二 非歌行类题目的七古短篇

杜甫继承初唐诗人区分七律和七古的做法,写了一部分不用歌行类题目的八句体七古。虽然数量不太多,但他区分七律和七古的重点在于一方面加强七言短篇歌行的体调特色,一方面在非歌行题短篇七古中割断与七律及歌行的亲缘关系,在押韵、句式等方面强化七古的古体特征,或是采用早期七古的一些体式,也有不少新创。

这类七古中有一部分类似五古的述怀诗,多用比兴。从题目到内容、手法都与歌行相距较远。如《曲江三章章五句》③,三章都是七言五句体。句句韵的五句体始见于陆机《百年歌》、傅玄的"啄木"诗,以及西晋的少数谣谚。单句成篇是早期七古常见的体式,因汉代七古都是单句成行,句句押韵。杜甫的这三章五句体也都是单句成行,但押韵多变。如其一:"曲江萧条秋气高。菱荷枯折随风涛。游子空嗟垂二毛。白石素沙亦相荡。哀鸿独叫求其曹。"虽不用骚体句法,而情调类似清商怨曲,求曹的哀鸿正是诗人处境的写照。章法则是前后四句写秋气肃杀之景,中间一句突出游子,结构特殊,所以人称其"变调"。又如

---

① 《杜诗镜铨》下册,第1004页杨伦注。
② 王嗣奭《杜臆》,第345页。
③ 《曲江三章章五句》,《杜诗镜铨》上册,第44页。

《叹庭前甘菊花》：

> 庭前甘菊移时晚，青蕊重阳不堪摘。
> 明日萧条醉尽醒，残花烂漫开何益？
> 篱边野外多众芳，采撷细琐升中堂。
> 念兹空长大枝叶，结根失所缠风霜。①

全诗用散句，一句一意。押韵前四仄、后四平，中间随换意而换韵，前后两节各自连贯，又形成前后对比，寄托颇深：甘菊因移栽失时，不能及时开放。而野花虽然琐细，却被供奉中堂。诗人自伤有才而不能遇时、小人却被赏识的寓意自在言外。《秋雨叹》三首其一含义与此相同，也是一首比兴体的佳作，风格同样萧散，但写法又不同：

> 雨中百草秋烂死，阶下决明颜色鲜。
> 著叶满枝翠羽盖，开花无数黄金钱。
> 凉风萧萧吹汝急，恐汝后时难独立。
> 堂上书生空白头，临风三嗅馨香泣。②

诗人因霖雨不绝而愁叹，以雨中烂死的百草烘托出颜色独鲜的决明，再以一对俪偶句描画出翠枝黄花的鲜明色彩。然后转用亲切的语调，表示对决明子失时的担忧。书生临风闻香泣下，正是为自己的盛年也将如决明一样转瞬消逝而感伤。虽然此诗中间转韵且韵脚平仄交替没有律化之虞，但偶句易有歌行句调。所以五六句转为第二人称，用散句连呼决明子为"汝"，在七言中至为罕见，这就与歌行和七律在句调上有了明显的区别。

杜甫七古短篇中较多的是抒发生活中的杂感，这类诗无论取题还是风格都显示出与歌行题七古较大的差别。如《发阆中》③前四句先描

---

① 《叹庭前甘菊花》，《杜诗镜铨》上册，第59页。
② 《秋雨叹》其一，《杜诗镜铨》上册，第82页。
③ 《发阆中》，《杜诗镜铨》上册，第476页。

写道路险恶、风云昏惨的景色,造成如此急着赶路所为何事的悬念。后四句才交代"归意速"是因为"女病妻忧",最后又点出因"别家三月一得书"才得到消息。这样一节节倒叙,便更突出了诗人内心的忧愁焦虑。三四句"江风萧萧云拂地,山木惨惨天欲雨"是对偶工整的佳句,但声律不对仗。加上全诗除第三句外,句句押韵(不论平仄),也造成了急促的语调,因而与七律及歌行声调都不相同。《别李秘书始兴寺所居》则是一首道别诗:

> 不见秘书心若失,及见秘书失心疾。
> 安为动主理固然,我独觉子神充实。
> 重闻西方止观经,老身古寺风泠泠。
> 妻儿待米且归去,明日杖藜来细听。①

诗题是七律和古诗的常见题目。李秘书当时应在佛寺静修,诗人前去看望后作别。首二句以颠倒重复的用词写自己见秘书前后从若有所失到心病全消的变化,语调俏皮。次二句化用佛理。关于"安为动主",各注家有歧见,《杜臆》认为是用禅语,杨伦也认为"二句已彻禅门宗旨"②。但仇注认为是用止观经之理,并引杨慎之所说"止能修心,能断贪爱,观能修慧,能断无明。止如定而后静,观则虑而后得也",认为"心安则神完,此即止观之法",而且联系第五句,说"此诗止观经,明白可据"③,此解更切合诗意。这两句先写心安不动之理,后写秘书静修之后精神充实,将所修之理的要领和修行之人的状态都概括在内。所以引出下两句,说自己重闻止观经以后,在古寺里也觉得有泠风拂身之感了。不过李秘书虽然修行得道,自己还是为妻儿柴米所累,所以只好先回家,明天再来细听了。钟惺赞这两句"败兴事说来高雅"④,其实更

---

① 《别李秘书始兴寺所居》,《杜诗镜铨》下册,第790页。
② 《杜诗镜铨》下册,第790页杨伦注。
③ 仇兆鳌《杜诗详注》第四册,第1680页。
④ 王嗣奭《杜臆》,第317页引钟惺评。

让人见其性情的真率风趣。《发刘郎浦》①也是一首七古行旅诗,第二联"舟中无日不沙尘,岸上空村尽豺虎"句法对偶十分工整,但全诗前半押仄韵,后半换平韵。这类诗内容及声调更接近五古。

有些取材于生活小事的七古虽然与歌行差别较大,但又带来了如何区别于七律的问题。如《引水》②与他的另一首七律《示獠奴阿段》③都是记用竹筒从山顶引水之事。后者集中描写阿段引水的一件小事,中间四联"郡人入夜争余沥,竖子寻源独不闻。病渴三更回白首,传声一注湿青云",以精妙的对仗,传神地写出乍闻山水自高处下注的惊喜,突出了阿段的与众不同。《引水》则从大处落笔,叙述瞿塘峡山高无井的状况,以云安沽水之难引出住在鱼腹浦的省心省力。再铺开白帝城皆以竹筒引水的阵势,结尾"人生留滞生理难,斗水何直百忧宽",由眼前事引出生计之理的感想,夹叙夹议的手法近似五古。全诗虽有两句对偶,但主要是散句勾连,前四句押仄韵,后四句换押平韵。通过二者比较,可以见出七古与七律在立意和句调上的差异。

此外,他还有不少类似的取题,如《夜归》④、《大觉高僧兰若》⑤、《夜闻觱篥》《秋风》等。有的七古从字面和结构看与七律相似,全凭声律和押韵方式区别。如《秋风》二首⑥一伤蜀中之乱,一写乡思,二首均以"秋风淅淅"开头,其二声调和意境都很别致:

> 秋风淅淅吹我衣,东流之外西日微。
> 天清小城捣练急,石古细路行人稀。
> 不知明月为谁好?早晚孤舟他夜归。

---

① 《发刘郎浦》,《杜诗镜铨》下册,第948—949页。
② 《引水》,《杜诗镜铨》下册,第592页。
③ 《示獠奴阿段》,《杜诗镜铨》下册,第592—593页。
④ 《夜归》,《杜诗镜铨》下册,第892页。
⑤ 《大觉高僧兰若》,《杜诗镜铨》下册,第868页。
⑥ 《秋风》二首,《杜诗镜铨》下册,第779—780页。

  会将白发倚庭树,故园池台今是非?

除了首句点"秋风"以外,诗中均是虚写秋意:流水落日,是感叹逝波流年;天清人稀、捣练声急是选取小城忙着捣衣的生活细节,点出秋声。明月下夜归的孤舟,白发人所倚的庭树,故园的旧日池台,是眼前景和意中景融合而成的秋思。后半首以"不知""早晚""会将"加问句,形成歌行般连贯的句调,但句意却有几层转折萦回,尤觉宛转含蓄。全诗押平韵,三四句文字对偶工整,后六句也讲平仄对仗,似可当律诗读。但首二句是平平仄仄平仄平的重叠,后六句均不合律,却对得有趣:平平仄平仄仄仄,仄仄仄仄平平平。仄平平仄平仄仄,仄仄平平平仄平。仄平仄仄仄平仄,仄平平平平仄平。每两句仅一字或两字同声,后五句首字都是仄声。其余上下句中几乎对应的每个字都以平仄相对,可见杜甫是有意探索与七律相反的八句体七古声律。又如《夜闻觱篥》:

  夜闻觱篥沧江上,衰年侧耳情所向。
  邻舟一听多感伤,塞曲三更欻悲壮。
  积雪飞霜此夜寒,孤灯急管复风湍。
  君知天地干戈满,不见江湖行路难。①

飞雪寒夜,独对孤灯,邻舟传来觱篥的悲壮曲调,将干戈满地的现实转化为乐境,令衰年漂泊的诗人更增江湖难行的哀伤。中间四句也可以看作是两联工整的对句。但前后四句都是句句韵,中间转韵,平仄互换,可与七律明显区别。细读之下,还可以看出,对句不但连用"多感伤""欻悲壮""复风湍"等叙述句,而且词意也有古诗不避重复的特点,如"夜闻""侧耳""一听"等,这也与用词凝练的七律不同。

  总之,杜甫这类非歌行题的八句体七古,既要区别于七律,又要区别于七言短篇歌行,比初唐以来的五言诗界分古律体调的难度更大。但是他不仅在努力避忌七律的声律上下功夫,还在句式、语调以及结构

---

① 《夜闻觱篥》,《杜诗镜铨》下册,第950页。

上探索了七言古诗独特的作法,为后代诗人提供了许多可供借鉴的经验。

## 第二节　长篇七古与"歌"诗和"行"诗的辨体

### 一　七言古诗和七言歌行

关于七古和七言歌行是否为同一种体裁,向来存在争论。大致说来,明中叶以前,歌行和古诗并不混同。明中叶以后往往以七言歌行代指七言古诗。① 胡应麟说:"七言古诗,概曰歌行。"②是最有代表性的看法。明清大多数论者也都接受此说,对二者不加区分。但是也有少数人对歌行和七古的区别作过辨析。如明代徐师曾《诗体明辨》"七言古诗"说:"然乐府歌行,贵抑扬顿挫,古诗则优柔和平,循守法度,其体自不同也。"③许学夷《诗源辩体》说七言"大体古诗贵整秩,歌行贵轶荡"④。他们都认为二者声情体势不同。当代也有学者认为七古的典型风格是端正浑厚、庄重典雅,歌行的典型风格则是宛转流动、纵横多姿。⑤ 笔者曾梳理过七言歌行的形成发展过程⑥,认为早期七言产生于汉代,其体式原本不宜于抒情,从曹丕开始才赋予其抒情功能,此后直

---

① 参见林心治《歌行含义的演变兼论歌行之体格》(《渝州大学学报》1998年第2期),此文曾梳理歌行之名及其含义在北宋以后的几次演变,指出明中叶以后部分诗论家往往以七言歌行代指七言古诗,使歌行和七言古诗混同,并且归纳出歌行体调的四个特征,主张把歌行列为七言古诗的一个子目。其说较有理据。

② 胡应麟《诗薮》内编卷二,第41页。

③ 徐师曾《诗体明辨》,《全明诗话》第二册,第1460页。

④ 许学夷《诗源辩体》卷一八,《全明诗话》第四册,第3294页。

⑤ 李中华、李会《唐代七古、七言歌行辨体》,《光明日报》2003年11月12日。

⑥ 参见拙文《中古七言体式的转型》(《先秦汉魏诗歌体式研究》,第225—245页)及《初盛唐七言歌行的发展》。

到鲍照,七言主要在乐府题中发展。七言乐府方兴于梁代时,又出现了少量非乐府题的七言诗,体调与乐府以及由乐府衍生的歌行迥异。但随着初唐七言古诗的乐府化和歌行化,这类古诗越来越少。到盛唐时,七古和七言歌行的体调差异又大致可见,特别是在李颀和高适的作品中。从杜甫到韩愈,七言古诗和歌行的差别愈益明显。因此二者的关系是在一种发展的变动状态中。杜甫作为体式意识特强的诗人,有没有区分古诗和歌行的意识呢?这要对他的三类不同诗题的作品进行实事求是的分析,才能得出结论。

从杜甫的短篇七古可以看出,他的七言古诗可以分为两类:一类是有歌行题目的,无论取题方式还是句调、体制都突出了歌行的特色。另一类是非歌行题目的,体制既不同于七律,也不同于歌行,而是更接近五古。这说明杜甫是注意到将非歌行题的七古和歌行区别开来的。他的长篇七言古诗也与短篇一样分为三类题目。那么古诗和歌行之间有没有体制声调的差别呢?

长篇七古由于篇幅较长,体调的特色主要体现在节奏和体势。历来将七言古体一概视为乐府歌行的论者,都特别强调其音节的特点。如王世贞《艺苑卮言》认为"七言歌行,靡非乐府,然至唐始畅。其发也,如千钧之弩,一举透革。纵之则文漪落霞,舒卷绚烂。一入促节,则凄风急雨,窈冥变幻。转折顿挫,如天骥下坂,明珠走盘。收之则如囊声一击,万骑忽敛,寂然无声"[①]。这段话将七言歌行的文势与节奏变化联系在一起形容,颇为形象。赵执信说:"句法须求健举,七言古诗尤亟。然歌行杂言中,优柔舒缓之调,读之可歌可泣,感人弥深。"[②]田雯说,"大约作七古与它体不同",应"音节琅琅,可歌可听"[③],都指出歌行的特点是以声调感人。

---

① 王世贞《艺苑卮言》,《历代诗话续编》中册,第 960 页。
② 赵执信《谈龙录》,《清诗话》上册,第 315 页。
③ 田雯《古欢堂杂著》卷二,《清诗话续编》第二册,第 702 页。

那么七言歌行的这种节奏感是如何形成的呢？黄子云《野鸿诗的》说："七古歌行,别有音节。音节非平仄之谓,又非语言可晓。如挝鼓者,轻重疾徐,得之心而自应之手耳。"①认为歌行的音节不同于律诗的平仄,是一种随着感情起伏而自然形成的节奏。此说已有追寻歌行节奏原理的意图,但又认为很难用语言表达。有的论者认为七言歌行的音节出于自然,如朱庭珍《筱园诗话》指出七古长短句"音节既贵自然,又贵清脆铿锵,可歌可颂","盖以人声合天地元音,几于化工矣！此七古长短句之极则神功"。②但更多的论者力图找到七言歌行抒情节奏的窍门,清代诗论有不少从歌行的押韵和转韵上下功夫,如《师友诗传录》《诗辩坻》《围炉诗话》《退庵随笔》等等。《竹林答问》还从转韵与运意的关系上着想："转韵以意为主,意转则韵换。""七言则句法啴缓,转韵处必用促节醒拍,而后脉络紧遒,音调圆转。"③这些研究已经从押韵的角度涉及七言歌行节奏形成的原理层面。

七言歌行内在的节奏感与句式、用字、章法的复沓、押韵的变化等多方面因素有关,更与其以咏叹语调贯穿抒情节奏的基本表现方式有关。在长篇里,表现为由歌行的诗节和层意构成的波澜层叠式的结构,这就形成了其体势的特色。前人论七言歌行长篇,往往指出其法在于波澜壮阔。例如谢榛说："长篇之法,如波涛初作,一层紧于一层。"④张萧亭说,七言长篇"波澜要宏阔,陡起陡止,一层不了,又起一层"⑤。二者都说明其波澜是层意前后起落所造成。沈德潜谈七古章法说："诗篇结局为难,七言古尤难。前路层波叠浪而来,略无收应,成何章法？"⑥冒

---

① 黄子云《野鸿诗的》,《清诗话》下册,第850—851页。
② 朱庭珍《筱园诗话》,《清诗话续编》第四册,第2387—2388页。
③ 陈仅《竹林答问》,《清诗话续编》第四册,第2236页。
④ 谢榛《四溟诗话》卷一,《历代诗话续编》下册,第1150页。
⑤ 郎廷槐《师友诗传录》,《清诗话》上册,第135页。
⑥ 沈德潜《说诗晬语》,《清诗话》下册,第536页。

春荣说七古"须波澜开阔,如江海之波,一波未平,一波复起"①,也是从章法特点来说的。从结构和体势来看长篇歌行的波澜层叠,固然不错,但从实质上看,这种波澜是抒情节奏推进的需要所造成的。所以也有不少论者注意到,波澜壮阔和音韵节奏联系在一起,是七言歌行最重要的特点。如谭浚说"古篇七言""波澜宏阔,音韵铿锵"②。费经虞说"七言古"要"铿锵波澜"③。王阮亭说"七言则须波澜壮阔,顿挫激昂,大开大合耳"④。由于七古歌行在南朝形成双句一行,四句乃至六句、八句一个诗节的结构⑤,每一行的宽度达到 14 个字,诗情的发展往往呈现出诗行或诗节的层递式推进,而且南朝末期和初唐时期的长篇歌行更多层意的重叠反复。所以七言歌行咏叹语调的低昂抑扬与层意的起伏跌宕一致,使抒情节奏自然以层波叠浪的方式推进。

  杜甫的非歌行题长篇七古,有一部分的节奏和体势与歌行近似。这与七古历来随乐府歌行发展的创作传统有关。其中最重要的是被视为新题乐府的《哀江头》《哀王孙》《悲陈陶》《悲青坂》等篇章,它们虽不用"歌""行"类题目,但是取题学习汉乐府《陌上桑》《羽林郎》《董娇娆》等以三字题概括篇意的方式,而且以"悲""哀"冠题,已经标明了歌行式的悲叹基调。另外杜甫的咏物类七古也有近于"歌"诗的,如《韦讽录事宅观曹将军画马图》《王兵马使二角鹰》等。还有一些应酬类作品,也有歌行的声调和风格,如《送孔巢父谢病归游江东兼呈李白》《投简咸华两县诸子》《寄韩谏议注》等,虽为酬赠之作,但都具有强烈的咏叹语调和抑扬顿挫的抒情节奏。七古和歌行的这种密切关系正是前人很难分辨二者体式的原因。

---

① 冒春荣《葚原诗说》卷四,《清诗话续编》第三册,第 1617 页。
② 谭浚《说诗》卷之中,《全明诗话》第三册,第 1828 页。
③ 费经虞《雅伦》卷九引《类编》,《全明诗话》第六册,第 4645 页。
④ 刘大勤《师友诗传续录》,《清诗话》上册,第 149 页。
⑤ 参见拙文《中古七言体式的转型》,《北京大学学报》2008 年第 2 期。

但是杜甫确实还有另外一些长篇七古,体格更接近五古,而离歌行渐远。主要见于两类题材,一类是应酬寄赠,如《陪王侍御同登东山最高顶宴姚通泉,晚携酒泛江》《寄狄明府博济》《寄裴施州》等,这些七古不仅以散句主导意脉,而且没有"行"诗的重叠复沓之意。有些七古内容复杂,不用"歌""行"类题目,或许是因为歌行大都有集中歌咏的一事一物一景,易于立题,而在没有集中的歌咏对象时,用古诗式的取题,较便于照应繁多的头绪。如《暮秋枉裴道州手札,率尔遣兴,寄递近呈苏涣侍御》《可叹》,都充分发挥了七古用单句成行的节奏概括叙述的潜能。杜甫的五古大多摒弃偶句,用连贯的散句构成线性节奏,使五言古诗充分发挥其宜于叙事的功能。这类七古其实与他的五古一样,发掘了七古散句本来适宜于叙述的表现力,部分地以线性推进的节奏取代了层递式推进的节奏,使叙事、抒情和议论融为一体,与歌行以双句诗行为基础的抒情节奏不同。

另一类七古取材于由日常生活中晴雨变化或偶发事件引起的杂感。如《晚晴》《久雨期王将军不至》《醉为马坠,群公携酒相看》《风雨看舟前落花,戏为新句》等,这类即事即景的七古也都是以散句为主或者全散句,句意和层意的连贯承接,虽与"行"诗相近,却又没有咏叹声调的抑扬顿挫和层递复沓的节奏推进,因而更接近五古。以上两类题材的七古多见于杜甫到夔州以后。它们显然从取材、内容到体式都与歌行有明显差别,最突出的特点是没有集中歌咏一事一物的题目,只是抒发生活中的杂感或偶然的意趣。其抒情节奏往往借鉴五古叙述节奏的线性推进方式,因而给人以整秩平顺之感,没有歌行的轶荡顿挫。

因此可以说,杜甫对盛唐以来就出现的歌行与七古的大致差别是有敏锐觉察的,他通过自己的探索将这种差别从各方面显示出来,有意突破七言古体历来囿于歌行式取材和体调的传统,使七古不限于歌咏吟叹,可适用于纪事、议论、杂感、游赏等不一定以咏叹为主调的题材范围,与五古一样无所不能。这类七古到韩愈手里有更为长足的发展,其独立于传统歌行的体调也可以看得更清楚。

## 二　七言长篇"歌"诗与"行"诗

历代诗论中将歌行各体仔细分辨的论述很少,但是均从音节和抒情脉络着眼,例如明张溟《冰川诗式》对歌、行、引、谣、吟、曲等等各种歌辞性题目都作了不同界定,认为"曰歌者,情扬辞达,音声高畅","曰行者,情顺辞直,音声浏亮"①,注意到二者音声和情辞表达的微妙差别,但说得不明确。胡应麟指出:"阖辟纵横,变幻超忽,疾雷震霆,凄风急雨,歌也;位置森严,筋脉联络,走月流云,轻车熟路,行也。"②把握到"歌"与"行"节奏力度和脉络变化的不同,是最贴近二者体式特征的论述。七言歌行的抒情节奏既然主要是以咏叹语调贯穿并呈现层波叠浪的推进方式,那么构成歌行主体的"歌"与"行"的体式主要也是在这两点上同中有异,而其表现功能和艺术手法的不同都根源于此。

综观杜甫全部长篇七言"歌"诗,可以发现其抒情节奏及其推进方式的主要特点是大多采用惊叹疾呼的夸张语调和纵横超忽的层意变换,诗情脉络的连接方式是断续变化、曲折跳跃的,声情的激烈变化或如"疾雷震霆",或如"凄风急雨",而较少规行矩步的平顺递进。部分题画、咏物和酬人的"歌"诗往往以奇幻浪漫的想象助推抒情高潮,以僻涩的用字和拗口的声调强化其夸张的声情,使抒情节奏的波峰与低谷之间形成更大落差,如《奉先刘少府新画山水障歌》《荆南兵马使太常卿赵公大食刀歌》等。有些诗以"引""叹"为题,其体式特征也多近于上述的"歌"类,如《桃竹杖引赠章留后》等都是典型代表作。还有一部分"歌"虽然没有奇幻的想象,但也主要是以跌宕的声情和跳跃的脉络连接方式展开,如《醉时歌》《丹青引赠曹将军霸》《苏端薛复筵简薛华醉歌》《题李尊师松树障子歌》等等。以上两类"歌"诗的共同特征是大都激情高扬,气势雄放,语调夸张突兀,脉络跳跃腾挪。由于层意之

---

① 张溟《冰川诗式》,《全明诗话》第二册,第1726页。
② 胡应麟《诗薮》内编卷三,第48页。

间少有重叠和反复,其连接多为疾转、逆转、陡转、突转,少见顺转平接。因而抒情节奏的变化力度强,在层波叠浪式的推进中显示出波峰高低不一的态势。"歌"诗的创作尤其需要纵横豪宕的气势和飞舞灵动的笔力,杜甫到夔州以后"歌"诗减少,或与其豪情渐减有关。

相比"歌"诗的惊涛狂澜,"行"诗一般是以波澜不惊、连绵起伏的节奏平稳推进。细读杜甫的全部长篇七言"行"诗,可以发现其共同特点是布局严整,筋节紧贯,层层绾合,段意转换平顺,或多或少有不同方式的重叠复沓。事实上,层意复沓、节奏分明的特征在"行"诗萌生和发展的过程中就已经形成[1],杜甫只是在与"歌"诗的对比中强化了"行"诗节奏脉络的特征,并从中推究出"行"诗适宜于叙述的原理。

杜甫长篇七言"行"诗的节奏脉络,可以通过与其相同题材的"歌"诗比较看出。杜甫的"歌"诗与"行"诗虽然在取材上有所侧重,但是写景咏物类不乏取题相似者。试看其《天育骠骑歌》[2]和《高都护骢马行》[3]:两首诗都是咏马。《天育骠骑歌》写画马,一开头就以散文式的自由语调提问:"吾闻天子之马走千里,今之画图无乃是?"接着再问"是何意态雄且杰?"两次提问将赞美画马之情直接导向高潮。而正面写马却用逆笔,先从尾梢看其追风的姿态,再看其全身毛色和耳黄显示的千里马特征,再突出马瞳闪射的紫焰。这种倒写的次序其实符合观画的主观印象从大略到细部的过程。在以画马"矫矫龙性""卓立天骨"的"意态"回应前面的提问之后,以下突转为追溯开元年间张景顺为太仆少卿蕃息骏马的故事。但不赞其养马之功,反又转为"当时四十万匹马,张公叹其材尽下"的叹息,令人莫测其意。然后跳转到写真,才知画马的来历即张公的"别养骥子"。结尾感慨真马物化,空余形影,连用三个感叹句:"呜呼健步无由骋!如今岂无騕褭与骅骝?时

---

[1] 参见拙文《初盛唐七言歌行的发展》及《"行"之释义的补正》。
[2] 《天育骠骑歌》,《杜诗镜铨》上册,第90页。
[3] 《高都护骢马行》,《杜诗镜铨》上册,第28页。

无王良伯乐死即休!"由赞马转而推出结尾世无伯乐的叹息。全诗五层均非顺序抒情,各层意思也无重叠,而是在四次转折跳跃中结出令人意想不到的主旨。《高都护骢马行》赞美随高仙芝入朝的骢马。四句一转韵,随转韵分出四层,首四句写马东来之后仍一心要立大功;次四句赞其功成之后,犹思再上战场;又次四句从马蹄和毛色着笔,追述其当初作战交河的汗马功劳;结尾赞其来长安后"倾城知"的盛名,以及希望再出横门道奔赴西域的愿望。全诗意在老骥伏枥之志,虽然运用了正写骢马、侧赞英雄的笔法,诗中地名从安西、流沙、交河到长安,东西相映,波澜甚阔,但四层抒情均围绕着骢马虽曾屡建奇功而仍思战场的主旨,不仅层意重叠,且句意也多复沓。如首层的"声价欻然来向东"与次层的"飘飘远自流沙至"意同,"与人一心成大功"与"猛气犹思战场利"以及结尾"何由却出横门道"意同,第三层写其交河踏冰,万里汗血,是对"远自流沙至"的发挥。因此脉络紧凑,筋节分明,意脉没有转折跳跃,与"歌"诗的飞腾动荡迥异。此外,《高都护骢马行》和《李鄠县丈人胡马行》都是咏马的佳作,也都体现了"行"诗在层递复沓中推进抒情节奏的特色。

杜甫写景咏物的"行"中也有如"歌"诗那样的奇幻想象或夸张,但其抒情节奏的推进方式则是平铺直叙、起伏有序,与"歌"的纵横变幻不同。如《渼陂行》《沙苑行》《古柏行》《冬狩行》《观公孙大娘弟子舞剑器行》等等,共同的体式特征是脉络连贯,略无顿断,诗节之间层层勾连,层意转换多为顺转平接,甚至交叠反复,极少突然的逆转陡折,这样的体式特性较之抒情脉络断续跳跃的"歌"诗更适宜于叙述。杜甫曾将"行"诗用于记游,如《忆昔行》《岳麓山道林二寺行》,在移步换形中展开诗人的游踪,正是利用了"行"诗的体式特性。

以"行"为题的长篇七言虽然并非始于杜甫,但初盛唐诗歌中的"歌"与"行"在题材分工、表现功能及体式特征等方面没有明显区别,杜甫以"歌"与"行"表现咏怀、咏物、游赏、应酬等题材虽没有明确的分工,但反映时事的内容主要见于"行"诗,"歌"与"行"处理相同题材的方式也有差异可寻,可见杜甫确有对二者进行辨体的自觉意识。

## 第三节 长篇七言古诗和歌行的艺术创新

杜甫七言古诗被明清大多数学者推为"横绝古今"①,"上下千百年"定为第一②。卢世㴶评杜甫七言古诗说:"子美自题一语曰'即事非今亦非古',最为简当。盖尽少陵七言古诗,皆即事也,自撰题,自和声,自开世界,自隆堂构,无古无今,即今即古,其坐断古今在此,其融会古今亦在此。"③概括了杜甫七古善于创新、空前绝后的成就。其中最重要的艺术创新在于利用"行"诗和七古的叙述功能反映时事,开启了新题乐府的传统。正如胡震亨所说:"拟古乐府,至太白几无憾,以为乐府第一手矣。谁知又有杜少陵出来,嫌模拟古题为赘剩,别制新题,咏见事,以合风人刺美时政之义,尽跳出前人圈子,另换一番钳锤,觉在古题中翻弄者仍落古人窠臼,未为好手。"④除此以外,其艺术风格、写作手法和体调结构等方面的富于变化也是重要的特色。

### 一 丰富多样的艺术风格

杜甫七言古诗的基本风格是沉雄浑厚,淋漓恳切,同时又能根据不同题材变换多种风格,如沈德潜所说:"杜工部沉雄激壮,奔放险幻,如万宝杂陈,千军竞逐,天地浑奥之气,至此尽泄为一体。"⑤

杜甫的七言歌行以题画、咏物、赠人为多,大都激情高扬,气势雄放。"歌"诗尤其纵横豪宕,想象奇特。如《奉先刘少府新画山水障歌》:

---

① 《带经堂诗话·综论门一·品藻类》:"七言古诗,诸公一调,唯甫横绝古今,同时大匠,无敢抗行。"第41页,人民文学出版社,1983年。
② 《漫堂说诗》:"七言古诗,上下千百年定当推少陵为第一。"《清诗话》上册,第418页。
③ 卢世㴶《读杜私言》,《全明诗话》第六册,第4377页。
④ 胡震亨《唐音癸签·评汇五》,第87页。
⑤ 《重订唐诗别裁集·凡例》,见沈德潜编《唐诗别裁》卷首。

堂上不合生枫树,怪底江山起烟雾。
闻君扫却赤县图,乘兴遣画沧洲趣。
画师亦无数,好手不可遇。
对此融心神,知君重毫素。
岂但祁岳与郑虔,笔迹远过杨契丹。
得非悬圃裂? 毋乃潇湘翻?
悄然坐我天姥下,耳边已是闻清猿。
反思前夜风雨急,乃是蒲城鬼神入。
元气淋漓障犹湿,真宰上诉天应泣。
野亭春还杂花远,渔翁暝踏孤舟立。
沧浪水深青且阔,欹岸侧岛秋毫末。
不见湘妃鼓瑟时,至今斑竹临江活。
刘侯天机精,爱画入骨髓。
自有两儿郎,挥洒亦莫比。
大儿聪明到,能添老树巅崖里。
小儿心孔开,貌得山僧及童子。
若耶溪,云门寺,
吾独何为在泥滓? 青鞋布袜从此始。①

开头两句先以惊怪的语气写枫树移到了堂上的错觉,起得突兀。接着以急促的五言句赞美对方是画师中不可多得的好手,再以递进句式拉出祁岳、郑虔和杨契丹三位名家作为反衬。然后又跳回眼前,以两句五言提出是否"元圃裂"和"潇湘翻"的疑问,以恍然已到天姥山下听见清猿声的错觉,遥接开篇疑怪的语调,将画面引人入胜的效果渲染得真假莫辨。之后"跌断上文,忽入反思四句"②,惊叹此新画障"元气淋漓",仿佛是前夜"风雨"所湿,可使鬼神夜哭,更见其巧夺天工。至此赞美

---

① 《奉先刘少府新画山水障歌》,《杜诗镜铨》上册,第112页。
② 《杜诗镜铨》上册,第112页引何义门评。

之情也随语调的几度翻转达到高潮。以下突然如大海静波,展开了画障实境:野亭春花,渔翁暝归,沧浪水清,斜岸侧岛,均入于毫端。最后转用五言与七言相间,赞美刘少府及其二子皆善挥洒,笔致错落活泼。结尾四句以三三七七句式,结出诗人观画之后欲寻耶溪云门的感想。此诗思路在画面和画家之间来回转换,章法的灵变超忽,向来为评者交口称道。这种效果的产生实际是因为其抒情脉络的跳跃腾挪与语调忽而惊叹、忽而疑怪、忽而赞美的变化交织在一起。节奏的推进也在前半的急速起落中达到高潮,再陡转为后半的平缓,而后在句式的历落变化中留下悠然余韵。

在某些富有奇幻想象的"歌"诗里,杜甫更以僻涩的用字和拗口的声调强化其豪壮的气势,如《荆南兵马使太常卿赵公大食刀歌》[1]写壮士玄冬季节在白帝城展示大刀的情景:"壮士短衣头虎毛,凭轩拔鞘天为高。翻风转日木怒号,冰翼云澹伤哀猱。镌错碧罂鸊鹈膏,铓锷已莹虚秋涛。鬼物撇捩辞坑壕,苍水使者扪赤绦,龙伯国人罢钓鳌。"这一节不仅以风云天日波涛的变化极力烘托大刀的莹利,而且用《搜神记》中苍水使者及《列子》中龙伯国大人的故事,将胡刀的威力渲染得神奇无比。更值得注意的是,此段与后半首中"魑魅魍魉徒为耳,妖腰乱领敢欣喜"一样,都用鸊鹈、已莹、撇捩、钓鳌、魑魅、魍魉、妖腰、乱领等双声叠韵词穿插其中,镌错、铓锷、坑壕和碧罂这类生僻的词语连续堆砌,与神怪鬼物的意象相得益彰。加之采用句句韵,使急促的节奏如一气滚出。正如前人所评:"如百宝装成,满纸光怪,造字造句,在昌黎、长吉之间。"[2]又如《王兵马使二角鹰》[3]开篇即以"悲台萧飒石巃嵷,哀壑杈桠浩呼汹"的艰涩声调,在密林高峡中勾出长江一道,由奇崛森耸之高台转向开阔惨淡之江面,为角鹰的出现造势。正如王嗣奭所评:"此

---

[1] 《荆南兵马使太常卿赵公大食刀歌》,《杜诗镜铨》下册,第729—731页。
[2] 《杜诗镜铨》下册,第731页引蒋弱六评。
[3] 《王兵马使二角鹰》,《杜诗镜铨》下册,第731—732页。

诗突然从空而下,如轰雷闪电,风雨骤至,令人骇愕。"然后"通篇将王兵马配角鹰发挥,而穿插巧妙,忽出忽入,莫知端倪"。① 更兼笔力雄劲,结尾如利刀斩铁,有万钧之势,与《荆南兵马使太常卿赵公大食刀歌》一样,都是雄视千古之作。类似的例子还有"乐游古园崒森爽"②、"快剑长戟森相向""蛟龙盘拏肉屈强"③等等,都以佶屈聱牙的用字和音调形成怪奇苍劲的风格。

有些七古歌行主要是抒发怀才不遇的不平或盛衰兴废之感,风格便转为悲壮淋漓,跌宕顿挫。如《醉时歌》④是杜甫早年愤世嫉俗的牢骚之作。开头一连八句,将郑虔的落寞一口气倾泻出来,而四行中间却有三层波折。先以"诸公衮衮登台省"与"广文先生官独冷"作一层对比,再以"甲第纷纷厌粱肉"和"广文先生饭不足"又作一层对比。连用两层叠句仄韵并转韵,急促的语调已有两层抑扬,然后再用两个排比叠句"先生有道出羲皇,先生有才过屈宋",反跌出"德尊一代常坎坷,名垂万古知何用"的愤极之语,使广文先生的才德与他的清贫形成巨大的反差,诗情也迅速发展到第一个高潮。"杜陵野客人更嗤,被褐短窄鬓如丝。日籴太仓五升米,时赴郑老同襟期"四句,语调情绪转为低落。但在平声韵中用句句韵,使内在的紧凑节奏与"得钱即相觅,沽酒不复疑。忘形到尔汝,痛饮真吾师"四句急促的五言自然连接,从籴米换酒快速转到二人相聚痛饮的忘形之乐。又转而以舒缓的旋律进入春夜醉酒的醇美之境:"清夜沉沉动春酌,灯前细雨檐花落。但觉高歌有鬼神,焉知饿死填沟壑。"高歌凌云的通神之境与饿死沟壑的现实之间又形成一个跌宕,并引出以下四句牢骚,将情绪推向第二个高潮:"先生早赋归去来,石田茅屋荒苍苔。儒术于我何有哉,孔丘盗跖俱尘

---

① 王嗣奭《杜臆》,第 226 页。
② 《乐游园歌》,《杜诗镜铨》上册,第 43 页。
③ 《李潮八分小篆歌》,《杜诗镜铨》下册,第 717 页。
④ 《醉时歌》,《杜诗镜铨》上册,第 60—61 页。

埃!"还是句句连押平韵,形成稳中见紧的节奏。最后却在诗人激愤之极的关头陡转为以酒释怀:"不须闻此意惨怆,生前相遇且衔杯。"改用隔句韵使结尾从情绪的巅峰迅速跌落时节奏放缓。全篇虽是无可奈何的不平之鸣,但因咏叹语调的起落与抒情节奏的快慢配合密切,应手称心,全诗脉络在感情的波峰和低谷之间两次大幅度跳荡中又有多个小波澜,尤觉繁音促节,悲壮淋漓。

《观公孙大娘弟子舞剑器行》[1]作于夔州,风格正如其序文所说"浏漓顿挫"。一开篇就从观者的神色和反应来写昔日公孙之舞惊动四方的艺术效果:"昔有佳人公孙氏,一舞剑气动四方。观者如山色沮丧,天地为之久低昂。"随后紧接"天地低昂"写其舞姿:"爌如羿射九日落",是下跃的姿势;"矫如群帝骖龙翔",是飞腾的姿态;"来如雷霆收震怒",是写来势的迅疾;"罢如江海凝清光",是写收势的沉稳。四个比喻从声色姿态几方面写尽了舞者的不凡身手,让观者恍如经历了一场雷电交加、翻江倒海的风云变幻过程。这一节无疑是全诗的高潮。以下感叹世事的沧桑,但没有突转,而是既惋惜公孙大娘"绛唇珠袖两寂寞",又庆幸其"晚有弟子传芬芳",自然过渡到补叙公孙弟子在白帝的妙舞情景,以今昔对比形成一层起伏。随即借与弟子的问答再度感叹"五十年间似反掌,风尘澒洞昏王室"的巨变,回忆当初"先帝侍女八千人,公孙剑器初第一",带出玄宗宫廷女乐的盛况。嗟叹目前梨园弟子烟消云散、空余公孙弟子尚在临颍,又形成一层昔盛今衰的对比。结尾以玄宗墓木与瞿塘峡荒草遥相呼应:"金粟堆南木已拱,瞿唐石城草萧瑟。玳筵急管曲复终,乐极哀来月东出。老夫不知其所往,足茧荒山转愁疾。"从眼前的华筵曲终人散,再次领略乐极哀来的滋味。如此几番回环往复的对比,将盛衰之感抒发得回肠荡气、感人至深。

除以上几种代表性风格以外,杜甫还有各种风格的佳作。如《送孔巢父谢病归游江东兼呈李白》风格飘逸散朗,有李白歌行的神韵:

---

[1] 《观公孙大娘弟子舞剑器行》,《杜诗镜铨》下册,第881—884页。

> 巢父掉头不肯住，东将入海随烟雾。
> 诗卷长留天地间，钓竿欲拂珊瑚树。
> 深山大泽龙蛇远，春寒野阴风景暮。
> 蓬莱织女回云车，指点虚无是征路。
> 自是君身有仙骨，世人那得知其故。
> 惜君只欲苦死留，富贵何如草头露。
> 蔡侯静者意有余，清夜置酒临前除。
> 罢琴惆怅月照席，几岁寄我空中书？
> 南寻禹穴见李白，道甫问讯今何如。①

这首诗是杜甫在天宝中所作。时蔡侯为孔巢父饯行，杜甫在席间赋此诗送别，又托他向李白问候。开篇直呼巢父之名，点出孔巢父将要和上古隐士巢父一样离世隐居之意，语带双关。"掉头"一词见于《庄子》，取其出世之意，但理解为"掉头而去"的一般口语，与"不肯住"的大白话连用，更能见出巢父鄙夷世俗的决绝神气。首四句，一三句写离绝人间之意，二四句写东入大海之志，分两层起落递进，形成第一次跌宕。后面八句又分两层，进一步拓开首四句的两层意思。一层写巢父此去一路风景，点出巢父将去的江东地近东海，及其求仙延年的目的。"深山大泽龙蛇远"用《左传》现成语句，以一"远"字将巢父一路行迹推向广大深远的境界：深山—大泽—龙蛇远，是远而又远。同样，春寒—野阴—风景暮，是阴而又阴，这样节节推进的构句，使两句连成一片，展示了更加开阔辽远的山野风景。这正是盛唐特有的气象。乘着云车的织女为巢父指点虚无缥缈的去路，则是因为蓬莱是东海仙山，织女星又是吴越分野。这就从辽阔的陆地引向更加广漠的虚空。下一层以一、四句写巢父鄙弃世俗，二、三句写世人不知巢父，形成第二次更大的跌宕。结尾六句回到眼前的筵席，末句的散文句式犹如一个告别的长揖，更显

---

① 《送孔巢父谢病归游江东兼呈李白》，《杜诗镜铨》上册，第32—33页。

得狂放飘逸,神气之极,颇似李白的风格。

《渼陂行》①则是一首新奇瑰丽的游览诗。开头四句先交代岑参兄弟携游渼陂的缘由,以及"天地黯惨忽异色,波涛万顷堆琉璃"的景象。接着以"琉璃"顶针紧连上节,叹息下舟时正逢恶风白浪,以"事殊兴极忧思集"一句伏下全诗感触的主线。以后四句一转,先是风平浪静,棹歌管弦四起:"主人锦帆相为开,舟子喜甚无氛埃。凫鹥散乱棹讴发,丝管啁啾空翠来。"然后由水边泛入中央,满目菱荷如洗:"沉竿续蔓深莫测,菱叶荷花静如拭。宛在中流渤澥清,下归无极终南黑。"自然带出终南山倒影在水中摇漾的描写。并在移步换景中驶近南岸云际寺,由"水面月出蓝田关"的美景引起奇幻的想象:"此时骊龙亦吐珠,冯夷击鼓群龙趋。湘妃汉女出歌舞,金支翠旗光有无"一节,调集骊龙、河伯、湘妃、汉女等传说中的神仙,以光怪的意象形容月下所见灯火遥映、音乐远闻、晚舟移棹、美人光鲜的景象,恍如神游异境,成为全诗抒情的高潮。但乐极之时却转为"咫尺但愁雷雨至"的结尾,上接开头的伏脉,结出"向来哀乐何其多"的感慨。全篇以平铺直叙的节奏将游渼陂所遭遇的晴雨变化写得苍茫窈冥、惝恍飘忽,所以众家诗评莫不称奇。

《寄韩谏议注》同样想象瑰奇,但又是另一种华丽高朗的风格:

今我不乐思岳阳,身欲奋飞病在床。
美人娟娟隔秋水,濯足洞庭望八荒。
鸿飞冥冥日月白,青枫叶赤天雨霜。
玉京群帝集北斗,或骑麒麟翳凤凰。
芙蓉旌旗烟雾落,影动倒景摇潇湘。
星宫之君醉琼浆,羽人稀少不在旁。
似闻昨者赤松子,恐是汉代韩张良。
昔随刘氏定长安,帷幄未改神惨伤。

---

① 《渼陂行》,《杜诗镜铨》上册,第76—77页。但"波涛万顷"作"万里"。仇注本作"万顷"。

国家成败吾岂敢,色难腥腐餐枫香。

周南留滞古所惜,南极老人应寿昌。

美人胡为隔秋水,焉得置之贡玉堂?①

此诗运用大量神仙道教和楚辞汉赋的典故,表达自己对韩谏议的思念之情和期待之意。韩君当时身在岳阳,所以首尾以远隔秋水的美人呼应,前半篇构想出洞庭青枫秋霜、鸿飞青冥的清空意境,从北斗与秋水相互辉映的景象,想象出三十二天群帝集于玉京,仙官们骑着麒麟凤凰,芙蓉旌旗倒映于潇湘的瑰丽画面;由羽人稀少引出随赤松子游的汉张良,借以赞美韩谏议曾经功在帷幄,唯因不屑于啄腐吞腥而企慕长生。最后惋惜其留滞周南,期望能为朝廷所用。后半篇用典始终不离神仙故事,"餐枫香""南极老人"等意象与前半篇中"青枫""北斗"相对应。全篇境界既本于楚辞的瑰丽,又近似太白诗中的仙境。

《醉为马坠,群公携酒相看》②自嘲醉后跑马"不虞一蹶"之事,则纯是一团天趣。前半篇形容放马俯冲下坡的快意:"粉堞电转紫游缰,东得平冈出天壁。江村野堂争入眼,垂鞭嚲鞚凌紫陌。"迎面景物快速闪过的视觉感受,写得精彩酣畅。后半首写"朋知来问腆我颜,杖藜强起依僮仆。语尽还成开口笑,提携别扫清溪曲"的心理和表情,尴尬诙谐而生动传神。所以卢世㴶称此诗"任诞排调,颓然天放"③。

此外,《可叹》以四句起兴引出全诗主旨:"天上浮云如白衣,斯须改变如苍狗。古往今来共一时,人生万事无不有。"④在里谣式的俗白语言中融入佛偈的理趣。然后叙述王季友被妻子抛弃之事,以及李勉敬待王季友而不疑其小节的大度,风格朴实而怪异。《负薪行》和《最能行》批评地方风俗,落笔也近于俚俗。总之,杜甫的七古风格正如

---

① 《寄韩谏议注》,《杜诗镜铨》下册,第 798 页。

② 《醉为马坠,群公携酒相看》,《杜诗镜铨》下册,第 752—753 页。

③ 卢世㴶《读杜私言》,《全明诗话》第六册,第 4379 页。

④ 《可叹》,《杜诗镜铨》下册,第 879 页。

《唐诗镜》所说:"(少陵)五七古诗雄视一世,奇正雅俗,称题而出,各尽所长,是为武库。"①

## 二 随物赋形的体调变化

　　杜甫七古歌行的风格多变与其体调的创变密切有关。所谓体调变化,指篇法结构、声调韵律的多种处理方式。所谓随物赋形,指杜甫每首七古都会根据内容和情绪的变化采取不同的章法和韵律。如上文所举《奉先刘少府新画山水障歌》开头以真境拟画境,突兀而起;结尾从画境入真境,攸然而逝。章法的灵变更能烘托意境的缥缈奇幻。《荆南兵马使太常卿赵公大食刀歌》上下半篇,各分两韵,并连用豪韵十七句,后半转入纸韵十五句。以句句韵一气滚出,更增添了豪壮的气势,前人认为这种押韵法也是少陵独创。管世铭说:"杜工部七言古诗,随物赋形,因题立制。"②正说出了杜甫七古风格随赋咏对象而异,根据题材和题目确立体制的特点。

　　在杜甫七古的众多"创格"中,《饮中八仙歌》是最有代表性的一篇:

> 知章骑马似乘船,眼花落井水底眠。
> 汝阳三斗始朝天,道逢曲车口流涎,恨不移封向酒泉。
> 左相日兴费万钱,饮如长鲸吸百川,衔杯乐圣称避贤。
> 宗之萧洒美少年,举觞白眼望青天,皎如玉树临风前。
> 苏晋长斋绣佛前,醉中往往爱逃禅。
> 李白一斗诗百篇,长安市上酒家眠。
> 天子呼来不上船,自称臣是酒中仙。
> 张旭三杯草圣传,脱帽露顶王公前,挥毫落纸如云烟。

---

① 《唐诗镜》卷二一"盛唐第十三","杜甫"条下评语,《四库全书》集部八。
② 管世铭《读雪山房唐诗序例·七古凡例》,《清诗话续编》第三册,第1549页。

> 焦遂五斗方卓然,高谈雄辩惊四筵。①

八仙虽然都是醉酒,但醉态各不相同,杜甫善于抓住他们各自最突出的特点,三言两语就将人物勾勒得栩栩如生。贺知章醉中自得,可以达到水陆不分、醒醉两忘的程度。汝阳王酒后上朝,不顾朝廷规矩。而左相李适之罢官后在醉中可以无视宦海浮沉。崔宗之的风姿表现了醉仙的高洁脱俗。苏晋醉中摆脱了佛门戒律的约束。李白是不受君命的酒中仙。张旭醉后狂草,在王公贵族前不讲礼节。焦遂醉后高谈雄辩,放浪形骸。饮中八仙的共同特点是将醉醒行迹、王公至尊、仕途富贵、世俗人情乃至佛门清规等统统置之度外的高迈绝尘之气。但杜甫此诗作于李适之罢相之后,李林甫已经在大规模迫害开元贤臣。杜甫在此时赞美这种狂放、旷达和自由的开元精神,更深的用意值得玩味。这首诗的章法,人称"古未曾有"。歌行写人物,盛唐时较少见,仅李颀擅长,但也没有这种集合八个人物、一人一节的写法。全诗无头无尾,八个人中除李白用四句歌咏以外,汝阳王、左相、宗之、张旭四人分别用三句,贺知章、苏晋、焦遂三人分别用两句,而各置于篇头、篇中、篇尾。所以八人并非八章的拼合,而是错落有致,条理井然。贯穿其中的主线则是深蕴在这些人物狂态中的共同的精神内涵。所以王嗣奭说:"此创格,前无所因,后人不能学。"②

同是描写人物的《魏将军歌》被前人称为"另作一体":

> 将军昔著从事衫,铁马驰突重两衔。
> 被坚执锐略西极,昆仑月窟东崭岩。
> 君门羽林万猛士,恶若哮虎子所监。
> 五年起家列霜戟,一日过海收风帆。
> 平生流辈徒蠢蠢,长安少年气欲尽。

---

① 《饮中八仙歌》,《杜诗镜铨》上册,第17—18页。
② 王嗣奭《杜臆》,第8页。

> 魏侯骨耸精爽紧,华岳峰尖见秋隼。
> 星躔宝校金盘陀,夜骑天驷超天河。
> 欃枪荧惑不敢动,翠蕤云旗相荡摩。
> 吾为子起歌都护,酒阑插剑肝胆露,钩陈苍苍玄武暮。
> 万岁千秋奉圣明,临江节士安足数!①

这首诗写一个曾在边塞立过大功的将军如今在朝廷宿卫,原是盛唐边塞歌行的题材。但此诗以夸张与想象相间的手法描写他的英姿,壮丽奇伟更超过盛唐。开头先给主人公一个身着戎衣、铁马驰突于西极的特写,将他披坚执锐横扫的地方夸张到昆仑月窟以西;然后再以长安少年的愚蠢庸碌反衬他的精爽气骨,以至可用华山顶峰上的秋鹰来比喻;接着以骑着天马超越天河形容他夜巡京师的威武形象,以天上的妖星欃枪和火星荧惑都不敢动来夸张他的勇猛;这些都以似奇似幻的笔法将魏将军写得虎虎如生,如神将下凡。全诗韵律前缓后紧,先是前八句转韵,中间四句一转,最后五句分为三句和两句一节,转为句句韵,就像击鼓一样,越打越快,豪壮而紧捷的音节与人物的精神气魄正相得益彰。

《白丝行》借梁陈歌行寄托情怀,风格之艳丽在杜诗中少见:

> 缫丝须长不须白,越罗蜀锦金粟尺。
> 象床玉手乱殷红,万草千花动凝碧。
> 已悲素质随时染,裂下鸣机色相射。
> 美人细意熨帖平,裁缝灭尽针线迹。
> 春天衣著为君舞,蛱蝶飞来黄鹂语。
> 落絮游丝亦有情,随风照日宜轻举。
> 香汗清尘污颜色,开新合故置何许?

---

① 《魏将军歌》,《杜诗镜铨》上册,第94页。

君不见才士汲引难,恐惧弃捐忍羁旅。①

全诗四句一层,前三层以鲜丽的色彩和细腻的笔墨描写织丝、下机、熨烫、裁缝的过程,以及身着丝衣在春风丽日中招蜂引蝶的光鲜;末四句惜丝衣被香汗清尘所污而弃置,引出结尾主旨:"叹士人媚时,徒失其身,终归弃置。故有志者,宁守贫贱也。全首托兴,正意只结处一点。"②诗以赋法层层渲染白丝的精美,本来是梁陈歌行常见的写法,但此诗咏物灵动真切,这种锦心绣口远非梁陈诗人所及,对白居易《红线毯》《缭绫》一类歌行有明显的影响。同时语调平缓从容,却全篇押仄韵,又使音节变得紧凑,隐约透露出才士在羁旅中蹉跎光阴的焦急心情,韵与调之间这种相互节制的处理方式,也是"新调"。

《桃竹杖引赠章留后》③的新格则表现在长短句式的处理。诗人在接受章留后所赠竹杖后,忽然凌空设想自己即将"乘涛鼓枻白帝城,路幽必为鬼神夺,拔剑或与蛟龙争",因珍爱竹杖而担忧必为鬼夺龙争,由此转为祝告此杖:"重为告曰:杖兮杖兮,尔之生也甚正直,慎勿见水踊跃学变化为龙,使我不得尔之扶持,灭迹于君山江上之青峰!噫!风尘澒洞兮豺虎咬人,忽失双杖兮吾将曷从?"这段杂言采用散文句和骚体相杂的句法,尤觉节奏跳跃动荡,也使竹杖入水化龙的想象更加恍惚莫测。这一想象虽据《神仙传》中费长房骑竹杖化为青龙的故事,但杜甫由此生出将令自己灭迹江上的危言,应不仅是夸张自己对竹杖的依赖。联系章留后多行不法及蜀中军阀常有叛乱的事实来看,诗人突出了风尘澒洞、豺虎咬人的时代背景,当暗含警戒章留后"学变"之深意,但这样的"微旨"隐含在这段祝告中,又在似有若无之间。难怪钟伯敬称其"调奇、法奇、语奇"④。

---

① 《白丝行》,《杜诗镜铨》上册,第47页。
② 《杜诗镜铨》上册,第47页杨伦评。
③ 《桃竹杖引赠章留后》,《杜诗镜铨》上册,第480—481页。
④ 王嗣奭《杜臆》上册,第175页引。

《韦讽录事宅观曹将军画马图》,与《丹青引》主题相同,均借曹霸画马寄托盛衰之感。其结构则别具一格:

> 国初已来画鞍马,神妙独数江都王。
> 将军得名三十载,人间又见真乘黄。
> 曾貌先帝照夜白,龙池十日飞霹雳。
> 内府殷红玛瑙盘,婕妤传诏才人索。
> 盘赐将军拜舞归,轻纨细绮相追飞。
> 贵戚权门得笔迹,始觉屏障生光辉。
> 昔日太宗拳毛䯄,近时郭家狮子花。
> 今之新图有二马,复令识者久叹嗟。
> 此皆骑战一敌万,缟素漠漠开风沙。
> 其余七匹亦殊绝,迥若寒空动烟雪。
> 霜蹄蹴踏长楸间,马官厮养森成列。
> 可怜九马争神骏,顾视清高气深稳。
> 借问苦心爱者谁,后有韦讽前支遁。
> 忆昔巡幸新丰宫,翠华拂天来向东。
> 腾骧磊落三万匹,皆与此图筋骨同。
> 自从献宝朝河宗,无复射蛟江水中。
> 君不见金粟堆前松柏里,龙媒去尽鸟呼风!①

先从曹霸当初为先帝画"照夜白"在内府权门引起的轰动说起,引出昔日太宗"卷毛䯄"与近日郭家"狮子花"两匹名马的对举。再由此二马带出新图绢素上的其余七匹骏马,再概括九马共同的神骏。三次形容画马,角度各不相同:"照夜白"在龙池如霹雳震飞;"卷毛䯄"和"狮子花"如同在绢素上扬起风沙,正要出征;其余七匹则在寒空中踏着霜蹄,犹如搅动烟雪。然后由九匹画马说到明皇巡幸新丰时的三万匹真

---

① 《韦讽录事宅观曹将军画马图》,《杜诗镜铨》上册,第531—533页。

马。中间还拈来各种可供比较的人物和类似的场景，如以内府的赏赐和权贵的珍爱渲染曹霸之画的贵重，以江都王衬出曹霸的神妙，以支遁牵出韦讽的善识骏马。最后陡转为明皇已逝、龙媒去尽的哀叹。文势如天马行空，一气舒卷，而不见变化痕迹。

杜甫赠人的七古歌行与他的五古一样，风格体制也随人而异。如《病后过王倚饮赠歌》①、《阌乡姜七少府设鲙，戏赠长歌》因赠诗对象不是作诗之辈，所以用方言俗语，语意明白易懂，而且都善用生动逼真的细节描绘出鲜活的款待场景。但为避免过于浅俗，两诗体调也不同。前诗中的王倚是布衣，所用文字也较俗白。所以在叙述中拆单行为对偶句，与散句交替，如开头赞美王倚为人难得："麟角凤觜世莫识，煎胶续弦奇自见。尚看王生抱此怀，在于甫也何由羡？"又形容自己的疾病："疟疠三秋孰可忍？寒热百日相交战。头白眼暗坐有胝，肉黄皮皱命如线。"其实都是两句重复一意，这就使普通的家常话显得更加恳切真挚。后诗中的姜少府是官场中人，需要风雅的修饰。为赞美姜侯设鲙招待的盛情，开头借用神话传说，形容凿冰会惊动河伯的宫殿，将捕鱼者比作水底的鲛人。而形容厨子切鱼和烹烩的技巧："无声细下飞碎雪，有骨已剁觜春葱。""落砧何曾白纸湿，放箸未觉金盘空。"则语言精美，描绘逼真，将俗事写成了雅事。最后写告辞的情景："新欢便饱姜侯德，清觞异味情屡极。东归贪路自觉难，欲别上马身无力。"将自己饱食之后浑身酥软无力的情状写得极为真切，道出了诗人对姜侯礼轻情意重的理解和感恩之心。

杜甫各种不同题材的创体还有很多。如《忆昔二首》②其一议论代宗出逃陕州之事，一韵到底，全用平韵。但打破歌行四句一节的常规，活用魏晋诗的句句韵和五句体。前半篇四句用一二四押韵的歌行诗节，后接五句，首句及第四句不入韵，二三五句押韵："邺城反复不足

---

① 《病后过王倚饮赠歌》，《杜诗镜铨》上册，第37—39页。
② 《忆昔二首》，《杜甫镜铨》上册，第497—498页。

怪,关中小儿坏纪纲。张后不乐上为忙。至令今上犹拨乱,劳心焦思补四方";后八句首句及第七句不押,其余句句押。由于全诗内容和时间跨度很大,这种双句韵和句句韵灵活交替的节奏,便于形成一句一事连续叙述和自由议论的体制。又如《忆昔行》①全用记述的笔调回忆当初到小有洞去寻找华盖君的过程。首尾散句,中间用参差不同的对句,多是词类不对而词性相近的硬对,读来却貌似散句。如"千崖无人万壑静,三步回头五步坐""秋山眼冷魂未归,仙赏心违泪交堕""弟子谁依白茅屋,卢老独启青铜锁""玄圃沧洲莽空阔,金节羽衣飘婀娜""松风涧水声合时,青咒黄熊啼向我",这就与散句叙述的脉络非常协调。

总之,杜甫七古歌行的体制随题材和风格及描写对象千变万化,即使相同的题材,也找不出两首体调完全相同的作品。不拘定法,因题立制,正是诗人艺术创新的不可企及之处。

### 三 传神写意的咏物笔法

杜甫的七古歌行中,除了反映时事和抒发日常生活杂感以外,不少是题画、咏物和描写人物之作,这就涉及如何处理形神和形意关系的问题。南朝以来七古歌行多用赋法渲染,逐貌求新,重视形似。杜甫在不少诗里表达了重视气势、骨力的理念,并且付之于七古歌行的创作实践。以传神写意的笔法赋咏对象,成为他艺术创新的一大亮点。

如《戏题王宰画山水图歌》:

十日画一水,五日画一石。
能事不受相迫促,王宰始肯留真迹。
壮哉昆仑方壶图,挂君高堂之素壁。
巴陵洞庭日本东,赤岸水与银河通,中有云气随飞龙。
舟人渔子入浦溆,山木尽亚洪涛风。

---

① 《忆昔行》,《杜诗镜铨》下册,第917—918页。

尤工远势古莫比,咫尺应须论万里。
　　焉得并州快剪刀,剪取吴松半江水?①

这首诗写王宰的山水图,不独神气飞动,而且提出了重要的艺术见解。开头先强调王宰作画的速度之慢。而如此之慢,不但见出其认真严肃、不肯苟且的创作态度,也可以见出他的性情涵养,以及须从容构思、细致刻画才能尽其"能事"的艺术作风。这样画出的真迹,气势果然不同凡品。其山,似乎从西天的昆仑直到东海的方丈;其水,似乎从巴陵的洞庭直到日本的东洋,浩瀚的洪波激荡赤岸、上通银河。风涛之中若有云龙腾飞,暗用《庄子·逍遥游》中姑射山神人乘云气御飞龙,而游乎四海之外的典故,可见水势已到天地四海之外。而这画上究竟画的是什么?直到"舟人渔子入浦溆,山木尽亚洪涛风"这两句,才点出图上画的是渔人乘船进入水浦,风涛所向、山树披靡的情景。由于观画者从图上感受到的首先是壮阔的气势,所以自然得出"尤工远势古莫比,咫尺应须论万里"的赞语。这既是对画的评价,也是精辟的画论。而与此相应,全诗形容图中山水,也莫不是从"远势"着眼。将杜甫的写画和论画联系起来看,画有远势,就意味着必须脱略形似,画出气势;画家能够思接千载,视通万里,才会在有限的尺幅之中给人无限的想象。中国绘画艺术中的这一重要理论正是杜甫在这首诗里首先提出的。

《丹青引赠曹将军霸》②也是一首精彩的题画诗。开头用两番大起大落的对比,将曹霸的家世和以画成名的经历迅速带过:"将军魏武之子孙,于今为庶为清门。英雄割据虽已矣,文采风流今尚存。"随即写他曾在开元时参与修缮凌烟阁的荣耀:"凌烟功臣少颜色,将军下笔开生面。良相头上进贤冠,猛将腰间大羽箭。褒公鄂公毛发动,英姿飒爽来酣战。"凌烟阁二十四功臣,如果一一描写,必定不能讨好。杜甫只用四句诗点出良相之冠和猛将之箭,区划出文武两班功臣的不同特点,

---

① 《戏题王宰画山水图歌》,《杜诗镜铨》上册,第 327 页。
② 《丹青引赠曹将军霸》,《杜诗镜铨》上册,第 529 页。

然后选择褒公鄂公这两幅最有特色的画像,称其毛发如动,英姿飒爽,望去仿佛仍在拼搏厮杀,其余画像的生动也就不难想见。这几句大笔写意,如云中之龙,仅见一鳞一爪而首尾俱在。语气粗犷,几近白话,但与画上人物气质极为协调,曹霸质朴雄健的画风也宛然可见。经过以上充分铺垫后,诗人才推出曹霸画马的最高潮:"诏谓将军拂绢素,意匠惨澹经营中。须臾九重真龙出,一洗万古凡马空"四句,一气写出曹霸接旨拂绢,凝神构思,须臾而成的过程,抓住画成之时观众还来不及从画家迅速的动作中反应过来,就顿觉天下凡马尽皆失色的最初印象,使画马跃然纸上。接着笔锋忽然一转,又拉出韩幹作为陪衬。韩幹是曹霸的入室弟子,也不是凡手,尚不能画出骅骝的气骨,更可见曹霸的高超连名手都无人能及。韩幹画马形体肥壮,是皇帝厩马的真实写照,也反映了唐人普遍以丰腴为美的欣赏标准。但杜甫此处语带抑扬,一则是以韩幹画肉反衬曹霸画骨之长;二则也与他偏爱气骨峥嵘、瘦硬传神的艺术趣味有关。最后由曹霸今日落魄的遭际感叹:"但看古来盛名下,终日坎壈缠其身!"由曹霸境遇推及古来才士盛名之下往往失意的普遍规律。这首诗能融精辟的艺术见解于传神的咏画技巧之中。无论写人写马,只从神气着墨,与曹霸画骨传神的笔意可谓相得益彰。诗中强调骨力的主张和杜甫在《戏题王宰画山水图歌》里强调远势的观点相通,对于中国绘画理论的发展有重要意义。

《题李尊师松树障子歌》[①]和《戏韦偃为双松图歌》[②]是两首写画松的歌诗。前诗先写梳头时有玄都道士来送画的过程,然后面对画障:"障子松林静杳冥,凭轩忽若无丹青。阴崖却承霜雪干,偃盖反走虬龙形",凭轩观画只感受到松林的深静,不觉得眼前有画,以错觉烘托画松的逼真。后半首写观画的兴致和感触:"老夫平生好奇古,对此兴与精灵聚。已知仙客意相亲,更觉良工心独苦。松下丈人巾屦同,偶坐似

---

① 《题李尊师松树障子歌》,《杜诗镜铨》上册,第187页。
② 《戏韦偃为双松图歌》,《杜诗镜铨》上册,第328页。

是商山翁。怅望聊歌紫芝曲,时危惨澹来悲风。"平生爱好奇古的诗人对着画引起与精灵聚会的兴趣,松树下的丈人让他猜测可能是四皓,于是不觉唱起了商山翁的《紫芝曲》,但身处乱世的诗人不可能隐居,惨淡的悲风似是来自松林,更是来自时世。障子上的松树形态和松下的丈人,只用少量笔墨作粗线条勾勒,画面内容主要从画中意境引起的联想与诗人和绘画的精神交流见出,可说是以意写形。而"更觉良工用心苦"又说出了画家经过苦思才能独具匠心的道理,用意之深,不仅适合于绘画,也适用于所有的艺术。《戏韦偃为双松图歌》的画面大致与李尊师松林障子相同,但写法又不同。开头十分大气:"天下几人画古松,毕宏已老韦偃少。"突出韦偃为不可多得的高手。然后先写其画毕的效果:"绝笔长风起纤末,满堂动色嗟神妙!"再将观者带进惊悚的画境:"两株惨裂苔藓皮,屈铁交错回高枝。白摧朽骨龙虎死,黑入太阴雷雨垂。"以龙虎骨朽形容老松皮裂干蚀,突出其剥落之处的"白",以雷雨密布形容松盖之茂密,突出其气象阴森的"黑",令人从气势的慑人去想象画松的古老苍劲。而诗人笔力的苍古遒劲更胜于画松的古姿奇气。

　　杜甫有多首咏马诗,与他写画马一样,均以虚实相生、善于传神见长,如《沙苑行》①从不同角度层层渲染天马出自渥洼的来历,养于白沙、青草丰茂的环境,渐次突出"逸群绝足信殊杰"的骁骥,至"累累塠阜藏奔突,往往坡陀纵超越。角壮翻同麋鹿游,浮深簸荡鼋鼍窟"四句形容天马驰骋的活力,达到高潮。由于将龙马的比喻化为龙能浮水直入鼋鼍之窟的想象,结尾顺势横生一波:"泉出巨鱼长比人,丹砂作尾黄金鳞。岂知异物同精气,虽未成龙亦有神。"以泉中巨鱼与龙马精气相感,与开头天马"渥洼生"的来历相呼应,以含义微妙引人遐想。全诗始终没有对马的形态作正面描写,只是强调马的骨品和神气的超凡

---

① 《沙苑行》,《杜诗镜铨》上册,第91—92页。

逸群。《骢马行》①从邓公有马癖说起，先渲染他新得大宛花骢的传闻，引起"思一见"的悬念，等牵来之后先只见神气竦动左右，然后正面写马："雄姿逸态何崷崒，顾影骄嘶自矜宠。隅目青荧夹镜悬，肉鬃碨礧连钱动。"也是从姿态的雄逸和顾影自盼的神情写出马的骄矜。对花骢的形貌则抓住最能突出其精神的两个特征：一是双目闪着青光如同悬镜，可见其锐利有神；二是肌肉饱满突起，浑身的连钱毛纹都跟着颤动，可见其强健有力。妙在以形传神，于静态中见动态。此后的渲染都从侧面着笔：试验此马时以香罗帕覆于马身，观其赤汗，补叙此马为汗血的来历；又夸张其昼发泾渭、夜趋幽并的快速；最后预期此马必当腾跃天衢。这就将骢马的不凡渲染得淋漓尽致。此外，《李鄠县丈人胡马行》②前半篇都是虚写关于马的传闻，后半篇写亲眼见马，则是实写。同是以形传神，所抓特征又与《骢马行》不同："头上锐耳批秋竹，脚下高蹄削寒玉。"古代马官为使马耳灵敏，遇险不惊，常以竹批其双耳。③马蹄坚如削玉，可见其腾足之轻快，这都是千里马的特征。而最精彩的还是结尾："凤臆麟鬐未易识，侧身注目长风生。"侧身注目之中，便有长风生于足下，不但写出千里马之神韵，更可见出"英雄未遇，磊落自负光景"④。

　　杜甫的咏物歌行都有寄托。借物寓意，必须与物的形态特征对应，从物的特征中抽绎出可与寓意类比的方面。而歌行需要铺陈，一般难免细致描写所咏对象的形貌特征。杜甫则善于由神见形，借形托意，即使咏物也能脱略形似而注重神采气势。如《古柏行》：

---

① 《骢马行》，《杜诗镜铨》上册，第92—93页。
② 《李鄠县丈人胡马行》，《杜诗镜铨》上册，第211页。
③ 据李黼平《读杜韩笔记》卷上，郑玄注《周官》"庾人职"中"散马耳"云："以竹括押其耳。头动摇则括中物，后遂串习不复惊。"诗用此注，批，即括。马官常用竹括押马耳，马不易惊。见张寅彭选辑《清诗话三编》第六册，第4459页，上海古籍出版社，2014年。
④ 《杜诗镜铨》上册，第211页引张上若评。

孔明庙前有老柏,柯如青铜根如石。
霜皮溜雨四十围,黛色参天二千尺。
君臣已与时际会,树木犹为人爱惜。
云来气接巫峡长,月出寒通雪山白。
忆昨路绕锦亭东,先主武侯同閟宫。
崔嵬枝干郊原古,窈窕丹青户牖空。
落落盘踞虽得地,冥冥孤高多烈风。
扶持自是神明力,正直元因造化功。
大厦如倾要梁栋,万牛回首邱山重。
不露文章世已惊,未辞剪伐谁能送?
苦心岂免容蝼蚁,香叶终经宿鸾凤。
志士幽人莫怨嗟,古来材大难为用!①

这首诗咏夔州诸葛亮庙的古柏树,是杜甫咏物诗中的名篇。全诗均从渲染气势落笔,仅开头四句描绘古柏的形状,也主要是用比喻和夸张强调它根干的坚挺结实和树身的无比高大,为后面的传神奠定基础。两千尺高和四十人合抱,极写其参天的气势。以下再进一步说明老柏之所以能长成如此大材,是因为它作为蜀汉君臣风云际会的历史见证,受到历代人民的爱惜。"云来气接巫峡长,月出寒通雪山白"两句勾勒出蜀国的东界和西境,更是极力烘染柏树耸立阴森的气象在蜀国境内远近都能感知。然后笔锋一转,拉出成都孔明庙里的古柏作为对比,借成都古柏得地利之宜反衬夔州古柏恶劣的地势环境,又从神明呵护、造化钟灵的角度写出古柏不畏风霜的正直品格。待将古柏材大无比的势头造足之后,语意却突然转折,强调古柏虽是大材,发现和输送却很困难。长此以往,柏心虽苦终究难免于蝼蚁寄居,幸而柏叶清香还会有鸾凤栖宿。最后大声呼吁:"志士幽人莫怨嗟,古来材大难为用!"点出全篇咏

---

① 《古柏行》,《杜诗镜铨》下册,第 599—600 页。

古柏的旨意所在。由于古柏的品格寄托了人民的爱心、集中了造化的伟力,这些才性也正是人间大才的根本条件,所以直接发为人才难用之叹就非常自然了。此诗以正笔穿插侧笔,由古柏气势见出其根干、枝叶、树心,可谓神中求形。同时借柏喻人,人与物双关,所以寓意也水到渠成。

总而言之,杜甫的七言古诗和歌行取得了登峰造极的成就。他虽以沉雄跌宕、激壮奔放为基本风格,但在艺术风格、体制声调、表现手法等各方面都能随物赋形,千变万化,并在此基础上开创了不少新格和新调。除了首先利用"行"诗和七古宜于叙述的特性来陈述时事的重大创新之外,他还区分了短篇和长篇七古的体调,显示了"歌"诗、"行"诗和七古的抒情脉络、节奏幅度的差异,为后人进一步探索七言古诗和歌行的体式潜力及表现艺术开启了无数法门。

# 第五章　五律的"独造"和"集大成"

杜甫的各体诗歌中,五律的数量是最多的。据统计有630首①,占其全部诗歌1458首的43.2%。前代论者中除了极少数人批评杜甫五律有粗率之处以外,绝大多数都对其成就评价极高,认为杜甫的长处在于气象规模宏大,错综变化远超前人。此说以胡应麟的论断最有代表性:"惟工部诸作,气象巍峨,规模宏远,当其神来境诣,错综幻化,不可端倪,千古以还,一人而已。"②胡震亨曾综合胡应麟论杜甫五律的多条见解,谓杜"纵横变幻,尽越陈规,浓淡深浅,动夺天巧。百代而下,当无复继"③。

五律是初盛唐发展最成熟的一种诗体,盛唐各家都有其独到的成就。那么杜甫的五律如何在继承盛唐诸家的基础上实现自己的超越?不少论者认为杜甫五律最能体现其"集大成"的特点。如胡应麟大量摘出杜甫风格不同的五律佳句④,指出其不但集齐梁初盛唐诸名家之精华,而且开出中唐各派

---

① 统计不含五排。参见莫砺锋《杜甫评传》,第235页,南京大学出版社,1993年。
② 胡应麟《诗薮》内编卷四,第58页。
③ 胡震亨《唐音癸签》,第91页。
④ 如胡应麟说:"'飞星过水白,落月动沙虚',吴均、何逊之精思。'春色浮山外,天河宿殿阴',庾信、徐陵之妙境。'山河扶绣户,日月近雕梁。碧瓦初寒外,金茎一气旁',高华秀杰,杨卢下风。'冠冕通南极,文章落上台。诏从三殿去,碑到百蛮开',典重冠裳,(转下页)

之风格,所以强调说:"杜集大成,五言律尤可见者。"但也有不少论者认为杜甫五律在继承前人之余,还有许多自己的"独造"。至于其独创之处究竟在哪些方面,则没有一致的认识。本章就从"集大成"和"独造"这两个评价出发,谈谈杜甫五律的成就和创新。

## 第一节 题材风格的"包蕴众体"

前人论杜甫五律的"集大成",主要指他能"集诸家之长"和"包蕴众体"。如秦少游所说:"杜子美之于诗,实积众流之长,适当其时而已。""于是子美者,穷高妙之格,极豪迈之气,包冲淡之趣,兼峻洁之姿,备藻丽之能,而诸家之作所不及焉。然不集诸家之长,子美亦不能独至于斯也。""呜呼!子美亦集诗之大成者欤?"①后人也是从包含前人各种风格的角度肯定"集大成"之说。正如潘德舆所说:"微之、少游尊杜至极,无以复加,而其所以尊之之由,则徒以其包众家之体势姿态而已。"②但是人们之所以独推杜甫,还因为他能够"纵横变幻,尽越陈规,浓淡深浅,动夺天巧"。也就是说,在"积众流之长"的基础上,杜甫还有自己超越传统的特色。正如清人翁方纲所说:"杜五律亦有唐调,有杜调,不妨分看之。如欲导上下之脉,溯初、盛、中之源流,则其一种

---

(接上页)沈宋退舍。'耕凿安时论,衣冠与世同。在家常早起,忧国愿年丰',寓神奇于古澹,储、孟莫能为前。'片云天共远,永夜月同孤。落日心犹壮,秋风病欲苏',含阔大于沉深,高、岑瞠乎其后。'退朝花底散,归院柳边迷''花动朱楼雪,城凝碧树烟',王右丞失其秾丽。'地平江动蜀,天阔树浮秦''日月低秦树,乾坤绕汉宫',李太白逊其豪雄。至'岸花飞送客,樯燕语留人',则钱、刘圆畅之祖。'两行秦树直,万点蜀山尖',则元、白平易之宗。'两边山木合,终日子规啼',卢仝、马异之浑成。'山寒青兕叫,江晚白鸥饥',孟郊、李贺之瑰僻。'冻泉依细石,晴雪落长松',岛、可幽微所从出。'竹斋烧药灶,花屿读书床',籀、建浅显所自来。'雨抛金锁甲,苔卧绿沉枪',义山之组织纤新。'圆荷浮小叶,细麦落轻花',用晦之推敲密切。杜集大成,五言律尤可见者。"《诗薮》内编卷四,第71页。

① 蔡梦弼《杜工部草堂诗话》卷一,张忠纲《杜甫诗话校注五种》,第81页。
② 潘德舆《养一斋李杜诗话》卷二,《清诗话续编》第四册,第2183页。

唐调之作,自不可少。"① 唐调指一部分杜诗仍然延续盛唐传统作法和风格,杜调则是杜甫自己的独创。以下就从三方面来看杜甫五律如何处理"包蕴众体"与"尽越陈规"的关系。

## 一 传统风格的继承和创新

杜甫的五律被视为最能体现其"集大成"的诗体,重要原因之一是题材风格"千汇万状,兼有古今"②,能兼取南朝到盛唐的创作传统而加以开拓创新。例如盛唐五律以清新和豪放两大类为主,体现在山水田园和边塞游侠两类题材中。杜甫五律也不乏这类题材和风格,而且有一些不亚于王、孟五律的佳境。例如作于早年的《夜宴左氏庄》:

> 林风纤月落,衣露静琴张。暗水流花径,春星带草堂。
> 检书烧烛短,看剑引杯长。诗罢闻吴咏,扁舟意不忘。③

写庄园静夜景色,是盛唐诗中较多见的题材,且多以幽雅空静见长。这首诗也是一样:微风起于林间,纤纤初月已落。露水渐浓,才能沾湿人衣。夜静无声,始觉琴音清亮。水流花径,水声依稀可闻,妙在"暗"字;星光遥映,草堂犹如剪影,妙在"带"字。前半首写月落夜深的幽静,均通过纤微的景物动态和暗淡的视觉效果来表现。后半首转入夜宴场面。检书和看剑两事对仗,本是写宴席间检书以查证、看剑而吟哦的情景,但也令人想见诗人书剑飘零的意气。文能治国、武能安邦,是盛唐理想的人才模式,也是当时士人主要的两条进身之路。"烧烛短",谓蜡烛渐短,也是惜光阴流逝太快;"引杯长",写举杯痛饮,又是形容胆气之壮。这两句实际上道出了人生苦短当及时建功的心事。结

---

① 翁方纲《石洲诗话》卷一,《清诗话续编》第三册,第 1378 页。
② 潘德舆《养一斋李杜诗话》卷二曾引宋祁赞杜诗"千汇万状,兼有古今"之语,但不满其"第言其体繁变词富有耳",认为还应该从"爱君悼时、追蹑风雅、才力宏厚"方面去认识杜诗。(《清诗话续编》第四册,第 2190 页)不过宋祁所说确是公认的杜甫题材风格的基本特点。
③ 《夜宴左氏庄》,《杜诗镜铨》上册,第 7 页。

尾说座客中以吴音咏诗,勾起作者对吴越之游的回忆,也并不仅仅是写他不忘驾扁舟游吴越的往事,更是双关求取功名而终不忘归隐江湖之意。功成身退,原是盛唐人普遍的立身原则,因此后半首又巧妙地概括了杜甫此时对一生出处进退的思考。扁舟和草堂、花径、林月的田园意象正相协调,因而意境浑成,展现了春夜的静谧和温馨之美。又如《送裴二虬尉永嘉》:

> 孤屿亭何处?天涯水气中。故人官就此,绝境与谁同?
> 隐吏逢梅福,游山忆谢公。扁舟吾已具,把钓待秋风。①

孤屿亭是后人为纪念谢灵运《登江中孤屿诗》,在永嘉江中孤屿上所建之亭。这首诗把即将在永嘉任县尉的裴二置于四围水气的孤屿亭中,在天涯绝境中突出了一个隐吏的形象。这不难令人联想到孟浩然与其在永嘉任职的好友张子容同类诗作的风格。

盛唐诗人普遍都有建功立业的豪情壮志,杜甫早年的《房兵曹胡马》和《画鹰》正以咏物题材体现了同样的意气。《房兵曹胡马》:

> 胡马大宛名,锋棱瘦骨成。竹批双耳峻,风入四蹄轻。
> 所向无空阔,真堪托死生。骁腾有如此,万里可横行。②

这首诗赞美房兵曹的胡马,实际上寄托了自己希望横行万里的雄心和豪气。前半首写大宛马,重在烘托千里马骨相的清峻和精锐:它瘦骨棱棱,好像刀锋;双耳直竖,训习不惊③。后半首以赞叹的口吻写千里马的品质和气势:它所向空阔,一往无前,不畏险阻,堪托死生。如此快捷矫健,自可日行万里,横绝天下。此马骁腾矫捷的气势,也正反映出诗人当时目空一切的锐气。另一首《画鹰》④将画上的苍鹰"竦身思狡兔,

---

① 《送裴二虬尉永嘉》,《杜诗镜铨》上册,第52页。
② 《房兵曹胡马》,《杜诗镜铨》上册,第5页。
③ 此句与《骢马行》中"头上锐耳批秋竹"意同。
④ 《画鹰》,《杜诗镜铨》上册,第6页。

侧目似愁胡"的神情写得栩栩如生,并以"何当击凡鸟,毛血洒平芜"的询问寄托了自己不甘平凡、一飞冲天的大志。两首诗都写得豪放矫健,同时又表现出诗人气骨峥嵘的独特面目。

闺怨诗也是南朝到盛唐的常见题材,杜甫虽然写得很少,但是他在陷贼期间思念妻儿的诗,比一般的闺怨更加情深意长。如《月夜》:

> 今夜鄜州月,闺中只独看。遥怜小儿女,未解忆长安。
> 香雾云鬟湿,清辉玉臂寒。何时倚虚幌,双照泪痕干?①

望月思乡,是中国古诗里常见的主题。此诗的特点首先是从对方着想,不说自己的思家之苦,而是跳过一步,悬想闺中的妻子对此明月,也会像自己一样彻夜难眠,寄情千里。于是,遥怜小儿女不懂思念父亲,也是抒发自己对童稚尚不知乱离失所的无限怜爱。其次是想象妻子望月之久,也就体味出双方相思之深:她乌云般的发髻已被雾气沾湿,洁白的双臂被月光照着感到了寒意,可见伫立在夜月下已经多时。这两句勾勒出妻子笼罩在清辉香雾之中的倩影,真切地描绘了一个似乎近在身旁却又远在天边的幻象。最后"双照泪痕干"一句正好彼己双收,结出双方都盼望着早日团圆的愿望。全诗妙思出于乱离中的至情,所以远比一般的忆内诗感人。《一百五日夜对月》也是一首风格柔婉的闺情诗:

> 无家对寒食,有泪如金波。斫却月中桂,清光应更多。
> 仳离放红蕊,想像颦青蛾。牛女漫愁思,秋期犹渡河。②

冬至后一百五日是寒食节,全诗的离情都从此夜的月色生出。诗人想象砍去月中的桂树,可以使清光更多地照见家中,虽是奇想,却有吴刚砍月中之桂的典故为依据。红蕊是月中丹桂之花,青蛾是美人的双眉③。由月桂而联想到月中姮娥,其实也暗指诗人希望清光照见的那

---

① 《月夜》,《杜诗镜铨》上册,第126页。
② 《一百五日夜对月》,《杜诗镜铨》上册,第130页。
③ "蛾"一作"娥",则指月中仙子。

位含愁蹙眉的闺中人。最后以牛郎织女秋天尚有渡河相会之期的羡慕口吻,反衬出家人不知何时相聚的无奈。"漫愁""犹渡"的语气,似羡似妒,尤其巧妙。

在肃宗朝任职的一年多时间里,杜甫也写下了一些应制类诗歌,风格和盛唐同类题材的五律一样典雅庄重。如《送翰林张司马南海勒碑》:

> 冠冕通南极,文章落上台。诏从三殿去,碑到百蛮开。
> 野馆浓花发,春帆细雨来。不知沧海上,天遣几时回?①

前半首从张司马奉诏往广州南海郡刻碑的意义着眼:朝廷翰林与极海之南相通,将相国所制文章②刻石为碑,可使百蛮文运开化。诗人将这层意思分两层,以"冠冕""南极"与"文章""上台"相对,再以"三殿"与"百蛮"相对,既紧扣题目,又照应到朝廷和南海的地理距离、人文差距,写得堂皇正大。后半首想象张司马此去途中情景,"野馆"两句分别写馆驿和海上景色,以概括其日行夜宿的旅程,色泽滋润清丽,而有绵邈之思致。结尾用张骞寻河源乘槎海上的典故,切合张司马到南海出使之事,十分精当。此外他的《晚出左掖》写白天上朝到黄昏退朝、回归省院的过程,也是盛唐宫廷诗特色:

> 昼刻传呼浅,春旗簇仗齐。退朝花底散,归院柳边迷。
> 楼雪融城湿,宫云去殿低。避人焚谏草,骑马欲鸡栖。③

全诗两句一个时段。首联从白昼宫卫传呼,旗帜仪仗簇拥整齐的上朝景象写起。颔联即转到退朝归院,带出宫省花柳交映的春色。颈联将楼城和宫殿拆开对仗,既符合"楼在城上,故雪融而湿;殿高逼云,故去殿若低"④的道理,又扩大了视野,写出满城雪融而暮云依旧沉沉的天

---

① 《送翰林张司马南海勒碑》,《杜诗镜铨》上册,第179页。
② 第二句原注:"相国制文"。
③ 《晚出左掖》,《杜诗镜铨》上册,第177页。
④ 《杜诗镜铨》上册,第177页引张溍评。

色。尾联自然归到题面的"晚"字,笔致沉稳而清雅。

可见盛唐的常用题材,杜甫不但得心应手,而且能在兼有前人优点的基础上写出自己的个性和特色。

## 二 取材途径的开辟和拓展

在传统题材之外,忧国忧民、感时伤乱是杜甫五律独辟的最重要的题材,这是盛唐和大历诗人都极少涉及的范围。和其他诗体一样,他在陷贼和奔赴行在过程中写下的一些五律,与其他直接反映时事的诗体一样,成为他的"诗史"的组成部分(见第三章第四节二)。而对世乱民困的忧念则渗透在他一生漂泊流离的生涯中。《春望》就是其中最脍炙人口的名作:

> 国破山河在,城春草木深。感时花溅泪,恨别鸟惊心。
> 烽火连三月,家书抵万金。白头搔更短,浑欲不胜簪。①

国破是一朝一代的悲哀,而山河是永恒的存在;破城遇到春天,草木照样生长,自然规律不会因时势的变化而改易。眼前人事和永恒时空的对比,使诗人更强烈地感受着内心的荒凉落寞。但是山河草木虽然无情,诗人却使它们都变成了有情之物,花鸟会同诗人一样因感时而溅泪,因恨别而伤心,足见人间深重的苦难也能惊动造化。花儿带露、鸟儿啼鸣不过是自然现象,而所溅之泪和所惊之心实出自诗人,因此花和鸟的溅泪、惊心只是人的移情。历来称赞此诗移情于景的手法新颖,但它能够感人还是得力于开头两句的深刻含蕴。一春三月,烽火不息,所以家书难得,可抵万金。这句实写自己与家人音讯隔绝,但也说出了一个共通的道理:战乱之中亲人的平安消息比什么都珍贵。由于高度提炼了时人在同类境遇中共同的感受和体会,这两句遂成为后人常用的成语。全诗各联结构严整,对仗精工,声情悲壮,是历代诗歌中最能概

---

① 《春望》,《杜诗镜铨》上册,第128页。

括家国之恨的代表作。

　　杜甫离开朝廷以后开始了漂泊的后半生,写作了大量五律。由于"诗料无所不入",体察生活更加细致深入,五律的题材和风格更趋多样化。感伤身世、悼时伤乱依然是最重要的主题,如《观安西兵过赴关中待命三首》,通过自己观看军队经过的见闻,记录了乾元元年李嗣业统帅西北庭兵马,会同郭子仪讨伐安庆绪的史实。《对雨》《警急》《王命》《征夫》《西山三首》等为吐蕃屡次侵犯而作,《遣愤》《有感五首》对朝廷政治现状提出了全面的批评。《忆弟》《得舍弟消息》等许多思念弟妹的诗折射出中原动荡不定的战场形势,如《月夜忆舍弟》:

　　　　戍鼓断人行,边秋一雁声。露从今夜白,月是故乡明。
　　　　有弟皆分散,无家问死生。寄书长不达,况乃未休兵。①

此诗作于秦州,杜甫的几个弟弟杜颖、杜观、杜丰当时分散在河南、山东各地,战乱四起,下落不明。当此白露明月之夜,思念之情油然而生。戍楼上响起更鼓,警醒诗人身处边关,烽火未息。人行断绝更令人想到各地交通因战争而断绝。秋雁能传书,自然勾起对远方兄弟的思念。"露从"两句将"白露"和"明月"拆开,以"露"和"月"置于句首,使"白"和"明"的比较分外强烈。"有弟"和"无家"的对照也在句首强调出来,故乡之月虽明,却已无家可问音讯。"有弟皆分散"的事实正是"寄书长不达"的原因,更何况兵革未息。后半首句句递进,全诗顿挫有力的节奏感由静夜中的戍鼓声领起,声情冷峻而音节分明,可说是将五律凝练精工的特长发挥到尽善尽美的佳作。

　　杜甫后期更多的五律突破了前人的题材范围,将流寓的环境、人生的思考、时局的变化融合在一起,开创出内容复杂、风格独特的感遇咏怀诗,《遣兴》《秦州杂诗》二十首便是这类题材的典型。如《秦州杂诗》其五:

---

① 《月夜忆舍弟》,《杜诗镜铨》上册,第247页。

鼓角缘边郡,川原欲夜时。秋听殷地发,风散入云悲。
抱叶寒蝉静,归山独鸟迟。万方同一概,吾道竟何之?①

秦州地多边警,川原暮夜的鼓角,在秋风中汇成凄苦的边声,动地而发,散入云端。抱着秋叶噤声的寒蝉,迟迟归山的孤独飞鸟,像是暗示诗人失路的人生处境,从而自然引出结尾的思考:万方多难,无处安宁,自己的人生道路究竟在何处?寒蝉和独鸟虽是前代咏怀诗中常见的比兴意象,但融入悲凉的"秋听",切合诗人的处境,寄托便在有意无意之间,比传统的比兴更加发人深思。

从秦州到蜀中、夔州、荆湘,杜甫的五律多是记录其一时一地的杂感,思念亲友、邻里来往、谈古道今、伤春感秋、即事遣兴、咏物寓意、求田问舍、登临游览、名胜掌故、民情风俗、寻觅古迹、观画论诗,无所不有,类似札记,发挥了五律便于集中描写一事一景一物的长处。尤其是夔州以后的诗歌,将题材扩大到天象、地理、风俗及日常生活的各个方面,正如周廷征所说:"昔人谓之杜诗自夔州后不假斤,盖江山之助,非复宪章汉魏,而取材六朝时也。殆诗家之至宝欤?"②其中数量既多、风格自成特色的题材可举出咏物和田园生活这两类来看,这两类虽是汉魏时期就产生的传统题材,但在杜甫手里,得到极大的开拓,已经远远超出前代取材的传统。

咏物诗在齐梁时蔚为大宗,但不讲寄托,只求用典精妙,刻画物态形貌逼真。从初唐开始,部分咏物诗将言志述怀和咏物结合起来,突破了齐梁一味巧构形似之言的细碎描写。但还有大量只是为社交应酬的咏物诗,李峤的《百咏》就是为时人学习五律咏物技巧而作的大型类书式组诗。盛唐咏物诗普遍有言志感遇类寄托,多用于干谒或自嗟,但数量不太多,更罕见讽刺之旨。杜甫有一些五律咏物诗与写景结合在一起,重在物理的探索。还有更多的咏物诗取材于日常生活中所见的各

---

① 《秦州杂诗》其五,《杜诗镜铨》上册,第240页。
② 周廷征《诗法源流后序》,《全明诗话》第一册,第157页。

种动植物,主旨的丰富多变远非前人能及,如钟惺所说:"少陵如《苦竹》《蒹葭》《胡马》《病马》《鸂鶒》《孤雁》《促织》《萤火》《归雁》《归燕》《鹦鹉》《白小》《猿》《鸡》《麂》诸诗,有赞美者,有悲悯者,有痛惜者,有怀思者,有慰藉者,有嗔怪者,有嘲笑者,有劝戒者,有计议者,有用我语诘问者,有代彼语对答者;蠢者灵,细者巨,恒者奇,缄默者辨,咏物至此,神佛圣贤帝王豪杰具此难着手矣。"① 这段话所论各首咏物诗对物的不同态度语气,既与诗人由物触发的不同感想有关,更体现了与不同主旨相应的多种表现方式。因而能使蠢物见其灵气,由细处见其大义,从平常中见出奇特,使缄默者变得明晰。这些咏物诗有的寄托较为明显,且紧扣物的特征,例如《萤火》:

> 幸因腐草出,敢近太阳飞。未足临书卷,时能点客衣。
> 随风隔幔小,带雨傍林微。十月清霜重,飘零何处归?②

古人认为萤火虫出自腐草,多见于夏秋之交的后半夜。此诗中间两联强调萤火之光的幽微:不足以照亮书卷,只会点染客衣;无论近隔风幔还是远傍雨林,都只见其渺小。尾联指出萤火的短命,秋霜下来,便无处存身。这些都是萤火虫的特征。但首联指出其出于腐草而敢接近太阳,注家都认为明显是比喻宦官接近君王,隔幔傍林则喻其潜形匿迹,地位低微。结尾以嘲笑的口吻预言了那些乱政的宦官必将自行灭亡的下场。此外如《蒹葭》③写"体弱春苗早""摧折不自守"的蒹葭,感伤其"江湖后摇落,亦恐岁蹉跎",比喻质性脆弱的贤人遭遇时穷难以自立;《苦竹》④以"味苦""丛卑"的苦竹比喻贤人能保全节操,虽不为轩冕所重,但能接近幽人,结其霜根。《鸂鶒》《白小》《花鸭》《百舌》都是以比兴为主的咏物诗。

---

① 《杜诗镜铨》上册,第257页引钟惺评。
② 《萤火》,《杜诗镜铨》上册,第258页。
③ 《蒹葭》,《杜诗镜铨》上册,第258—259页。
④ 《苦竹》,《杜诗镜铨》上册,第259页。

也有的咏物诗并非借物比喻,只是由物兴感。如《促织》①写促织声音微细,终夜吟于草根和床下的特性,但并非比喻,而是由促织鸣叫引起久客他乡的感伤。《病马》②因自己的乘马病倒而伤心:"乘尔亦已久,天寒关塞深。尘中老尽力,岁晚病伤心。"最后由病马而结出"物微意不浅"的感慨,更是真挚地抒发了对所有在自己贫贱患难中不离不弃者的感激之情。还有的咏物诗所兴感触寄寓了某些对人生和社会现象的思考。例如《猿》因听到峡中猿鸣想到其特性是"惯习元从众,全生或用奇"③,有保全自己的智能远虑;《麂》则相反,因为"乱世轻全物,微声及祸枢"④,成了庖厨之物;《鸡》则是由夔州鸡鸣"殊方听有异,失次晓无惭"⑤,联想到此地的人情土风,批判了当地的陋俗。这类咏物诗开了后来刘禹锡、柳宗元借动植物寓言的思路。

还有一些咏物诗则介于感物与比兴之间,如《归燕》:

不独避霜雪,其如俦侣稀。四时无失序,八月自知归。
春色岂相访,众雏还识机。故巢傥未毁,会傍主人飞。⑥

诗写归燕经过霜雪,又少有伴侣,希望回到故巢的情景。既饱含着对燕子的同情,又令人联想到诗人经过政治的风霜,希望回归故园的心境。类似的还有《天河》《初月》等,含义均在有意无意之间,更耐人寻味。

由于咏物作法多样,杜甫的咏物技巧也达到能够脱略形似,超神入化的境界,超越了咏物诗历来讲究巧构形似之言的传统。如《秋笛》:

清商欲尽奏,奏苦血沾衣。他日伤心极,征人白骨归。

---

① 《促织》,《杜诗镜铨》上册,第257—258页。
② 《病马》,《杜诗镜铨》上册,第263页。
③ 《猿》,《杜诗镜铨》下册,第830页。
④ 《麂》,《杜诗镜铨》下册,第830页。
⑤ 《鸡》,《杜诗镜铨》下册,第831页。
⑥ 《归燕》,《杜诗镜铨》上册,第257页。

> 相逢恐恨过,故作发声微。不见秋云动,悲风稍稍飞。①

笛声是咏物诗的常见题目。此诗不同前人之处在于所咏的是远远传来的微弱笛音。前半首没有正面落笔,而是从笛声为什么没有尽情奏出悲声着想,说是因为尽奏会导致血泪沾衣,联想到征人白骨归来的情景伤心至极。后半首假设与吹笛者相逢,恐怕因笛音太响而不胜长恨,所以发声微弱,连天上的秋云也未震动,只是悲风轻飞而已。除了第六句以外,全诗没有一笔拘泥于实写笛声,均从虚处烘托。由此也可看出杜甫咏物善于传神的高妙。

杜甫在草堂时期和夔州时期主要过着在江村闲居的生活,大量作品描写田园生活和风物,从题材来看,可以归为田园诗。盛唐田园诗继承了陶渊明田园诗的精神旨趣,以赞美淳朴宁静的隐居生活为主,和山水诗一样,善于在五律中营造天然清新的意境。杜甫的部分田园诗也有陶王意趣。例如《寒食》:"寒食江村路,风花高下飞。汀烟轻冉冉,竹日净晖晖。田父要皆去,邻家问不违。地偏相识尽,鸡犬亦忘归。"②风致不减桃花源。《屏迹三首》其二:

> 用拙存吾道,幽居近物情。桑麻深雨露,燕雀半生成。
> 村鼓时时急,渔舟个个轻。杖藜从白首,心迹喜双清。③

用拙存道是陶渊明反复提及的庄子思想,雨露桑麻也是陶诗中常见的意象。心迹双清虽然借用了谢灵运的"心迹双寂寞",却是最能概括陶渊明的心地和形迹的。杜甫也自称是陶潜的知己:"此意陶潜解,吾生后汝期。"④又如《遣意二首》其一写草堂景色:"一径野花落,孤村春水生。"⑤《田舍》写远离市井的环境:"田舍清江曲,柴门古道旁。草深迷

---

① 《秋笛》,《杜诗镜铨》上册,第 261 页。
② 《寒食》,《杜诗镜铨》上册,第 351 页。
③ 《屏迹三首》其二,《杜诗镜铨》上册,第 388 页。
④ 《可惜》,《杜诗镜铨》上册,第 349—350 页。
⑤ 《遣意二首》其一,《杜诗镜铨》上册,第 342—343 页。

市井,地僻懒衣裳。"①也都是盛唐田园诗的本色。《江亭》是最有陶王理趣的一首诗:

> 坦腹江亭卧,长吟野望时。水流心不竞,云在意俱迟。
> 寂寂春将晚,欣欣物自私。故林归未得,排闷强裁诗。②

开头借用王羲之坦腹东床的典故,写出了诗人和王羲之同样放达的姿态。春暖时坦腹江亭,长吟诗篇,眺望田野,很像谈玄说理的东晋文人那种超然闲静的风姿。在观览自然时体会到水流不滞、心亦不竞、闲云自在、意与俱迟的兴味,也与陶、王同样具有淡然物外、优游观化的理趣。心随水流,容与不迫,意如闲云,随其飘止,表现了人心与云水的默契,在造化中得大自在的顿悟。这正是山水田园诗派所表现的纯任自然的意趣。暮春之时,光阴将晚,时间的流转是自然之道,万物欣欣向荣,都各自在造化中得其所适。所以"寂寂"两句也是得道之语。然而杜甫并没有因为参透这些玄理而达到乘化委运的境界,这是他和陶王的根本区别。所以结尾还是回到了不能回归故乡的苦闷中。

　　明清推崇陶渊明、王维的一派诗论往往批评杜甫缺乏"泠然独往之趣",即缺少陶、王诗中悠游自适、澄怀观道的意趣。此论不无道理。"泠然"和"独往"都出自《庄子》,指在精神上独游于天地之间,不受任何外物阻碍的极高境界。在后世诗文中,常用此类词语代指出家修道或者隐居的心迹。盛唐诗人多用来表现在山水中体悟的任自然的玄理。杜甫并非不懂此趣,只是没有那种高蹈出尘的环境和志向而已。只有当他在草堂得到暂时的安宁之时,才能写出陶、王那样的田园诗。不过他与陶、王最大的不同在于,即使身在田园,他也没有一刻忘记世乱。因此他的田园诗里少有隐士的闲适和恬静,更多的是鼓鼙和烽烟,如《村夜》:"风色萧萧暮,江头人不行。村舂雨外急,邻火夜深明。胡

---

① 《田舍》,《杜诗镜铨》上册,第320页。
② 《江亭》,《杜诗镜铨》上册,第348页。

羯何多难？渔樵寄此生。中原有兄弟，万里正含情。"①《春远》："肃肃花絮晚，菲菲红素轻。日长惟鸟雀，春远独柴荆。数有关中乱，何曾剑外清？故乡归不得，地入亚夫营。"②无论是寂静的村夜还是暮春的田园，都不能让他忧念时事的心平静下来。正如他自己所说："农务村村急，春流岸岸深。乾坤万里眼，时序百年心。"③在这种心境中，杜甫自会透过田园的空静看到贫困和荒凉。像《东屯北崦》："盗贼浮生困，诛求异俗贫。空村惟见鸟，落日未逢人。步壑风吹面，看松露滴身。远山回白首，战地有黄尘。"④这类田园诗已经开了中唐田园诗反映现实弊端的先河。

但杜甫又是个热爱生活的诗人，他的田园中虽少静境，却充满生机。他善于从日常农事、节候变化中捕捉生活兴味，因此取材也更为广泛，观察更为细致，使朝雨晚晴、星月风日、春水秋野、江村草阁、花柳菽麦、蜂蝶莺燕这些田园诗中常见的意象更有生活气息。面对清新美好的景色，杜甫所表现的不是淡泊的出尘之想，而是大自然中无处不在的生命力。例如《春水》：

> 三月桃花浪，江流复旧痕。朝来没沙尾，碧色动柴门。
> 接缕垂芳饵，连筒灌小园。已添无数鸟，争浴故相喧。⑤

阳春三月，春水回复到江流原来的水平面，快速地没过沙尾，波浪的碧色撼动着柴门，带来了钓鱼和灌园的忙碌，更有无数鸟儿在水上争浴。全诗伴随着桃花浪上涨的动态，将春天的田园写得无比活泼，充满生机。又如《江涨》：

> 江涨柴门外，儿童报急流。下床高数尺，倚杖没中洲。

---

① 《村夜》，《杜诗镜铨》上册，第338页。
② 《春远》，《杜诗镜铨》下册，第557—558页。
③ 《春日江村五首》其一，《杜诗镜铨》下册，第555页。
④ 《东屯北崦》，《杜诗镜铨》下册，第861—862页。
⑤ 《春水》，《杜诗镜铨》上册，第348页。

细动迎风燕,轻摇逐浪鸥。渔人萦小楫,容易拔船头。①

这首诗中所写江涨的水流既急又大,听得儿童急报,才下床水已高数尺,刚拄杖水已没过中洲。燕子迎风飞翔,掠过水面,水浪微动而燕子不惊;水鸥浮泛水中,波浪轻摇,而鸥鸟从容闲适。可见这时风并不大,但已波平水满。"轻摇""细动"的实际上不是燕的动态,而是水浪,所以燕要迎风而上;鸥虽自在,还是在逐浪嬉戏。诗人在燕鸥与风浪的关系以及渔人不容易调转船头的动作中,写出了春江迅疾上涨的水势。除此以外,大量日常生活的细节,如除草营屋、进艇引水、送菜送瓜、收稻、树鸡栅、修水筒、课伐木、淘槐叶、种莴苣、摘苍耳等无不囊括于诗,也是杜甫田园诗的一大创新。他夔州时期所写的《课小竖锄斫舍北果林三首》《自瀼西荆扉且移居东屯茅屋四首》其二、《茅堂检校收稻二首》等都是描绘典型的田园生活,又无不植根于夔州荒凉偏僻的环境,显示出当地的气候和风俗特色。这些丰富多样的题材和新鲜的风格都为后代田园诗辟出了新境。

## 第二节 取景造境的"尽越陈规"

### 一 宏伟壮丽的气象境界

五律的特长是写景造境。齐梁时期,由于新体诗的构思讲究含蓄新巧,无论何种题材,都较少直白的抒情,而多用景物衬托,因而写景的对句成为新体诗的重要表现元素。由于五律的对句便于构成不同方位景物的对照关系,所以容易形成空间的对称感和平衡感,而空间感正是营造意境的前提条件。但是如果写景过于繁细,又会破坏营造意境所需要的减、省、略、藏等艺术处理,五律中间两联不多不少正好留出了意

---

① 《江涨》,《杜诗镜铨》上册,第320—321页。

境给人的想象空间。此外,五律每句五字以实字为主,较少用虚字。这就带来了这种体式的另一个优势:五个字的安排组合可以突破五言古诗的语法逻辑,不按常见语序组句。为了造境和立意的含蓄,在文字中间留出更多的想象空间,五律往往追求语言表达上更大的跳跃性,所以在炼句炼字上比其他体裁要求更高,更便于表现出言外之意和味外之旨。这就是五律适宜于营造意境的原理。

明清诗论家多赞美杜甫五律的"胜场"在于境界之壮阔超越前人。其实杜甫取景造境的原理大体本于盛唐。一般而言,境的营造离不开情景关系的处理。自梁陈以来,多数新体诗景物描写失于绮碎,缺乏深刻的寄托,境界限于池苑,空间构造以小景为主。从初唐到盛唐,以景物描写为主的五律发展的途径主要是从小景到大景,尽力扩大空间。盛唐山水诗的空间往往超出视野的局限。孟浩然的《临洞庭》、王维的《终南山》《汉江临泛》就是典型例子。杜甫五律中的广阔空间同样是基于超越视野的原理。所不同的是王、孟的空间是由眼前景向外拓展,杜甫则往往以广大地域的概括取代眼前的取景,对眼前景不作具体的刻画。如"浮云连海岱,平野入青徐"①、"风连西极动,月过北庭寒"②、"剑阁星桥北,松州雪岭东。华夷山不断,吴蜀水相通"③、"云山兼五岭,风壤带三苗"④等等,都是大笔扫过九州的山水风云,至多是粗线条的方位和地理关系的勾勒。而前人所常举的"江山有巴蜀,栋宇自齐梁"⑤、"吴楚东南坼,乾坤日夜浮"⑥,更是在地域中包蕴了广漠的时空和无边的乾坤,从而使他的诗境大到无可再大,"涵茹到人所不能涵茹"⑦。

---

① 《登兖州城楼》,《杜诗镜铨》上册,第 2 页。
② 《秦州杂诗》其十九,《杜诗镜铨》上册,第 246 页。
③ 《严公厅宴同咏蜀道地图》,《杜诗镜铨》上册,第 400 页。
④ 《野望》,《杜诗镜铨》下册,第 965 页。
⑤ 《上兜率寺》,《杜诗镜铨》上册,第 442 页。
⑥ 《登岳阳楼》,《杜诗镜铨》上册,第 952 页。
⑦ 刘熙载《艺概》,第 59 页,上海古籍出版社,1978 年。

就意境的壮阔、气象的宏伟而言,杜甫五律和王、孟、李白只是程度的区别,诚如胡应麟所说:"'山随平野阔,江入大荒流',太白壮语也,杜'星垂平野阔,月涌大江流'骨力过之。'九衢寒雾敛,万井曙钟多',右丞壮语也,杜'星临万户动,月傍九霄多'精彩过之。'气蒸云梦泽,波撼岳阳城',浩然壮语也,杜'吴楚东南坼,乾坤日夜浮'气象过之。'弓抱关西月,旗翻渭北风',嘉州壮语也,杜'北风随爽气,南斗避文星'风神过之。读唐诸家至杜,辄令人自失矣。"①胡应麟所比较的这几组诗句,杜诗确实各有胜场,但主要还是在气象和境界的壮阔上更超过盛唐。如杜甫作于768年初到岳阳时的《登岳阳楼》:

> 昔闻洞庭水,今上岳阳楼。吴楚东南坼,乾坤日夜浮。
> 亲朋无一字,老病有孤舟。戎马关山北,凭轩涕泗流。②

古今咏洞庭湖的名篇不少,其中只有孟浩然的《望洞庭湖赠张丞相》可与杜甫这首诗相媲美:"八月湖水平,涵虚混太清。气蒸云梦泽,波撼岳阳城。"③诗人超出视野的局限,以融入太虚之中的整个身心去感受洞庭云气蒸腾、天水混茫的气势,和洪波涌起、撼动岳阳的伟力,着重在夸张云水和洪波的关系。杜甫这首诗形容洞庭湖的壮观,同样超出了视野的局限,但着眼于它分裂吴楚的地势和包容乾坤的度量,即脱略洞庭湖的水景,从所占地域更拓开到整个天地乾坤。由于星辰日月的循环周转都浮在湖水之上,那么与乾坤对应的洞庭自然是更加浩淼无边了。后半首自叙兵乱中漂泊的孤独,以"无一字"对"有孤舟",无论是无还是有,都极言其小,但极小之身事其实更反衬出境界的阔大。尾联突然转出"戎马关山北"五字,因为关山与乾坤、吴楚的广阔境界相当,而且进一步从东南拓到北方,所以与前半首气象相称。最后凭栏洒泪的诗人又正是对"老病有孤舟"的呼应,而其涕泗则是面对着整个北方

---

① 胡应麟《诗薮》内编卷四,第71—72页。
② 《登岳阳楼》,《杜诗镜铨》下册,第952页。
③ 佟培基《孟浩然诗集笺注》,第105—106页,题作《岳阳楼》,上海古籍出版社,2000年。

的戎马而流,所以胸襟极宽。唐庚赞此诗"气象宏放,涵蓄深远,殆与洞庭争雄"①。确实,杜甫可干造化的笔力以及包容宇宙的襟怀,使他创造了比洞庭湖本身更为壮阔的诗境。

王、孟和李白的壮阔境界主要体现在空间的拓展,杜甫更具实质性的超越还在于五律意境内涵的变化。王、孟、李白的意境多见于山水诗,表现的是精神的"独往",人与自然的合而为一。他们追求的是清除尘俗的一切杂虑,使诗心变得透明清澄,像镜子般映照出自然界的一切,在深沉的观照中体察宇宙的律动和万籁的消息,有时甚至是以自己的空性来印证自然界的空色,其意境必然是以空静为上。这是东晋到盛唐山水诗传统的意境内涵。② 杜甫的壮阔意境固然也表现于部分山水描写,但是其内涵已经不同于王、孟和李白,他所追问的是渺小的个体生命在广阔时空中的位置,乱世之中人生之道的选择。如《旅夜书怀》:

  细草微风岸,危樯独夜舟。星垂平野阔,月涌大江流。
  名岂文章著,官应老病休。飘飘何所似?天地一沙鸥。③

此诗作于杜甫离开草堂后从渝州到忠州的旅途中。系舟于微风吹拂的青草岸边,只有孤独的桅杆高高耸立。这是一个天高气清、春风微熏的静夜。星空低垂,平野广阔无际;大江奔流,月影在波浪中翻涌。这两句一写岸上,一写水中,可与王维的"大漠孤烟直,长河落日圆"相媲美。描写极其壮阔高朗的空间,轮廓勾勒愈是简括,形象就愈是鲜明,王维和杜甫显然都深知这个原理。大漠与孤烟、长河与落日、星星与平野、月亮与大江,都只是简单地勾勒了它们的几何形状和相互垂直的关系,便展开了辽阔无边的境界。但构图的原理虽然相同,二者的意境却差别很大。王维主要是展示了一幅壮丽的大漠落日图。而杜甫在景物

---

① 《杜诗镜铨》下册,第952页引唐庚《子西文录》。
② 参见拙文《论山水田园诗派的艺术特征》(《诗国高潮与盛唐文化》,北京大学出版社,1998年)及《独往和虚舟——盛唐山水诗的玄趣和道境》(《文学遗产》2009年第5期)。
③ 《旅夜书怀》,《杜诗镜铨》上册,第570页。

构图中暗寓着很深的含义：星空平野使人想到宇宙的永恒，月影江流则令人想到时间的流逝。在如此广阔的时空中，细草、危樯更显得渺小孤独。这就自然令诗人联想到自己的身世：声名可以使人永恒，但杜甫追求的岂是因文章而流芳百世；官位可以实现经世济时之志，却又因老病而不得不罢休。无论是身后之声名，还是生前之功业，都没有成就，何况一生漂泊不定，像一只到处飘游的沙鸥，所以就更觉得自己在天地间的渺小。因而这首名作不仅以境界高朗壮阔取胜，更在于取景照应人事的匠心之妙：全篇以细草、微风、沙鸥、危樯等微渺孤独的意象置于无垠的星空平野之间，使景物之间的这种对比，自然烘托出一个独立于天地之间的飘零形象。又如《江汉》大约作于诗人去世的前一年，抒写自己漂泊江汉的孤独，以及病情好转时重新勃发的壮心：

　　江汉思归客，乾坤一腐儒。片云天共远，永夜月同孤。
　　落日心犹壮，秋风病欲苏。古来存老马，不必取长途。①

这首诗没有具体刻画江景，只是在江汉的广大地域上勾勒出一片浮云和一轮孤月，并在此背景下，将自己在天地宇宙间的渺小孤独感进一步抽象化之后提炼出"乾坤一腐儒"的意象，对个人与乾坤的关系作了最终的定位。与片云共远、与明月同孤，都是比兴，却反衬出江汉月夜的空明寥廓。诗人的高情远志与云天日月化成一片，构成空远高旷的境界，其深刻的内涵在盛唐山水诗中是极为罕见的。杜甫对于历史伟人及其遗迹的思考也同样如此，如《禹庙》：

　　禹庙空山里，秋风落日斜。荒庭垂橘柚，古屋画龙蛇。
　　云气嘘青壁，江声走白沙。早知乘四载，疏凿控三巴。②

此诗四联按履迹所至，写禹庙内外景色及大禹治水的功绩，层次分明。先是秋天黄昏来到禹庙的景象：古庙坐落在空山里，加上秋风萧瑟、落

---

① 《江汉》，《杜诗镜铨》下册，第935页。
② 《禹庙》，《杜诗镜铨》下册，第568页。

日西斜,越发显得冷落。然后进入庙内,只见荒芜的庭院里橘柚还垂着果实,古旧的墙壁上尚有龙蛇的图案。这两句分取古屋内外之景,先以"荒"和"古"概言外庭和屋内的大环境给人的荒凉古旧的基本印象。然后分别在两个空间里选择两种有生命的物象:橘柚是巴蜀最常见的果木,橘黄的鲜明色彩本身就是对荒庭的富有生机的点缀;龙蛇是与禹庙和水有关的图画,眼前景物正切合大禹使岛夷臣服、"厥包橘柚锡贡"和掘地注海、驱赶蛇龙的典故①。龙蛇的姿态给死寂的古屋带来飞动的想象,构图妙在荒凉静寂之中仍见郁郁生气。"云气嘘青壁"句本来是写云气拂过青翠的崖壁,与"江声走白沙"都是写庙外景色。"嘘"字和"走"字用拟人化的动词,形容青壁上淡淡的云气好像嘘出的哈气,隆隆的涛声从白沙上滚过,似乎回响着大禹走过的脚步声,逼真而有气势。同时"云气"句因紧承"画龙蛇"句,又让人产生庙内龙蛇所生的云气飘到了江面上的错觉,使禹庙内外的空间连成一片。于是结尾把视野进一步拓宽到三巴的广阔空间就极其自然了:早知大禹用乘四载的方法治水,是意念中的景象,而他在三巴疏导江水凿石开山的遗迹则是今日亲见。四载与三巴,以虚想的人事对实际的地势,概括大禹在此地治水的辛劳和功绩,数字妙对,极为精警。全诗意境苍凉,气势雄壮,同时处处浮现出大禹仍然活在荒山古庙和三巴山水间的精神,使人产生无穷联想。

总之,杜甫这些五律中的名作,不但以壮阔的气象境界取胜,更重要的是其中深邃的含义远远超出了景物空间的拓展,使杜甫五律的宏阔意境具备了前所未有的深广内涵。

## 二 新颖奇警的构思立意

除了宏伟壮阔的气象境界外,杜甫五律的写景造境还有不少迥然

---

① 莫砺锋《杜甫评传》第242页注1指出,宋人孙莘老最早发现"荒庭垂橘柚,古屋画龙蛇"这两句是用《尚书·禹贡》及《孟子·滕文公下》的典故。

不同于盛唐五律的特点,具体表现为想象丰富,讲究构思,立意生新,炼字精妙。其与王、孟式意境大致有三点差异:

首先,王、孟的山水园林意境喜好宁静、清空和幽远,这是盛唐山水诗的共性。杜甫五律造境也有不少静境,如"四更山吐月,残夜水明楼"①,写四更后下弦月从群山背后突然出现,仿佛被山吐出,残夜顿时天清水明的莹澈之境,生动而自然,苏轼叹为绝唱。但杜甫写山水往往不取静态的构图,而是重在表现景物的动态和生气。面对湖亭的黄昏落日,王、孟派诗人会在空茫宁静的境界中寄托愁思,而杜甫所见到的则是"鼍吼风奔浪,鱼跳日映山"②的勃勃生气;游园中遇见的岩石和瀑布,经过"风磴吹阴雪,云门吼瀑泉"③的动态处理,俨如北方的穷山恶水;至于山水画中"高浪垂翻屋,崩崖欲压床"④的汹汹气势,更是将空间有限的小景变成了壮浪飞动的大景。如果说他早年的取景还主要是园林山亭,那么后期在夔州,面对雄壮险峻的瞿塘峡和长江,这样的想象力更是发挥到了极致。如《瞿唐两崖》:

三峡传何处,双崖壮此门。入天犹石色,穿水忽云根。
猱玃须髯古,蛟龙窟宅尊。羲和冬驭近,愁畏日车翻。⑤

诗写瞿塘峡两崖的险峻,颔联被人赞为"警绝":崖壁之高上插天穹,以至天空一片石色;崖壁之深下穿江水,连水下也成为石底。"云根"和石本是同义词,古人向来称石头为云根。但这一联对仗用"石色"形容天空,用"云根"形容江底,从字面上倒置了石与云的上下位置,加上"入天"和"穿水"的动态描写,便给人以瞿塘峡两崖石壁堵塞天地的感觉。颈联再辅以山上善于攀缘的猱玃、江中兴风作浪的蛟龙,又增加了

---

① 《月》,《杜诗镜铨》下册,第856页。
② 《暂如临邑至崲山湖亭奉怀李员外》,《杜诗镜铨》上册,第14页。
③ 《陪郑广文游何将军山林十首》其六,《杜诗镜铨》上册,第65页。
④ 《观李固请司马弟山水图三首》其三,《杜诗镜铨》上册,第548页。
⑤ 《瞿唐两崖》,《杜诗镜铨》下册,第720页。

峡口的惊险之感。尾联想到冬天驾驭日车朝南行进的羲和经过这里，也会发愁被高入天际的两崖撞翻了车子，更是匪夷所思的奇想，这就将瞿塘两崖的高不可及夸张到了极致。

又如《瞿唐怀古》：

> 西南万壑注，勍敌两崖开。地与山根裂，江从月窟来。
> 削成当白帝，空曲隐阳台。疏凿功虽美，陶钧力大哉！①

诗人的想象集中于大自然造就瞿塘峡的伟力。所怀之古，其实是追溯到开天辟地之初：江水以万壑之势从西南倾注而下，两崖为抵挡江水而形成。颔联据黄生解释："山附于地，裂乃地势使然，必地与山以裂，而后江水得从此来，便含下陶钧意。"②浦起龙说："'地与'之'与'，黄生作授予意解，极有会。"③"与"字作动词，便把山崖被江水冲开的过程，进一步扩大为因大地崩裂而使地上之山一起开裂的阵势。"江从月窟来"上承首句，更加大了万壑倾注的高度和力度。颈联仍然将白帝城和阳台的由来都归因于江水的"削成"。所以最后感叹大禹疏凿巴东之峡虽然有功，却比不上陶钧之力。全诗从江水冲击大地山根，造就两崖开裂的动态过程着眼，突显瞿塘峡的险峻地势。浦起龙说前两联"造句皆绷深凿险而出"④，确实道出了诗人构思炼句求深求险的特色。

此外，《雷》写巫峡中夜的雷声，立意和炼字也很奇妙：

> 巫峡中宵动，沧江十月雷。龙蛇不成蛰，天地划争回。
> 却碾空山过，深蟠绝壁来。何须妒云雨，霹雳楚王台。⑤

南方十月响雷，本来不是异事，但在生长于北方的诗人看来，这是时节

---

① 《瞿唐怀古》，《杜诗镜铨》下册，第721页。
② 《杜诗镜铨》下册，第721页引黄生注。
③ 浦起龙《读杜心解》第二册，第520页。
④ 同上。
⑤ 《雷》，《杜诗镜铨》下册，第867—868页。

的倒转。半夜雷声,又在沧江巫峡之中,声音尤其震耳。中间两联几个动词的提炼都极为精妙:前人解"划"为忽然、突兀之意,但这是后起义。"划"字原意为用刀刻、割裂,所以还可以令人联想到电光划破天空的快速和亮度,又暗示了天地因此一划而争回阳春的意思。继而以"碾"字形容沉雷从空山碾过的闷响和沉重,以"蟠"字写雷声在峡壁中盘旋不去,久久回荡,又照应"龙蛇不成蛰"。全诗气势慑人,读之如有霹雳在耳。其余如《长江二首》虽然主要是借"众流归海意"写"万国奉君心",但"众水会涪万,瞿塘争一门"①,写长江上游在涪州和万州汇集,争抢着涌进瞿塘一门的动势,也生动地写出了瞿塘水流的汹涌及其形成原因。这类令人惊心动魄的自然奇观在盛唐山水诗里较为少见,也是杜甫山水诗境的宏伟壮丽更胜于盛唐的原因。

在雄伟壮观的大景之外,杜甫也很注意小景中的动态和生趣,如:"东岳云峰起,溶溶满太虚。震雷翻幕燕,骤雨落河鱼。"②以山中满天乌云为背景,从燕子在震雷下翻飞和鱼儿因骤雨而潜伏的动态写出雷雨的急骤和力度。"檐影微微落,津流脉脉斜。野船明细火,宿鹭起圆沙。"③檐影微微低落,津流脉脉流淌,是黄昏日斜的景象,待野船上细细的渔火亮起,惊起了已经栖宿的鹭鸶,便到了入夜时分。从景物的不同动态中可以见出暮色渐渐降临的过程。"锦里烟尘外,江村八九家。圆荷浮小叶,细麦落轻花。"④捕捉了圆圆的小荷叶刚浮出水面、细麦上轻轻飘下落花的细微动态,烘托出轻漾在水边田间的春意。"浮"和"落"的对比,又传递了春去夏来季节更替的消息。这些动态的描写都能将大自然的力量气势乃至细微的声息充分呈现出来,与盛唐诗人重在空静意境的体味迥然有别。

---

① 《长江二首》其一,《杜诗镜铨》下册,第572页。
② 《对雨书怀走邀许主簿》,诗意解说参见《杜诗详注》第一册注4,第15页。
③ 《遣意二首》其二,《杜诗镜铨》上册,第343页。
④ 《为农》,《杜诗镜铨》上册,第318页。

杜甫五律取景的新意还在于他往往不用前人诗中的常见景，而是趋生避熟，从日常生活的细节中寻找新鲜的趣味，如："秋水通沟洫，城隅进小船。晚凉看洗马，森木乱鸣蝉。"①城隅进船、看人洗马这类情景皆在前人诗中极少涉及，却展现出古代城市生活动态的一个侧面。"旁舍连高竹，疏篱带晚花。碾涡深没马，藤蔓曲藏蛇。"②"犬迎曾宿客，鸦护落巢儿。"③"翡翠鸣衣桁，蜻蜓立钓丝。"④仿佛是一路随意抓拍的镜头，而不经刻意的筛选。有些佳境也正是在偶见动态的捕捉中产生，如《中宵》："飞星过水白，落月动沙虚。"⑤写中宵在西阁独步时偶见之景：流星划过夜空，水面瞬间映出一片白光；落月倒映江中，江水波动，带着月影也在摇漾，"虚"字写出江岸白沙与月色融为一片的境界。又如："蝉声集古寺，鸟影度寒塘。"⑥蝉和鸟虽然都是常见景，但是诗人强调蝉声集中在古寺中，以满院蝉声的喧闹反衬出寺里古木森密的环境，又将鸟儿飞过寒塘投下倒影的偶见动态在刹那间定格，动静相生，便创造了新颖幽静的意境。由于飞鸟意象向来与游子相关，于是下句"风物悲游子"又来得十分自然。

贺裳说："老杜五言律，善写幽细之景。"⑦取幽细小景本来是齐梁陈隋新体诗的特长。杜甫笔下的景物动态可以细到前人从未注意的地方，并善于贴切地描绘出难以描摹的物态。例如《又雪》写南方小雪："南雪不到地，青崖沾未消。微微向日薄，脉脉去人遥。"⑧因为地气暖和，雪花不到地面就化了，但还是多少有些沾在青崖上。向着日光看

---

① 《与任城许主簿游南池》，《杜诗镜铨》上册，第4页。
② 《陪郑广文游何将军山林十首》其四，《杜诗镜铨》上册，第65页。
③ 《重过何氏五首》其二，《杜诗镜铨》上册，第67页。
④ 《重过何氏五首》其三，《杜诗镜铨》上册，第68页。
⑤ 《中宵》，《杜诗镜铨》下册，第663页。
⑥ 《和裴迪登新津寺寄王侍郎》，《杜诗镜铨》上册，第330页。
⑦ 贺裳《载酒园诗话又编》，《清诗话续编》第一册，第318页。
⑧ 《又雪》，《杜诗镜铨》下册，第580页。

去,微微地能见出薄薄的雪花,似乎在悠悠地飘落,却又离人很远。这就把南雪似有若无的动态传神地刻画出来了。《雨》写立春的细雨:"烟添才有色,风引更如丝。"①微雨之色如烟如雾,被风吹拂更如细丝,也将蒙蒙细雨连绵潮湿的情状写得可见可感。杜甫取幽细小景,着眼点不是齐梁诗人的极貌写物,而是从细处见境界,如:"仰蜂粘落絮,行蚁上枯梨。"②蜜蜂身上粘着落絮,蚂蚁成行爬上枯梨树,说明这是杨絮漫天飞舞、蚂蚁到处觅食的春季,诗人有闲心看到这些细节,正可见出"幽偏得自怡"的意态。"芹泥随燕嘴,花蕊上蜂须"③,燕子嘴上糊满了芹泥,足见土地经雨的滋润和燕子筑巢的忙碌;蜜蜂胡须上还沾着花粉,这就从极细之处见出春意的热闹。"笔架沾窗雨,书签映隙曛。"④由笔架被窗外雨丝沾湿、书签上映出隙间透过的阳光,自可想象山居外风雨阴晴的变化。王、孟诗尤其是五律对取景的审美要求很高,讲究提炼清雅或壮美的常见景,生活中许多偶然性细节和不典型的景色往往被筛除忽略,这是盛唐诗以高华取胜的重要原因。杜甫取景有时如随手撷取,但能使一时一地的情境特点如在眼前,而且创造了大量的新鲜意象。这样的造境与大历诗人也恰好相反。大历五律延续了王、孟诗的创作惯性,同时进一步将五律的取材缩小到送别、寄赠、旅宿这几类题材中,通过修饰语汇的增加和细化使盛唐常见的意象扩大为同类的意象群,从而导致意象的雷同和单调。两相比较,更可见出杜甫五律创新的路向。⑤

其次,盛唐五律营造空静的意境往往突出景物构图而淡化人物,常见的山僧、野老、樵夫,都只是静境的衬托和点缀。杜甫的不少意境由

---

① 《雨》,《杜诗镜铨》下册,第580页。
② 《独酌》,《杜诗镜铨》上册,第350页。
③ 《徐步》,《杜诗镜铨》上册,第350页。
④ 《题柏大兄弟山居屋壁二首》其二,《杜诗镜铨》下册,第845页。
⑤ 参见拙文《"意象雷同"和"语出独造"——从"钱、刘"看大历五律守正和渐变的路向》,台湾《清华学报》新45卷第1期,2015年3月。

于重在人事的感慨,取景的旨归始终在人。有些五律取景构图虽不见人,却深蕴着景中之人的感触和寄托,其妙处常在有意无意之间。如"抱叶寒蝉静,归山独鸟迟"①,在秦州夜半鼓角殷地的背景上,抱着秋叶噤声的寒蝉,迟迟归山的孤独飞鸟,都像是暗示诗人失路的人生处境。又如"莽莽万重山,孤城山谷间。无风云出塞,不夜月临关"②,丛山气流无常,无风之时云也会飞出塞外;边塞地势高迥,天色未暗明月已经临关。这虽是实写秦州地近边关的风光,但是景物的动态中融入了边塞表面平静中的惊扰不安之感,使人联想到这烟尘未息的时局中,随时都可能发生不见先兆的战乱。写于阆州的《薄游》中二联:"遥空秋雁灭,半岭暮云长。病叶多先坠,寒花只暂香。"③晚风生阶,日下西墙,秋雁远飞,黄叶坠落,固然是写秋景,但诗人望着秋雁在遥空消失,视线被半岭的暮云遮挡,则隐含着难以排遣的思乡之情。病叶先坠虽未必确认为自比,但诗人从中悟出的人生短暂之感明显寄寓其中。又如《野望》:

　　清秋望不极,迢递起层阴。远水兼天净,孤城隐雾深。
　　叶稀风更落,山迥日初沉。独鹤归何晚?昏鸦已满林。④

前六句中层层阴云、连天远水、雾中孤城和落日远山,构成苍凉萧瑟的远景,正与诗人落寞阴沉的心境相合,结尾以满林昏鸦反衬出一只晚归的独鹤,自然令人联想到诗人自己独立于流俗之外却难觅归宿的清高形象。

当然,杜甫更具特色的某些意境还是由景与人的互动而形成的。在他笔下,江山花鸟都是有情之物,如"岸花飞送客,樯燕语留人"⑤,送客的只有岸上飞花,留人的只有樯檣上呢喃的燕子,行旅的冷清更显出

---

① 《秦州杂诗》其四,《杜诗镜铨》上册,第240页。
② 《秦州杂诗》其七,《杜诗镜铨》上册,第242页。
③ 《薄游》,《杜诗镜铨》上册,第468页。
④ 《野望》,《杜诗镜铨》上册,第262页。
⑤ 《发潭州》,《杜诗镜铨》下册,第970页。

花鸟情深。"春知催柳别,江与放船清"①,春天好像知道人们的离情而催着柳树发青,江水似乎也是为了放船而变得清波荡漾。"宿鸟行犹去,丛花笑不来"②,日出船开,水上宿鸟如成行送别,"岸上花若望舟而笑,然我舟自去,不能招之使来也"③。又如《别房太尉墓》:

> 他乡复行役,驻马别孤坟。近泪无干土,低空有断云。
> 对棋陪谢傅,把剑觅徐君。惟见林花落,莺啼送客闻。④

诗中的景物都因诗人的悲哀而受到感染:墓前洒泪之处干土尽湿,愁云也滞留在低空不去。而林花悄然飘落,黄莺送来婉转的啼鸣,既像是在抚慰诗人,又给人以春光易逝和生命短暂的感触,为别墓的情境增添了无限惆怅。而在《奉陪郑驸马韦曲二首》其一⑤中,诗人却像是在和景物怄气:"韦曲花无赖,家家恼杀人。绿樽虽尽日,白发好禁春。石角钩衣破,藤梢刺眼新。何时占丛竹,头戴小乌巾。"韦曲的春花开得太好,诗人反嫌它们无赖,因为赏花虽是乐事,但白发却再也不能回春。于是怨恨石角会钩破衣服,藤梢更令人觉得刺眼,诗人的一腔惜春之意,全用怨春恼春的反话表达。年年如旧的春色也因为诗人的深情而常变常新。所以杜甫五律意境中的人,常常是情与景的组成部分。

再次,由于杜甫五律造境更重情和重人,在结构上对情景关系的处理也随之变化。不少五律景联的构图更为紧凑,景中含义也更浓缩,有的景句即为情句。如"梅花交近野,草色向平池"⑥,透过近景中梅花枝条交叉的空隙,可见平野的草色一直通向远处的平池,从字面看是因视野的由近而远构成的一幅早春图。但梅花为祖席所见之景,平池为行

---

① 《移居夔州作》,《杜诗镜铨》下册,第591页。
② 《发白马潭》,《杜诗镜铨》下册,第953页。
③ 《杜诗镜铨》下册,第953页引张溍注。
④ 《别房太尉墓》,《杜诗镜铨》上册,第510页。
⑤ 《奉陪郑驸马韦曲二首》其一,《杜诗镜铨》上册,第183页。
⑥ 《送王侍御往东川放生池祖席》,《杜诗镜铨》上册,第551页。

者所去之地,这就将看不见的目的地和眼前景组合在一起,既写出了送别时节的美好春景,更寄寓了随着草色通向远方的离情。"入帘残月影,高枕远江声"[1],残月入帘因夜久而见,远处江声因夜静而闻,不但通过窗户吸纳外界景物,写出清江月夜的深静,更暗示了客子彻夜不眠的愁情。又如"秋花危石底,晚景卧钟边"[2],危石之下,秋花掩映,废钟之旁,夕阳落影。晚景和废钟的对照,自然令人联想到人的暮景和寺的兴废,从而引出"俯仰悲身世"的更深感触。有时杜甫的诗境里景物的组合和比照虚实不合、大小悬殊,越出了传统的常理,如"帝乡愁绪外,春色泪痕边"[3],帝乡是实相,愁绪为无形,二者难分内外;春色和泪痕的大小悬殊,也难构成方位比照。这样构句,夸大了帝乡的遥远,也强调了眼前春色的令人伤情。这类诗颇能见出杜甫五律造境之独特。

总之,杜甫对五律长于写景造境的传统表现功能进行了多方面的发掘。他不但运用盛唐诗造境超出视野的原理,强化了诗歌表现空间的概括力,而且突破盛唐山水诗以静照和观赏为主的传统审美方式,在各类题材的取景中更多地融入人的思考和感情,使其创造的壮阔境界具备了更深广的内涵。与此同时,取景的新鲜多样和避熟就生,使其诗境充满动感和生气;人与景的互动和融合,又使其所取景物充满人情。大自然中的景观无论大小,无论常见还是偶见,都被诗人的性情所同化,与诗人丰富的情感融会成"尽越陈规"的诗境。

## 第三节 穷理尽性的"独造"之功

造境是五律的优势,也是盛唐五律一致的艺术追求,因此优美清空的意境成为盛唐诗歌最典型的特色。而杜甫则在继承并拓展五律的传

---

[1] 《客夜》,《杜诗镜铨》上册,第415—416页。
[2] 《秦州杂诗》其十二,《杜诗镜铨》上册,第244页。
[3] 《泛舟送魏十八仓曹还京,因寄岑中允参、范中郎季明》,《杜诗镜铨》上册,第439页。

统造境功能之外,从多方面探寻了五律表现的其他功能。杜甫的六百余首五律,除写景之外,也在过程叙述、议论时事等传统五律从不涉及的表现功能方面做过探索。如五律的短处在不适宜叙述过程,而杜甫《陪郑广文游何将军山林十首》《重过何氏五首》通过组诗的形式,按游览顺序写出有始有终的全过程,像"问讯东桥竹,将军有报书。倒衣还命驾,高枕乃吾庐"①这样的句式还贯穿着古诗般的叙述脉络。又如《喜达行在所三首》运用五律长于对比的结构,按照感情发展的逻辑,在淋漓尽致地抒发复杂心情的同时,也叙述了事情的始末。至于议论时事,也是立意单一的五律较难承担的,而杜甫直接写时事的佳作亦有例可数,如《收京》三首、《警急》《王命》《征夫》《西山三首》《有感五首》等,都是成功的尝试。但这两方面毕竟都不是五律的长项,因此诗作总体数量不如其五古多。

杜甫更重要的创造还是对五律自身表现功能的探索。其中最值得注意的是对日常生活中"物色生态"②的描绘,能突破可视、可听、可解的表面层次,深入到万物动静变化的"神理"之中,捕捉住内心在体察事物过程中难以名言的潜在感觉,并利用五律构句语序自由的优势,使言外之意和内在之理包蕴在无字之处,为五律开辟了更深邃的表现层次。

## 一 理入神境的深度感悟

叶燮《原诗》曾经从诗画比较入手,指出杜诗之妙在于能写画所不能之神境:"凡诗可入画者,为诗家能事,如风云雨雪,景象之至虚者,画家无不可绘之于笔,若初寒内外之景色(按,指杜甫《玄元皇帝庙》'碧瓦初寒外'句),即董、巨复生,恐亦束手搁笔矣。天下惟理、事之入

---

① 《重过何氏五首》其一,《杜诗镜铨》上册,第67页。
② 杜甫《晓发公安》:"物色生态能几时。"《杜诗镜铨》下册,第948页。

神境者,固非庸凡人可摹拟而得也。"①他以杜甫的"碧瓦初寒外""月傍九霄多""晨钟云外湿""高城秋自落"等句为例,指出:"要之作诗者,实写理、事、情,可以言言,可以解解,即为俗儒之作。惟不可名言之理,不可施见之事,不可径达之情,则幽眇以为理,想象以为事,惝恍以为情,方为理至、事至、情至之语,此岂俗儒耳目心思界分中所有哉?"②叶燮所举例除一首五排以外,全是五律。这段话虽然有些偏激,却从杜诗的新颖表现中看出了一个诗歌创作的重大问题:诗歌的表现与绘画不同,不能仅仅停留在表现可见、可听的事物和可解的情理上,不能以一般的事理逻辑关系来衡量诗歌的妙悟。因此传统的"诗可入画"或比兴寄托等等表现手段发展到一定程度,就不能满足于表现更深入的潜在意识和心理感觉的要求。也就是说,诗歌应当超出可视、可闻、可解的常理,去探索那些不能用概念说明的"理"、不能见到和听到的事、难以直接表达的感情。这种幽渺之理、想象之事和惝恍之情,不是指屈原和李白那种超现实的神话和夸张,而是对现实生活中的理、事、情更深入的感悟和度越常理的表现。如"星临万户动,月傍九霄多",见杜甫的《春宿左省》:

> 花隐掖垣暮,啾啾栖鸟过。星临万户动,月傍九霄多。
> 不寝听金钥,因风想玉珂。明朝有封事,数问夜如何。③

这首诗作于两京收复后,杜甫任左拾遗时期。写他夜里在门下省值宿的情景,从日暮写到将近黎明。前半首在景色的变化中,暗示时间从日暮到夜深的推移,展示出皇宫在星月照耀之下的庄严富丽气象。后半首写诗人在值宿时等待宫门开启、想象百官早朝的景象,在倾听中自然交代时间从夜深到黎明的过程。最后化用梁陈诗人阴铿《五洲夜发》中"劳者时歌榜,愁人数问更"句,归结到屡问时辰,与他仔细聆听

---

① 叶燮《原诗》内篇下,《原诗 一瓢诗话 说诗晬语》,第31页。
② 同上书,第32页。
③ 《春宿左省》,《杜诗镜铨》上册,第177页。

和分辨外面动静的心理活动结合在一起,便写出诗人一夜不寐、忠勤为国的心事。叶燮评论"'月傍九霄多'句,从来言月者,只有言圆缺,言明暗,言升沉,言高下,未有言多少者。若俗儒,不曰'月傍九霄明',则曰'月傍九霄高',以为景象真而使事切矣。今曰'多',不知月本来多乎?抑傍九霄而始多乎?不知月多乎?月所照之境多乎?有不可名言者。试想当时之情景,非言'明'、言'高'、言'升'可得,而惟此'多'字可以尽括此夜宫殿当前之景象。他人共见之,而不能知、不能言;惟甫见而知之,而能言之。其事如是,其理不能不如是也。"①颔联中星的"动"和月的"多"都是因"临""傍"宫殿而令诗人产生的感觉;星光在皇都上空闪耀,"动"字突出了星光照临千门万户的动感,这种动感是诗人在值夜时不平静的心境中感觉到的;而月本不能以多少而论,但月上九霄,所照之境既多,身处左省,临近宫禁,得月也就更多②。这"多"字既展现了宫城星月辉耀的壮丽境界,也融合了诗人没有明言的在省中值宿的荣耀感③。如果依叶燮所假设,换用"明""升""高"一类词,虽然字面上是合乎常理的,但只写出了月的动态和亮度,不能给人更多的联想。

再看叶燮所举的另外三个例子:"碧瓦初寒外"出自杜甫的五言排律《冬日洛城北谒玄元皇帝庙》:"碧瓦初寒外,金茎一气旁。山河扶绣户,日月近雕梁。"④叶燮说:"'碧瓦初寒外'句,逐字论之,言乎'外',与内为界也。'初寒'何物,可以内外界乎?将'碧瓦'之外,无'初寒'乎?寒者,天地之气也,是气也,尽宇宙之内,无处不充塞,而'碧瓦'独

---

① 叶燮《原诗》内篇下,《原诗 一瓢诗话 说诗晬语》,第31页。
② 张九龄:"左掖知天近,南宫见月临。"(《和许给事直夜简诸公》,《全唐诗》卷四九,第597页)实写左省值夜邻近宫禁,仰见明月的情景,有助于理解杜甫这句诗的含义。
③ 初盛唐诗人写省中寓直诗,多直接表达这种荣耀感,如宋之问"寓直恩徽(一作光辉)重"(《和姚给事寓直之作》,《全唐诗》卷五三,第649页)、沈东美"传闻阊阖里,寓直有神仙"(《奉和苑舍人宿直晓玩新池эн南自友》,《全唐诗》卷二五五,第2866页)等等。
④ 《冬日洛城北谒玄元皇帝庙》,《杜诗镜铨》上册,第26页。

居其外,寒气独盘踞于'碧瓦'之内乎?'寒'而曰'初',将严寒或不如是乎?'初寒'无象无形,'碧瓦'有物有质,合虚实而分内外,吾不知其写'碧瓦'乎?写'初寒'乎?写近乎?写远乎?使必以理而实诸事以解之,虽稷下谈天之辨,恐至此亦穷矣。然设身而处当时之境,会觉此五字之情景,恍如天造地设,呈于象,感于目,会于心。意中之言,而口不能言,口能言之,而意又不可解。划然示我以默会想象之表,竟若有内有'外',有寒有'初寒',特借'碧瓦'一实相发之。有中间,有边际,虚实相成,有无互立,取之当前而自得,其理昭然,其事的然也。"①诗句原是形容老子庙无比高大庄严,连日月都近其雕梁,可见是高入太虚了。一气与初寒一样无法分辨内外,更勿论旁边了。这里把不可界分的空气和寒意实体化,是为了强调老子庙的屋顶高到了不可知的地方,这也是一种心理感觉的夸张。"晨钟云外湿"句见《船下夔州郭宿,雨湿不得上岸》:

依沙宿舸船,石濑月娟娟。风起春灯乱,江鸣夜雨悬。
晨钟云外湿,胜地石堂烟。柔橹轻鸥外,含凄觉汝贤。②

读全诗可知这是写停船在夔州城外,下了一夜雨,早晨起来遍地雨湿,无法上岸。因为天雨云低,钟声似乎从云外传来,而因为云层中饱含水汽,所以连钟声都像是被雨浸湿了。这也是为了强调内心觉得到处都是湿漉漉的感受。钟声是无形之物,当然无所谓干湿,但能变湿,就将无形变成有形了。叶燮说:"'晨钟云外湿'句,以'晨钟'为物而湿乎?'云外'之物,何啻以万万计?且钟必于寺观,即寺观中,钟之外,物亦无算,何独湿钟乎?然为此语者,因闻钟声有触而云然也。声无形,安能湿?钟声入耳而有闻,闻在耳,止能辨其声,安能辨其湿?曰'云外',是又以目始见云,不见钟,故云'云外'。然此诗为'雨湿'而作,有

---

① 叶燮《原诗》内篇下,《原诗 一瓢诗话 说诗晬语》,第30—31页。
② 《船下夔州郭宿,雨湿不得上岸》,《杜诗镜铨》下册,第591页。

云然后有雨,钟为雨湿,则钟在云内,不应云'外'也。斯语也,吾不知其为耳闻耶? 为目见耶? 为意揣耶? 俗儒于此,必曰'晨钟云外度'又必曰'晨钟云外发',决无下'湿'字者。不知其于隔云见钟,声中闻湿,妙悟天开,从至理实事中领悟,乃得此境界也。"①"云外湿"中"外"字一作"岸",一作"径",若是后两字,便无新意可言。据北宋时高丽所传杜诗,原作"云外湿"②,叶燮将"湿"字的好处透发无余,确有见地。

以上三个例子都是通过使用形容实物的形容词(多、湿)或表示界划的副词(内、外),把无形无状的事物和感觉实体化。从字面看似乎文理不通,却以不合逻辑的词语组合,表现了难以名状的深层感觉。其实这种表现在后来的词里比较常见,如"砌成此恨无重数""剪不断、理还乱、是离愁"等,都是把无形之愁、恨当成有形的可剪可砌之物。虽然词里的这种表现反而比杜诗容易理解,但道理是一样的。另一个例子"高城秋自落"见《晚秋陪严郑公摩诃池泛舟,得溪字》:

> 湍驶风醒酒,船回雾起堤。高城秋自落,杂树晚相迷。
> 坐触鸳鸯起,巢倾翡翠低。莫须惊白鹭,为伴宿清溪。③

秋是时序,不是物体,似乎不能用"落"字。但这句承接首句"湍驶风醒酒",船行快速,迎面的凉风吹醒了酒意,对秋的感觉分外敏锐。加之摩诃池在城下,秋风来自高城上空,一个"落"字就把秋高的感觉坐实了。这些诗例都表达了一种可以意会而难以言传的感悟。叶燮首先发现了杜诗中的这类变化,并就此对诗歌表现的特殊性提出了高人一头的见解,其理性思辨更早于后世西方诗学区别诗画表现原理的类似论

---

① 叶燮《原诗》内篇下,《原诗 一瓢诗话 说诗晬语》,第31—32页。

② "晨钟云外湿"句,杨伦注作"云岸湿",各本一作"云径湿"。但据郑墡谟《高丽诗坛与杜诗学》(2015年8月南京大学第一届古典文学高端论坛发表)说,高丽崔滋(1088—1260)《补闲集》(1255年刊行)卷下:"归正寺壁题云:'晨钟云外湿,午梵日边干。'此夺工部'晨钟云外湿,胜地石堂烟'句也。"可知北宋时杜甫此诗传到高丽时,原作"云外湿"。

③ 《晚秋陪严郑公摩诃池泛舟,得溪字》,《杜诗镜铨》上册,第544页。

述,殊为难得。而这种变化首先出现在杜甫的五言近体里,却也说明杜甫已经注意到这种体式的句法特点更适宜于表现"不可名言之理,不可施见之事,不可径达之情"。

无字之处的"神理"蕴含在文字的选择和连接之中,五律的字序组合可以自由变化,这就是它比别的体式更讲究炼句和炼字的原因。杜甫的一些五律正是通过打破语法常规次序来表现其内心的深层感觉的。例如被许多论者所称引的"绿垂风折笋,红绽雨肥梅"[①]、"青惜峰峦过,黄知橘柚来"[②],都是将色彩词置于句首,不合传统五言诗句的正常语法。前者强调游园时,远远先看到一片绿色和红色,待走近后才知道是被风吹断的青笋和经雨绽开的红梅。后者写船下之快,只见一片青色,可惜还没看清峰峦就过去了,再看远处一片黄色迎面而来,心知是两岸的橘林。可见这两首诗都是根据人看见事物总是先于分辨事物的顺序构句,不合语法却符合人们认知事物的道理。而"红入桃花嫩,青归柳叶新"[③]虽然也是将颜色词置于句首,但"入"字和"归"字却写出了桃红柳绿色彩的新嫩和早春不请自归的理趣。"碧知湖外草,红见海东云"[④]句法与前几例相同,却是写巫山久雨之后新晴,远眺湖外一片碧绿,天边布满红云。湖外草其实是推测,红云虽是眼见,"海东"却是遥想,所以"知"和"见"又是通过诗人的心理活动,将眼前的晴色扩大到视野之外。这些句子构成的非常规语序均从不同角度暗示了人在感知事物的过程中对"理"的体悟。

## 二  物色生态的理趣发掘

叶燮用来说明"理、事入神境"的四个例子都侧重于人在感悟事物

---

① 《陪郑广文游何将军山林十首》其五,《杜诗镜铨》上册,第65页。
② 《放船》,《杜诗镜铨》下册,第570页。
③ 《奉酬李都督表丈早春作》,《杜诗镜铨》下册,第341页。
④ 《晴二首》其一,《杜诗镜铨》下册,第742页。

的过程中的心理感觉乃至潜意识。但"神境"其实不止于此。潘德舆有一段话对杜诗中的"道"有所思考,可补充叶燮所论:"按薛文清公云:'水流心不竞,云在意俱迟。可以形容有道之气象。寂寂春将晚,欣欣物自私,可以形容物各付物之气象。江山如有待,花柳更无私,唐诗皆不及此气象。'此即朱子所谓'佳处在用字造意外,虚心讽咏,乃能见之者'乎?然此类亦甚多。李氏于鳞谓'如"文章有神交有道","白小群分命","随风潜入夜","出门流水住",皆道也,悟者得之'。愚窃取此意以读杜诗,叹其渊源活泼泼地,取之不尽。"①潘氏虽然说得很含糊,但他从前人论说中初步悟出杜甫五律中的"有道之气象",更侧重于外物本身存在的"道",认为这是其创作取之不尽的活水渊源,还是有见地的。

综合叶氏和潘氏之说,可以得到两点启发:首先,杜甫五律的"理、事入神境者"和"有道之气象""物各付物之气象",都是指天道人事中包含的内在道理,也就是万事万物之间关系的必然性。这里既包含诗人对自己内心感觉的深细体察和发掘,也包含对于外界各种事物现象之性质情理的表现。沈德潜《说诗晬语》说:"杜诗'江山如有待,花柳更无私','水深鱼极乐,林茂鸟知归','水流心不竞,云在意俱迟',俱入理趣。"②沈氏所举的这些例子与潘德舆所举相同,其中的"理趣",也就是潘德舆所说"有道之气象""物各付物之气象",其实包含着东晋以来的山水诗境中表现的玄理,即万物各任天性自然生长,各顺大化自得其适。③ 王、孟山水诗一般通过诗人的"独往"和空静之境的营造来体现这种顺适自然之理。但杜甫的表现不同,他的诗里的"道"和"理趣"更多地是通过物色生态的细致点染而非空境的营造体现出来的。正如

---

① 潘德舆《养一斋李杜诗话》卷二,《清诗话续编》第四册,第2185页。
② 沈德潜《说诗晬语》卷下,《原诗 一瓢诗话 说诗晬语》,第252页。
③ 参见拙著《山水田园诗派研究》第一章相关论述,辽宁大学出版社,1993年。

潘德舆引范氏温曰："杜公虽涉于风花点染,然穷理尽性,巧移造化矣。"①"理趣"和"穷理尽性"的意思与潘氏所说的"道"大致相近,可以说都从不同程度上看到了杜诗能深入事物神理的特点。由于叶燮等人所举诗例无外乎写景咏物之类,所谓穷理的说法似乎与造境区别不大。不过笔者认为,穷理和造境虽然都是以物色生态为表现对象,但造境重在时空的布置、情景的关系,表现的是景物可视、可听、可解的形色和动态;而穷理重在通过景物的处理显示内在的"物理",难以直接用文字表达。有时这种理和性蕴藏在鲜明的画面之中,与造境不易分辨,但识解的读者仍然可以体味诗人的追求是比造境更深入的表现层次。

其次,事物的神理"不可名言""不可施见""不可径达",那么只能在朱子所说"用字造意之外"去体悟。叶氏、潘氏、沈氏所举诗例均为杜甫五言近体,因为五律与古体诗径情直遂的表达方式不同,尤其适宜于通过句和字的精心组合使人意会文字以外的含义。正如刘熙载所说:"律诗之妙,全在无字处。每上句与下句转关接缝,皆机窍所在也。"②如何在无字处表现更多的难以名言之意,是发掘五律表现功能的关键。

五律字句的组合变化自由,因而在表现"理、事之入神境"时,会使用一些如前所举的不合逻辑的词语配搭或非常规的句法结构。不过,杜甫五律中的"理"更多地是由他对物色生态的细致观察见出,且蕴含在精确传神的炼字之中。也就是说,他的炼字不同于传统五律的炼字仅止于追求极貌写物的准确生动,而是能在形色、动态的刻画之外,传达出事物内蕴之理。如著名的《春夜喜雨》:

> 好雨知时节,当春乃发生。随风潜入夜,润物细无声。
> 野径云俱黑,江船火独明。晓看红湿处,花重锦官城。③

---

① 潘德舆《养一斋李杜诗话》卷二,《清诗话续编》第四册,第2187页。
② 刘熙载《艺概》,第73页。
③ 《春夜喜雨》,《杜诗镜铨》上册,第344页。

诗的开头称赞好雨知道该下的时节,把人们盼望及时雨的常见心情表达出来,自然平易却成为概括力度很高的熟语。春雨的特点是柔和细润,"潜"字以人情化的动词,精确地把握住雨在夜里趁人毫无察觉时悄悄地随风而来的动态,再以"细无声"进一步描写它细细地滋润着万物,阒无声息,这就包含了因雨势绵细所以润物无声之理。由于这细密的春雨既听不见,也看不见,只见田野道路和天上乌云都是一片漆黑,唯有江船的渔火闪着一星亮光。这又是以开阔的夜景拓开看不见的雨势。等到早晨起来看远近鲜红湿润的花丛,只觉得锦官城里的花儿都显得沉甸甸的。在细雨中淋久了的花朵往往会下垂打蔫,反而不如晴日下盛开时挺拔精神。"重"字写花儿饱含雨水的感觉,能使人想象出花枝经受不起花朵分量的情状,都是因善于观察物态而悟出的"理"。

又如《晚晴》前半首:"村晚惊风度,庭幽过雨沾。夕阳薰细草,江色映疏帘。"①此诗是从庭院中观看一阵风雨之后的晚晴景色。"薰"字意为花草香,此处用为动词,因庭院沾雨后经夕阳照射湿气上腾,使细草散发的香气更加浓烈。天色已晚而用"映"字,是因为晚晴时返照透过疏帘,江色更觉明亮。不仅构图鲜明如画,而且光色、薰香的渲染都包含着雨晴的自然之理。又如"地坼江帆隐,天清木叶闻"②,前句写江帆隐没于两岸高崖之间,后句说天气清朗,落叶声清晰可闻,则"天清"既暗示了满山落叶飒飒作响如同风雨声的阵势,又包含了"木叶闻"的原因。

有些"不可名言之理"的表现,则是通过字词的巧妙组合暗示出事物之间的内在关系。如"山虚风落石,楼静月侵门"③,杨伦引注:"黄白山云:'着一虚字方见落字之妙,着一静字方见侵字之妙。'"④石头被风

---

① 《晚晴》,《杜诗镜铨》上册,第353页。
② 《晓望》,《杜诗镜铨》下册,第837页。
③ 《西阁夜》,《杜诗镜铨》下册,第657页。
④ 《杜诗镜铨》下册,第657页引黄白山评。

吹落的声音令人感知空山的虚静,暗夜山虚的视觉印象和风声落石的听觉效果是互为因果的。阁楼寂静无声,连月光映门都像是有物侵入,"侵"字的唐突之感与"静"字也是互相生发。又如《西阁口号呈元二十一》:"山木抱云稠,寒空绕上头。雪崖才变石,风幔不依楼。"① 浦起龙解释前两联动态描写之间包含的道理:"'云稠'则阴,故言'寒'。云寒而动,故言'绕'。'寒'便带出'雪'景,'绕'便逗起风势。"② 颔联着重写风,雪崖变成了石崖,可见风很快就将积雪吹走了。而"风幔不依楼"则说明帘幔被风吹得在楼外飞扬,可见风势之大。四句景物之间的关系概括了天阴下雪又刮起大风的天气变化过程。再如《雨四首》其一:

> 微雨不滑道,断云疏复行。紫崖奔处黑,白鸟去边明。
> 秋日新沾影,寒江旧落声。柴扉临野碓,半湿捣香秔。③

诗写巫峡半晴半雨的景象,由于是不滑道的微雨,断云疏疏落落地飘过,同时秋天的日影也只是新沾雨点。所以奔云飘过紫崖时在崖壁上投下大片黑影,而白鸟飞到断云边上时被秋日一照,白色更加鲜明。断云、白鸟、日光、崖壁之间的关系显示了峡江晴日下风吹乌云带来局部小阵雨的气象变幻之理。又如《水槛遣心》其一:

> 去郭轩楹敞,无村眺望赊。澄江平少岸,幽树晚多花。
> 细雨鱼儿出,微风燕子斜。城中十万户,此地两三家。④

诗写从草堂水亭远眺的景象。草堂离城郭较远,水槛轩廊敞亮,前面没有村子挡住视野,可以眺望远方。江水清澄,几处已与岸平;树林清幽,晚来见花更多。此联以"少"与"多"相对,原因是细雨中春水上涨平

---

① 《西阁口号呈元二十一》,《杜诗镜铨》下册,第721—722页。
② 浦起龙《读杜心解》第二册,第517页。
③ 《雨四首》其一,《杜诗镜铨》下册,第857页。
④ 《水槛遣心》其一,《杜诗镜铨》上册,第345—346页。

缓,春花因暮色渐暗反更显色泽鲜明。细雨中鱼儿冒出水面,微风中燕子上下斜飞,这两句以体物工细而成名句,妙在借鱼和燕的动态表现风雨之细微:"出"字抓住鱼儿露头的片刻,令人想见细雨着于水面,鱼嘴伸出来喋喋小水泡的可爱情状;"斜"字抓住燕子斜飞的姿态,写出燕子乘风借力滑翔的轻松自如。更重要的是动态描写中蕴含的理。叶梦得《石林诗话》说此联:"此十字,殆无一字虚设。雨细着水面为沤,鱼常上浮而沦,若大雨,则伏而不出矣。燕体轻弱,风猛则不能胜。惟微风乃受以为势,故又有'轻燕受风斜'之语。"①指出鱼儿出和燕子斜与细雨微风的关系,精彩地揭示了颈联这两句诗的用字中包含的物理。

有些"不可名言之理"则表现为不用文字直接说明所处情境的变化,而是蕴含在人们感知事物的趣味中。如《倦夜》:

> 竹凉侵卧内,野月满庭隅。重露成涓滴,稀星乍有无。
> 暗飞萤自照,水宿鸟相呼。万事干戈里,空悲清夜徂。②

此诗写夜景颇得暗夜神理:入夜后竹子上露水越来越重,自然积成涓滴;月明星稀,所以月光照遍庭院的角落,星光便忽有忽无了。而暗夜中萤火虫以其微光自照,说明已到了月落以后。栖宿的水鸟开始呼叫,可见又渐到夜尽之时。从可见的光和可听到的动静写出夜之静暗,阴铿《五洲夜发》、孟浩然《夜渡湘江》都已有先例,此诗的创造性在于能通过诗人对景物动态的感知写出上半夜到下半夜的变化,最后归结到"徂"字,暗示出长夜无眠之倦意。

又如《陪王使君晦日泛江就黄家亭子二首》其一:"山豁何时断,江平不肯流。稍知花改岸,始验鸟随舟。"③写江面转为开阔之后,水流变缓,看不出流动的动静,"不肯流"三字夸张有趣。杨伦解云:后"二句串看,言其流稳,舟行如不动,见花改方知岸改,乃觉鸟亦随行也"。又

---

① 叶梦得《石林诗话》卷下,《历代诗话》,第431页。
② 《倦夜》,《杜诗镜铨》上册,第464页。
③ 《陪王使君晦日泛江就黄家亭子二首》其一,《杜诗镜铨》上册,第501页。

引张上若云:"前'青惜峰峦'二句,写泛舟疾行入妙,此'稍知'二句,写泛舟徐行入妙。"①点出了这两句诗中包含的妙理。《舟中夜雪有怀卢十四侍御弟》写江上下雪:

> 朔风吹桂水,大雪夜纷纷。暗度南楼月,寒深北渚云。
> 烛斜初近见,舟重竟无闻。不识山阴道,听鸡更忆君。②

大雪纷纷,被朔风吹过南楼北渚,虽然寒意已深,却"烛斜初近见,舟重竟无闻"。因为雪落无声,月色仍明,蜡烛被风吹斜时才近见有雪,而不知不觉间船已变重,才知道雪积已厚。这几句写雪景之妙正在感知大雪暗度的过程中蕴含的理趣。又如《十六夜玩月》:"关山随地阔,河汉近人流。"③由于月光之明,关山无处不见,所以大地似乎随月光所照之处变阔;天象格外清晰,所以河汉都像近人而流。这是从人的视觉原理写出十六夜月色的亮度。

胡应麟说:"咏物起自六朝,唐人沿袭,虽风华竞爽,而独造未闻。惟杜诸作自开堂奥,尽削前规。如题月:'关山随地阔,河汉近人流。'雨:'野径云俱黑,江船火独明。'雪:'暗度南楼月,寒深北浦云。'夜:'重露成涓滴,稀星乍有无。'皆精深奇邃,前无古人,后无来者。"④胡氏从咏物角度大赞杜甫之"独造",所举诗例均可称有见,但未说明"独造"之原理何在。由于五言近体诗立意集中于一点,尤其适合于单一事物的描绘,所以自齐梁以来,咏物一直是新体诗和五言律诗的大宗。杜甫的五律咏物诗无论在极貌写物和比兴寄托方面都有其独创,这一点已有不少研究者论及。但本节所说的"物色生态"已经远远超出了传统的咏物题材范围。尤其在漂泊西南的晚年生涯中,由于环境相对平静和单调,促使杜甫对日常生活中所见的天象、地理、人事、风俗等有

---

① 《杜诗镜铨》上册,第501页杨伦注。
② 《舟中夜雪有怀卢十四侍御弟》,《杜诗镜铨》下册,第1001页。
③ 《十六夜玩月》,《杜诗镜铨》下册,第836页。
④ 胡应麟《诗薮》内编卷四,第72页。

了更加细致的观察和思考,在表现上也大大突破了咏物诗的创作传统。即使将胡氏所举诗例视为咏物,联系上文相关的解析,也可以看出其不同于传统咏物之处:以往咏物向来注重于对事物可视、可闻、可听的外在形貌特征的刻画,杜甫则深入到对事物穷理尽性的探索,通过"用字造意"的多种处理方式,使五律的"精深奇邃"达到"前无古人"的表现深度。正如杨伦所引李子德对《朝二首》的评论:"天光物理,写之无不入微,所感深矣。"①这便是杜甫五律"自开堂奥,尽削前规"的"独造"所在。

五律发展到盛唐,已经取得了很高的成就,各家都有自己的特色。对于如何在前人基础上继续开拓,杜甫选择了与同时代的天宝大历诗人不同的方向。大历诗人多数沿袭王、孟的传统,使盛唐的熟词熟境发展到意象雷同的程度,也有部分诗人力图创新,主要是在炼字构句方面探索,但是取材却收缩到送别、寄赠、旅宿三大类传统范围之内。② 杜甫却正好相反,不但极大地开扩了取材的范围,而且拓展了取景造境的内涵。他对日常生活中的"物色生态"的体察达到穷理尽性的深度,并能利用五律句字组合不受散文语法逻辑限制的自由度,使其所造之境的象外之意和所写事物的内在之理包含在无字之处。这就突破了传统五律限于描写可视、可听、可解之事物的层面,使五律进入了更深邃的表现层次,从而更充分地发挥了五律自身的潜能和特质,使之能从现实生活和万物之理的不断发掘中获得取之不尽的创作源泉。这也正是杜甫五律为后人所不能企及之处。

---

① 《杜诗镜铨》下册,第 866 页引李子德评。
② 参见拙文《"意象雷同"和"语出独造"——从"钱、刘"看大历五律守正和渐变的路向》,台湾《清华学报》新 45 卷第 1 期,2015 年 3 月。

# 第六章 "融各体之法"的七律圣手

七律是近体诗中发展较晚的一种体式,真正的成熟完成于杜甫之手。宋元以后,论诗法和诗格的著作有很多以杜甫七律为标准,奉为圭臬。大多数论者都认为杜甫的七律可称"圣矣"。但是也有些诗论家对杜甫七律的成就有争议,有的认为他是"变体""变格",有的不喜欢他在夔州以后的七律风格,而夔州时期恰恰是杜甫七律创作的高峰期。那么如何认识这些争议呢?

## 第一节 盛唐七律"正宗说"

### 一 盛唐派诗论家关于七律正宗的争议

明代及清前期是盛唐派诗论盛行的时期,对于杜甫的七律,多数都持推崇的态度,但是也有不同的声音。胡震亨《唐音癸签》提到过一场关于七律正宗的争论:"七言律独取王、李而绌老杜者,李于鳞也。夷王、李于岑、高而大家老杜者,高廷礼也。尊老杜而谓王不如李者,胡元瑞也。谓老杜即不无利钝,终是上国武库,又谓摩诘堪敌老杜,他皆莫及者,王弇州也。意见互殊,几成诤论。虽然,吾终以弇州公之言为衷。"①胡震亨的《唐音癸签》完成于明末,这一争议应是他从嘉、隆以来最有代表性的几位诗家著作中总结出来的。其中提到的李攀龙、高棅、胡应麟、王世贞四人,诗学倾向大体一致,都是宗盛唐派,但是对于王维、李颀和杜甫七律的地位却存在不同评价,这是什么原因呢？如果仔细查阅明清诗论,就会注意到还有其他盛唐派学者实际上也响应了这一争议。

按胡震亨的说法,包括他自己在内的五位诗家,对杜甫七律和王维、李颀等七律的取向,归纳起来有三种不同意见:一种是贬低杜甫七律的地位,而独尊王维、李颀。此说由李攀龙提出,他在《唐诗选序》里说:"七言律体,诸家所难,王维、李颀颇臻其妙,即子美篇什虽众,愦焉自放矣。"②值得注意的是:李攀龙的看法并非其一人之私见,如果联系明代其他盛唐派的观点来看,就会发现赞同其说的颇有其人。例如顾起纶说:"殊不知律者以古雅沉郁为难,而七言尤不易。……虽盛唐诸公,唯王维、李颀二三家臻妙,太白浩然便不谙矣。"③郝敬评论杜甫《曲江》《登高》等名作时说:"此等语势壮浪,人所脍炙,其实非雅音也。"④"七言律,王维、岑参、高适、李颀、刘长卿,最为长技。李白无七言律。杜甫有而驳杂,完璧少。《秋兴》《早朝》最著……此等句,词林概以为佳,其实杜撰无稽。"⑤王世懋说:"予谓学于鳞不如学老杜,学老杜尚不如学盛唐。""李颀七言律,最响亮整肃。"⑥所以沈德潜评明人诸说,指出:"王维、李颀、崔曙、张谓、高适、岑参诸人,品格既高,复饶远韵,故

---

① 胡震亨《唐音癸签》卷一〇,第93—94页。
② 李攀龙选,蒋一葵笺释《唐诗选》,清华大学图书馆藏明刻本,《四库全书存目丛书》集部第三〇九册,第1页。
③ 顾起纶《国雅品》,《全明诗话》第二册,第1479页。
④ 郝敬《艺圃伦谈》,《全明诗话》第四册,第2905页。
⑤ 同上书,第2907页。
⑥ 王世懋《艺圃撷余》,《历代诗话》,第780页。

为正声。……明嘉隆诸子,转尊李颀。"①可见尊王、李而抑杜甫的异议在明中叶后已形成一种倾向。

另一种是尊尚杜甫,以高棅、胡应麟为代表。但如果细读《唐诗品汇》和《诗薮》,不难看出高棅将盛唐七律列为正宗,推崇备至:"盛唐作者虽不多,而声调最远,品格最高。……王之众作,尤胜诸人。至于李颀、高适,当与并驱,未论先后,是皆足为万世程法。"②而对杜甫,虽列为大家,则只说"少陵七言律法独异诸家而篇什亦盛。如《秋兴》等作,前辈谓其大体浑雄富丽,小家数不可仿佛耳。"③胡应麟对杜甫七律的"太粗、太拙、太险、太易者"也颇多批评,不肯在王维和杜甫之间有所轩轾:"七言律最难。……王、岑、高、李,世称正鹄。……王、李二家和平而不累气,浑厚而不伤格,浓丽而不乏情,几于色相俱空,凡雅备极。然制作不多,未足以尽其变。杜公才力既雄,涉猎复广,用能穷极笔端,范围今古。但变多正少,不善学者,颇失粗豪。……故世遂谓七言律无第一,要之信不易矣。"④从这些具体的评价看来,高棅和胡应麟其实都是极其推崇盛唐的,只是没有像李攀龙那样"绌老杜",而是认为很难设第一。

第三种是对杜甫七律不无看法,但碍于杜甫的地位而认为王维可以和老杜并提,胡震亨认为王世贞主此说。其实王世贞在评李于鳞《唐诗选序》关于七言绝句的论点时确实说过:"余谓:七言绝句……王维、李颀虽极风雅之致,而调不甚响。子美固不无利钝,终是上国武库,此公地位乃尔。"⑤却不是指七律。他对王维七律评价甚高,对杜甫七

---

① 沈德潜《说诗晬语》卷上,《原诗 一瓢诗话 说诗晬语》,第217页。
② 《七言律诗叙目》,高棅选编《唐诗品汇》,第706页。
③ 同上。
④ 胡应麟《诗薮》内编卷五,第81—83页。
⑤ 王世贞《艺苑卮言》,《历代诗话续编》中册,第1005页。

律"变风"也有批评①,但还是认为:"五言律、七言歌行,子美神矣,七言律,圣矣!"②胡震亨对于王维的"高华"、李颀的"韶令"、岑参的"句格壮丽"、高适的"情致缠绵"给予充分肯定,同时也指出:"杜公七律,正以其负力之大,寄惊之深,能直抒胸臆,广酬事物之变而无碍,为不屑色声香味间取媚人观耳。中间尽有涉于倡诞,邻于愤怼,入于俚鄙者,要皆偶称机绪,以吐噏精神。材料一无拣择,义谛总归情性,令人乍读觉面貌可疑,久咀叹意味无尽。其夺爱王、李,生异论以此;虽有异论,竟不淆千古定论,亦以此。"③这样分析下来,三种意见中,第二、第三两种意见其实近似。

以上三种意见虽然表面"互殊",但他们对于盛唐与杜甫七律基本特点的看法其实是一致的:以王、李为代表的盛唐七律之所以可以视为正宗,是因为其格调和平浑厚、气象壮丽高华,极风雅之致。而杜甫七律与王李的不同,就在于其变的一面,由于诗歌题材扩大到能"广酬事物之变"的范围,便不免"驳杂""粗豪",那些涉于倡诞、愤怼、俚鄙的作品就伤害了风雅平和的正调。但是因为杜甫七律"无一家不备,亦无一家可方"④,因此第二、第三种意见仍然承认杜甫作为"大家"的地位。至于对杜甫的"变"能宽容到什么程度,就决定了他们对杜甫地位肯定程度的差异。

关于七言律取向的争议是以唐宋诗之争为大背景的,因为宗盛唐

---

① 据周本淳《唐音癸签》校记:"《艺苑卮言》卷四又云:'盛唐七言律,老杜外,王维、李颀、岑参耳,李有风调而不甚丽,岑才甚丽而情不足,王差备美。'综上观之,弇州实未'谓摩诘堪敌老杜',胡氏似未细参。"此说有据。不过,王世贞论七言律时说过:"凡为摩诘体者,必以意兴发端,神情符合,浑融疏秀,不见穿凿之迹,顿挫抑扬,自出空山之表,可耳。虽老杜以歌行入律,亦是变风,不宜多作,作则伤境。"(《历代诗话续编》中册,第1009页。)这话几乎是置杜甫于王维之下了。胡氏或是综合其基本倾向做出的判断。

② 王世贞《艺苑卮言》卷四,《历代诗话续编》中册,第1005—1006页。

③ 胡震亨《唐音癸签》,第94页。

④ 同上。

派往往将中晚唐诗和宋诗之变溯源到杜甫①,只是由于宗唐派的审美标准有格调、神韵等着眼点的差异,不喜欢杜甫的原因也并不完全相同。由上述争议可知,就七言律而言,关键在于如何评价这一体式的正变。从明到清,无论是抑杜还是尊杜的学者,大都认为杜甫的七律相对盛唐的正宗而言是"变格",正如沈德潜所说:"杜七言律有不可及者四:学之博也,才之大也,气之盛也,格之变也。"②博学、才大、气盛,都是杜甫主体修养在诗歌中的自然表现,而"变格"则体现为七律体格声调的重大变化。综合明清人的论述,大体上反映在以下三个方面:一是声调的不同。盛唐七律声调远,品格高,但平仄尚有不严者。杜甫讲究声律,但缺乏盛唐的自然远韵。如王世贞在论"摩诘七言律"时说:"凡为摩诘体者,必以意兴发端,神情符合,浑融疏秀,不见穿凿之迹,顿挫抑扬,自出空山之表,可耳。虽老杜以歌行入律,亦是变风,不宜多作,作则伤境。"③钱木庵则说:"少陵崛起,集汉魏六朝之大成,而融为今体,实千古律诗之极则。同时诸家所作,既不甚多,或对偶不能整齐,或平仄不相粘缀。上下百余年,止少陵一人独步而已。"④二是篇法句法的变化。盛唐篇法多重复,但句法浑涵。杜甫则篇法错综任意,句法因过求变化而不浑成。胡应麟说:"盛唐七言律称王、李,王才甚藻秀而篇法多重。"⑤"盛唐句法浑涵,如两汉之诗,不可以一字求。至老杜而后,句中有奇字为眼。才有此,句法便不浑涵。"⑥浦起龙说:"篇法变化,至杜律而极。"⑦李重华说:"七言律古今所尚,李沧溟专取王摩诘、

---

① 参见拙文《历代诗话中的天分学力之争》,《汉唐文学的嬗变》,第315—327页,北京大学出版社,1990年。

② 沈德潜编《唐诗别裁》卷一三"七言律诗""杜甫"条下评语,第188页。

③ 王世贞《艺苑卮言》,《历代诗话续编》中册,第1009页。

④ 钱木庵《唐音审体》"律诗七言四韵论",《清诗话》下册,第783页。

⑤ 胡应麟《诗薮》内编卷五,第84页。

⑥ 同上书,第91页。

⑦ 浦起龙《读杜心解·发凡》,第9页。

李东川,宗其说,岂能穷极变态? 余谓七律法至于子美而备,笔力亦至子美而极。"①三是风格的差异。如胡应麟论七律变化说:"盛唐气象浑成,神韵轩举"②,"杜陵雄深浩荡,超忽纵横,又一变也"③。以上三方面包含了明清诗家对杜甫七律"变格"的大体感觉。

## 二 从七律的形成路径看盛唐七律的格调

七律的"变格"乃相对于"正宗"而言,那么什么是"正宗"? 为什么数量不多的盛唐七律被公认为"正宗"? 从明清各家诗论来看,虽然李攀龙推崇其气象壮丽,王渔洋推崇其神韵悠远,各取一面,但大多数论者对于王、李诸家的平和优雅都没有异议。那么这种格调是怎样形成的呢? 这就要从七律的源头和形成的过程说起。

从李攀龙在《唐诗选》中体现出来的选诗标准可以看出,他选唐诗是根据不同诗体的形成时期来确立其不同的正宗标准的,如五言古诗以汉魏为正宗,七言古诗则是以初唐为正宗。也就是说,各类诗体成熟初期的格调风貌就是其本色当行。李攀龙所选的诗虽然受到很多人的批评,但是他的"正宗观"却可以代表盛唐派多数人的观念。事实上,从各体诗歌的形成发展史来看,每种诗型在其成熟初期确有一种后世诗歌所无法企及的天然魅力。七律也是如此。

盛唐七言律诗格调的平和优雅,与其声调的悠扬流畅以及体式的表现功能有关。首先从声调来看,盛唐七律有一种特殊的声调美,与乐府歌行比较接近。其根源就在于七律本来起源于乐府,与歌行具有密切的亲缘关系。追溯七律的雏形七言八句体,从梁朝到隋,一直与乐府相伴而行。从沈约《四时白纻歌》算起,七言八句体基本上有两体,一种是中间转韵或押仄韵的歌,一种是隔句押平韵,两种全都是乐府题。

---

① 李重华《贞一斋诗说》,《清诗话》下册,第 925 页。
② 胡应麟《诗薮》内编卷五,第 92 页。
③ 同上书,第 84 页。

如萧纲的《乌夜啼》，萧绎的《乌栖曲》其二，庾信的《乌夜啼》，江总的《芳树》《杂曲》其一、《姬人怨》，隋炀帝的《四时白纻歌》《江都宫乐歌》《泛龙舟》，虞世基的《四时白纻歌》等，其中庾信的《乌夜啼》已经具有七律的声律和形态。此后到初唐刘希夷的《江南曲》八首的第七首，除了末联失粘，已是基本合格的七律；第八首虽是平仄转韵，但架构同七律，仍是乐府题。中宗时期的乐府《享龙池乐章》也是七律。直到盛唐时期，仍有用七言八句体写歌的，如崔颢的《雁门胡人歌》，李颀的《双笋歌送李回兼呈刘四》，岑参的《韦员外家花树歌》。而七律如张说的《舞马千秋万岁乐府词》三首，是近代曲辞，万楚的《骢马》还是南朝乐府曲名。这说明七言八句体在发展中虽然逐渐分化，一部分仍是歌行，一部分律化，但二者是同源体。所以许印芳说："唐七言律，梁、陈之乐府诗也。……至朝廷大典礼，尚沿梁、陈旧习，以七律为乐章。《龙池》诸篇，全载唐史。"①汪师韩也指出："《旧唐书·音乐志》载《享龙池乐章》十首：一姚崇，二蔡孚，三沈佺期，四卢怀慎，五姜皎，六崔日用，七苏颋，八李乂，九姜晞，十裴璀。十人之作，皆七言律诗也。"②

由于七律和七言八句歌行这种同源于乐府的关系，二者的结构和风调也难免相互影响。一些非七律的七言八句体歌行，首二句的起和末二句的结，以及中间四句的铺叙对偶，结构与七律相似，如隋炀帝的《江都宫乐歌》、刘希夷的《江南曲》其八、崔颢的《雁门胡人歌》等等。乐府歌行的风调更影响了七律和非歌辞性题目的七言八句体。尤其是歌行式的声调和句法的相似，更是不胜枚举。前人早就指出过盛唐七律具有歌行风调的现象，如王世贞说："沈末句（按，指沈佺期《古意》）是齐梁乐府语。崔（按，指崔颢《黄鹤楼》）起法是盛唐歌行语。"③其

---

① 许印芳编撰《诗法萃编》卷六上，第314页，云南图书馆藏板，台湾新文丰出版社，1989年。
② 汪师韩《诗学纂闻》，《清诗话》上册，第445页。
③ 王世贞《艺苑卮言》，《历代诗话续编》中册，第1008页。

实,沈佺期的《古意赠乔补阙知之》何止是末句,整篇结构、对仗都是乐府歌行中传统的思妇诗的常见写法,只是稍微浓缩而已。正如汪师韩所说:"沈佺期'卢家少妇'一诗,即乐府之'独不见'。"①再看沈佺期的《享龙池乐章》前四句:"龙池跃龙龙已飞,龙德先天天不违。池开天汉分黄道,龙向天门入紫微。"②显然《黄鹤楼》的前四句句式就来自此诗。所以《唐音癸签》说:"今观崔诗自是歌行短章,律体之未成者。"③而李白的《登金陵凤凰台》:"凤凰台上凤凰游,凤去台空江自流。"《鹦鹉洲》:"鹦鹉来过吴江水,江上洲传鹦鹉名。鹦鹉西飞陇山去,芳洲之树何青青!"④采用的正是《享龙池乐章》《黄鹤楼》的句式。梁陈初唐乐府歌行的声调特别悠扬流畅、婉转多姿,原因在其结构和句式特点是四句乃至六句、八句一个诗节。一个诗节一层意思,因此一节之内多用重叠、复沓、递进、叠字、流水对、回文对等修辞句法,即使不用这些修辞手法,由于两句一意,对仗也往往是同义句的并列和铺陈,因而音节舒展悠远,便于全诗层叠反复地抒情。七律采用这样的句法和结构,自然具有乐府歌行的声调。

由于七律和七言八句体在声调上的相似,初唐已经有少数诗人刻意区分两种诗体,例如宋之问有好几首七言八句体,像《寒食还陆浑别业》《寒食江州满塘驿》《至端州驿》等,除了转韵以外,还采用顶针、不对偶等方法,使之与七律拉大距离。张说也有类似的尝试,如《离会曲》《巡边在河北作》等强化了七言八句体的歌行特征与七律的差别。这也正说明盛唐七律的乐府声调是源于乐府,与七言八句体歌行同步发展、相互影响的自然结果,并非诗人有意为之。而盛唐七律具有声调远的特点,正是它处于从歌行中刚刚分离出来的这一特定发展时段所

---

① 汪师韩《诗学纂闻》,《清诗话》上册,第 445 页。
② 刘昫《旧唐书》卷三〇,志一〇"音乐三",第 1125 页。
③ 胡震亨《唐音癸签》,第 96 页。
④ 王琦注《李太白全集》中册,第 986、993 页。

具有的特殊魅力。

其次,从初唐七律的题材和表现功能来看,七律主要是从武则天晚年到中宗时期的应制诗里发展起来的。今存初唐七律,绝大部分是应制体,个人抒情的篇章很少。由于创作场合的公众性及其颂圣功能的特殊性,初唐七律也形成了题材和表现模式的单一性。应制诗大都创作于宫廷大臣随皇帝游览宫苑、山庄或胜景的饮宴场合,如夏日游石淙,立春游苑迎春、初春幸太平公主山庄、春日幸望春宫、人日宴大明宫恩赐彩缕人胜、兴庆池侍宴等等,参与人数多,题材相同,又有应制格式规定,于是结构模式也都一致。一般是首联点题,说明游宴的时令地点,中间或两联对偶写景,或一联写景、一联写场面,或人物活动和景物描写相间,尾联以颂圣结。虽然题材多涉山水风景,但只求律赋式的全面平铺,不以取境为意;文字多妆点夸饰,风格富丽典雅,适宜于渲染皇家气象。同时由于早期七律与乐府的亲缘关系,即使是刻板庄重的应制体,也常常具有歌行式的句调。因此流畅平和的歌行式声调和雍容典雅的应制体风格相结合,就成为七律形成之时的本色当行,自然会影响到刚进入成熟期的盛唐七律。

初唐应制体的单一模式使七律的功能局限于颂圣和应酬,而盛唐七律最重要的贡献就在于发掘和提高了七律的抒情能力。进入开元年间以后,非应制体的七律逐渐增多,题材也扩大到送别、访客、述怀、杂感、隐逸、登临等私人感情的表现范围,同时开拓了更多的表现方式,尤其在意兴的抒发和意境的创造等方面达到了很高的成就,但仍然大体上保持了初唐七律之声调和典雅风格。尤其是声调,盛唐七律大体上正处于由歌行式的流畅转向声律工稳的过渡状态中,这就给盛唐为数不多的七律带来了后世不可企及的声调美。盛唐七律中应制诗的数量仍然不少,不少应酬性的作品也有应制体的影响。而盛唐七律之气象宏丽,主要体现在这类作品中。就以王维而言,他的七律共20首,其中应制应教诗4首,与宫省有关的应酬诗4首。李攀龙所选王维七律8首,5首是这类题材。但是盛唐七律在直接延续了初唐应制体传统的基础上,进一步提高其表现艺术,并扩大到其他同类题材,又将初唐七律的富丽典雅进一步发展为高华壮丽。

总之,七律源于乐府歌行、形成于应制体的背景决定了盛唐七律的声调风格特色,同时也导致其结构和表现方式的单调少变化。王、李、高、岑虽然在题材和表现上都有所开拓,而且成就极高,但毕竟数量太少,尤其是未能充分发掘七律体式的表现潜力。这就是杜甫七律求变的前提。

## 第二节　杜甫七律的开拓和创新

### 一　"无所不入"的诗料

胡震亨曾从取材、声律、篇制、形式等方面对杜甫七律之变做过一个总结:"少陵七律与诸家异者有五:篇制多,一也;一题数首不尽,二也;好作拗体,三也;诗料无所不入,四也;好自标榜,以《诗》入诗,五也;此诸家所无。其他作法之变,更难尽数。"[①]其中第四点"诗料无所不入"确实是杜甫七律取材的重要开拓。初唐七律主要是应制,多作于随皇帝游览之时,以描写宫廷省苑和歌功颂德为主。盛唐七律的题材拓展到赠别、登览和边塞等方面,但因为数量太少,取材仍然有限。杜甫七律151首,数量大大超过盛唐。他在奉酬赠别之外,把题材扩大到忧时伤乱、咏物怀古、羁旅述怀、日常遣兴等多方面。盛唐七律取境多注重典型意象,趣味倾向于高华优美,杜甫七律则将烽烟疮痍、节令寒暑、气象风俗等都收入诗中,尤其是日常生活中的小事,细到仆人取水、白日做梦、苦热畏寒,都可以成为诗料,这就使他的诗境也丰富多样,大大拓宽。

像对待其他诗体一样,杜甫也用七律来抒发他感时伤乱的情怀,虽

---

① 胡震亨《唐音癸签》,第95页。

然较少像五古和七古那样直叙时事的作品,但也有一些对时事作出迅速的反应。最著名的是《闻官军收河南河北》:762年10月,官军进讨史朝义,收复洛阳。第二年正月,史朝义兵败自缢,部下投降。河南河北相继收复。杜甫虽然远在剑外,但因密切关注着时事,很快就得到了消息,立即写出这首传世名作。又如《黄草》作于夔州,感慨蜀中之乱:

> 黄草峡西船不归,赤甲山下行人稀。
> 秦中驿使无消息,蜀道兵戈有是非。
> 万里秋风吹锦水,谁家别泪湿罗衣?
> 莫愁剑阁终堪据,闻道松州已被围!①

诗里所涉时事相当复杂:765年闰十月,剑南节度使郭英义与西山都知兵马使崔旰互相残杀,导致西川大乱。次年三月,崔旰又击败剑南东川节度使张献诚,导致东川大乱。柏茂林和杨子琳讨伐崔旰。杜鸿渐至蜀,却向三人各授刺史防御,不处理崔旰专杀主将之罪。杜鸿渐入朝后,吐蕃年年为患。诗人批评朝廷对蜀中兵乱的处理不分是非,导致松州又被吐蕃围困。虽是耳闻,但写法如新题乐府一样,以首二字为题。《诸将五首》②是一组用七律写的讽劝武将的政论诗。安史之乱平定以后,吐蕃入寇、回纥掳掠、河北叛军的部下没有归顺朝廷、南方边境将帅拥兵作乱、蜀中兵乱接连不断,这组诗就针对这五方面的形势一一提出自己的看法。其一就吐蕃入寇长安之事,指出长安虽然险固,但"胡虏千秋尚入关",近时又"见愁汗马西戎逼",警告诸将"多少材官守泾渭,将军且莫破愁颜"。其二从朝廷过度依赖回纥,导致永泰元年回纥与吐蕃合兵入侵之事着眼,叹息诸将不能为天子分忧。其三指出河北安史余孽未平,藩镇不贡朝廷,导致"沧海未全归禹贡,蓟门何处尽尧封";批评诸将虽然蒙受朝廷之恩,却只是拥兵自重,坐视河北沦弃。

---

① 《黄草》,《杜诗镜铨》下册,第635页。
② 《诸将五首》,《杜诗镜铨》下册,第638—643页。

其四就广德元年宦官市舶使吕太一驱逐广南节度使张休,纵兵大掠一事寄慨,讽刺南疆不靖,而宦官却都加了司马总戎之类的名位。其五为蜀中久乱而作。严武死后,蜀中诸将交相攻击。杜鸿渐以三川副元帅兼节度,只求息事宁人,将军政交给崔旰,每天与僚属纵酒宴饮。诗人追思严武,实际上也就批评了现任蜀帅的不得力。

除了议论时事以外,杜甫的七律一般都是在送别、寄赠、写景等题材中带出对时局的忧虑。如《恨别》因流落剑外思念家乡诸弟而言及时事:

洛城一别四千里,胡骑长驱五六年。
草木变衰行剑外,兵戈阻绝老江边。
思家步月清宵立,忆弟看云白日眠。
闻道河阳近乘胜,司徒急为破幽燕。①

从安史乱起与诸弟分别开始,回忆了五六年兵戈满地的形势,最后因河阳大胜的消息深受鼓舞,期望李光弼直捣叛贼老巢。"河阳近乘胜"包括了乾元二年司徒李光弼在河阳大破贼众,以及上元元年在怀州破安太清、在河阳西渚破史思明等一系列胜仗。《野老》由傍晚在篱边观看江上返照的情景,联想到京东诸郡尚未收复的时局:"长路关心悲剑阁,片云何意傍琴台?王师未报收东郡,城阙秋生画角哀。"②《野望》写出郊游望的感触,从蜀中三城的列戍推及天下风尘未息的现实:

西山白雪三城戍,南浦清江万里桥。
海内风尘诸弟隔,天涯涕泪一身遥。
惟将迟暮供多病,未有涓埃答圣朝。
跨马出郊时极目,不堪人事日萧条!③

---

① 《恨别》,《杜诗镜铨》上册,第334页。
② 《野老》,《杜诗镜铨》上册,第321页。
③ 《野望》,《杜诗镜铨》上册,第374页。

西山即雪岭,三城在松州维州等边界。为防吐蕃骚扰,剑南分为两节度,西山三城列成备边。《野望》原是唐初以来山水田园诗的题目,一般都写眺望野外风景的感想。而在这首诗中,诗人极目所见的是西山白雪和三城的边戍,望不尽的海内风尘和日益萧条的人事。更由自己的衰暮多病引起未能有涓滴贡献以报效朝廷的内疚。《将赴成都草堂,途中有作先寄郑公五首》①作于结束梓、阆一年多的避乱生涯将回成都之时,其五想象重回成都后恐怕人事皆非的情景:"昔去为忧乱兵入,今来已恐邻人非。侧身天地更怀古,回首风尘甘息机。"在昔去今回的对比中道尽经历风尘的无限沧桑。《登楼》②也是盛唐的传统题材,但此诗因有感于广德元年吐蕃攻陷长安,代宗逃到陕州,郭子仪恢复京师的大事而作。高楼之下的满目烟花,令诗人想到的只是"万方多难",以及治乱交替的形势变化。《白帝》③写夔州暴雨昏天黑地的景象,在雷霆般的雨声中尚能听到寡妇在秋原上的痛哭声。《吹笛》④因风清月明之夜的笛声引起思念故园杨柳之情,也是盛唐诗常见的题材,然而"胡骑中宵堪北走,武陵一曲想南征",只有厌倦离乱的诗人才能想到。《公安送韦二少府匡赞》⑤在送别友人时,将两人分手于烽烟之际,泛舟于江湖之上的处境与白发衰翁面对落日的种种悲慨,概括为"时危兵革黄尘里,日短江湖白发前"的对句,更是凄惨。由此可见,杜甫在传统的送别、寄赠和写景类题材中都融入了伤时感乱的叹息,这是他开拓七律诗境的一个重要特色。

怀古诗虽然不是由杜甫所开创,但盛唐七律中仅见于吟咏山水名胜,如《黄鹤楼》《鹦鹉洲》《登金陵凤凰台》等,杜甫则将此类题材扩大

---

① 《将赴成都草堂,途中有作先寄郑公五首》,《杜诗镜铨》上册,第511—513页。
② 《登楼》,《杜诗镜铨》上册,第520页。
③ 《白帝》,《杜诗镜铨》下册,第635页。
④ 《吹笛》,《杜诗镜铨》下册,第669页。
⑤ 《公安送韦二少府匡赞》,《杜诗镜铨》下册,第944页。

到赋咏历史人物。如《蜀相》作于拜谒成都武侯祠时,着重概括了诸葛亮一生的功业和人格。《咏怀古迹》五首分别以白帝到江陵的五处古迹为题,借评价庾信、宋玉、昭君、刘备、诸葛亮寄托自己的情怀,更是怀古诗题材的拓宽。

咏物诗本是杜诗的一大特色,杜甫用七律咏物虽然不多,但《见王监兵马使说近山有白黑二鹰……》《见萤火》等,也是前人七律所未涉及的题材。至于风土民俗更是前人七律所罕见。杜甫的《十二月一日》①三首其二前半首:"寒轻市上山烟碧,日满楼前江雾黄。负盐出井此溪女,打鼓发船何郡郎?"就夔州当地风俗取材,与他的七言歌行《最能行》《负薪行》一样,为中唐的风土诗开了先河。

杜甫各类诗体都从日常生活杂事中取材,七律也有不少,这类诗将本来庄重典雅的七律变得轻松活泼。如《卜居》写初到成都时在浣花溪卜建草堂之事:

> 浣花溪水水西头,主人为卜林塘幽。
> 已知出郭少尘事,更有澄江销客忧。
> 无数蜻蜓齐上下,一双鸂鶒对沉浮。
> 东行万里堪乘兴,须向山阴上小舟。②

浣花溪不但林塘幽静,而且在江流弯曲处。无数蜻蜓上下飞舞,加上鸂鶒在水里浮沉,更觉生机无限。《堂成》写草堂建成后的情景:

> 背郭堂成荫白茅,缘江路熟俯青郊。
> 桤林碍日吟风叶,笼竹和烟滴露梢。
> 暂止飞乌将数子,频来语燕定新巢。
> 旁人错比扬雄宅,懒惰无心作解嘲。③

---

① 《十二月一日》,《杜诗镜铨》下册,第578—579页。
② 《卜居》,《杜诗镜铨》上册,第312—313页。
③ 《堂成》,《杜诗镜铨》上册,第315—316页。

草堂庭院内楷树成林,青竹笼烟,引得乌鹊燕子都来筑巢,和自己一样有了暂时安定下来的居所。立意虽然和陶渊明的"众鸟欣有托,吾亦爱吾庐"①相同,却是取材于眼前实景。这首诗与《卜居》一写堂前内景,一写溪前外景,充满动趣,都是前人七律未曾用过的诗料。《南邻》写草堂南边的邻居:"锦里先生乌角巾,园收芋栗未全贫。惯看宾客儿童喜,得食阶除鸟雀驯。"②用富有生活气息的细节塑造出一个和善的隐者形象。《示獠奴阿段》是在夔州时给蛮族奴仆的一首诗,称赞他独自进山寻找水源,用竹筒将水引到家里:

> 山木苍苍落日曛,竹竿袅袅细泉分。
> 郡人入夜争余沥,竖子寻源独不闻。
> 病渴三更回白首,传声一注湿青云。
> 曾惊陶侃胡奴异,怪尔常穿虎豹群。③

七律用于叙述日常事件,已是创举,更何况此诗还能将阿段的勇敢和能干,以及诗人听到水声下注的惊喜和对阿段的爱赏之情都简练地传达出来。《昼梦》由自己白日梦醒而想到天下忧患:

> 二月饶睡昏昏然,不独夜短昼分眠。
> 桃花气暖眼自醉,春渚日落梦相牵。
> 故乡门巷荆棘底,中原君臣豺虎边。
> 安得务农息战斗,普天无吏横索钱?④

白日做梦是前人从未写过的生活琐事,以此入诗,颇为新颖。而故乡荆棘、中原豺虎既似是梦境,又是诗人魂牵梦萦的现实。前半首的暖春气息与后半首的战争氛围似乎风格悬殊,但醒后呼吁"务农息战",点明

---

① 陶渊明《读山海经》其一,袁行霈《陶渊明集笺注》,第393页,中华书局,2003年。
② 《南邻》,《杜诗镜铨》上册,第329—330页。
③ 《示獠奴阿段》,《杜诗镜铨》下册,第592页。
④ 《昼梦》,《杜诗镜铨》下册,第739页。

春天本应是务农而不是战争的季节,便将二者之间的内在联系揭示出来了。这样特殊的格调正与诗人取材的特殊有关。《早秋苦热堆案相仍》①、《多病执热奉怀李尚书之芳》②都是写日常生活中之怕热。苦热虽然是西晋就有的题材,但这两首诗一写自己在华州时看簿卷不耐暑热的狂躁,一写因热而不能赴李尚书的邀约,前者尤其粗放:"每愁夜中自足蝎,况乃秋后转多蝇。"连苍蝇、蝎子都进了诗歌,也有论者嫌其用语粗糙。然而写环境的恶劣和炎热的难忍,确实很真切。这类诗为后来韩愈等奇险派诗人的取材开了先路。

## 二 正中有变的创新

杜甫的七律对于王维、李颀等盛唐七律而言,固然有不少变化,但是如过分强调杜甫的"变多正少",其实并不符合事实。即使是从明代诗论家最重视的格调来说,杜甫的许多七律也只能说是"正中有变",他的大量作品都是在继承盛唐七律的基本创作原理的基础上,有所变化。例如明代诗论家最推崇盛唐七律的高华壮丽,杜甫也不乏这类作品。在肃宗朝任左拾遗期间,他曾写下多首气象雍容典雅的七律。《奉和贾至舍人早朝大明宫》是与王维、岑参一起写的和作。王维诗中"九天阊阖开宫殿,万国衣冠拜冕旒"一联向来被视为盛唐气象的代表,杜甫诗也自有特色:

> 五夜漏声催晓箭,九重春色醉仙桃。
> 旌旗日暖龙蛇动,宫殿风微燕雀高。
> 朝罢香烟携满袖,诗成珠玉在挥毫。
> 欲知世掌丝纶美,池上于今有凤毛。③

---

① 《早秋苦热堆案相仍》,《杜诗镜铨》上册,第199页。
② 《多病执热奉怀李尚书之芳》,《杜诗镜铨》下册,第921页。
③ 《奉和贾至舍人早朝大明宫》,《杜诗镜铨》上册,第173—174页。

三人和作都依贾至原作,首联写早朝,杜诗从宫中刻漏的特点着想①,写出春色秾丽、桃花如醉的晨景。颔联写朝拜,杜甫没有像王维、岑参那样正面描写千官上殿的宏大场面,只是从渲染外景落笔:暖日下龙蛇图案随旌旗飘动,微风中燕雀在宫殿高飞,已经烘托出殿内肃穆的氛围。颈联写群臣带着殿内的烟香退朝,也是由朝罢之后的景象见出殿内的祥烟氤氲。尾联和原诗"凤池染翰"之意,合用东晋王敬伦风姿似父和南齐谢超宗文辞似祖被称为"有凤毛"的典故②,兼顾了原作者贾至与其父贾曾两代任舍人"世掌丝纶美"的意思,又连带赞扬了贾至首唱《早朝大明宫呈两省僚友》的美事,更加巧妙周到。四首诗所用应制诗式的华美辞藻,以杜甫为最少,也更含蓄严谨。又如《宣政殿退朝晚出左掖》:

> 天门日射黄金榜,春殿晴曛赤羽旗。
> 宫草霏霏承委佩,炉烟细细驻游丝。
> 云近蓬莱常五色,雪残鸤鹊亦多时。
> 侍臣缓步归青琐,退食从容出每迟。③

同是写早春宫殿景象,又换一种富丽的色泽。蓬莱宫上的五色祥云,鸤鹊观顶融化的积雪,晴日直照的天门黄金榜,都是大笔勾勒。丹墀前茂盛的宫草承托着侍臣们的佩饰,大殿上的香炉里细细的烟气如晴空中的游丝,则是细处点染。最后出现的是退朝回院的大臣们,从容的气度和迟缓的步态更为全诗增添了庄严的气象。浦起龙誉之为"金和玉节

---

① 宫中刻漏,铸金为司晨,左手抱箭,右手指刻。
② 《世说新语·容止》:"王敬伦风姿似父。作侍中,加授桓公公服,从大门入。桓公望之曰:'大奴固自有凤毛。'"(余嘉锡《世说新语笺疏》中册,第731页,中华书局,2007年。)萧子显《南齐书》卷三六《谢超宗传》载超宗为谢灵运之孙,有文辞,盛得名誉。(孝武)帝大嗟赏,曰:"超宗殊有凤毛,恐灵运复出。"(第635页,中华书局,1972年。)
③ 《宣政殿退朝晚出左掖》,《杜诗镜铨》上册,第175—176页。

之篇"①。此外《紫宸殿退朝口号》前半首:"户外昭容紫袖垂,双瞻御座引朝仪。香飘合殿春风转,花覆千官淑景移。"②写女官引领百官入瞻御座的朝仪,借满殿春风飘香、花下日影渐移暗示殿宇之宽敞、奏对之长久,又是别一番内殿退朝的景象。这类风格的七律,并不逊于盛唐王、李诸家。

杜甫七律中还有不少清新流畅的佳作,也都遵循了盛唐传统作法。如《曲江对酒》:

> 苑外江头坐不归,水精宫殿转霏微。
> 桃花细逐杨花落,黄鸟时兼白鸟飞。
> 纵饮久判人共弃,懒朝真与世相违。
> 吏情更觉沧洲远,老大徒伤未拂衣。③

吏情淡薄,拂衣沧洲,都是盛唐隐逸诗的主旨。诗中写景以第二联为名对,由两个当句对组成,桃花在本句内对杨花,黄鸟在本句内对白鸟。这样的对法,可使句意流畅,南朝就已出现。这里将桃花、杨花,黄鸟、白鸟连成一气,既写出了花开花落、百鸟联翩的热闹春意,又显示了花鸟随季节转换的快速。而"细逐""时兼"的动态,更见出诗人观景的细心和对春光的留恋。《曲江对雨》:

> 城上春云覆苑墙,江亭晚色静年芳。
> 林花著雨燕脂湿,水荇牵风翠带长。
> 龙武新军深驻辇,芙蓉别殿谩焚香。
> 何时诏此金钱会,暂醉佳人锦瑟旁?④

此诗由曲江雨景联想到玄宗开元年间曾游幸芙蓉园,在曲江山亭赐宴

---

① 浦起龙《读杜心解》第三册,第607页。
② 《紫宸殿退朝口号》,《杜诗镜铨》上册,第176页。
③ 《曲江对酒》,《杜诗镜铨》上册,第181—182页。
④ 《曲江对雨》,《杜诗镜铨》上册,第182页。

臣僚,令左右在门下撒金钱取乐的往事。因感叹曲江无复开元之盛,眼前的雨景也就写得格外静谧寂寥。第二联写林中鲜花湿雨之后如胭脂般娇艳,水面上的荇菜被风吹得形成一条长长的翠带,很容易令人联想到其祖父杜审言的"绾雾青丝弱,牵风紫蔓长"①,可见这样的对句也是从初唐五律承继而来。

杜甫在草堂定居之初的七律,不仅风格与陶、王田园诗一样清新自然,句调也很流畅。如《江村》:

> 清江一曲抱村流,长夏江村事事幽。
> 自去自来梁上燕,相亲相近水中鸥。
> 老妻画纸为棋局,稚子敲针作钓钩。
> 但有故人供禄米②,微躯此外更何求?③

诗意明白易懂,好像是把口语稍加剪裁,就成了七律:一湾清江环绕着村庄流过,长夏里江村事事都很幽静。梁上的燕子自来自去,水里的鸥鸟相亲相爱。老妻在纸上画出棋盘,小儿子把针敲弯做成钓钩。只需要老朋友能分给我一些俸禄就很满足,此外我这微贱的身躯还有什么要求?把诗翻译出来,更可以看出这诗在字面上和白话差不多。此诗的难处也正在读起来极平易流畅而对仗却极精工。感觉流畅是因为首尾两联的语意连接紧密自然,类似散文式的叙述口气。中间两联连词性都是严格相对,却朴素现成,自然成对。加上"自去自来"和"相亲相近"又是歌行常用的重叠对仗,语感流利。所以全诗用轻松自在的笔调写出了杜甫此时轻松自在的生活。句调声情与诗意切合,却似信手拈来,极富潇洒流逸之致。又如《客至》:

> 舍南舍北皆春水,但见群鸥日日来。

---

① 杜审言《和韦承庆过义阳公主山池五首》其二,《全唐诗》卷六二,第733页。
② 此句见《杜诗详注》第二册,第746页,据《文苑英华》。《杜诗镜铨》作"多病所须惟药物"。
③ 《江村》,《杜诗镜铨》上册,第320页。

> 花径不曾缘客扫,蓬门今始为君开。
> 盘飧市远无兼味,樽酒家贫只旧醅。
> 肯与邻翁相对饮,隔篱呼取尽余杯。①

这首七律写杜甫款待客人的热诚和真率,以及宾主共饮的忘机之乐。以下几联都是围绕这一主旨:茅舍南北都是春水,说明江水环抱村庄,清幽恬静之境可以想见。只有群鸥日日自来,与诗人相亲相近,足见诗人远离世间的真率忘俗。颔联的意思是:"花径不曾缘客扫,今始为客扫,蓬门不曾为客开,今始为君开。"②上下两句意思互相包含,交绐成对,构思巧妙,读起来也很平易流畅。后半首说待客没有多种菜肴,家贫只有旧醅,却隔着篱笆要把邻翁也叫来一起喝剩酒,可见杜甫和邻居的关系是何等熟不拘礼。陶渊明"过门更相呼,有酒斟酌之"③,说的是无须事先约请,随意过从招饮,这是陶渊明在真率纯朴的人际关系中所领略的弃绝虚伪矫饰的自然之乐。因此"隔篱呼取尽余杯"是以杜甫自己与邻居相处的率真态度再现了陶渊明的自然之乐。整首诗围绕着待客这件小事,突出了杜甫清贫的草堂生活与陶渊明隐居生活的相似,以及对于陶诗境界的深刻领会,能在简朴中见出高雅。

杜甫还有一些七律像盛唐五律一样善于刻画景物,达到可以入画的境界。如《南邻》前半首写南邻锦里先生的为人,后半首写他的居住环境:"秋水才深四五尺,野航恰受两三人。白沙翠竹江村暮,相送柴门月色新。"④几笔淡墨,勾出一溪浅浅秋水、一叶野渡小艇,暮色中白沙翠竹相映,新月下野老相送柴门,笔致清雅疏落,如一幅写意山水。又如《涪城县香积寺官阁》:

> 寺下春江深不流,山腰官阁迥添愁。

---

① 《客至》,《杜诗镜铨》上册,第 342 页。
② 黄生《杜诗说》卷八,第 316 页,黄山书社,2014 年。
③ 陶渊明《移居》其二,袁行霈《陶渊明集笺注》,第 133 页。
④ 《南邻》,《杜诗镜铨》上册,第 329—330 页。

> 含风翠壁孤云细,背日丹枫万木稠。
> 小院回廊春寂寂,浴凫飞鹭晚悠悠。
> 诸天合在藤萝外,昏黑应须到上头。①

全诗描写景色由外向内,随着诗人的游览踪迹和观景角度变化。香积寺高踞山顶,下临深江,官阁位于山腰。仰望半山,轻风细云飘过壁立的翠崖,万树丹枫被落日返照映红。浓淡反衬,红绿相对,如同油画。阁内的小院回廊春光寂寞,只有野鸭和飞鹭浴水嬉戏,悠游自得,则是在进入官阁之后体味傍晚的宁静。预想香积寺中的诸天在藤萝之外,须在昏黑时分才能登顶,又补足了官阁四面藤萝浓密的美景。像这样用力于绘景的七律其实在盛唐也很少,除了王维的极少数作品外,盛唐七律的长处主要在抒情,尚未能像五律那样大量写景造境。七律在写景这方面的功能其实是在杜甫和刘长卿诗里发展成熟的。

除了用传统的作法写景以外,杜甫还有一些七律以高度的概括力取胜,但并没有刻意"变格"。如《蜀相》:

> 丞相祠堂何处寻?锦官城外柏森森。
> 映阶碧草自春色,隔叶黄鹂空好音。
> 三顾频烦天下计,两朝开济老臣心。
> 出师未捷身先死,长使英雄泪满襟!②

这是杜甫初到成都拜谒武侯祠时所作。首联以自问自答点明丞相祠堂所在地,以及祠堂内古柏参天、森肃静穆的气氛。颔联写进入祠堂后所见景色:台阶两边的春草自管自逢春发绿,藏在树叶间的黄鹂空自叫得好听。"自"与"空"二字突出了景物的无情,更反衬出拜谒者的物是人非之感。颈联以工整而凝练的对仗评价了诸葛亮的毕生业绩和高尚品格。上句嵌入三顾茅庐的典故,概括了诸葛亮一生为蜀主运筹帷幄、以

---

① 《涪城县香积寺官阁》,《杜诗镜铨》上册,第440页。
② 《蜀相》,《杜诗镜铨》上册,第316页。

图统一天下的功绩,说出了蜀相在三国鼎立时期建立蜀汉的历史作用。下句称赞诸葛亮辅佐刘备父子的忠心耿耿,着重在"老臣心"三字,强调他鞠躬尽瘁的精神。"三顾"和"两朝"相对,正好包括了他的事业自三顾茅庐始,而以辅佐刘禅终的全过程。尾联是最感人的名句。诸葛亮一生为兴复汉室而耗尽心血,然而功业未竟,终因操劳过度而死于军中,年仅五十四岁。这一事实本来就使人痛惜,更何况他那死而后已的精神留下了无可估量的影响。这正是诗人为之泪流满襟的原因。"英雄"二字兼指古往今来一切有志于为振兴国家民族而奋斗的人物。这一联慷慨涕泗,声情悲壮,概括了英雄们由诸葛亮的赍志而殁而产生的强烈共鸣,道出了他们壮志未酬的无穷遗恨。全诗虽然炼句精湛,但通体浑成,概括力度之高,令后世咏武侯庙的同题之作无法超越。

  总的说来,在杜甫传世的151首七律中,多数都是遵循着盛唐已经成型的七律创作传统的。即以歌行式句调而言,除了以上诗例中的"桃花细逐杨花落,黄鸟时兼白鸟飞""自来自去梁上燕,相亲相近水中鸥"以外,还有很多例子。如"腊日常年暖尚遥,今年腊日冻全消"①,上下句重复用字以求音节流畅;"南京久客耕南亩,北望伤神坐北窗"②,借鉴齐梁诗人喜用的双拟对。又如"春日春盘细生菜,忽忆两京梅发时。盘出高门行白玉,菜传纤手送青丝"③,"吹笛秋山风月清,谁家巧作断肠声?风飘律吕相和切,月傍关山几处明"④,则是三四句以分拆首句关键词为句首,造成递进。而叠字对最多,像《涪城县香积寺官阁》中的"小院回廊春寂寂,浴凫飞鹭晚悠悠",《狂夫》中的"风含翠筱娟娟净,雨裛红蕖冉冉香"⑤,《登高》中的"无边落木萧萧下,不尽长江

---

① 《腊日》,《杜诗镜铨》上册,第173页。
② 《进艇》,《杜诗镜铨》上册,第357页。
③ 《立春》,《杜诗镜铨》下册,第736页。
④ 《吹笛》,《杜诗镜铨》下册,第669页。
⑤ 《狂夫》,《杜诗镜铨》上册,第319页。

滚滚来"①,还有《滟滪》中的"江天漠漠鸟双去,风雨时时龙一吟"②等等,不胜枚举。

杜甫作于夔州前的七律有74首,作于夔州及荆湘时期的有77首,七律的"变格",主要见于夔州诗。而其变化,则从前期就已经出现。例如《曲江二首》其一:

> 一片花飞减却春,风飘万点正愁人。
> 且看欲尽花经眼,莫厌伤多酒入唇。
> 江上小堂巢翡翠,苑边高冢卧麒麟。
> 细推物理须行乐,何用浮名绊此身?③

首句构思新奇:春光似乎是万点花片叠加而成,所以飘落一片就减掉一片春光,妙在用加减法把不可计数的春光实物化了。于是普通的怜春惜春就变成了近乎吝啬的心态:天天在计算着多少春光被减,风飘万点自然更要愁煞人了。那将要落尽的花都一一经过诗人之眼,为解春愁不怕伤酒照样滴滴入唇,那么可以想见诗人几乎是一片落花一杯酒地在计算着还有多少春光残留了。江上小堂寂寞无主,翡翠巢筑于其中;苑边高冢无人祭扫,石麒麟卧于其旁。从字面来看,是写曲江乱后荒凉景象,感慨人事兴废。但翡翠鸟的美丽娇小和石麒麟的庞大无情,又在形象上造成对照,清晰地昭示了青春的短暂可爱和死亡的冷酷永恒。这就是杜甫要细细推求的"物理":万物兴废本是自然之理,帝王宫苑也不免变成高冢荒坟,又哪来永久的功名富贵呢?因此不必为浮名所羁束,及时享受青春才不辜负有限的人生。郝敬将此诗与《登高》等并提,认为"此等语势壮浪,人所脍炙,其实非雅音也"④,并不公平。此诗伤春思致新巧而命意深婉,确实已与盛唐七律有所不同,但取景既是即

---

① 《登高》,《杜诗镜铨》下册,第842页。
② 《滟滪》,《杜诗镜铨》下册,第770页。
③ 《曲江二首》其一,《杜诗镜铨》上册,第180—181页。
④ 郝敬《艺圃伧谈》卷三"唐体",《全明诗话》第三册,第2905页。

目又深入理趣,仍是正调。

杜甫入夔州前的某些七律,还善于巧用传统七律顺叙的抒情模式,笔带双锋,绾合两重以上意思,在抒情表意方面突破盛唐的单一性。如《望岳》:

> 西岳崚嶒竦处尊,诸峰罗列似儿孙。
> 安得仙人九节杖,拄到玉女洗头盆。
> 车箱入谷无归路,箭栝通天有一门。
> 稍待秋风凉冷后,高寻白帝问真源。①

这首诗作于杜甫被贬为华州司功参军之时。从字面上看,似乎只是赞美华山的高峻,表示秋凉再来寻仙访道的意愿。但此诗写景用意甚深,联系杜甫被贬事关肃宗大规模清洗玄宗旧臣的政治背景②,可以看出他当时的政治困境和内心的不服。其中将西岳与诸峰关系比作至尊和儿孙,令人联想到朝廷的君臣关系;车箱谷和箭栝峰之险要虽是写实景,但也很容易令人联想到杜甫此去华州再无重返朝廷的归路,通天虽有一门,但途中箭栝森列,无法攀登。结尾的意思更不难理解为等目前的政治迫害稍为冷却以后,定要寻找时机向皇帝问清楚被贬的真正根源。这种表现手法既非暗喻,亦非比兴,而是语带双关,发人联想之处在有意无意之间。《题郑县亭子》作于同一时期:

> 郑县亭子涧之滨,户牖凭高发兴新。
> 云断岳莲临大路,天晴宫柳暗长春。
> 巢边野雀群欺燕,花底山蜂远趁人。③
> 更欲题诗满青竹,晚来幽独恐伤神。④

---

① 《望岳》,《杜诗镜铨》上册,第199页。
② 参看拙文《略论杜甫君臣观的转变》,《汉唐文学的嬗变》,第408—409页。
③ 此二句《杜诗镜铨》第198页作"巢边野雀欺群燕,花底山蜂趁远人",今从《杜诗详注》和《读杜心解》。
④ 此据仇兆鳌《杜诗详注》第二册,第484页。

郑县紧倚华州，官道旁有西溪亭。此诗创作背景与《望岳》相同，粗看似乎是因看到西溪和亭子的美景引发了观赏题诗的兴致，诗中景物的组合却都隐现着政治社会的影子：乌云蒙蔽了大路边的莲花峰，宫柳在晴天都能使长春宫变得阴暗；巢边野雀敢于成群地欺负燕子，花下的山蜂也会远来逐人。春日云山和花柳鸟雀不仅不能给人以美感，反而都像是蒙蔽宫廷、谗害贤人的群小。各种景物在诗人的心理作用下幻化出人间百态。这种奇特构思也是盛唐七律所没有的。

杜甫独创的用典方式，也是导致他的七律"变调"的原因之一。如《九日蓝田崔氏庄》是宋人激赏的一首名作：

> 老去悲秋强自宽，兴来今日尽君欢。
> 羞将短发还吹帽，笑倩旁人为正冠。
> 蓝水远从千涧落，玉山高并两峰寒。
> 明年此会知谁健？醉把茱萸仔细看。①

对于这首诗的评价，有两种截然相反的意见。陈后山说"颔联文雅旷达，不减昔人"，杨万里说"此诗句句字字皆奇，唐律如此者绝少"②；而胡震亨则认为："'老去悲秋'篇，本一落帽事，又生冠字为对，无此用事法。'蓝水'一联尤乏生韵，类许用晦塞白语，仅一结思深耳，可因之便浪推耶？"③这首诗的感情在八句之内几度变化，悲喜倏忽交替，用典和写景都意蕴深厚。颔联用东晋孟嘉九日游龙山，帽子被风吹落，桓温令孙盛作文嘲弄的故事，原来的典故是以孟嘉落帽为风流。杜甫反用其意，以落帽为羞，既不失风流，又借"短发"承接了"老去"的意思，所以杨万里称"最得翻案妙法"。颈联写景雄壮，有突然振拔全篇之势，蓝水与玉山对得工整有力。胡震亨嫌其缺乏生气，可能是因为这一联构图有如对称的图案。但此联气势高远沉稳，犹如耸峭奇峻的北宗山水

---

① 《九日蓝田崔氏庄》，《杜诗镜铨》上册，第202—203页。
② 《杜诗镜铨》上册，第202—203页引陈后山、杨万里评。
③ 胡震亨《唐音癸签》，第95—96页。

画,而且以山水的恒定反衬出人生的难久。结尾与前四句"老去悲秋"之意呼应,包含了珍惜眼前的深长意味。对于此诗的争论,正说明对于杜甫变化创新的不同认识。但杜甫前期七律的"变"主要还只是在构思、用典等方面,更大的创变有待于夔州时期。

### 三　章法结构的变化

七律的基本结构是对句,尤其中间两联。因此当初唐宫廷流行七律时,曾有一些诗人在写景对句的变化上颇用心思。但总的说来,杜甫之前,七律句法相对单调。又受歌行影响,对仗多数是双句成行,以并列和递进句法最多。杜诗七律句法因变化很多,有许多名对。被前人总结出几十种"格",而且冠以各种名目,这就把原本灵活变化的构句方式变成了"死法"。正如一些有识的论者所说,杜甫七律的很多句式变化都要结合全篇来"活看",才能体味其好处。如《堂成》[①]:"桤林碍日吟风叶,笼竹和烟滴露梢。"仇兆鳌解曰:"林碍日,叶吟风,竹和烟,露滴梢,六字本相对,将风叶露梢倒转,则下半句变化矣。"[②]确实指出了这两句转换当句对的妙处。如果联系全篇诗意来看,可知这一联不但写出了桤林、笼竹遮蔽草堂的浓荫,而且在风叶自吟、竹梢滴露的动态中自然显出安定悠闲的意态,所以紧接的下一联"暂止飞乌将数子,频来语燕定新巢"才有落脚处。又如《题省中院壁》[③]"落花游丝白日静,鸣鸠乳燕青春深",写省中庭院暮春时节的清邃宁静,可称佳句。联系后半首"腐儒衰晚缪通籍,退食迟回违寸心"来看,才能进一层体会这两句写景中又暗含着日长无事,"衮职曾无一字补"的羞愧。

杜诗中句法和章法的多种结合方式造成了七律结构变化多端的特征。如《宾至》:

---

[①]　《堂成》,《杜诗镜铨》上册,第315—316页。
[②]　仇兆鳌《杜诗详注》第二册,第735页。
[③]　《题省中院壁》,《杜诗镜铨》上册,第178页。

> 幽栖地僻经过少,老病人扶再拜难。
> 岂有文章惊海内,漫劳车马驻江干。
> 竟日淹留佳客坐,百年粗粝腐儒餐。
> 不嫌野外无供给,乘兴还来看药栏。①

这首诗每一联都以宾主相对仗,而连接方式则是:宾主、主宾、宾主、主宾,句意的勾连和七律的粘对关系完全一致。主人虽然老病须人搀扶,但待客的热诚及高士性情也随错综照应、交续而下的句脉倾情而出。《奉寄别马巴州》也是采用主客对比结构,但句联关系和用意又不同:

> 勋业终归马伏波,功曹非复汉萧何。
> 扁舟系缆沙边久,南国浮云水上多。
> 独把鱼竿终远去,难随鸟翼一相过。
> 知君未爱春湖色,兴在骊驹白玉珂。②

杜甫在阆州时拟往荆南,写了这首告别马巴州的诗。全诗以自己和马巴州的不同处境和去向作为对比结构的主线。上半首的句联关系是马、杜、杜、杜,下半首为杜、马、马、马。上半首以马氏的志在勋业和自己的才分不济作一对比之后,说明自己的去向是扁舟解缆,浮游南国。下半首顺势点出自己终将独把钓竿远赴沧洲,以"难随鸟翼一相过"自然转回马氏,点出对方之志在朝廷而不在草野。于是在结构上形成第一联和第三联、杜甫与马氏的两层交叉对比,第二联和第四联再分别以杜甫和马氏作一层对比,既表示了从此告别之意,又委婉地说明了两人志向不同而无法再见的原因。

有的七律句联关系虽然看似平直,结构却很曲折。如《和裴迪登蜀州东亭送客逢早梅相忆见寄》是一首咏梅的名作:

> 东阁官梅动诗兴,还如何逊在扬州。

---

① 《宾至》,《杜诗镜铨》上册,第318—319页。
② 《奉寄别马巴州》,《杜诗镜铨》上册,第508页。

此时对雪遥相忆,送客逢春可自由?
幸不折来伤岁暮,若为看去乱乡愁。
江边一树垂垂发,朝夕催人自白头。①

此诗可能作于上元元年(760)王缙在蜀州任刺史时期。裴迪与王维兄弟交厚,来蜀州当是追随王缙之故。杜甫得到裴迪寄来的《登蜀州东亭送客逢早梅相忆》诗,遂写了这首和诗。首联说明写诗之缘由是因为收到裴迪的诗,并称道蜀州东亭的官梅引动了裴迪的诗兴,裴迪咏早梅的情景就像梁代诗人何逊在扬州写早梅诗一样。颔联揣度裴迪在写诗时思念自己的情景,扣住裴迪诗题为"送客"时逢早梅的意思。这一联把见梅花说成"对雪""逢春",是因为齐梁以来,多以雪比梅花。"逢春"典出刘宋陆凯的一首小诗:"折梅逢驿使,寄与陇头人。江南何所有,聊赠一枝春。"②裴迪见梅时可能有公务在身,所以杜甫问他"可自由",这就更见出裴迪对梅相忆的情谊是多么深厚,同时也替裴迪解释了没有折梅送给自己的理由。一句亲切而体己的问话,自然引出第三联的思乡之愁。颈联就裴迪未及折梅之意反过来发挥,庆幸裴迪没有寄梅,否则更要乱了自己的乡愁。梅开在冬季,所以会引起岁暮之感伤,而岁暮犹在客中,自然更要添上乡愁。但"看去乱乡愁"又能使人隐约看到梅花纷乱的情景。这一联并没有正面描写梅花,而是纯以岁暮思乡之情映带梅花。尾联才画出江边一树梅花和一个老翁。虽然裴迪没有寄梅,免了一时的伤感,但这里江梅渐发,朝夕对之,同样是要催人白头的。这首诗除了第三联较为曲折外,全诗似乎平平道来。但前三联在抒情中都暗含前人咏梅的名作,使人通过这些典故联想到早梅从初发到飘落的经过、折梅寄春的雅兴。到最后才把前三联中一直纠缠在一起的抒情和咏物分离开来,使酬答中暗映的梅花在结尾亮相。

---

① 《和裴迪登蜀州东亭送客逢早梅相忆见寄》,《杜诗镜铨》上册,第339—340页。
② 逯钦立辑《先秦汉魏晋南北朝诗》中册,第1204页,中华书局,1983年。李昉《太平御览》卷一九第95页首句作"折花奉秦使",中华书局,1960年。

所以黄白山赞"此诗直而实曲,朴而实秀,其暗映早梅,婉折如意,往复尽情,笔力横绝千古"①。王元美亦认为乃古今咏梅第一②。

《登楼》则是另一首结构新颖的名作:

> 花近高楼伤客心,万方多难此登临。
> 锦江春色来天地,玉垒浮云变古今。
> 北极朝廷终不改,西山寇盗莫相侵。
> 可怜后主还祠庙,日暮聊为梁甫吟。③

长安陷落后不久,郭子仪收复京师,代宗复归其位。此诗借登楼所见感慨时事。题为登楼,而登楼所见远远超出视野之外:花近高楼使人伤心,是因为春光再度,而诗人依然客居在外。在天下多难之际登临此楼,心情不言而喻。开头以"万方"作为登临的背景,立即拓出远势,将整个多灾多难的时代都拉到了眼前。有此起势,颔联才能展开更加壮阔的境界:锦江的春色铺天盖地而来,玉垒山的浮云自古至今不断变化。这两句以江水和山云、天地和古今相对,囊括时空,笔力雄壮,不但以"俯仰宏阔、气笼宇宙"④的气象为后人激赏,而且蕴含着深刻的寓意:天地春来,与"花近高楼"照应,是亘古常新的江山;浮云多变,与"万方多难"照应,是变化不断的时事。玉垒山在蜀中和吐蕃的交通要道上,浮云飘游不定,是写实景,也是象征捉摸不定的时势变化。就当时而言,刚收复长安,吐蕃又新陷三州。就长远来看,从初唐以来,唐与吐蕃以及周边民族的关系也一直处于反复不定的状况。但是诗人没有因此失去春色常在的信心。所以颈联再以"北极朝廷"和"西山寇盗"作一层人事的对比:最近的胜利说明尽管吐蕃不断相侵,朝廷如北极星永远不会移动,春色照常会降临人间,其实又隐含着对今后局势的深

---

① 《杜诗镜铨》上册,第340页引黄白山评。
② 同上。
③ 《登楼》,《杜诗镜铨》上册,第520页。
④ 王嗣奭《杜臆》,第193页。

忧。结尾从远观收束到眼前:可怜后主人已不归,只有神主回到了他在蜀中的祠庙①。这里是从楼上看见后主祠而感叹刘禅因信任宦官亡国的下场,并由此想到吟咏《梁甫吟》的诸葛亮,含蓄地寄托了希望朝廷起用贤才的深意。这首诗的章法密切配合全诗立意,前三联中,一、三、五句就朝廷春色而言,意脉相连;二、四、六句就寇盗侵扰而言,互相生发;利用七律的严格对仗形成同一意思的三层对比,而这三层的艺术表现分别采用兴、比、赋三种手法:诗人登楼是兴起伤感之情,登楼所见是景中寓比,联系时势是直陈其事。这就使竖向的两排对仗又形成横向的层次变化,结构极为精致。

又如《咏怀古迹五首》其一:

> 支离东北风尘际,漂泊西南天地间。
> 三峡楼台淹日月,五溪衣服共云山。
> 羯胡事主终无赖,词客哀时且未还。
> 庾信平生最萧瑟,暮年诗赋动江关。②

这首诗从庾信和杜甫两人都因胡羯之乱而在后半生漂泊西南这一点着眼,超越时空的隔阂,有意无意地将两人的生平编织在一起:前半首大笔扫过东北到西南的广阔空间,落到眼前三峡五溪的滞留之地,本是写杜甫自己因安史之乱而漂泊西南的境况。东北风尘指安禄山从东北的范阳作乱;梁朝的侯景之乱源于东魏的河南,相对江南的梁而言,也是发自东北。漂泊西南当然是指杜甫入蜀到滞留夔州这段经历;庾信在侯景进入建康以后,逃到江陵辅佐梁元帝,相对原来的政治中心而言,也是在西南方向。同样,久留在三峡楼台消磨日月的是杜甫,也是在江

---

① "还祠庙"一句费解。有的注家解为可怜后主还有祠庙,这样讲,潜台词就是代宗连后主还不如,不但"还"字与"祠庙"的配合意思不通,而且与前面"北极朝廷"句矛盾。笔者以为"还"应作"回还"解,刘禅乐不思蜀,而且死于洛阳,但他的祠庙却在蜀中。据吴曾《能改斋漫录》,成都锦官门外蜀先主庙东挟原为后主祠,后世才被拆除。"还"应指其神主回到祠庙。

② 《咏怀古迹五首》其一,《杜诗镜铨》下册,第650页。

陵待过三年的庾信。只不过两人一在三峡内，一在三峡口。而湖南西部的五溪离夔州和江陵也都不远。所以上半首句句自叹半世漂泊不定，又句句映带着庾信类似的身世遭际。正因为有了前半首的绾合，后半首过渡到庾信，意脉就很顺畅。安禄山和侯景都是羯胡，都是不忠于君主的无赖。哀时而至今未能回乡的词客是庾信，也是杜甫。所以五六两句实际上是对自己和庾信的共同遭遇的总结，也是这首诗咏怀的主旨所在。结尾称道庾信因为生平最为萧瑟，所以暮年的诗赋总是不能忘情于江南的乡关。而同样萧瑟的杜甫，不也以其饱含家国之忧的暮年诗赋震动了江关吗？此诗前半首以咏杜为主，映带庾信；后半首以咏庾为主，映带杜甫。前后对称，杜中有庾，庾中有杜。这就巧妙地运用七律的章法结构完美地表现了借庾信遗迹以咏怀的主题。

　　杜甫虽然律法严谨，但也有一些作品纵笔恣肆，不为律诗规则所束缚。如《所思》：

　　　　苦忆荆州醉司马，谪官樽酒定常开。
　　　　九江日落醒何处，一柱观头眠几回？
　　　　可怜怀抱向人尽，欲问平安无使来。
　　　　故凭锦水将双泪，好过瞿唐滟滪堆。①

开头起得突兀，以"苦忆"二字直贯而下。颔联想象这个醉司马贬谪荆州的近况，扣住荆州的两处代表性地名九江和一柱观②，一醒一眠，狂放落拓的醉态中不难见其内心的落寞。由此自然想到对方曾向自己尽吐怀抱，却没有使者可问平安，只有托锦江水流过瞿塘峡滟滪堆，带去自己的思念之泪。中间两联对得极其工整，却像一气流露，未经构思。结尾寄情于流水，本是李白特有的思路，但点出从蜀中到荆州只见遥远的距离和艰险的路途，无限悲凉自在其中。刘须溪评此诗"肆笔纵横

---

　　① 《所思》，《杜诗镜铨》上册，第321页。
　　② 据杨伦注，江分为九道，在荆州。一柱观，据说是刘宋时临川王刘义庆镇江陵时在罗公洲所立。

有疏野气"①,正可见出杜甫自由操控七律的大家风范。又如《送韩十四江东省觐》:

> 兵戈不见老莱衣,太息人间万事非。
> 我已无家寻弟妹,君今何处访庭闱?
> 黄牛峡静滩声转,白马江寒树影稀。
> 此别应须各努力,故乡犹恐未同归。②

题目是送韩十四回家省亲,所以开头用老莱子彩衣娱亲的典故。但从兵戈乱离使人不能养亲的天下万事说起,感慨既深,又落到眼前"我"与"君"将到何处探家的现实。颈联写景就势紧接"君"此去经过的黄牛峡,再兜回眼前蜀州的白马江。以写景表现去者的行程和送别的情景,是盛唐送别诗的常见模式,但这两句写景细致,能听到"滩声转"是因为峡静水浅,所见"树影稀"是因为江寒叶落,都扣住了冬天江景的特征,将对方的归思和自己的离情融成一片。同时因颈联上句是想象,下句是送别实景,于是以"各努力"收结送者和行者的"未同归",又是水到渠成。所以前人称赞此诗气韵淋漓③,是神来之笔。

杜甫最好的七律其实完全没有章法结构的设计,而凭真情一气流注,一片神行。如《晓发公安》:

> 北城击柝复欲罢,东方明星亦不迟。
> 邻鸡野哭如昨日,物色生态能几时?
> 舟楫眇然自此去,江湖远适无前期。
> 出门转盼已陈迹,药饵扶吾随所之。④

此诗写离开公安的感想,似乎只是从天色将晓写到出门上船,除了顺叙

---

① 《杜诗镜铨》上册,第322页引刘须溪评。
② 《送韩十四江东省觐》,《杜诗镜铨》上册,第361页。
③ 同上书,第361页引朱瀚评。
④ 《晓发公安》,《杜诗镜铨》下册,第948页。

过程没有什么章法,诗中几乎看不出句联的安排痕迹,只是凭感触连贯而下。但处处都从光阴转瞬即逝的感慨出发:在北城的击柝声中离开,看着东方的明星,听到邻鸡野哭,想到今日之鸡啼很快成为昨日之经历,所以不能不感叹"物色生态"能存留几时;再想到舟楫自此而去,但"江湖远适"却"无前期",正像人生不知去路尚有多远。于是第二联和第三联实际形成一个过去和未来的对照,自然引出尾联:出门回首,此时此刻也转眼就成过往,"出门转盼已陈迹"照应颔联。而结句"药饵扶吾随所之"则是照应颈联:馀生不知前期,更何况还要赖药饵维生呢?可见全诗是以深刻敏锐的人生感悟为主线,自然形成了尾联分别呼应颔联和颈联的结构。而《闻官军收河南河北》更是为爆发性的狂喜所驱驾:

> 剑外忽传收蓟北,初闻涕泪满衣裳。
> 却看妻子愁何在?漫卷诗书喜欲狂!
> 白日放歌须纵酒,青春作伴好还乡。
> 即从巴峡穿巫峡,便下襄阳向洛阳。①

宝应元年至二年,史朝义兵败自杀,河南河北诸州陆续收复。流亡八年来无时无刻不在盼望的喜讯一旦变成了现实,诗人的精神几乎受不住这巨大的冲击,所以第一个反应是热泪滚滚而下,喜极而泣。在激情的狂澜稍稍平息之后,他才想到赶快和妻儿共同分享这无限的喜悦。动乱结束,第一个长期深藏在心里的愿望自然冒出来:回到自己在洛阳的田园去。所以欣喜若狂地马上把散乱的诗书卷起来,"漫卷"是一种兴奋得不知做什么好的无意识的动作,这就把"喜欲狂"的心理和神态惟妙惟肖地描画出来了。抑制不住的狂喜使诗人的想象刹时就飞出了剑外,仿佛已经在灿烂的白日下放歌纵酒,在明媚的春光里结伴还乡了。马上就可以从巴峡穿过巫峡,直放襄阳再到洛阳!展望中的旅程在归

---

① 《闻官军收河南河北》,《杜诗镜铨》上册,第433页。

心似箭的诗人笔下,简直就像朝发夕至那么容易、那么快速,原因就在四个地名之间,用"即从""穿""便下""向"这一连串表示指向和快速的动词和虚词连成一气。全诗的气势也自然随之一泻千里了。由于杜甫的悲是积压已久的大悲,所以一旦遇到大喜,就会爆发出感天动地的力量,突破七律严谨格律的束缚。此诗气势如乘奔御风,节奏像瀑水急湍,语调如歌哭笑吟,因而千百年来不知打动了多少熬过战争的流亡者的心。

总之,杜甫在继承盛唐七律创作传统的同时,极大地开拓了七律的题材范围,并以极高的概括力度、新颖的构思、严谨的句法、善变的结构丰富和发展了盛唐七律的表现艺术,改变了盛唐单一的风格,形成了多样化的审美趣味。这些都为他在夔州时期对于七律体式的重大创变奠定了基础。

## 第三节 杜甫七律"变格"的原理

杜甫夔州时期的七律有77首,虽然不能说此期的七律都是"变格",但其中确有一些作品无论在格调还是作法上都发生了重大变化。前面已经指出七律在形成和发展的过程中,始终与乐府歌行有割不断的亲缘关系,这就造成了七律在诗节、声韵、句式及作法等方面与古体七言不易区别的现状。盛唐七律的风调美固然缘于此,而七律体式的独特优势不明显也缘于此。杜甫正处于七律发展的这一特殊时段,他所探索的是如何使七律充分发挥其体式的独特优势,在表情达意上获得最大的自由。其原理具体表现为以下几个方面。

### 一 单句独立和句脉跳跃

出现于汉代的早期七言原本是一句一意、单句成行的。后来发展到双句成行,两句一意。南朝的歌行体形成四句乃至六句、八句一节的结构。① 在双句或四句以上的一个诗节之内,意脉保持其顺叙的连贯性,多为并列、递进;全篇诗意的层次转折和跳跃主要在诗节之间。七律的歌行式风调,除了表现为歌行式的各种修辞以外,主要就体现为这种类似歌行的诗节构成和顺叙方式。因此早期七律不少是四句一节、双句成行的。但因为句数的限制,发端点题之后,只有两联对仗就要迅速结尾,所以七律无法像长篇歌行那样通过多层转折承载丰富复杂的内容,于是以景物、人事的对仗来铺写一时一地的游乐场景,再加颂词结尾的应酬类作品就最适合这种形式,这也是七律首先在应制体里发展起来的原因。

杜甫的某些七律最大限度地发挥了七言本来可以单句成行的特性,切断七律和歌行的亲缘关系,恢复早期七言一句一意的特点,加大单句句意的独立性,以及句与句之间的跳跃性,利用多种形式的对仗和句、联之间的转折关系,使全诗的意脉隐藏在句、联的多种复杂的组合关系中,以便于大幅度地自由转换。这就大大扩充了句意的容量,使七律可以表现更加丰富复杂的内容和曲折深刻的立意,从而在应酬和抒情之外,又赋予了七律纵横议论的能力。这是他对七律体式建设的最大贡献。如《诸将》其二:

> 韩公本意筑三城,拟绝天骄拔汉旌。
> 岂谓尽烦回纥马,翻然远救朔方兵。
> 胡来不觉潼关隘,龙起犹闻晋水清。
> 独使至尊忧社稷,诸君何以答升平?②

此诗从朔方军和回纥的关系入手,评论盛唐以前和安史之乱以后,朔方军由主动变为被动的局势变化。首句以张仁愿在河北筑三座受降城的事件为开头,抓住唐军对付突厥变被动为主动的关键,说明盛唐前期朔

---

① 参看拙文《早期七言的体式特征及其形成原理》,《中国社会科学》2007 年第 3 期;《中古七言体式的转型》,《北京大学学报》2008 年第 2 期。

② 《诸将》其二,《杜诗镜铨》下册,第 640 页。

方军本来打算以此彻底断绝"天骄"的侵犯之路。然后颔联突转到现在朔方军反而屡次要回纥来救援的事实。首联和颔联所说意思并不连属,仅以"岂谓""翻然"的连接词形成一个强烈的今昔对比。接着颈联前一句"胡来不觉潼关隘"又跳到潼关之变,字面意思也不连贯,但这一事件是哥舒翰统领的朔方军衰落的转折点,因此其内在意脉是追溯前四句所说现象的历史原因,从句序来说本应插入首联和颔联之间。而下一句"龙起犹闻晋水清"则忽然又回想到当初唐兴之初晋水变清之事。这一思路的跳跃更大,以至于有不同解释。有的注家引《册府元龟》,说是用高祖驻军龙门、代水清的故事。笔者认为应指李渊父子从太原起兵时,曾派刘文静与突厥联系,高祖军队到龙门时,突厥始毕可汗派康稍利率兵与刘文静会合,这与"代水清"的时间地点正相合。故事本身的言外之意是:李家得天下固然曾借力于突厥,但高祖登基三四年后,突厥的颉利可汗就开始寇边,后来竟至打到渭桥,成为唐帝国的重要边患,直到唐太宗正确处理与突厥的关系才得以太平。于是这一联"胡来"与"龙兴"的对仗又形成一个意义的对照:天宝年不能正确处理与胡人的关系,遂导致安史之乱;龙兴时正确处理与突厥的关系,就能河清海晏。全诗涉及的外族有突厥、回纥和安禄山,而以眼前的回纥为落脚点,抓住四个典型历史事件,概括了唐初到代宗时期一百五十年间与胡族关系几经反复的历史及其教训。如此复杂的内容,倘用顺叙的方式表现,必然需要相当的篇幅。而杜甫使各句句意独立,打破四个事件的先后时间顺序,利用七律的特点,按照事件本身的可比性来组合中间两联对仗,再运用连接词强化其间的转折和对比关系,便使潜伏在跳跃的句联之间的内在意脉有了更大的张力。因此这首诗立意的深曲和容量的巨大均非之前的七律可比。又如《咏怀古迹》五首其三:

> 群山万壑赴荆门,生长明妃尚有村。
> 一去紫台连朔漠,独留青冢向黄昏。
> 画图省识春风面,环珮空归月夜魂。

> 千载琵琶作胡语,分明怨恨曲中论。①

此诗开头以一个"赴"字,将群山万壑奔赴荆门的走向和动势渲染出来,集中到昭君村这个焦点上。然后又立即移开笔锋,从"紫台"到"朔漠"一笔勾连,带出明妃离开汉宫的经历,定格于黄昏时孤独的青冢。从而使前四句形成明妃生地和死地的对照,展示了她一生的起点和终点。颈联才掉过笔来从她生平的转折点插入,反省昭君出塞的原因,指出昭君一生不幸的根源,在于皇帝不看真人只看图画,才使佳人埋没宫中,又葬身塞外。同时使昭君生前的春风面和死后的月下魂再次对照,想象出昭君的环珮声在月夜一路叮咚作响的美丽画面,蕴含着无穷感慨。结尾将昭君出塞的情景化入后世传承不衰的琵琶曲中,与荒漠青冢和月下幽魂共同构成了最富有诗意的典型的昭君形象。由于笔意的腾挪回旋突出了昭君悲剧的深层原因在于君主不识真人,这就在怀古之余又自然令人联想到古往今来被埋没的贤人君子共同的命运。

如果说以上两首诗在大幅度的句联跳跃中充分发挥了七律意脉转折的自由度,那么《又呈吴郎》则是在中间四个独立单句的小转折中曲尽其意:

> 堂前扑枣任西邻,无食无儿一妇人。
> 不为困穷宁有此,只缘恐惧须转亲。
> 即防远客虽多事,便插疏篱却甚真。
> 已诉征求贫到骨,正思戎马泪沾巾!②

此诗以书简形式嘱托吴郎任西邻贫妇自由打枣,中间两联从四个角度开示吴郎,先从西邻角度说她"不因困穷宁有此",又从吴郎角度劝他对西邻要"须转亲";回过头来再从西邻角度说她"即防远客虽多事",为吴郎辩护;但转过来又说吴郎"便插疏篱却甚真",说西邻较真也不

---

① 《咏怀古迹》五首其三,《杜诗镜铨》下册,第651—652页。
② 《又呈吴郎》,《杜诗镜铨》下册,第843—844页。

无道理。这样来回两面回护，两面开脱，而目的还是要吴郎为西邻留下这点可怜的生计。如此婉转微妙的用意，都借四句四转说透。这就使七律就生活小事发挥议论也可做到层次丰富、纵横自如，从而大大增强了对于不同题材的适应能力。

由于单句的独立性太强，杜甫有的七律甚至一联之中两个对句的字面意思毫不相干。例如《七月一日题终明府水楼》二首①是他在夔州时期用七律写的应酬诗，其一称赞当时兼任奉节令的终明府所建水楼的清凉宜人。颔联"翛然欲下阴山雪，不去非无汉署香"，对仗粗看令人费解。其实上句是由水楼的凉爽联想到阴山的雪，暗中关联北方边塞的形势；下句说自己不愿离开水楼不是因为没有省署含鸡舌香奏事的职位，关联自己曾为工部员外郎的仕历。两句合而观之，表面是赞美水楼之凉令人不欲离去，实际暗含了自己滞留夔州不能北上的更多感慨。《冬至》②写流落天涯又到冬至的感慨。颈联"杖藜雪后临丹壑，鸣玉朝来散紫宸"，对得也很突兀。上句写自己在山崖拄杖观看雪景，下句却写大臣们从紫宸殿散朝的情景，两句之间似乎毫无关联。但其中潜在的意脉是诗人因冬至踏雪丹壑的穷愁孤独，联想到当初冬至紫宸宫朝觐的热闹盛景，句意表面的割裂更深曲地表现了诗人忆昔伤今的感触。

由于七言单句可以成行，因此一句之内也可包含两个意思相对独立的短句，杜甫有时运用这一原理，使单句的前后词组拉大距离，而言外之意就在这句法断裂之处生发。作于草堂时期的七律就已经出现这种变化，例如七言句一般是四、三节奏，词组划分和顿逗一致，而《宿府》的颔联"永夜角声悲自语，中天月色好谁看"③，两句中"悲"与"好"从句意看应属于前半句，意思是长夜里传来的号角声分外悲凉，诗人不

---

① 《七月一日题终明府水楼》二首，《杜诗镜铨》下册，第770—771页。
② 《冬至》，《杜诗镜铨》下册，第884页。
③ 《宿府》，《杜诗镜铨》上册，第540页。

觉自言自语起来,当空的月亮那么好,又有谁和自己一起观看?如归入后半句,"悲自语"尚勉强可通,可解为角声似在自语,"好谁看"就不能形成一个合乎语法的词组。于是从词组来看,实际上形成了五、二的划分。但从读法来看,后三字又仍可连读,"悲"字和"好"字成为可上可下的活字。这两句向来有争议,就因为两句中各含两个主语和宾语不统一的短语,以致意思不能顺接。诗人之所以破坏常见节奏,采用这种特殊句法,目的是强调角声的悲和月色的好所引起的无人可与自己交流的孤独感。又如《秋兴八首》其一中的"丛菊两开他日泪,孤舟一系故园心"①两句对仗,以特殊的句法浓缩了许多意思。两个单句的四、三节奏短语在字意上都没有直接的逻辑联系,但就因其句法的断裂而引出了菊花不能解愁,只能两度增添乡愁的言外之意,以及孤舟不但系住行踪,也系住了思乡之心的奇思妙想。这些都是前人乐道的句法新奇的例子。

  杜甫有时还利用七律单句包含两个独立短语的结构,使按字面不能连接的意象组合在一句之中,在跳跃中产生新警的效果。如"路经滟滪双蓬鬓,天入沧浪一钓舟"②一联中,两句的前后半句字面都不能顺接,而以大小悬殊的意象对比组合,便反衬出蓬鬓和钓舟的渺小,更突显了诗人路经险峡的孤独感。又如"翠华想象空山里,玉殿虚无野寺中"③,空山与想象中的翠华仪仗,野寺与已经消失的玉殿,两组意象含义相反,时间跨度极大,却分别叠合在一起,仿佛在空山野寺中出现了仪仗和玉殿的幻象,更深刻地抒发了诗人的盛衰之感。其余如"川合东西瞻使节,地分南北任流萍"④,上句指严武自东川节度使改任西川节度使,敕令两川都节制(据杜甫原注),"川合东西"与"瞻使节"是

---

① 《秋兴八首》其一,《杜诗镜铨》下册,第644页。
② 《将赴荆南寄别李剑州》,《杜诗镜铨》上册,第507页。
③ 《咏怀古迹》其四,《杜诗镜铨》下册,第652页。
④ 《严中丞枉驾见过》,《杜诗镜铨》上册,第392页。

两个各自独立的短语;下句指杜甫自己从长安流落到蜀地,是自北而南,犹如浮萍南北漂流,"地分南北"与"任流萍"也是两个各自独立的短语。这样的句法,较之七古和歌行更强调七言句中前四后三两部分的节奏独立,这正是早期七言诗单句成行的结构特点。只是杜甫有意利用这种单句中的顿断加强七律的浓缩度。由此可见加大七律单句句意的独立性和跳跃性,更便于诗人根据其构思,自由运用多种句和联的组合方式,使七律在简短的篇幅中表现最大的意蕴。

## 二 心理感觉的深层探索

在意象的提炼、概括和组合方式等方面探索心理感觉、潜意识及印象的表现,这一创变在杜甫其他各类诗体中都有尝试,但和七律的体式特征相结合,对传统艺术表现的冲击力更强。因为五七言古体以及传统七律的意脉基本上依靠顺叙的逻辑表述,而七律在加大单句独立性之后,意象也可以不完全依靠句意的顺接而存在,所以一些表面上看来没有逻辑联系的意象可以用各种方式自由组合,并且利用七律中间两联的对仗收到出人意料的效果。如《白帝城最高楼》:

> 城尖径仄旌旆愁,独立缥渺之飞楼。
> 峡坼云霾龙虎卧,江清日抱鼋鼍游。
> 扶桑西枝对断石,弱水东影随长流。
> 杖藜叹世者谁子?泣血迸空回白头。①

诗人首先强调白帝城最高楼的地势之高、城角之尖与步道之窄,都因山高之故,所以连旌旗都似乎发愁要被高处的大风吹倒。楼的地势如飞在虚无缥渺的空中,独立在上头的诗人就可以望到极远之处了。中间两联写远眺的境界:颔联形容云开见崖、日出照江的景象;颈联虚写峡高可见扶桑、江长可接弱水的想象。龙虎与鼋鼍和峡江、云日的意象组

---

① 《白帝城最高楼》,《杜诗镜铨》下册,第596页。

合似真似幻,与其说是比喻瞿塘峡两岸崖壁和江底鱼龙的疑似情状,还不如说是诗人心目中人世间龙争虎斗的幻影。扶桑在东,而言其西枝正对断石,弱水在西,却说它的东影随水流去,也不合顺叙的逻辑。但利用七律对仗的紧凑把东西两极的想象之景拉近距离,加以交错,就强化了日头由东到西、流水由西到东的动感,光阴飞逝、长流不息的感慨也就自然蕴含其中,而且还使峡江中龙争虎斗的幻象扩大到扶桑以西和弱水以东的全部世界。与这一境界相对应,这首七律采用拗体,声调十分拗口。而"城尖径仄""峡坼""对断""迸空"等声母和韵母近似的语词,又以生硬的声情烘托出城楼的峭奇和峡江的险幻,使惊人的出语与奇特的表现更加相得益彰。

在夔州时期,诗人从悲凉肃杀的三峡秋景中看到凄凉残破的江山,看到自己穷途末路的残年。早年的经历被时光滤净了忧思和失意,变成奇丽的印象在回忆中鲜活起来,滞留江湖的寂寞在无奈中幻化为对长安热切的想望。以《秋兴八首》为代表的组诗,将许多典故和故事化为一个个美丽的画面或片断的印象,在不连贯的组合中,描绘出长安昔日的繁华和今日的冷落,令人浮想联翩,如梦似幻。如其二:

> 夔府孤城落日斜,每依北斗望京华。
> 听猿实下三声泪,奉使虚随八月槎。
> 画省香炉违伏枕,山楼粉堞隐悲笳。
> 请看石上藤萝月,已映洲前芦荻花。①

诗人身在夔城,心在长安。因此在山城所闻所见都令他联想到长安的景象:听到猿啼而落泪,真切地感受到如今已身处三峡;由北斗而见天河,又令他联想到入京的愿望已经成空。今日因病伏枕的落寞勾起昔日尚书省值夜有锦被帐褥及女侍执香炉烧熏的回忆,却又被山楼的悲笳再次惊破。中间两联四个单句中表面没有逻辑关联的四种意象,由

---

① 《秋兴八首》其二,《杜诗镜铨》下册,第644页。

于虚、实的交错对比,而呈现出现实和想象之间的巨大落差。其六:

> 瞿唐峡口曲江头,万里风烟接素秋。
> 花萼夹城通御气,芙蓉小苑入边愁。
> 珠帘绣柱围黄鹄,锦缆牙樯起白鸥。
> 回首可怜歌舞地,秦中自古帝王州。①

首联通过想象将相隔万里的瞿塘峡和曲江头连接在一起,抒发遥望京华的悲哀。正如他的另一首七律《峡中览物》"巫峡忽如瞻华岳,蜀江犹似见黄河"②一样,都是心理感觉的表现。颔联上句回忆开元时花萼楼筑夹城至芙蓉园,玄宗处处行幸的盛事,下句却说通往芙蓉小苑的御气变成了边愁。"通御气"和"入边愁"的对仗,不但使乐极生悲的历史事实通过对照而强化了其间的因果关系,而且也使诗人在瞿塘峡所感受到的风烟边愁暗中融入了忆念中的开元盛景。颈联用汉昭帝时黄鹄下建章宫太液池,帝为之作歌的典故,"回忆当日,珠帘绣柱,曲江殿宇之繁华;锦缆牙樯,曲江水嬉之炫耀。宫室密,故黄鹄之举若围;舟楫多,故白鸥之游惊起"③。但联系杜诗多次以黄鹄比贤人君子、以白鸥比隐逸沧洲的用法来看,这两句与颔联一样,也在盛世景象的回忆中隐含了君子遇盛世而出、遇乱世而隐的不同际遇。因此,尾联才会叹息秦中自古为帝王崛起之地,却因歌舞享乐而致衰败。其七:

> 昆明池水汉时功,武帝旌旗在眼中。
> 织女机丝虚夜月,石鲸鳞甲动秋风。
> 波飘菰米沉云黑,露冷莲房坠粉红。
> 关塞极天惟鸟道,江湖满地一渔翁。④

---

① 《秋兴八首》其六,《杜诗镜铨》下册,第647页。
② 《峡中览物》,《杜诗镜铨》下册,第609页。
③ 《杜诗镜铨》下册,第647页杨伦注。
④ 《秋兴八首》其七,《杜诗镜铨》下册,第647—648页。

此诗写对昆明池的回想,正是借清秋时节池苑的一隅,展现出丧乱之后长安苍凉的面貌。昆明池是汉代遗迹,盛唐时为长安一处重要的胜景。诗人只抓住几处特征,以几个印象的组合,便绘出一幅如梦忆般的图画。开头起得声情雄壮,先说明昆明池的来历:本是为武帝战功之用,当初旌旗猎猎的盛况仿佛还在眼中。然后转到衰后景象:牵牛、织女两座石像,玉石雕刻的鲸鱼,是昆明池最有特征的景物。"虚夜月"暗含着空对夜月的苍凉之感,与"动秋风"相对,令人想见昆明池的织女像呆呆地面对虚空,石鲸的鳞甲被秋风微微拂动,犹如夜空中的剪影,凝立在清冷的月光中。这说明在诗人的印象中,昔日楼船旌旗的壮观如今已被寂寞空冷的景象所替代。与石像为伴的只有满池的菰米和凋残的莲荷。菰米生长于浅水之中,现在竟然满池漂沉如同黑云,足见池水已经淤塞,沧桑之感自见于景物描写之中。满池菰米和几瓣莲花,是一些零散印象的组合,但好像在大片黑色的背景上点缀了飘落的几点粉红,突出了梦忆中昆明池的萧条冷落。此外其八中的"香稻啄余鹦鹉粒,碧梧栖老凤凰枝"①一联也是将虚虚实实的意象组合在一起。这两句的倒装句法,向来为人称道,本来是鹦鹉啄剩的香稻米,凤凰栖宿的碧梧枝,经过主宾倒置,把"香稻"和"碧梧"放在句子之前,便更突出了它们给人的强烈印象。以鹦鹉夸饰香稻,可能因为它是宫廷贵重的禽鸟,也可能是由此处原为上林苑旧址而生发的想象。至于凤凰碧梧当然更是传说。所以这两句是以虚拟的夸饰之物后置,把要突出的印象前置,虚实相生,借传说和典故来美化作为旧日御苑的渼陂,夸张其禽鸟草木等物产的丰美。这些诗的新创都在于充分利用了七律各句的相对独立性,将若干个印象组合成类似梦境的片段,最适宜表现回忆、梦幻等深层的心理感觉。

杜甫对心理感觉的深层探索不止是表现在印象的新颖组合上,还有多种角度的尝试。如著名的《阁夜》:

---

① 《秋兴八首》其八,《杜诗镜铨》下册,第648页。

> 岁暮阴阳催短景,天涯霜雪霁寒宵。
> 五更鼓角声悲壮,三峡星河影动摇。
> 野哭千家闻战伐,夷歌几处起渔樵。
> 卧龙跃马终黄土,人事音书漫寂寥。①

诗写岁暮时节,一个雪晴之后的冬夜。五更时军营里的鼓声和号角声此起彼伏,在夜空中回荡;仿佛因这战声的撼动,三峡中星空和银河的倒影也在江水中摇曳不定。长夜中不但鼓角声悠长悲壮,声声入耳,更有荒野上千家百姓的痛哭声,时时传来战伐的消息;唯有疏落的几处渔夫樵子的夷歌,还传递了一点生命的声息。与其他写夜景或野哭的同类诗作相比,这首诗的特色在于:这样一幅动荡时代的景象,都是通过夜中闻声的感受表现出来的。战争的各种动静在气象萧森的三峡中回荡放大,一齐奔涌到诗人的耳边,而诗人又运用铿锵的诗韵节奏强化了这战声的凄惨悲壮之感,可谓以声写声,所以读来格外声节悲壮。与尾联"卧龙跃马终黄土"相呼应,诗人还进一步将眼前的动荡放到更深广的时空背景中去思考:诸葛孔明是诗人最敬仰的先哲,公孙述是白帝城的创始人,无论其功业如何,最终都归入了黄土,更何况耀武扬威、不成气候的诸将呢?历史上曾有多少鼓角声在江峡间回荡,但三峡星河是永恒的存在;古往今来又有多少人家为战伐而痛哭郊野,而渔樵生活不会从此断绝。这就是诗人有意将"五更鼓角"和"三峡星河"相对,以"野哭"和"夷歌"相对,又特别强调"起渔樵"的原因。战争无论拖延多久终会结束,生命无论受到多少摧残总会延续。悟出这一对矛盾的辩证关系,暂时的人事不顺和音书断绝,又算得了什么呢?这一思考的深度和力度,使这首诗的意义越出了眼前一时一地的感受,触及了战争和人类生存的普遍规律,这种难以企及的境界正是此诗之"伟丽"为后人称道的根本原因。

---

① 《阁夜》,《杜诗镜铨》下册,第722页。

杜甫还曾在意象的组合中探索与声调的配合关系,以表现字面所难以表达的深层感觉。如《登高》:

> 风急天高猿啸哀,渚清沙白鸟飞回。
> 无边落木萧萧下,不尽长江滚滚来。
> 万里悲秋常作客,百年多病独登台。
> 艰难苦恨繁霜鬓,潦倒新停浊酒杯。①

首联以风急、天高、猿声哀鸣、渚清、沙白、鸟儿飞旋的密集意象排列,每句写景包含三个意象,三个词组一词一顿,意象的急速变换和音节的紧凑安排正相对应,渲染出秋气来临的紧迫之感,而且意象组合所形成的动感又令人强烈地感受到:风之凄急,猿之哀鸣,鸟之回旋,都受着无形的秋气的控制,仿佛万物都对秋气的来临惶然无主。于是这种种难以言表的内心感受,便借风、鸟、猿所构成的这种飞旋回荡的节奏感显现出来了。颔联放大了落叶萧萧飘落的"无边"阵势,加快了长江滚滚而来的急速动态,不仅进一步强调铺天盖地的秋气对万物的控制,而且触发了逝者如斯、时不待人的悲慨,给人以哲理的启迪:秋气是那样无情,催促着注定要消逝的事物快速逝去,使人联想到一切有限的生命;但宇宙又是永恒的,正如这长江水不停地流去,却永远也没有流尽的时候。最后两联又以递进句法快速概括了诗人毕生的悲秋之苦和眼前的处境之苦,使前半篇飞扬流转的旋律更加峭快,从而凸显了诗人内心无可解脱的孤独感。此外如《白帝城最高楼》首句"城尖径仄旌旆愁",与此高耸尖峭的城楼相应,句中"尖""径仄""旌"连用四个声母相近的塞音,使犹如硬挤出来的拗口声调与尖窄的意象配合,营造出压抑的声情,强化了城楼的险峭之感。再如"橘刺藤梢咫尺迷"②连用"刺""咫尺"等塞擦音表现"刺""梢"等尖利的意象,从语感上强调了草堂树折藤乱的

---

① 《登高》,《杜诗镜铨》下册,第842页。
② 《将赴成都草堂途中有作先寄严郑公》其三,《杜诗镜铨》上册,第512页。

荒芜情状。像这类尝试虽然不多,但可以看出杜甫有意调动文字在意象和声调方面的特点,通过精心的构句,使文字形成的节奏声韵体现出意象本身所不能完全表达的心理感受。这样的探索远远超出了传统七律来自歌行的自然声调,进入了诗歌表现审美感受的最深层面。

由于以上两方面的探索,杜甫有些七律的句脉往往在句与句、联与联乃至当句之内产生顿断拗转。与此相应,意象组合也往往在增密的同时加大了其间的跳跃性,强化了对照、对比的关系。这就破除了盛唐七律句意的连贯性,其句调也不可能像盛唐七律那样顺畅舒缓。而且因为句意往往不按顺叙逻辑解读,需要仔细揣摩诗人的用心,其构思立意的痕迹自然也较明显,不像盛唐七律那样浑融自然。王世贞曾指出,七律"句法有直下者,有倒插者,倒插最难,非老杜不能也"①,已经看到杜甫句脉变化的特殊现象,但仅归结为句法倒插的技巧,忽略了技巧背后所隐伏的道理。理解杜诗七律"变格"的原理,才能更公正地评价其创新的意义。

### 三 穷尽物态和移情于物

善于描写各种事物的形貌情态,并且将诗人的感情融入物象,是杜甫的绝句、五律和七律的共同特点。只是七律因为每句比五律多两个字,不但意象组合更为丰富,而且可以运用虚字表现出语调神情,自有其特色。杜甫早年的七律已经有一些赋物写景的名作,晚年对物态的观察更加深细。如写雨:"鸣雨既过渐细微,映空摇飏如丝飞。阶前短草泥不乱,院里长条风乍稀。"②诗里写的是骤雨过后的小雨,雨势渐小,被风吹得如细丝般在空中飘摇。阶前的短草没有乱溅的泥污,可见雨点不大;从院里树枝的长条可以看出风也变小了。这就从庭院里景物动态的细微变化准确地写出风雨渐稀到将停的过程。又如写

---

① 王世贞《艺苑卮言》卷一,《历代诗话续编》中册,第961页。
② 《雨不绝》,《杜诗镜铨》下册,第628页。

春趣:"即看燕子入山扉,岂有黄鹂历翠微?短短桃花临水岸,轻轻柳絮点人衣。"①此诗为十二月一日所写,"即看""岂有"说明燕子和黄鹂陆续飞入山扉都是诗人的预想,所以后两句也是"春来准拟"之景。但是以"短短"形容水岸初开的桃花,以"轻轻"形容刚刚点染人衣的柳絮,尤其能传初春之神。同一组诗其一中"未将梅蕊惊愁眼,要取椒花媚远天"②一联也是想象将要到来的春天:腊梅未开,没有惊动诗人的愁眼,但十二月一日离元旦已近,很快要取椒花献颂了。这两首诗都将虚想的春色写得明艳动人。再如写返照:"楚王宫北正黄昏,白帝城西过雨痕。返照入江翻石壁,归云拥树失山村。"③写黄昏雨后的峡江,夕阳返照倒映入江,石壁倒影在江中翻动;归云笼罩了树林,瞬间迷失了山村所在。正如黄白山所评:"前半写景,可作诗中图画。"④《即事》全篇写巫峡雨景:

> 暮春三月巫峡长,晶晶行云浮日光。
> 雷声忽送千峰雨,花气浑如百和香。
> 黄莺过水翻回去,燕子衔泥湿不妨。
> 飞阁卷帘图画里,虚无只少对潇湘。⑤

云浮日光而过,已预兆雷雨将临之势。接着雷声突然响起,送来了千峰云雨,空气中花香袭人,如月支国所进百和香。这一联真切地写出了巫峡雷雨无常的特点,以及漫山遍野的春花在骤雨之后香气四溢的物理。黄莺在雨中栖止不定和燕子不怕淋湿而衔泥的动态,则成为雨景的点缀。结尾从飞阁上卷帘观看全景,犹如身在图画之中,雨色空濛令诗人

---

① 《十二月一日》其三,《杜诗镜铨》下册,第579页。
② 《十二月一日》其一,《杜诗镜铨》下册,第578页。
③ 《返照》,《杜诗镜铨》下册,第668页。
④ 《杜诗镜铨》下册,第668页引黄白山评。
⑤ 《即事》,《杜诗镜铨》下册,第741页。"衔泥"作"冲泥",误,诸本作"衔"。

想到"潇湘洞庭虚映空"①的美景。又如写峡中景色"石出倒听枫叶下,橹摇背指菊花开"②,想象李秘书经过巫峡时,初见枫叶下落,船从悬崖下经过,转眼只能听声,所以是"倒听";船橹摇得飞快,两岸菊花迅即落在身后,所以是"背指"。这两句正如毛奇龄所说,"上句作上下两层说,下句作前后两际说"③,从不同角度写出了巫峡崖壁的险峭和行船其中的趣味。

杜甫处理情景关系不限于盛唐的融情于景,而是将诗人的喜怒哀乐赋予景物,使景物成为可亲可恼、可以诉说的对象,并且呈现出人的各种情态。这种新颖的构思也见于他的七绝,但用于七律则尤能显示其"变风"。早年他在阆州期间就有这类尝试,如"清江锦石伤心丽,嫩蕊浓花满目斑"④,诗是吊古之作,写滕王亭子遗迹的景观。滕王是唐高祖之子,调露年间任阆州刺史。据史载,滕王骄佚贪婪,所过为害,因数犯宪章,最后转到隆州(开元时改为阆州)。浦起龙认为诗带讥刺,"'伤心''满目',正为当日州人雪涕,而词旨浑然"⑤。诗意是说亭子周边的清江锦石美得令人伤心,满目繁花嫩蕊,色彩斑斓依旧。这就将诗人自己的怀古之感融入了本无人情的景色之中。又如《送路六侍御入朝》:

> 童稚情亲四十年,中间消息两茫然。
> 更为后会知何地,忽漫相逢是别筵。
> 不分桃花红似锦,生憎柳絮白于绵。
> 剑南春色还无赖,触忤愁人到酒边。⑥

---

① 《暮春》,《杜诗镜铨》下册,第740页。
② 《送李八秘书赴杜相公幕》,《杜诗镜铨》下册,第786页。
③ 《杜诗镜铨》下册,第786页引毛奇龄评。
④ 《滕王亭子》二首其一,《杜诗镜铨》上册,第504页。"班"一作"斑"。
⑤ 浦起龙《读杜心解》第三册,第631页。
⑥ 《送路六侍御入朝》,《杜诗镜铨》上册,第439页。

诗人送别的是自小相识四十年的老友,曾经多年音问隔绝,而偶然相逢却是在离别宴会上,所以满怀愁绪,连看到春色也觉得不顺眼:责怪桃花不应该红得胜似锦缎,憎恨柳絮白得超过丝绵。把春色说成是触怒愁人的无赖,构思曲折别致。这首诗作为七律,像口语一样一气滚出,达到自然无迹的境界,因而受到评家推崇。此外如"江草日日唤愁生,春峡泠泠非世情。盘涡鹭浴底心性?独树花发自分明"①,也是同一道理。诗人因十年战乱,客寓他乡而愁,此愁随着江草日日生长,而巫峡虽然春风泠然却不识世情。所以责怪白鹭戏浴盘涡是什么心性,独树只管自己开花也不懂人之愁情。诗人将无可诉说的寂寞都发泄在花鸟身上,要求不懂世事的大自然随着他一起发愁,正是他移情于物的独特方式。

由于寄情于物,杜甫笔下的景物有时又似乎懂得人情。如《舍弟观赴蓝田取妻子到江陵喜寄三首》其二的后三联写自己得到杜观消息后的喜悦:"他乡就我生春色,故国移居见客心。剩欲提携如意舞,喜多行坐白头吟。巡檐索共梅花笑,冷蕊疏枝半不禁。"②诗人高兴得手舞足蹈,近于癫狂,虽然身处他乡,却因满心喜悦而觉得满园生春,于是要求房檐下的梅花和自己一起欢笑,这才发现花才半开,冷蕊疏枝好像也笑得不能自禁了!③ 于是梅花成了能够理解诗人的朋友。又如《江雨有怀郑典设》前六句写景,末以怀人结,是七律最传统的模式,但雨景十分有趣:"春雨暗暗塞峡中,早晚来自楚王宫。乱波纷披已打岸,弱云狼藉不禁风。宠光蕙叶与多碧,点注桃花舒小红。"④风雨的状态都像是主动行为:它们扰乱了江波,把弱云欺侮得狼狈不堪;但是对蕙叶却很宠爱,就多给点绿意,也很怜惜桃花,便注入些红色。于是本来

---

① 《愁》,《杜诗镜铨》下册,第739页。
② 《舍弟观赴蓝田取妻子到江陵喜寄三首》其二,《杜诗镜铨》下册,第891页。
③ 此用卢世㴶解、仇兆鳌、杨伦、浦起龙等同。王嗣奭《杜臆》认为:"至巡檐而索与梅花共笑,不意想头到此。乃冷蕊疏枝,当我不过,梅之春色,不如我之春色也。"第341页。
④ 《江雨有怀郑典设》,《杜诗镜铨》下册,第747页。

无生命的江上风雨就有了孩子般任性捣乱、随意打扮巫峡的淘气。再如《燕子来舟中作》：

> 湖南为客动经春,燕子衔泥两度新。
> 旧入故园曾识主,如今社日远看人。
> 可怜处处巢君室,何异飘飘托此身？
> 暂语船樯还起去,穿花贴水益沾巾。①

诗人抓住燕子能识旧巢的特点,将在船上见到的燕子当作旧园的故交,借燕子昔日识主、今日远看的不同情态点出自己抛离故园的现状;进而又以到处筑巢的燕子,与自己漂泊的命运相互比较。四联中燕和人的关系时而相对,时而相合。人燕同命相怜的感慨,就借七律宜于对比的结构突显出来,构思和句法新颖巧妙。颔联写燕子远远看人,似曾相识又觉陌生的表情,尾联写燕子从船樯穿花贴水而去的动态,带出似乎留恋不舍的情态,尤其传神动人。这就在似懂人情的燕子身上,寄托了自己在流离漂泊中唯有燕子相识相怜的深情。

总而言之,七律发展到盛唐,虽然风调极美,但数量较少,表现单调。杜甫在继承盛唐成就的同时,极大地开拓了七律的题材内容,丰富和发展了七律的表现艺术。他不但赋予七律写景造境、抒情议论等多方面的表现功能,而且在体调上解决了初盛唐七律与八句体七古歌行不易区分的问题。他利用早期七律曾经单句成行的特性,加大句联之间转折变化的自由度,充分发掘了七律体式的独特潜力,为后人指出了继续探索七律表现规律的方向。成熟最晚的七律正因此获得"融各体之法,各种之意"②的巨大容量,成为中唐以后应用最广的诗体。

---

① 《燕子来舟中作》,《杜诗镜铨》下册,第 1018—1019 页。
② 叶燮《原诗》外篇下,《原诗 一瓢诗话 说诗晬语》,第 74 页。

# 第七章  兴致情趣的新颖表现

杜甫是一个富有情致的诗人,他善于发现生活中的兴致和情趣,并在各类诗体中都有不同的新颖表现。兴致本来是诗歌创作最重要的灵感来源。"直寻兴会"也是自六朝以来特别是盛唐诗歌最重要的创作传统。但与盛唐诗人将诗兴融化在山水景物中的表现不同,杜甫以各种新颖的表现方式来强化突出自己的兴致和情趣。他的五律已经有一部分体现了这一特点,五古、七古、七律中也有少量表现,但最集中地体现在绝句之中,尤其是七绝。是否理解杜甫在创作上的这种用心,直接关系到如何评价杜甫绝句成就的问题。

## 第一节  绝句的表现原理和审美传统

### 一  历代诗论中关于绝句体式的模糊认识

在历代杜诗研究中,杜甫的绝句历来是争议最多、评价也最低的一种诗体。本书第一章已经简要地说明争议的焦点在杜甫绝句的"创调"和"变格",指出宗唐派否定杜甫绝句的主要原因是认为不合绝句的正声。而一些为杜甫绝句辩护的诗家,也是从其不合正声这一点着眼的。这些争议,似乎都看到了杜甫与盛唐绝句不同的独特之处,但是对杜甫绝句的看法并不一致。有的认为杜甫绝句虽然有其"拙、短、粗、憨"的缺点,但他用得巧妙,能把短处变成其自创的一家之长。如明人卢世㴶说:"若子美者,可谓巧于用拙,长于用短,精于用粗,婉于用憨者也。"①有的认为杜甫绝句没有窠臼,风韵动人,如清人黄子云说:"绝句字无多,意纵佳而读之易索。当从三百篇中化出,便有韵味。龙标、供奉,擅长一时,美则美矣,微嫌有窠臼。其余亦互有甲乙。总之,未能脱调……初诵时殊觉醒目,三遍后便同嚼蜡。浣花深谙此弊,一扫而新之。既不以句胜,并不以意胜,直以风韵动人,洋洋乎愈歌愈妙。"②认为王昌龄和李白的绝句虽然极美,但是略嫌有窠臼,其他盛唐诗人也没能脱去同一种调子,读多了容易无味,杜甫因为深知此弊,所以要另创新调。有的认为杜甫绝句质朴多古调,如潘德舆引"敖氏英曰:'少陵绝句,古意黯然,风格矫然,用事奇崛朴健,与盛唐诸家不同。'"③导致这些差异的原因与论者各有所取有关,而且多数不分五七绝,其中多侧重于七绝,专论五绝的很少。这可能是因为杜甫五绝数量较少,七绝较多的缘故。事实上盛唐诗人中除了李白和王维以外,其他诗人五绝都比较少,而七绝则成为盛唐绝句的主流。五绝和七绝虽然有不少共通之处,但其体式不同,艺术表现的效果也不同,如果不加区别,不但对前人的种种歧说难以确切地分辨是非,就连杜甫的"创调""变格"究竟有何具体表现,也是说不清楚的。因此分清五绝和七绝体式的差别,是探索杜甫绝句如何"独成一家"的前提。

要论绝句是正声还是变调,先需辨明绝句究竟属于古体还是近体。明清诗论对于这个问题一直没有一致而明确的看法。高棅编选《唐诗品汇》"五言绝句叙目"仅仅说"五言绝句作自古也"④,"七言绝句叙

---

① 卢世㴶《读杜私言·论五七言绝句》,《全明诗话》第六册,第4391页。
② 黄子云《野鸿诗的》,《清诗话》下册,第851页。
③ 潘德舆《养一斋李杜诗话》卷三,《清诗话续编》第四册,第2202页。
④ 高棅编选《唐诗品汇》上册,第388页。

目"说"七言绝句始自古乐府《挟瑟歌》"①。胡应麟《诗薮》将绝句都列为近体。许学夷《诗源辩体》说:"五言四句,其来既远。至王、杨、卢、骆,律虽未纯,而语多雅正,其声律尽纯者,则亦可为绝句之正宗也。"②"七言绝自王、卢、骆再进而为杜、沈、宋三公,律始就纯,语皆雄丽,为七言绝正宗。"③也是把五七言绝句的正宗都看作是合律的近体。清人王士禛《师友诗传续录》说:"五言绝近于乐府,七言绝近于歌行。"④这是从作法上说,似乎又近于古体。赵执信《声调谱》"五言绝句"列齐梁体和古绝句各一首,说:"两句为联,四句为绝。始于六朝,元非近体。后人误以绝句为绝律诗,故致多此一问。"⑤似乎倾向于五绝原为古体。"七言绝句"也列乐府、古诗、拗体各一首,说明七绝古近体都有。钱木庵《唐音审体》"律诗五言绝句论"说:"二韵律诗,谓之绝句,所谓四句一绝也。《玉台新咏》有古绝句,古诗也。唐人绝句多是二韵律诗,亦不论用韵平仄,其辨在于声韵,古今人语音讹变,遂不能了了。"⑥把五言绝句看成二韵律诗,但又看到唐人五绝多不讲用韵平仄,认为是古今语音变化所致,不明其故。其"律诗七言绝句论"又说:"绝句之体,五言七言略同,唐人谓之小律诗。"⑦施补华《岘佣说诗》也认为:"五言绝句,截五言律诗之半也。"⑧"七绝固可将七律随意裁"⑨,都认作是近体。由以上论述可见明清诗论并没有认真深究过绝句的声调和体裁。

王力先生在《汉语诗律学》里提出绝句应分为古体绝句和近体绝

---

① 高棅编选《唐诗品汇》上册,第427页。
② 许学夷《诗源辩体》卷一二,《全明诗话》第四册,第3261页。
③ 许学夷《诗源辩体》卷一三,《全明诗话》第四册,第3267页。
④ 王士禛《师友诗传续录》,《清诗话》上册,第150页。
⑤ 赵执信《声调谱》,《清诗话》上册,第344页。
⑥ 钱木庵《唐音审体》,《清诗话》下册,第783页。
⑦ 同上书,第784页。
⑧ 施补华《岘佣说诗》,《清诗话》下册,第994页。
⑨ 同上书,第996页。

句两种,并且提出了界分的标准。笔者在十几年之前曾对五绝和七绝的不同起源及其发展途径做过一番梳理,认为从齐梁到唐代的绝句中还有一种介于古、近之间的绝句,由于数量很多,已经自成一体。清人称之为齐梁调,但界定不清楚。笔者根据《文镜秘府论·天卷·调声》中"齐梁调诗"的诗例分析,总结出五言绝句中四种不符合近体规则的声病,认为只要符合其中一种,即可称为齐梁调,并且将初盛唐的全部绝句做了声律分析,其中介于古近之间的五绝声病与"齐梁调诗"的诗例一致。所以可确认五言绝句分古体、近体、齐梁调三体。由于"齐梁调"专指五言,七言绝句从形成之后就很快律化,到盛唐时,古绝较少,齐梁调的四种声病中仅折腰体尚存,数量也少,因而七绝的古近体比五言容易界定。① 由这一梳理的结果还可以看出,五绝和七绝的起源及其发展途径不同,不但形成体式和声调的差异,而且创作传统和审美标准也有区别。

## 二 五绝和七绝的体调及表现原理的差异

明清少数诗论家对于五绝和七绝的区别已经有所论述。综而言之,大致有以下三方面:一是来源不同导致格调不同,五言调古,七言调近。胡应麟说:"五言绝,昉于两汉,七言绝,起自六朝。"②"五言绝,须熟读汉魏及六朝乐府,源委分明,径路谙熟;……七言绝,体制自唐,不专乐府。"③并引:"顾华玉云:'五言绝,以调古为上乘,以情真为得体。'"④许学夷也引:"胡元瑞云:'……五言绝,调易古;七言绝,调易卑。五言绝,即拙匠易于掩瑕;七言绝,虽高手难于中的。'杨用修云:

---

① 参见拙文《初盛唐绝句的发展——兼论绝句的起源和形成》,《诗国高潮与盛唐文化》,第357—368页。
② 胡应麟《诗薮》内编卷六,第111页。
③ 同上书,第114页。
④ 同上书,第115页。

'唐乐府本自古诗,而意反近,七言绝本于近体,而意反远。……'绝句之论,二子乃深得之。"①王夫之也说:"五言绝句自五言古诗来,七言绝句自歌行来。"②

二是五七言绝因体制不同造成声调不同,五绝声调短促,七绝声调悠长。如冯复京说:"五言绝,句短调促,用仄韵不失为高古;七言绝,声长字纵,用平韵乃得风神。"③赵士喆也说:"然五绝与七绝不同,五绝多用仄韵者,其用平韵而工整者近体也,其用仄韵而参差者古体也。此自《子夜歌》诸小曲来。"④

三是五七绝的艺术规范不同,五绝质朴真切,七绝高华风逸。胡应麟说:"五言绝,尚真切,质多胜文;七言绝,尚高华,文多胜质。"⑤费经虞《雅伦》引"《弹雅》云:'五绝,重在裁断;七绝,重在风逸。'"⑥

以上三方面大致把握了五绝和七绝的不同格调和艺术风貌。这种差别是由五绝和七绝不同的起源和创作传统所造成的。笔者在梳理绝句的起源和发展过程中,也注意到宋齐梁时期所出现的"绝句"的初始定义以古绝为主要对象,所以《玉台新咏》把五言古绝句一直溯源到汉代是有道理的,最早的五言四句体主要是部分汉代民间歌谣和乐府。魏晋文人的五言四句体也多模拟歌谣乐府,直到东晋文人的五言四句体才与古诗有更密切的联系。而南北朝乐府民歌的兴起,促使宋齐时代文人在模仿清商乐府时产生了创作五言四句体的浓厚兴趣,直接导致绝句一体的产生。不少新体诗就是以永明律写成的齐梁调五言绝句。这也是胡应麟认为五言绝"昉于两汉""须熟读汉魏及六朝乐府"的根据。五言绝句"调古"的特点与此密切有关。

---

① 许学夷《诗源辩体》卷一七,《全明诗话》第四册,第3288页。
② 王夫之《姜斋诗话》,《清诗话》上册,第19页。
③ 冯复京《说诗补遗》,《全明诗话》第五册,第3838页。
④ 赵士喆《石室谈诗》,《全明诗话》第六册,第5148页。
⑤ 胡应麟《诗薮》内编卷六,第111页。
⑥ 费经虞《雅伦》卷一〇,《全明诗话》第六册,第4696页。

所谓"调古",包含两层含义:一是指声律的差别,古绝为古,齐梁调和律绝为近;二是指格调的差别,汉魏比兴谣谚体以及东晋截古诗式的风格在南北朝的延续是为古,而接近南朝乐府声吻风调的是为近。二者互有交叉,格调为近的,声律仍可为古体。此后到初唐,五绝律化进展缓慢,一直维持着古绝、齐梁调和律绝三体并存的局面。到了盛唐,律绝不但没有增加,反而愈益减少,古绝大量增加,与齐梁调平分秋色。同时,在梁代到初唐与乐府逐渐疏离的五绝,在盛唐前期又恢复了学习古乐府的传统,这些都是五绝在初盛唐仍然以"调古"为特色的原因。

从体式的表现原理来看,五绝是五字一句,两句组成一个诗行,两行一章。作为诗歌最小的一个单位,如何体现其独立的价值,成为五绝的核心问题。汉魏的比兴谣谚体提供了最早的句式和形制,但还比较单调。南朝乐府民歌兴起后,表现力大大丰富。其基本特点是情思凝聚于一点,可以表现因节物变化而产生的小感悟,一个心理活动的瞬间,或一个小细节、小动作,一个定格画面,一种人物情态。即使是双关、比兴,也是借眼前所见的一个物象,简单地点出情思所结。同时南朝乐府民歌还善于以短句作大幅度的对比。这些都促使五绝在发展中逐渐形成了既适宜于表现细景小事,又适宜于在短章内浓缩概括的表现功能。此外由于五绝字少,极少用虚字,全用实字,容易造成声调短促的问题。所以一旦形成独立体制之后,寻求句短而味长、体小而量大,便成为南朝以后到盛唐诗人努力的方向。正如王世贞所说:"绝句固自难,五言尤甚。离首即尾,离尾即首。而腰腹亦自不可少,妙在愈小而大,愈促而缓。"①

初盛唐五言绝句的常见题材是闺怨、送别、咏物及山水,这些都是上承南朝五绝的表现方式而来。其中最重要的发展是王维等山水诗人通过提炼场景、剪裁画面等处理方式,使原本只能表现较小容量的五绝

---

① 王世贞《艺苑卮言》卷一,《历代诗话续编》中册,第962页。

扩大到能提供最大联想的程度。王维的《辋川集》组诗、孟浩然的《春晓》《宿建德江》就是最典型的代表。李白的五言绝句则主要是清商乐府题的翻新以及抒发面向大自然的狂兴。他们的共同特点是情韵悠长、境界优美、意趣幽远，富有概括力和启示性。这正是唐代五绝所达到的最高境界，也是前人评价杜甫五言绝句所凭恃的创作传统和审美标准。明代诗论以王维、李白为五绝正宗，可谓众口一词。如高棅说，五言绝句"开元后独李白、王维尤胜"[1]。胡应麟也说："五言绝二途，摩诘之幽玄，太白之超逸。"[2]许学夷说："摩诘五言绝，意趣幽玄，妙在文字之外。"[3]管世铭《读雪山房唐诗序例》"五绝凡例"说："王维妙悟，李白天才，即以五言绝句一体论之，亦古今之岱、华也。"[4]因此，如何认识杜甫对这种创作传统的背反，反映了杜诗学中的不同审美观念，以及对绝句表现功能的不同理解。

关于七绝的起源，笔者认为是西晋的北地民谣。晋宋以来文人拟作了少量七言四句体短歌，其中以一、二、四句押韵的才称得上七绝。但梁陈时七绝虽少，却很快律化，七言律绝早于七律产生。此后在初唐一直沿着律化的道路发展，到盛唐时七绝的律化程度已经远远高于五绝。这就是七绝"调近"的基本原因。[5]

七绝在南朝和初唐数量极少。文人中只有上官仪、王勃、卢照邻及元万顷等作有少量七绝。到中宗神龙、景云年间，七绝成为宫廷应制诗的重要体裁，数量才迅速增多。应制诗虽难免板滞典雅，但这一时期的题材多数是游览园林、侍宴山庄、节令应景、咏物饯送之类，反而对七绝咏物和写景的技巧有所促进，同时也为七绝增添了华丽的辞采。除了

---

[1] 高棅编选《唐诗品汇》上册，第389页。
[2] 胡应麟《诗薮》内编卷六，第109页。
[3] 许学夷《诗源辩体》卷一六，《全明诗话》第四册，第3274页。
[4] 管世铭《读雪山房唐诗序例》，《清诗话续编》第三册，第1560页。
[5] 参见拙文《初盛唐绝句的发展——兼论绝句的起源和形成》，《诗国高潮与盛唐文化》，第357—368页。

应制以外,初唐文人也有少量其他题材,但都只有一二首而已。至盛唐,七绝和七言歌行的兴起成为诗歌达到高潮的重要标志。七绝咏物、行旅、闺情、边塞、送别等题材大量增多,而相思送别类最为脍炙人口,诗人们以真挚的感情取代了应制诗的虚套,以高华的风格冲淡了颂圣的富丽色调。这就确立了盛唐七绝的主要表现功能和艺术风貌。

七绝的源起和发展路径决定了在表现原理上与五绝的差异。早期七绝受到晋宋北地歌谣和北朝乐府民歌中七言体的影响,语言原比五绝通俗。后来在南朝七言歌行中形成的每四句一、二、四押韵的诗节构成,又促成了七绝和歌行之间的亲缘关系。① 唐人的有些歌行甚至可以截出绝句来,正如吴乔所说:"七绝与七古可相收放。如骆宾王《帝京篇》、李峤《汾阴行》、王泠然《河边枯柳》本意在末四句,前文乃铺叙耳。只取末四句,便成七绝。"②因而七绝往往截取一个情景片段,句意要求如歌行般连贯流畅。不过,虽然早期七绝中萧绎的《乌栖曲》其四和魏收的《挟琴歌》也是乐曲题,但七绝在初唐的发展与乐府的关系比较疏远。除了朝廷的郊庙歌辞和卢照邻的《登封大酺歌》四首以外,直到初唐后期,才出现了少数以乐曲和古乐府为题的七绝,如张说的《十五日夜御前口号踏歌词二首》和《苏摩遮》五首都是近代曲辞,乔知之的《折杨柳》、闾丘均的《长门怨》是古乐府题。初盛唐之交,一些文人开始把乐府和绝句融为一体,以"吴中四士"为代表的吴越诗人群在七绝中采用清商乐府语调。崔国辅的《白纻辞》《王昭君》、贺知章的《采莲曲》、刘庭琦的《铜雀台》都是用七绝写的乐府题。接着,王维、常建、储光羲、崔颢、王昌龄、李白都大力写作乐府风味的七绝,尤以王维、王昌龄和李白为多。许学夷指出:"太白七言绝多一气贯成者,最得歌行之体。"③正是这个缘故。这就使七绝在盛唐形成了适宜抒情且富有乐

---

① 参见拙文《中古七言诗的转型》,《北京大学学报》2008年第2期。
② 吴乔《围炉诗话》卷二,《清诗话续编》第一册,第531页。
③ 许学夷《诗源辩体》卷一六,《全明诗话》第四册,第3299页。

府歌行风调的特色,与适宜以小见大、营造意境的五绝各有所长。

七绝虽然也善于以小见大,但比五绝多两个字,又多用歌行句式中的虚字,语言也较五绝浅近,读来声长字纵,更有利于声情的表达。所以盛唐七绝虽然题材多样,但是除了李白的一些山水七绝以外,无论闺怨还是边塞、行旅都以抒发离情为主。盛唐七绝成就最高的作品都见于相思送别类题材,正说明了七绝的特长在于以浅语倾诉深情。最能体现这一特长的作者就是李白。所以沈德潜概括:"七言绝句,以语近情遥、含吐不露为主,只眼前景口头语,而有弦外音、味外味,使人神远,太白有焉。"①由此可知,盛唐五七绝虽然都以"愈小而大"②为妙,但五绝的隽永主要在于意境的含蕴;而七绝中虽然也有王昌龄、李白部分意境优美的作品,但其"意远"主要体现为情韵的深长。

尽管七绝在其起源和发展的过程中产生过不同的题材和风格,也显示了能够写景、咏物、抒情的不同功能,但历代诗论对杜甫七绝的评价,主要是以李白和王昌龄的七绝为参照的。如胡应麟说:"少陵不甚工绝句,遍阅其集得二首:'东逾辽水北滹沱,星象风云喜色和。紫气关临天地阔,黄金台贮俊贤多。''中巴之东巴东山,江水开辟流其间。白帝高为三峡镇,夔州险过百重关。'颇与太白《明皇幸蜀歌》相类。"③"杜《少年行》'马上谁家白面郎,临门下马坐人床。不通姓名粗豪甚,指点银瓶索酒尝。'殊有古意,然自是少陵绝句,与乐府无干。惟'锦城丝管'一首近太白。"④管世铭说:"少陵绝句,《逢龟年》一首而外,皆不能工,正不必曲为之说。"⑤施补华也说:"少陵七绝,槎枒粗硬,独《赠花

---

① 沈德潜《说诗晬语》,《清诗话》下册,第542页。
② 王世贞《艺苑卮言》卷一,《历代诗话续编》中册,第962页。
③ 胡应麟《诗薮》内编卷六,第118页。
④ 同上书,第121页。
⑤ 管世铭《读雪山房唐诗序例·七绝凡例》,《清诗话续编》第三册,第1562页。

卿》一首，最为婉而多讽。"①依此标准，杜甫七绝似乎只有这几首可取。

即使是为杜甫辩护者，也不能回避"七绝以神韵为主，少陵终非正宗"②的看法。如王世贞说："余谓：七言绝句，王江陵与太白争胜毫厘，俱是神品。……子美固不无利钝，终是上国武库，此公地位乃尔。"③卢世㴶说："天生太白、少伯以主绝句之席，勿论有唐三百年两人为政，即穷天地，无复有骖乘者矣。子美恰与两公同时，又与太白同游，乃恣其倔强之性，颓然自放，自成一家。"④方世举说："五七绝句，唐亦多变。李青莲、王龙标尚矣，杜独变巧而为拙，变俊而为伧。后惟孟郊法之。然伧中之俊，拙中之巧，亦非王、李辈所有。"⑤这与明人卢世㴶所说"巧于用拙，长于用短，精于用粗，婉于用憨"意思相同。以上诸家所说"钝、拙、粗、憨、伧"，是大多数批评杜甫七绝或为之辩护者的共识。无论他们认为杜甫怎样"巧于""长于"运用这些缺点，杜甫七绝的基本风貌与李白、王昌龄的长处恰好相反似乎是不能否认的，这也就是前人所说杜甫七绝"变体""变调"的基本特点。

## 第二节　杜甫五绝的审美趣味和表现角度

### 一　"时调"与"创调"的辩证关系

潘德舆曾将杜甫的绝句分为"创调"和"从时轨"两种："杜公天挺之才，横绝一世，无所不可。自率本怀，则为绝句创调；偶从时轨，则为

---

① 施补华《岘佣说诗》，《清诗话》下册，第 998 页。《杜诗详注》卷一〇称此诗"风华流丽，顿挫抑扬，虽太白、少伯无以过之"。
② 顾贻禄《缦堂诗话》卷上，《清诗话三编》第三册，第 1621 页。
③ 王世贞《全唐诗说》，《全明诗话》第三册，第 2046—2047 页。
④ 卢世㴶《读杜私言·论五七言绝句》，《全明诗话》第六册，第 4391 页。
⑤ 方世举《兰丛诗话》，《清诗话续编》第二册，第 779 页。

绝句冠场。"①意思是杜甫本来无所不能,当他直抒胸臆、自率本性时,绝句就成为创调;而偶尔遵循当时流行格调的时候,绝句就成为此体的最佳作品。其实,杜甫的五绝之所以能"独成一家",关键在于他对绝句的传统作法和"时轨"有深切的了解。所谓"时轨"就是遵从盛唐传统的审美标准和作法,所谓"创调"就是创作不同于"时调"的新调。如果不熟悉五绝的创作原理和时调的特点,也就无从创作新调。逐一分析杜甫的全部五绝,可以看出,与处理其他诗体的做法相同,他并没有将时调和新调截然对立,而是在牢牢把握五绝体式特点及其创作规范的基础上,尝试从不同角度创新。各篇格调的新异程度不等,少数篇章甚至带有实验性,但都有探索五绝表现潜力的意义。

杜甫各种诗体的"创调"和"变格"都与其题材的扩大有关。五绝也不外乎此,尤其是增加了反映时事的篇章,计有7首,比盛唐诸家都多。但是就其他题材而言,杜甫与盛唐诗人差不多。除了咏史2首之外,也像王维、李白一样有寄赠、咏物、艳情等,只是以写身边景物居多。也就是说,就题材而言,杜甫对五绝表现功能的突破力度不如其他体裁那么大。

从声律的角度来看杜甫五绝,其"创调"首先体现为31首作品全为律绝,与盛唐五绝少有律绝、多为古绝和齐梁调的取向大不相同。确如谢榛所说:"子美五言绝句皆平韵。"②杜甫不作乐府和古绝,首先从声律上就将五绝从"调古"变成了"调近"。随着声律的变化,其作法和艺术表现也随之而变。古绝和律绝的差别与五古和五律的差别相同:古诗的句子按语法逻辑顺接,句意连贯,诗行间可以跳跃,但跨度不大;而律诗的构句可以有较大跳跃性,不一定按语法逻辑顺接,在跳跃中形成句法的张力,留下更多想象的空间。因此古绝要做到"愈小而大",主要凭借全篇意境的创造和立意的提炼;律绝则可以截取律诗的半首,

---

① 潘德舆《养一斋李杜诗话》卷三,《清诗话续编》第四册,第2202页。
② 谢榛《四溟诗话》卷二,《全明诗话》第二册,第1332页。

在对句中增加联想的空间。但是杜甫用近调也可以写出高古朴厚的风格。

虽然都用律绝,但从表现方式来看,杜甫五绝有不少"从时轨"的佳作。如他的咏史诗《武侯庙》:

> 遗庙丹青古,空山草木长。犹闻辞后主,不复卧南阳。①

此诗全篇对句。前两句强调夔州武侯庙的荒凉古旧:山深草茂,丹青褪色,遗庙已不知经历了多少岁月的磨蚀。但是站在庙前,人们仍然可以听到诸葛亮在发兵汉中前上表辞别后主的铿锵誓言。前后两联对比,已足以令人想到武侯的精神永远不会因天荒地老而消逝。② 而后两句对仗,因其句意跳跃之大,更包含着多层含义。从字面上看,似乎是说诸葛亮出师之后,再不能回到南阳。但联系《出师表》中"臣本布衣,躬耕于南阳。苟全性命于乱世,不求闻达于诸侯。先帝不以臣卑鄙,猥自枉屈,三顾臣于草庐之中,谘臣以当世之事。由是感激,遂许先帝以驱驰"③一段话,又可以更进一步理解之所以"不复卧南阳",是因为不愿负先帝所托,从而暗示了诸葛亮"鞠躬尽瘁,死而后已"的精神。同时,"辞后主"和"卧南阳"又从出师汉中回溯到当初躬耕南阳之时,概括了诸葛亮忠心耿耿辅佐刘氏父子两代的人生历程。又如《八阵图》:

> 功盖三分国,名成八阵图。江流石不转,遗恨失吞吴。④

诗人略去关于八阵图的所有传说,只从这处遗迹的名声着想,把诸葛亮建立三分之国的盖世之功,与八阵图的传世之名对仗,借"三"与"八"的数字工对概括了诸葛亮的不朽功业。然后从诸葛亮没有完成统一大

---

① 《武侯庙》,《杜诗镜铨》下册,第 596 页。
② 杨伦引朱鹤龄解为"曰犹闻者,空山精爽,如或闻之"(《杜诗镜铨》下册,第 597 页),同时也可以理解为谒庙者的心理活动。
③ 萧统编《文选》第四册,第 1672—1673 页,上海古籍出版社,1986 年。
④ 《八阵图》,《杜诗镜铨》下册,第 597 页。

业的遗恨推进一步:八阵图位于控扼东吴的长江上游,数百年来未为江流冲毁,这就像是老天有意为他留下了"失吞吴"的痕迹。"失吞吴"字面是指刘备讨吴的失策和失败,实际包含着诸葛亮未能劝阻刘备讨吴,最终失去吞灭吴、魏之机的遗憾。三个字能引起读者由近及远的无限联想。此诗由"江流石不转"的景象触发感慨,也借这一句转折带出言有尽而意无穷的结语。其作法即潘德舆所说的"从时轨",充分体现了徐师曾所说"绝句诗以第三句为主,须以实事寓意,则转换有力,旨趣深长"①的基本特征,而概括度更高于盛唐五绝,所以堪称"绝句冠场"。由此可见杜甫不但深解绝句的创作传统,而且能利用律绝的优势大大提升五绝"愈小而大,愈促而缓"的表现潜力。

杜甫的五绝虽然没有古乐府题,但他深谙乐府的创作原理,并能用律绝体现六朝清商乐府的风味。如《绝句三首》其一:

闻道巴山里,春船正好行。都将百年兴,一望九江城。②

"闻道"的起句方式,以及展望江上前程的结尾,颇似西曲歌中船夫的声口语气,诗人将自己漂泊一生的感慨和盼望回乡的急切心理浓缩为"百年兴",化为江上正好行船的传闻以及一望就见九江的想象,语调轻快,表情天真。

同时他也能写出李白、王维式的五绝风味。如《绝句三首》其三:

漫道春来好,狂风大放颠。吹花随水去,翻却钓鱼船。③

杨伦批道:"此首神韵绝似太白。"④李白的五绝有相当一部分是抒发自己面对山水的狂兴。杜甫这首诗写春天刮起大风,把落花吹到了水上,还打翻了钓鱼船,截取了春天常见景色的一个片段。但是以埋怨春风

---

① 徐师曾《诗体明辨》,《全明诗话》第二册,第1462页。
② 《绝句三首》其一,《杜诗镜铨》下册,第560页。
③ 《绝句三首》其三,《杜诗镜铨》下册,第560页。
④ 《杜诗镜铨》下册,第560页杨伦注。

太过癫狂的语气写出,便把诗人自己的狂态也融入写景之中了,这正是李白的典型写法。可见杜甫也深知李白五绝的创作特色。此外他的《绝句二首》其二:

> 江碧鸟逾白,山青花欲然。今春看又过,何日是归年?①

其实也是盛唐五绝的常见作法。首二句以碧绿的江色映衬洁白的飞鸟,以青碧的山色烘托红艳的山花。"花欲然"与王维的"水上桃花红欲然"②意思相同,只是"逾"字更强调出鲜明的色彩对比,而"碧"与"白"、"青"与红的对照又强化了春日朗照、万物生辉的视觉印象,这正是春天的极盛时期。后两句却从盛时想到衰时,跳到春天"看又过"的忧虑,再跳到不知何日是归年的自问。跳跃的思路中包含着春好之时依然客居在外的惆怅。联系杜甫所处时代背景,还暗示了因战乱漂泊多年仍不知归期的悲伤,内蕴也更加深厚。以上所举诗例都是杜甫采用五言律绝但可称"时调"的例子,类似的五绝还有《归雁》《因崔五侍御寄高彭州一绝》《复愁》其十和其十一等,可以见出他对五绝创作传统的理解。

而杜甫所创新调则主要体现在感时伤乱以及描写身边景物这两类。感时伤乱题材在杜甫之前罕见于五绝,杜甫虽然也只有7首,但各有创意。如《绝句》:

> 江边踏青罢,回首见旌旗。风起春城暮,高楼鼓角悲。③

此诗截取踏青之后回首所见城楼一角的情景,将和平生活和战争气氛分两层对照:江边踏青,本是赏心乐事,然而背景却是战旗猎猎;风和日暮,本是良辰美景,但城楼上传来的却是鼓角的悲声。一、三句都从春光的美好着笔,二、四句从战争的悲哀着笔,春意和杀气形成两层对仗,

---

① 《绝句二首》其二,《杜诗镜铨》上册,第522页。
② 王维《辋川别业》,赵殿臣《王右丞集笺注》,第186页,上海古籍出版社,1984年。
③ 《绝句》,《杜诗镜铨》上册,第390页。

全诗的涵蕴就在这两层比较中见出。又如《复愁》其三：

> 万国尚戎马，故园今若何？昔归相识少，早已战场多。①

由思念故乡不知还有多少相识这一点立意。首句展现万国战乱尚未平息的时代大背景，次句以自问今日故园状况如何作为对比。第三句就故园之问推进一层，回溯昔日归去时已经少有相识，早已多在战场。"少"和"多"的对仗以田园人少和战场人多形成对比，点出因万国戎马导致无数人民被迫离开故园，被驱上战场的悲惨后果。而这一对比又仅仅是昔日归去时所见，杨伦批"早已""二字含蓄"②。因为"早已"是昔日所见，而自"昔"到"今"，又经历了"尚戎马"的漫长时间跨度，则故园的惨况"今若何"就更可想而知了。

表现对时事的思考和批评，是杜甫对五绝题材的重要突破。虽然均为议论，但都能体现五绝的表现原理，在议论中留出最大的联想空间。本书第三章已经将这类诗与同类题材的七绝归入"诗史"另立专节阐述。从表现方式来看，这类五绝针对时事的讽意明显，但并不缺少余味，而是各有其引人联想的空间。有的通过前后两层句意之间的对比或间断，令人在思考句脉连接的逻辑时产生深思；有的将表面没有联系的时事和对象联系在一起，令人在寻找其中的关联时自然悟出作者的深意。可见杜甫这类讽刺时事的小诗不但突破了传统题材范围，而且根据内容的变化，通过句意的跳跃或典故的多义性等引起思理逻辑方面的联想。这种言外之意与盛唐五绝借空灵的意境引发情景的联想截然不同，引人体味的不是深长的情韵和玲珑的兴象。从传统审美标准来看，自然只能属于变格了。然而这却是对五绝要求"愈小而愈大"的创作原理的发挥，以及表现功能的拓展。

---

① 《复愁》其三，《杜诗镜铨》下册，第820页。
② 《杜诗镜铨》下册，第820页杨伦注。

## 二 独特的审美感觉和多向的视角开拓

如果说感时伤乱类题材的"变格"主要由内容决定,那么描写身边景物本来是五绝的传统题材,其"创调"就更能见出杜甫在五绝体式和表现艺术方面的创新意识。这类题材在杜甫的五绝中所占比例也较大,其体式最不同于传统五绝之处就是取五律中间两联对仗,一句一事或一句一景,各句意思独立,不一定有句意联系,看似无首无尾。这与五绝形成以来一直为追求篇意的独立完整而在结句上下功夫的传统作法背道而驰。绝句作为诗的最小单位,从形成时起就具有天生的可续可连性,因此绝句要独立成体,必须解决使篇意完整的问题。由于"离首即尾,离尾即首",关键在结尾收得住。五绝倘若用对句收尾,尤其难以截断。所以东晋以来文人五绝一直把力量放在后两句,探寻了疑问、悬拟、预测、递进、因果、否定及第三句转折等多种既可结尾又能留下不尽之意的句式。而南朝清商乐府将情思凝聚于一点的构思方式,也促使盛唐文人将前人探寻的各种五绝句式和乐府自由的表现方式相结合。① 元明人总结绝句要领说:"要婉曲回环,句绝而意不绝,戚繁就简。多以第三句关之,第四句发之。……大抵起承一句固难,然不过平直叙起为佳,从容承之为是。至如宛转变化工夫,全在第三句,若于此转变得好,则第四句如顺流之舟矣。"② 这是公认的绝句传统作法。所以全篇都是对句的做法为前人所避忌。杜甫之所以采用如此违背传统的体式,与他独特的审美感觉和多向度的视角开拓有关。

杜甫那些"偶从时轨"的五绝,虽然没有刻意在第三句转折上着力,但是大抵都可做到立意集中,句绝而意不绝。唯有一部分写景的五绝,两联对句、四句并列,似乎不容易将立意凝聚于一点,也难于结束篇

---

① 参见拙文《初盛唐绝句的发展——兼论绝句的起源和形成》,《诗国高潮与盛唐文化》,第365页。

② 朱权《西江诗话》,《全明诗话》第一册,第81页。

意。有的诗一句一景,既构不成画面,更谈不上意境。如《复愁》其十:

   江上亦秋色,火云终不移。巫山犹锦树,南国且黄鹂。①

四句分写江色、火云、山树、黄鹂四景,而且句法相同,均以副词居中并列,仅靠四个副词的意思转折将四句联系起来。诗意并不在全面描写巫峡秋景,而是想说明巫峡虽也有秋色但天气仍然炎热的景象。又如其一:

   人烟生僻处,虎迹过新蹄。野鹘翻窥草,村船逆上溪。②

虽然前两句意思连贯,但后两句各写二景,无论从构图还是句意看,都无必然关联。诗人之意在渲染夔州的人居环境的险恶:猛虎随时出没,凶禽草中觅食,村船逆水上行,可见此处穷山恶水,贫穷荒僻。此诗似以首句引出后三句,章法更是少见。再如其二:

   钓艇收缗尽,昏鸦接翅稀。月生初学扇,云细不成衣。③

渔船都已收起钓丝归去,联翩归巢的昏鸦渐渐稀少,月亮初圆,细云缕缕。这是写黄昏到入夜的宁静景色。后两句从李义府的"镂月成歌扇,裁云作舞衣"④化出,点出是一个晴月之夜。由于四句着重在四种景物动态的刻画,加之后两句所用比喻与前两句风格不统一,与其一同样都没有完整的画面,而且给人以没有完结之感,所以杨伦引:"邵(子湘)云:'非杜能事,聊存一格。'"⑤这类作品与传统作法和审美标准偏离太远,正是明人讥杜甫于绝句无所解的依据。然而杜甫正是试图通过这种作法表现他对夔州和巫峡不同季节、不同时段甚至某一刻景物的感受。这类景物或给人燥热之感,或给人荒凉之感,不一定符合传统

---

 ① 《复愁》其十,《杜诗镜铨》下册,第821页。
 ② 《复愁》其一,《杜诗镜铨》下册,第820页。
 ③ 《复愁》其二,《杜诗镜铨》下册,第820页。
 ④ 《全唐诗》卷三五,第469页。
 ⑤ 《杜诗镜铨》下册,第820页引邵子湘评。

的审美趣味,却是不属于盛唐五绝共相的独特景象。四句之间的不同关联方式是他对四种景物如何组合以体现这种审美感觉的尝试,自有其实验意义。

事实上像这样的实验杜甫早在草堂时期就有过,也不乏成功之作。如《绝句二首》其一:

迟日江山丽,春风花草香。泥融飞燕子,沙暖睡鸳鸯。①

也是一句一景,并不追求完整的画面感。但是各句之间的关联在景物意态给人感觉的共同性:春日迟迟,丽景暖阳下,春风拂过,带来阵阵花草的香气。融化的泥土招来捕虫的燕子,暖和的沙滩上睡着成对的鸳鸯。日之"迟",草之"香",泥之"融",沙之"暖",共同融合成泥土和芳草醉人的气息,给人带来了懒洋洋、暖融融的酥软之感。因此,诗人之意不在营造意境,而是在各种似不相关的景物中捕捉看不见的气息和感觉,这正是从前所有的五绝都没有深入探索过的审美层次。这种感觉和气息的集中便构成了五绝赖以成篇的焦点。《绝句六首》其一的表现原理与此类似:

日出篱东水,云生舍北泥。竹高鸣翡翠,沙僻舞鹍鸡。②

这也是典型的截取律诗中间四句的例子。前两句写篱东水映初日,舍北泥生云气,可见是积雨之后初晴,湿气蒸腾未散。后两句写竹林高处翡翠鸟欢快地鸣叫,僻静的沙岸上鹍鸡也在翩翩起舞。诗人捕捉住禽鸟对气候变化最为敏感的特点,以其喜晴的动态进一步烘托前两句晨景。四句虽然各自分写一景,但都凝聚在初晴的喜悦上,彼此之间就有了内在的关联。

在这种四句四景的结构方式中,杜甫还探索了声调语感和意象之间的关系,以求细致地表现某种只可意会难以言传的感觉。如《绝句

---

① 《绝句二首》其一,《杜诗镜铨》上册,第 522 页。
② 《绝句六首》其一,《杜诗镜铨》下册,第 558 页。

六首》其三：

> 凿井交棕叶，开渠断竹根。扁舟轻袅缆，小径曲通村。①

前两句集中选用了"凿""开""渠""断""竹"等用急促的塞音或塞擦音发声的语词，强调开渠、凿井、断竹的斩截用力之感。后两句则以扁舟缆绳轻袅的动态和村外小径蜿蜒的情状相呼应，形成轻柔旋曲之感。前后感觉相反，相映成趣。其四：

> 急雨捎溪足，斜晖转树腰。隔巢黄鸟并，翻藻白鱼跳。②

前两句中"捎"字写急雨斜掠溪水的动态，"转"字写夕阳斜照树腰的景象，在雨势和光线斜倾的动势上取得照应。后两句写树上黄鸟隔巢并栖，溪中白鱼从水中跳出，分别是前两句日照树腰和雨打水面的结果，鸟依树叶的安逸和鱼翻水藻的惊扰又形成有趣的对照。其五：

> 舍下笋穿壁，庭中藤刺檐。地晴丝冉冉，江白草纤纤。③

杨伦认为此诗"取嫩绿相映，亦自雨后见出"，固然不错，但此诗用"刺""穿""丝"这些尖利的塞擦音或擦音描写满目刺状和丝状的景物，加之夸张笋尖"穿"壁和藤尖直"刺"的动态，与冉冉的晴丝、纤纤的细草相对照，令人似乎有满目棘刺之感，其原理也是以尖利的音调和尖刺状的意象相配合，强化笋、藤、江草等各种绿植在雨后迅猛生长的穿透力。其六：

> 江动月移石，溪虚云傍花。鸟栖知故道，帆过宿谁家？④

用"月""移""溪""虚""云"等发音相近的舒缓的半擦音，以轻盈的语感和虚淡的意象表现月影因波动而轻移到石边，云影因水清而与溪花

---

① 《绝句六首》其三，《杜诗镜铨》下册，第558页。
② 《绝句六首》其四，《杜诗镜铨》下册，第558页。
③ 《绝句六首》其五，《杜诗镜铨》下册，第559页。
④ 《绝句六首》其六，《杜诗镜铨》下册，第559页。

相依的空明柔和之感,体物精妙,尤有独创。而鸟儿循故道归巢、过帆沿江岸觅宿都是在寻找晚间的归宿,这又与月和石、云和花相依傍的安定感形成一种微妙的呼应。杨伦评这些诗"禽鸟花草,种种幽适,字堪入画,惟稍嫌太板实耳"①。所谓板实,相对空灵而言,显然杨伦还是以入画和意境的标准来审视这些作品,没有领悟到杜甫的创作意图并非追求画面的鲜明和意境的空灵,而是利用文字本身的声调和意象之间的相互配合,表现对于气氛、气息、意态、趣味等等难以名言的微妙感觉乃至于潜意识。《绝句六首》从六个不同角度探索了这些深层次的感觉,与杜甫其余同类的五绝加在一起,总体数量虽然不过十来首,但每一首的感觉体验都不相同,景物动态的捕捉和句意关联的方式也绝无雷同,显示了杜甫五绝从多个方向开拓审美感觉和观察视角的努力。

杜甫五绝运用前人忌讳的四句分列四景的结构,深入到前人从未触及的审美层面,有成功也有失败,特别是像前述《复愁》中某些写景,倘若在文字和意象之间找不到呼应关系,仅凭一点立意,就容易失于松散粗率。但是这些独创突破了五绝的传统表现方法,在前人罕用的律对结构中找到了新的表现方式,而且都能凭借极为敏锐的感悟力,从各种不同角度在单调的生活中发现丰富的生活趣味,由此开拓出更为广阔的审美领域,为后人探索五绝的表现潜力筚路蓝缕,其实验意义不应低估。

杜甫才力雄劲,长篇古诗和律诗是他的擅长,八句体五古这类短篇写得就少,四句体五绝更是用力不多。他的五绝全都作于草堂及夔州时期,也可见只有在生活相对平静单调时,他才有闲心措意于小诗。但是杜甫的 31 首五绝中有近一半用"绝句"为题,是初盛唐较早并且最多以"绝句"冠题的诗人,说明他对绝句一体的表现原理有清晰的认识。杜甫对于诗歌创作"语不惊人死不休"的认真态度,以及对各种诗歌体式表现潜力的深入发掘,使他在数量不多的五绝中也探索了各种

---

① 以上杨伦评语均附《绝句六首》各首诠释之后。

不同的表现方式,从中可见他对传统作法的熟稔,以及力图突破"时轨"、独创一格的自觉意识。他的创新被误解为"非其能事",甚至以为"对绝句无所解",乃是前代诗论家以传统品味和审美标准加以衡量的结果,更是对他的探索方向和实验意义认识不足所致。

## 第三节 杜甫七绝的情致和意趣

### 一 杜甫七绝的创作情绪和抒情基调

虽然明清诗论对杜甫的七绝颇多批评,但也有少数论者看到了杜甫绝句另辟蹊径的用心。如潘德舆《养一斋李杜诗话》所引钟惺的说法:"钟氏惺曰:'少陵七绝,长处在用生,往往别有趣。有似民谣者,有似填词者。但笔力自高,寄托有在,运用不同。看诗取其音响稍谐者数首,则不如勿看。'"①李重华《贞一斋诗说》云:"杜老七绝欲与诸家分道扬镳,故尔别开异径,独其情怀,最得诗人雅趣。"②田雯《古欢堂集杂著》卷二"论七言绝句"也说:"少陵作手崛强,绝句一种,似避太白而别寻蹊径者,殆不易学。"③那么杜甫"别寻"的"异径"和"别趣"究竟是什么呢?关于这个问题,无论是古人诗话还是今人研究,都没有给出明确的回答,值得继续深究。

杜甫的七绝共有106首,其中有61首标题有"绝句"二字,占总数的57.5%。这说明杜甫对七绝的体式特征有明确的认识。而且杜甫的七绝中有几首诗大家都公认是近似太白,符合盛唐基调的。这又说明杜甫并非不懂盛唐七绝的"时轨"。例如其名作《江南逢李龟年》:

  岐王宅里寻常见,崔九堂前几度闻。

---

① 潘德舆《养一斋李杜诗话》,《清诗话续编》第四册,第2202页。
② 李重华《贞一斋诗说》,《清诗话》下册,第925页。
③ 田雯《古欢堂集杂著》,《清诗话续编》第二册,第704页。

正是江南好风景,落花时节又逢君。①

这首诗作于杜甫晚年漂泊江湘时期。李龟年是盛唐著名宫廷音乐家,开元时受到玄宗宠遇,富贵极于一时。安史之乱时,逃难到江潭。杜甫在湘潭见到他,昔盛今衰,对比强烈,自然不胜感慨。开头两句只取岐王和崔九两人,以回顾李龟年经常出入于贵族宅第的往事,有其深意:岐王在开元前期诸王中是最有权势的;而崔九也特受玄宗厚待,出入禁中,与诸王侍宴,可不让席而坐。岐王宅里和崔九堂前经常可以见到李龟年,这位音乐家当年所受特殊礼遇也就可以想见。而岐王和崔九都卒于开元十四年,这就将诗人心中怀念的盛唐定位于开元中,回到了他对前程满怀信心的青少年时代。事隔四十年,正是江南风景好的时候,没想到在落花时节又遇见了流落江潭的李龟年。落花时节是暮春实景,但自然令人想到一切繁华如落花飘零,昔盛今衰之悲在黯然不言之中。这首诗写眼前景、用口头语,但含蓄蕴藉,风韵无限。以这样一种开元中常见的七绝风调来抒发回首开元往事的深沉感慨,正是杜甫纪念开元盛世的一种方式。

又如《赠花卿》:

锦城丝管日纷纷,半入江风半入云。
此曲只应天上有,人间能得几回闻?②

花卿是西川牙将花惊定,任成都尹崔光远部属时曾平定梓州刺史段子璋叛乱,但同时又大掠东蜀。对这样一个功罪兼有的猛将,杜甫采用了既美又刺的笔法,写过一首《戏作花卿歌》。这首七绝则是从花卿歌舞宴会上所奏丝管入手,赞美此曲之美只有天上才有,实际上是暗刺花卿

---

① 《江南逢李龟年》,《杜诗镜铨》下册,第1017—1018页。唐人笔记《明皇杂录》卷下及《云溪友议》卷中"云中命"均记龟年安史乱后流落江潭,杜甫以此诗赠之。但宋人胡仔及今人吴企明质疑非杜诗。今从唐人笔记之说。

② 《赠花卿》,《杜诗镜铨》上册,第369页。

骄横不法,僭用天子礼乐供自己享乐。前人赞此诗意在言外,最得风人之旨,不亚于李白、王昌龄。① 可见像盛唐七绝那样语近情遥、清新天然的境界,在杜甫七绝中虽不多见,但杜甫并非不能为之。

杜甫大多数七绝没有遵从盛唐的一般作法,从而招致不少批评。但是许多批评者只是从形式风格、语言声调等方面去评论他的创新,没有看懂杜甫独辟蹊径的用心何在。笔者认为,如果能发现杜甫七绝的情绪状态和抒情基调与其他诗体的明显不同,就容易更清楚地看到他对七绝的体式特征有自己独特的认识。

杜甫的七绝大多数作于兴致较高、心情轻松甚至是欢愉的状态中,这是杜诗中的一个特异现象。仅以标题来看,题为"漫兴""漫成""戏为""戏作""解闷""欢喜口号""喜闻(口号)"的就有47首,其他七绝虽无这类标题,但不少是戏拈之作,如《赠李白》《春水生二绝》《少年行》《赠花卿》《投简梓州幕府兼简韦十郎君》《得房公池鹅》以及在草堂以诗代简向诸公觅各色果木的六首绝句等等。此外,《江畔独步寻花七绝句》《三绝句》"楸树馨香"与《绝句漫兴九首》类似;《夔州歌》十首描写夔州的形胜风土,也是赞美的口吻,与杜甫在其他诗体中为夔州的贫穷荒僻而反复愁叹的情绪完全不同,就连他同时写作的五绝《复愁》十二首中的夔州也还是穷山恶水的人居环境。可以说,除了忧虑河北胡虏的《黄河》二首和痛斥"殿前兵马"的《三绝句》及《存殁口号》二首②以外,杜甫的七绝所表现的情绪很少有他在其他诗体中常见的那种沉痛、愤慨、悲凉的心情。

与以上情绪状态相应,杜甫七绝的抒情基调也多数是轻松诙谐、幽默风趣的。《绝句漫兴九首》和《江畔独步寻花七绝句》固然是反映其狂兴的典型代表作,但其余不少作品也带有戏谑的意味。例如《赠李白》是他入蜀前仅有的两首七绝之一,"痛饮狂歌空度日,飞扬跋扈为

---

① 《杜诗镜铨》上册,第369页引杨升菴评。
② 《存殁口号》二首,杨伦认为是"戏拈自成一体",但情绪悲凉愤慨。

谁雄"①,固然传神地画出了李白一生的小像,但完全出自调侃。《赠花卿》含义微妙,也与语调似赞似讽、似庄似谐有关。《少年行》"马上谁家白面郎"形容贵介子弟的粗豪无状,只是借此诗料"留千古一噱"②。《戏为六绝句》开论诗绝句之创体,针对当时诗坛上的倾向性问题,提出了独冠古今的卓识,语气却是从揶揄"今人""后生"的"轻薄"无知出发,所以题作"戏为"。《投简梓州幕府兼简韦十郎君》责怪韦十不来信:"幕下郎官安稳无?从来不奉一行书。固知贫病人须弃,能使韦郎迹也疏?"③全用直率的大白话,故作恼怒的口气中却可见出风趣的神情。《答杨梓州》:"闷到房公池水头,坐逢扬子镇东州。却向青溪不相见,回船应载阿戎游。"④用阮籍所说与王浑言不如与其子阿戎谈的典故,巧妙地打趣杨梓州失约。⑤ 还不妨比较杜甫写给汉中王的几首诗:汉中王谪官蓬州,他的两首五排《奉汉中王手札》写得凄楚庄重。五律《戏题寄上汉中王三首》因是向汉中王索酒,故用"戏题",但还是伤离感故,不免凄恻。而他用七绝写的《戏作寄上汉中王二首》其二,则用谢安挟妓的典故,安慰汉中王当东山再起:"谢安舟楫风还起,梁苑池台雪欲飞。杳杳东山挟妓去,泠泠修竹待王归。"⑥相比其余各体,就带了几分调笑的口吻。至于《承闻河北诸道节度入朝欢喜口号绝句十二首》虽然批判安史余孽与河北藩镇长期作乱,但主要是欢呼四海归一,想象王朝中兴的气象,抒情基调之高昂,在他后期的诗作中很少见到。胡应麟所称赏的"东逾辽水北溥沱"正是这组诗的第九首,诗里祥和的

---

① 《赠李白》,《杜诗镜铨》上册,第 15 页。
② 《少年行》,《杜诗详注》第二册,第 884 页引胡夏客评。
③ 《投简梓州幕府兼简韦十郎君》,《杜诗镜铨》上册,第 450 页。
④ 《答杨梓州》,《杜诗镜铨》上册,第 449 页。
⑤ 房玄龄等《晋书·王戎传》载,阮籍谓王浑曰:"共卿言,不如共阿戎(浑之子)谈。"(卷四三,第 1231 页)杨伦注:此诗第三句"杨当有来汉相约同游之说"(《杜诗镜铨》上册,第 449 页)。
⑥ 《戏作寄上汉中王二首》其二,《杜诗镜铨》上册,第 460 页。

氛围和典丽的辞采堪比初盛唐的应制诗。

从杜甫七绝中所呈现的情绪状态和抒情基调的特点可以看出,他对于七绝的表现功能有独到的理解。盛唐七绝在传统题材里充分展现了以浅语倾诉深情的特长,使七绝突破南朝初唐七绝含蕴浅狭的藩篱,固然达到了艺术的巅峰,但七绝这种体式的表现潜能尚未充分得到开掘。杜甫发现了这种诗体还有适宜于表现多种生活情趣的潜力,所以他很少用这种体式来抒发沉重悲抑的情绪,而是在七绝中呈现了沉郁顿挫的基本风格之外的另一面,让人更多地从中看到他性情中的放达、幽默和风趣。这种不同于盛唐的趣味追求,应当就是杜甫七绝中的"别趣"所在。

## 二　杜甫七绝中的"别趣"

钟惺所说杜甫七绝中的"别趣",主要指其旨趣不同于盛唐。笔者借用这个词语,则是指其七绝中不同于盛唐的意趣和情致的表现。具体而言,大多是他在成都和夔州时期对日常生活中多种谐趣的敏锐捕捉。

首先是自然景物和人居环境中的生机及处处可见的趣味。如《春水生二绝》其一:

> 二月六夜春水生,门前小滩浑欲平。
> 鸬鹚鸂鶒莫漫喜,吾与汝曹俱眼明。[①]

春水漫过小沙滩,鱼儿容易捕捉,诗人却劝鸬鹚鸂鶒不要高兴得太早,因为自己的眼睛同样雪亮。这种与水鸟争鱼的较真口吻,活现出老天真的风趣。又如《三绝句》其二:

> 门外鸬鹚去不来,沙头忽见眼相猜。

---

[①]《春水生二绝》其一,《杜诗镜铨》上册,第344页。

自今已后知人意,一日须来一百回。①

诗人从久去不来的鸥鹭眼里看出几分猜疑的意思,殷勤劝说其今后常来。人与鸥鸟相亲向来用以说明隐逸生活的毫无机心,已经是熟烂的典故,而这首诗却从杜甫对鸥鹭表情的细心体察和亲近意愿入手,格外新鲜有趣。再如《漫成一首》:

江月去人只数尺,风灯照夜欲三更。
沙头宿鹭联拳静,船尾跳鱼拨剌鸣。②

夜宿船上,三更醒来,只见倒映在江中的月亮离人只有几尺远。借着暗夜中江月和船上风灯这两团光的亮色,可以看见近处沙滩上的鹭鸶蜷缩着一条腿并排站着打盹③,船尾不时传来鱼儿泼剌剌地跳出水面的响声。诗人从鹭鸶与鱼的关系着眼,诙谐地暗示本来最能捕鱼的鹭鸶睡得连鱼蹦出来都觉察不到,既衬托出夜的深沉和静谧,又别开一种清新有趣、"画不能到"④的境界。另如《绝句四首》其一:

堂西长笋别开门,堑北行椒却背村。
梅熟许同朱老吃,松高拟对阮生论。⑤

笋在堂西,椒在堑北,别开之门和背村之椒正好形成隔开村子与草堂的屏障。于是梅熟后只许朱老和自己同享,以及在高松下只打算对阮生谈论的玩笑口气,不但写出了诗人与朱阮二人的特殊交情,更借梅、松与竹、椒合围,形成了一个封闭的小天地,突出了草堂与世隔绝的清幽之趣。《三绝句》其三趣味与此相似:

无数春笋满林生,柴门密掩断人行。

---

① 《三绝句》其二,《杜诗镜铨》上册,第396页。
② 《漫成一首》,《杜诗镜铨》下册,第592页。
③ 用陈贻焮说,《杜甫评传》下卷,第993页,上海古籍出版社,1988年。
④ 浦起龙《读杜心解》第三册,第859页。
⑤ 《绝句四首》其一,《杜诗镜铨》下册,第559页。

> 会须上番看成竹，客至从嗔不出迎。①

上番是唐人方言，谓初番发出的竹笋。诗人为贪看满林头茁生出的竹笋，不但关闭柴门，连客人来了也不顾其嗔怪而不肯出迎。这又从诗人爱竹的任达见出草堂竹林断绝人迹的幽趣。

其次是人际交往和应酬中的雅兴和逸趣。例如他在初建草堂时向公府诸位友人打秋风的几首诗，索要果木器皿，本来是亏欠人情的事，但杜甫不但写得大大方方，而且十分风雅。如《从韦二明府续处觅绵竹》：

> 华轩蔼蔼他年到，绵竹亭亭出县高。
> 江上舍前无此物，幸分苍翠拂波涛。②

既夸赞了韦明府县斋绵竹的茂盛，又预想了将来自己舍前苍翠竹影在江中倒映的美景。将希望赠竹说成幸"分"苍翠之色，已十分新颖，"拂"字更写出竹影在波涛中摇漾的动态，这就使讨要竹子一事显得优雅别致。又如《得房公池鹅》：

> 房相西亭鹅一群，眠沙泛浦白于云。
> 凤凰池上应回首，为报笼随王右军。③

房琯在上元元年八月曾任汉州刺史，广德元年赴召拜特进刑部尚书。杜甫到汉州，房相已进京，只见到其西亭池中的一群鹅。诗里没有写不遇的遗憾，而是用王羲之书《道德经》各两章向山阴道士换鹅的著名故事，向身在凤凰池的房相调侃，说西亭池中的鹅已随了王右军。于是房相和诗人的风雅都由"得房相池鹅"这一件趣事见出。再如《书堂饮既夜，复邀李尚书下马月下，赋绝句》：

---

① 《三绝句》其三，《杜诗镜铨》上册，第396页。
② 《从韦二明府续处觅绵竹》，《杜诗镜铨》上册，第314页。
③ 《得房公池鹅》，《杜诗镜铨》上册，第448—449页。

> 湖月林风相与清,残樽下马复同倾。
> 久拚野鹤如双鬓,遮莫邻鸡下五更。①

"遮莫"为唐人方言,意为"尽教",末句以此强调二人彻夜豪饮以至达旦。前人尝谓用方言俗语是杜甫七绝伧俗的原因,其实此诗极为清雅超逸:"相与清"的不仅是湖月林风,更是月下再度同倾残樽的主客;"久拚野鹤"喻诗人为酒兴不惜双鬓已白,更双关诗人如闲云野鹤般的风神,因而"久拚""遮莫"夸张地传达出诗人打算豁出老命陪客的豪气,反而更增逸趣。

再次是七绝本身文字组合的趣味。有时诗人的取材本身不一定有趣,但诗人会在诗材的相互联系或文字表达、典故使用中发现趣味性的关系,营造出别样的效果。如《李司马桥成,高使君自成都回》:

> 向来江上手纷纷,三日功成事出群。
> 已传童子骑青竹,总拟桥东待使君。②

李司马造桥事,杜甫另有一首七律和一首五律,从中可知桥本是为"往来之人免冬寒入水"③而造,并非为迎接高使君。或许是桥成和高使君回来恰好赶到一起,诗人便把两件事勾连起来,关联点是后两句所用典故:《后汉书》说郭伋为州牧,始至行部,有童儿数百骑竹马道次迎拜④。于是李司马所造竹桥便似乎正是为"待使君",趣味就在两件事连得巧妙自然。又如《上卿翁请修武侯庙遗像缺落,时崔卿权夔州》:

> 大贤为政即多闻,刺史真符不必分。

---

① 《书堂饮既夜,复邀李尚书下马月下,赋绝句》,《杜诗镜铨》下册,第 912 页。
② 《李司马桥成,高使君自成都回》,《杜诗镜铨》上册,第 377—378 页。
③ 《陪李七司马皂江上观造竹桥,即日成,往来之人免冬寒入水,聊题短作,简李公》,《杜诗镜铨》上册,第 376 页。
④ 范晔《后汉书》卷三一《郭伋传》:"始至行部,到西河美稷,有童儿数百,各骑竹马,道次迎拜。"(第 1093 页)

> 尚有西郊诸葛庙,卧龙无首对江濆。①

因诸葛亮号卧龙,所以末句用《易经·乾卦》"见群龙无首"的文字形容神像头部缺落,只是戏谑有点过头,以至浦起龙批评"然太涉戏"②。再如《解闷》其三:

> 一辞故国十经秋,每见秋瓜忆故邱。
> 今日南湖采薇蕨,何人为觅郑瓜州?③

此诗有原注:"今郑秘监审。南湖,郑监所在也。"又据杨伦按语,"瓜洲村与郑庄相近,郑庄,虔郊居也。审为虔之侄,其居必在瓜洲村,故有末语"。瓜洲村在今西安市长安区韦曲镇,杜甫在长安时曾移居的下杜在今西安市长安区太乙宫镇,由此可知他忆及故邱就会想到"郑瓜州"的原因。此诗用两个"故"字、两个"秋"字、两个"瓜"字,类似绕口令式的重叠勾连,不免有游戏意味。另如其六:

> 复忆襄阳孟浩然,清诗句句尽堪传。
> 即今耆旧无新语,漫钓槎头缩颈鳊。④

赞扬孟浩然诗风清新,而今人不知创新,只会模仿。巧妙地将孟浩然句"鱼藏缩项鳊"及"果得槎头鳊"嵌入,加上用"漫钓"比喻"耆旧"漫不知向孟浩然学什么的茫然,寓讽刺于打趣,颇有漫画效果。

由以上诗例可以见出,杜甫的七绝中多见轻松愉悦的情绪和诙谐幽默的情趣,也不乏戏谑玩笑,与他对这一体式的认知有关。七绝体制短小,适于撷取细景小事,由小见大;同时语言通俗浅近,可用虚字,使句脉转折如意,便于自由地表达谐趣。所以尽管在其他诗体中,杜甫也有一些戏作和俳谐体,但是他性格中任放、风趣的一面,善于发现日常

---

① 《上卿翁请修武侯庙遗像缺落,时崔卿权夔州》,《杜诗镜铨》下册,第869页。
② 浦起龙《读杜心解》第三册,第858页。
③ 《解闷》其三,《杜诗镜铨》下册,第816页。
④ 《解闷》其六,《杜诗镜铨》下册,第817页。

生活中各种诗趣的超高悟性,较为集中地借助七绝这种诗体得到了充分展示。

### 三 雅人风致的别致表现

以上三类"别趣"主要来自诗人对外部世界中各种有趣现象及其相互关系的敏锐感悟,当然也融合了杜甫自己的兴趣和情致。除此以外,最能体现其七绝独特之处的还是那些善于发掘内心情绪、典型地反映诗人自己的性情面目的作品。《江畔独步寻花七绝句》和《绝句漫兴九首》尤有代表性。这两组诗分别以花事极盛时期以及春去夏来的时节转换为背景,突出地表露了诗人惜花惜春的放达癫狂和细腻多情。在大自然的美景面前,诗人已经不满足于在观赏中发现一点闲情趣事,而是情感深陷其中,与春光春风纠缠不休,爱恼怨嗔随着春事的盛衰而不断变化。连一向不认可杜甫七绝的王渔洋在读了《江畔独步寻花七绝句》之后,也不由得赞叹:"读七绝,此老是何等风致。"①确实,这两组诗里所表现的雅人风致,正是杜甫七绝最独有的"别趣"。

《江畔独步寻花七绝句》②其一以恼花之情领起:

> 江上被花恼不彻,无处告诉只颠狂。
> 走觅南邻爱酒伴,经旬出饮独空床。

杨伦引蒋弱六评首句:"着一恼字,寻花痴景不描自出。"③"颠狂"二字更写出了诗人为花烦恼而无处倾诉的狂态。其二:

> 稠花乱蕊裹江滨,行步欹危实怕春。
> 诗酒尚堪驱使在,未须料理白头人。

花蕊之稠密纷乱以至裹住了江滨,使诗人走路颤颤巍巍,因而由恼花转

---

① 《杜诗镜铨》上册,第 355 页引王阮亭评。
② 《江畔独步寻花七绝句》,《杜诗镜铨》上册,第 354—355 页。
③ 《杜诗镜铨》上册,第 354 页引蒋弱六评。

为怕春。然而白头诗人却仗着尚能驱使诗酒,又生出了不须照顾的胆气。这就像是用诗酒和满目繁花的阵势叫板,花事之盛及诗人之癫可想而知。其三:

> 江深竹静两三家,多事红花映白花。
> 报答春光知有处,应须美酒送生涯。

躲开稠花乱蕊,来到江边竹林静处,又见到两三家的鲜花红白交映。本来是幽雅的一角小景,诗人反怨其多事,似乎是气恼花又来招惹自己。而他回应春光的办法是用美酒浇愁,已经透露出唯恐人生如春光般短暂的隐忧。其四:

> 东望少城花满烟,百花高楼更可怜。
> 谁能载酒开金盏,唤取佳人舞绣筵?

由近观远,烟花似锦,如能有佳人歌舞佐酒,更是锦上添花。这一奢望将春光渲染到极盛,然而盛极之后又将如何?其五随即转到僻冷之处:

> 黄师塔前江水东,春光懒困倚微风。
> 桃花一簇开无主,可爱深红爱浅红?

黄师塔是佛师的骨灰塔,禅师已故,而江水照样东去。正因春光慵懒困倦时,却见那倚在微风之中的一簇桃花,寂寞无主,盛妆亭立。让人不知是爱深红呢,还是爱浅红呢?诗人有点应接不暇了。然而与东流的江水和黄师塔相对照,这可爱的红色只是一时之盛,由此不难体味出其中的些微禅意。其六:

> 黄四娘家花满蹊,千朵万朵压枝低。
> 留连戏蝶时时舞,自在娇莺恰恰啼。

七首之中这一首写得最热闹,也是寻花的最高潮。整首诗没有形容繁花的绮词丽语,"黄四娘家"好像白话,"千朵万朵"是口语的复叠,加上"时时""恰恰"两对叠字,句法十分通俗。但"千朵万朵"的数量和"压枝低"的重量,便足以见出争相怒放的花朵重重叠压的盛况;蝶舞莺歌则更从旁烘托出繁花招蜂惹蝶的欢快气氛:一路繁花,一路莺啼,一路蝶舞,充满了活泼的生趣。春光好像要溢出这条小蹊,诗人的惬意也在这热烈的春光中不觉转化为爱意。再看其七,诗人真正的心思就更清楚了:

　　　　不是爱花即欲死,只恐花尽老相催。
　　　　繁枝容易纷纷落,嫩蕊商量细细开。

可见诗人其实爱花如同生命;只是担心花要落尽,时光也就催人老去。花和人一样,盛极必衰,只是这个过程更短、更明显而已。所以诗人劝说繁花:越是繁盛越容易凋落,嫩蕊尚待盛开,更要好好商量细细地开放,不要一下子都落完吧!关切的语气中流露出诗人对花的满怀怜惜,而其颓放中蕴含的细腻多情也在这首诗里得到了充分的展露。

　　这组诗从不同角度表现了诗人寻花的兴致,虽然有不少写景的妙笔,但更重要的是在诗人由恼花、怕春到爱花、惜春的心理转变中,各处景物也都被赋予了人的情趣,因此在繁盛的花事中突显了诗人的风致和雅兴。

　　《绝句漫兴九首》①同样是写恼春、怨春之情,又别有一番思致。其一:

　　　　眼见客愁愁不醒,无赖春色到江亭。
　　　　即遣花开深造次,便教莺语太丁宁。

诗人以埋怨的口气把春色写成一个不请自来的不速之客,自己陷在客愁中还没有思想准备,春天就突然闯到江亭了。"造次"是责备人冒失打扰的词语,这里用于春色,怨花开得太快,没和自己商量;"丁宁"也是形容人反复嘱咐的动词,这里用于黄莺,嫌它聒噪。诗人把一腔春愁变成怨气,朝着春色发泄,春色成了顽皮的无赖小儿,反而更见风趣。其二:

----

① 《绝句漫兴九首》,《杜诗镜铨》上册,第355—357页。

> 手种桃李非无主,野老墙低还是家。
> 恰似春风相欺得,夜来吹折数枝花。

如果说其一还是埋怨,那么其二则干脆是"拉着春光吵架"①了。与第一首联系起来看,更加有趣:本来就被你这春光搅得够不耐烦的了,现在春风居然把我亲手种的桃李都吹坏了。野老家墙头虽低,好歹还是个家啊,难道我是那么好欺负的吗?诗人气愤地和春风再三讲理,而且摆出一副不依不饶的架势,更是"疏野有佳致"②。其三:

> 熟知茅斋绝低小,江上燕子故来频。
> 衔泥点污琴书内,更接飞虫打著人。

在上一首诗里刚和春风吵完架,诗人又来责骂燕子了:这江上的燕子怎么就知道我的茅斋最矮小,故意频频地到我这儿来捣乱。衔来的泥点污了我的琴书,还因为捕捉飞虫用翅膀不断地打着人!春天似乎接二连三地给诗人带来烦恼,但在诗人与春光不断的纠缠口角之中,又明明可以体味出他对春花莺燕的怜惜和喜爱。

诗人将春色、春风和燕子一一骂过,其实正是对春天来去匆匆的无限惋惜,所以其四说:

> 二月已破三月来,渐老逢春能几回?
> 莫思身外无穷事,且尽生前有限杯。

正因人生的春天已没有几回,所以更珍惜春天,而愈是珍惜,就愈是怕春天过去。于是来得太快的春天反倒引起诗人的愁怨,这就是惜春反而变成怨春的心理依据。如果说《江畔独步寻花七绝句》表达的主要是繁盛不久的隐忧,那么《绝句漫兴九首》的后五首则是在春天渐过,夏季将至的时序变换中写出了春光无法挽留的怨怅。如其五斥责柳絮

---

① 废名《杜诗讲稿》"第六讲:入蜀诗的变化",收入陈建军、冯思纯编订《废名讲诗》,第279页,华中师范大学出版社,2007年。

② 刘辰翁(1232—1297)门人高崇兰(1255—1308)编《集千家注杜工部诗集》卷七。

桃花太癫狂轻薄,只会随风逐流,其实是叹息春天不能持久,令诗人为之肠断。其六写诗人关起柴门来,懒得出门,看似忽然变得自在,其实是独对林中苍苔,以酒浇愁,任凭野外绿暗春阴,日色渐昏。所以其七、其八捕捉住夏季景物初现的苗头,承认了春季最终离去的现实。其九却还不甘心就此与春天告别,又反剔一笔:

隔户杨柳弱袅袅,恰似十五女儿腰。
谓谁朝来不作意?狂风挽断最长条。

柳絮虽然飞尽,但柳叶转绿,依然袅袅动人,似乎给诗人留下一点春天的记忆。然而狂风不知怜惜,朝来挽断了最长的一根枝条,又一次引起诗人的谴责。可见还是不能消除春光去尽的遗憾。这组诗从头到尾,在对春光的埋怨和指责中,自然经历了花开莺语的盛时、风吹落花的凋零、春去夏来的季节变换。诗人与春光的反复纠缠,也使他谐谑放达的神态宛然目前。

春去春来、花开花落是常见之景,但人情物态可以随时而新,因此这两组诗中新鲜的意趣主要来自诗人自己的雅人风致。陆时雍曾说:"深情浅趣,深则情,浅则趣矣。杜子美云:'桃花一簇开无主,可爱深红爱浅红?'余以为深浅俱佳。惟是天然者可爱。"[①]似乎诗若求趣,便失于浅。他虽然看到了这两句深浅俱佳,但仍然没有点出全组诗里更深的内涵。施补华在论少陵"黄四娘家花满蹊"一诗时说:"诗并不佳,而音节夷宕可爱。东坡'陌上花开蝴蝶飞'即此派也。"又说"东坡七绝亦可爱,然趣多致多,而神韵却少"。[②] 虽然看到了杜甫七绝中的趣致开出东坡一派,但还是以神韵为宗,认为"趣多致多"只是可爱而已。诚然,杜甫七绝中的"别趣"对白居易、苏东坡七绝影响深远,白、苏七绝中确有许多唯求闲情逸趣的浅易之作。但杜甫与春光吵架,并非故

---

① 陆时雍《诗镜总论》,《历代诗话续编》下册,第1418页。
② 施补华《岘佣说诗》,《清诗话》下册,第998页。

作风雅,而是出于生命短暂的极度焦虑,他对花事和春光如痴若狂的怜惜和挽留之情,也正是对一切盛极而衰的事物包括人生在内的深深感喟。何况他对于生活的挚爱来自乱离生涯中对生命的坚持,其深度和厚度绝非一般的雅人风致可以比拟。因此这种"别趣"并不浅于盛唐七绝中叹息人生聚短离长的深情,只是换了一种更新鲜别致的表达方式罢了。而从艺术表现来看,这两组诗其实为后来宋词中惜春伤春的题材开启了表现原理,并且说明只有深入开掘内心世界,又善于捕捉新鲜感受的诗人,才能不断地在常见之景和自身性情中发现新趣,创造出丰富多彩的艺术境界。这也正是杜甫七绝中"别趣"对后人的启示。

杜甫的七绝也像五绝一样,好用对仗,最为人诟病的是以对句结尾。胡应麟说"自少陵绝句对结,诗家率以半律讥之",他虽然看到"绝句自有此体",但认为"杜非当行耳"①,所以批评"杜以律为绝,如'窗含西岭千秋雪,门泊东吴万里船'等句,本七言律壮语,而以为绝句,则断锦裂缯之类也"。②绝句因体制短小,结尾既要收得住又要留有余味,便成为谋篇的关键。早在梁陈到初唐,很多五七言绝句就探索了后两句的各种收结方式和语法关系,一般都用散句结尾。对句结尾虽然也有,但容易像未完成的半律。盛唐诗人将乐府的自由表现方式与前人探索的各种句式相结合,基本上解决了绝句"句绝而意不绝"的问题。③不过后世诗论家依然视对句结尾为禁区,因为对偶句的性质是上下句之间句意的自我完足④,下句主要是完结上句,一般不开放想象余地,尤其景句对仗多为上下句平行罗列关系,所以又具有可连可续性,更不易收结。杜甫不少七绝以对句结尾,主要着力于探索下句如何对上句

---

① 胡应麟《诗薮》内编卷六,第 115 页。
② 同上书,第 121 页。
③ 参见拙文《初盛唐绝句的发展——兼论绝句的起源和形式》,《诗国高潮与盛唐文化》,第 371 页。
④ 松浦友久先生指出:"对偶的本质在于'由于 A 对 B 的相互规定而达到表现上的自我完结'。"松浦友久著,孙昌武、郑天刚译《中国诗歌原理》,第 218 页。

推进一层,设法使对句中的下句既能完结又具有开放性。这种开放性可以延伸想象,就有余味。有的在句意中暗含前人探索过的语法关系,如《萧八明府实处觅桃栽》①:"河阳县里虽无数,濯锦江边未满园",不但有"虽然""但是"的语法关系,而且以"未"字暗示了期待之意。《凭韦少府班觅松树子栽》②:"欲存老盖千年意,为觅霜根数寸栽",包含着"为了""就"的因果句式关系。在没有语法关系的写景对句中,则主要使结尾的景句本身包含开放性。如《绝句漫兴九首》其五③:"颠狂柳絮随风舞,轻薄桃花逐水流。"桃花逐水而流昭示了春归的去向。其六④:"苍苔浊酒林中静,碧水春风野外昏。"由林中到野外,景物向外拓展,春阴日昏又意味着时光的流逝,因而结句都具有远意。

四句写景成对的绝句原理与对句结尾相同。如《绝句四首》其三:

> 两个黄鹂鸣翠柳,一行白鹭上青天。
> 窗含西岭千秋雪,门泊东吴万里船。⑤

黄鹂点缀于翠柳之中,白鹭排列于青天之上,形成色彩的鲜明对比;西岭的雪和万里桥的船虽是纳入了"窗含"和"门泊"两个画框之中,诗里所展现的时空却拓展到千秋万里之外。这四句写景分取一角,固然可以合成一幅鲜明的画面,但更有一层窗中觅景,由窄见宽的意趣,引人联想到老子所说"不出户,知天下"的理趣,所以结句不但开出远景,更有远意。但杜甫也确有一些四句四景成对的绝句,纯粹四句并列。与同类体式的五绝重在探索更深层次的审美感觉不同,杜甫这类七绝更侧重于探索四句景物之间的关联,以其中包含的意趣发人联想。如《绝句漫兴九首》其七:

---

① 《萧八明府实处觅桃栽》,《杜诗镜铨》上册,第313—314页。
② 《凭韦少府班觅松树子栽》,《杜诗镜铨》上册,第314—315页。
③ 《绝句漫兴九首》其五,《杜诗镜铨》上册,第356页。
④ 《绝句漫兴九首》其六,《杜诗镜铨》上册,第357页。
⑤ 《绝句四首》其三,《杜诗镜铨》下册,第560页。

> 糁径杨花铺白毡,点溪荷叶叠青钱。
> 笋根稚子无人见,沙上凫雏傍母眠。①

首句写杨花铺满小径,点出暮春光景。后三句写景聚焦在那些不为人觉察的初生景物的动态:溪水中荷叶点点,像青钱叠在一起,可见刚刚长出;笋根下的小笋还伏在土里无人见到;沙上新孵出的凫雏正傍着母鸭安睡。诗人将这些幼小的新生事物集中在一起,使此诗四句紧密关联,透露了春末时节夏季悄悄来临的消息,其涵蕴耐人寻味。又如《解闷》其一:

> 草阁柴扉星散居,浪翻江黑雨飞初。
> 山禽引子哺红果,溪女得钱留白鱼。②

四句景物动态似乎各不相关,末句也不具有开放性。只是在峡江波浪翻卷、风雨初起的背景上摄取了山鸟哺雏、溪女卖鱼的两个镜头,"红"果、"白"鱼与江"黑"的色彩映衬固然有画意,但诗人之意却不在拼接一幅江村晚归图。一、二句和三、四句分别以山景和水景相对,分两层写出村野的萧条和江天的阴沉,后两句蓄积了风雨高潮即将到来的气势,而将高潮留在篇外供读者想象,其表现原理借鉴了何逊的五绝《相送》③。同时突出了归鸟和居人在风雨来临之前紧忙生计的情景,触动人心处正在于这"人烟生僻"④的蛮荒环境中蕴藏的生机,给人以生命存续的温馨之感。其余如《漫成一首》在鹭鸶和鱼的动态中撷趣,也属于此类。可见杜甫用两联对句成篇的关键在于深入探索构图和意境之外的审美感悟,使意趣集中于一点,尝试成功便可以突破七绝禁区,开出新的审美境界。

---

① 《绝句漫兴九首》其七,《杜诗镜铨》上册,第357页。
② 《解闷》其一,《杜诗镜铨》下册,第815页。
③ 何逊《相送》:"客心已百念,孤游重千里。江暗雨欲来,浪白风初起。"李伯齐《何逊集校注》,第174页,中华书局,2010年。
④ 《复愁》其一:"人烟生僻处,虎迹过新蹄。"《杜诗镜铨》下册,第820页。

总而言之,杜甫在七绝中表现的"别趣",主要反映了他在成都和夔州的日常生活中对现实的感悟和思考。杜甫近似盛唐七绝的作品虽然较少,但对七绝的表现原理有独到的理解。他的七绝更多地表现了轻松愉悦的抒情基调,善于捕捉自然景物中的生机和人际交往中的雅趣,尤其突出地呈现了诗人放达幽默的性情和风致,以及对深层审美感觉的追求,这种"别趣"绝非前人所说"粗拙憨钝"的伧父面目可以概括。同时他突破传统作法的禁忌,以各种"创体"辟出新径。尽管这些探索有得有失,但在七绝推崇情韵的传统审美标准之外开出了"趣多致多"的新境界,并且充分发掘了七绝的表现潜力,为中晚唐和宋人展示了七绝发展的广阔空间。

# 第八章　　创奇求变的想象力和新思路

前人常以"奇"字评价杜诗的特点。"奇"的含义十分广泛,与他的"变"紧密联系在一起。"变"包括杜诗各体所有不合乎盛唐传统的创作方式。"奇"则主要体现于他奇特的想象力和新思路。

从初唐到盛唐,诗歌的艺术表现日臻完美,形成了殷璠《河岳英灵集》所总结的"声律风骨兼备"、以兴象风神为美的标格。直寻兴会,明朗单纯,注重优美意境的营造和人之常情的概括,善于从常见景、口头语中提炼人类普遍的审美感受和情感体验,因而达到了后世一致称颂的极高水平。但与此同时,艺术表现的各种奇变也随之萌生,其中最"好奇"的是李白、岑参、杜甫等诗人,但他们创奇求变的想象力和思路各不相同。李白丰富奇特的艺术想象虽然远远超越前人,但大体上是继承发展了自《庄子》《楚辞》以来的传统。岑参的"奇"主要表现为善于从多种角度发现西域从军生活的奇情异彩,但他的山水诗等其他题材则与杜甫一样,开启了朝内心感觉深入发掘的新思路。杜甫更善于根据不同的诗歌体式的表现原理运用奇思,将超现实的想象化为生活实感,对中唐奇险派诗人产生了直接的影响。

## 第一节 杜甫的"奇思"与诗歌体式的关系

在历代诗论和杜诗的各种评笺本中,常可见到前人以"奇"字称道杜诗。这些"奇"字的含义往往随语境而异,有的称其五律"锻炼精奇""精深奇邃"①,有的称其"五七古诗雄视一世,奇正雅俗,称题而出"②,有的称其作诗构思奇巧,"作意好奇"③,有的称其七律"格法、句法、字法、章法,无美不备,无奇不臻"④。针对具体诗作,更多地是以"奇情奇思""语奇境奇"以及笔势的"灵变超忽"去评骘,但很少从他的想象方式着眼。这一节借用前人所说"奇思"一词,则主要是探索杜甫诗歌奇特的表现效果和超现实想象的思路及原理。

杜诗中的"奇思"在不同的诗歌体式中有不同的表现,古体和近体分别显示出两种探索的思路,这与杜甫对各体诗歌表现原理的把握密切有关。

### 一 近体诗中印象的表现

杜诗"奇思"的一种引人注目的现象,便是追求印象的表现,即进一步深入内心世界,强化主观感觉。有小部分诗歌注重的不是精确勾勒客观事物的形貌特征,而是诗人对事物最突出的印象甚至内心的幻象。这种变化源自杜甫的近体诗加强了对直觉、幻觉、错觉等内心感觉的探索乃至潜意识的捕捉,其迹象也主要显露在杜甫的近体诗里。如五律《送张十二参军赴蜀州,因呈杨五侍御》:

> 好去张公子,通家别恨添。两行秦树直,万点蜀山尖。

---

① 胡应麟《诗薮》内编卷四,第65、72页。
② 陆时雍《唐诗镜》卷二一"盛唐第十三","杜甫"条下评语,《四库全书》集部八。
③ 陆时雍《诗镜总论》,《历代诗话续编》下册,第1415页。
④ 管世铭《读雪山房唐诗序例·七律凡例》,《清诗话续编》第三册,第1553页。

>　　御史新骢马,参军旧紫髯。皇华吾善处,于汝定无嫌。①

将张参军赴蜀州的行程概括为秦中大道边两行笔直的树木和蜀道上万座山峰的山尖,"直"和"尖"的几何图形浓缩了秦川的平坦和蜀道的险峻,使二者的对比更加直观和抽象,从而更突出了行者此去离开秦川进入蜀道的艰难,以及送别者的离恨。这一联写景构图好像是抽象派的图案。又如《第五弟丰独在江左,近三四载寂无消息,觅使寄此二首》其二:

>　　闻汝依山寺,杭州定越州? 风尘淹别日,江汉失清秋。
>　　影著啼猿树,魂飘结蜃楼。明年下春水,东尽白云求。②

此诗写自己觅使到杭、越一带寻访五弟的踪迹。颈联说自己身虽羁于峡内,神却飘往海上,本意是以自己所处之三峡和五弟所在的东海两地相对,以啼猿树比喻自己的哀肠欲断,以海市蜃楼比喻五弟踪迹的渺茫。但是影子附着于峡中树上、魂魄飘游于海上蜃楼的奇想,却给人孤魂幽灵游荡无依的错觉,不但造成了凄惨的印象,同时暗示了"三四载无消息,转恐弟疑我死矣"③的担忧。再如《路逢襄阳杨少府入城,戏呈杨四员外绾》:

>　　寄语杨员外,山寒少茯苓。归来稍暄暖,当为剧青冥。
>　　翻动神仙窟,封题鸟兽形。兼将老藤杖,扶汝醉初醒。④

杜甫当时任华州司功参军。茯苓第一产地在华山,藤杖也是华州的特产。诗里不过是说答应杨员外寄茯苓,只是眼下山寒,等稍微暖和些,就可以去采掘。但是中间两联把这件事写得惊天动地:到险峻的华山

---

① 《送张十二参军赴蜀州,因呈杨五侍御》,《杜诗镜铨》上册,第52页。
② 《第五弟丰独在江左,近三四载寂无消息,觅使寄此二首》其二,《杜诗镜铨》下册,第785页。
③ 浦起龙《读杜心解》第二册,第509页。
④ 《路逢襄阳杨少府入城,戏呈杨四员外绾》,《杜诗镜铨》上册,第207页。

上去挖茯苓,似乎要斫到青冥的天空。"副青冥"给人以凿天的错觉,则青冥之气便似乎成了可凿的固体。后来李商隐的奇句"凿天不到牵牛处"①正由此继续发挥。茯苓形如鸟兽龟鳖的品质最好,所以又想到挖茯苓要翻动神仙的窟宅。另如《得广州张判官叔卿书,使还以诗代意》:

  乡关胡骑满,宇宙蜀城偏。忽得炎州信,遥从月峡传。
  云深骠骑幕,夜隔孝廉船。却寄双愁眼,相思泪点悬。②

诗人先强调张判官消息的来之不易:远离正被胡骑践踏的故乡,躲在这偏僻的蜀城,忽然从三峡传来南方故人的书信。双方远隔千里,要请信使带去回信,竟不知如何落笔,只有满纸的泪点可寄,则诗人内心的痛苦和思念无法用文字表达也就可想而知了。李白曾有"我寄愁心与明月,随风直到夜郎西"③、"狂风吹我心,西挂咸阳树"④等奇句,他的心可以寄给明月,随风到万里之外,也可以被风吹走,挂在咸阳树上,随友人一起入京。这样的奇想与李白常常处于仙游的超现实情境中是一致的。杜甫的思路看似与此相似,但诗人面对的是寄信这一最现实的日常生活小事,寄眼的奇想便显得突兀。全诗以乡关、蜀城、炎州、月峡四处遥远的地理距离为背景,令人似乎看到层云密布的夜空中正悬着一双充满愁思的眼睛,不断地滴着泪水,印象极为强烈而奇特。

  五言律诗较适宜于表现内心感觉和某种印象的原因在于其体式的表现原理。五律讲究炼字的精确,语词搭配可以不按语法逻辑,因此表达印象的感觉词可以与主语在不合常理的组合中被凸显出来。例如被许多论者所称引的"绿垂风折笋,红绽雨肥梅"⑤、"青惜峰峦过,黄知橘

---

① 李商隐《无愁果有愁曲北齐歌》,李商隐著,冯浩笺注《玉溪生诗集笺注》,第 245 页,上海古籍出版社,1979 年。
② 《得广州张判官叔卿书,使还以诗代意》,《杜诗镜铨》上册,第 380—381 页。
③ 李白《闻王昌龄左迁龙标,遥有此寄》,王琦注《李太白全集》中册,第 661 页。
④ 李白《金乡送韦八之西京》,王琦注《李太白全集》中册,第 783 页。
⑤ 《陪郑广文游何将军山林十首》其五,《杜诗镜铨》上册,第 65 页。

柚来"①,都不合传统五言诗句的正常语法。但是这两例五律都是按照人们感知色彩总是先于分辨事物的意识这一顺序来构句,将色彩词置于句首,可以突出色彩感觉的第一个印象。

以上四例诗思路各不相同,有的是通过提炼语词获得抽象的理念后转化为几何图案,有的是借语词的组合形成一种错觉,有的则是在全诗各联意象组合的关系中突显某种印象。基本特点都是运用五律的句法和字法组合自由的原理,造成有意无意的奇特效果。像这样从普通的日常琐事中生发奇想,把平常的生活现象夸张成超现实世界的想象,开出了中晚唐奇丽诗派的新思路。

杜甫的七律中也有一些类似的诗例。尤其是夔州诗,由于加深了对内心感觉的探索,有些景物描写也都是印象的表现。但是杜甫的七律表现印象,不像五律那样在炼字和构句上下功夫,而是利用七律每句四三节奏与词组顿逗相应的原理,以前四字写实景,后三字写疑似的幻象,从而组合成印象。如《白帝》中"高江急峡雷霆斗,古木苍藤日月昏"②两句写暴雨来临时天昏地暗的氛围:江水暴涨后在高处的峡口被阻,水流更加急湍,这是实景;轰鸣之声如天上雷霆相斗,则是诗人内心的幻象;两岸山崖的苍藤古树本来遮天蔽日,加上乌云翻滚,更加昏暗,这是实景;不见日月之光,又是诗人内心的感觉。因此这昏沉阴惨的雨景中隐含着诗人对乱世日月昏暗、战斗不息的感受。就像《登白帝城最高楼》中"峡坼云霾龙虎卧,江清日抱鼋鼍游"一样,写瞿塘峡两岸云开见崖和日光照江,是实景,而龙虎卧和鼋鼍游则是疑似情状,实际是诗人心目中人世间龙争虎斗的幻影。《秋兴八首》写他晚年对长安秋天的回忆,有的就是一些零落的印象组合。如其七"织女机丝虚夜月,石鲸鳞甲动秋风。波飘菰米沉云黑,露冷莲房坠粉红",虽然织女和石鲸是长安昆明湖的实景,但是"虚夜月""动秋风"突出了织女和石鲸在

---

① 《放船》,《杜诗镜铨》下册,第570页。
② 《白帝》,《杜诗镜铨》下册,第635页。

夜月中的剪影,强化了两尊石像给人的历史苍凉感;满池菰米有如"沉云黑",莲瓣飘落是"坠粉红",则是强化了二者的色彩印象。由于对句的组合,大片黑色成为几点粉红的背景底色,因此酷似一幅现代印象派的图画。其八中的"香稻啄馀鹦鹉粒,碧梧栖老凤凰枝"是杜甫七律构句中的特例。他借用五律主宾倒装句的原理,将被鹦鹉啄残的香稻和凤凰栖息的碧梧置于句首,也是突出回忆中首先想到渼陂的香稻和碧梧的印象,鹦鹉和凤凰只是借典故和传说来夸饰其印象。

这类印象的表现,在杜甫近体诗中虽然不多,但因为开启了后代诗歌继续向内心深层感觉发掘的新思路,尤其值得重视。

## 二 杜甫七古的超现实想象与李白的差异

相比近体诗而言,杜诗的奇变在古体诗中表现得更为突出。原因是古体诗形式自由,可以较充分地发挥诗人的超现实想象。而在五言和七言古诗中,由于二者体式的不同,表现也有差异。五古的奇变本章将另辟专节。七古则已经在第四章中结合典型作品对其浪漫奇想作了较充分的说明,这里仅联系其体式表现原理稍作阐发。

杜甫七古中的超现实奇想多出现在"歌"体中,由于"歌"要求抒情节奏的大幅度跳跃和章法脉络的变化莫测,因此超现实想象往往能够有助于这种飞跃起伏。李白的七古多近"歌",其浪漫飞动的想象也主要体现在这类诗里,已经说明了这一基本道理。不过杜甫的想象与李白不同。李白的超现实想象有其时空环境的一致性,诗人始终生活在仙境或梦境之中,飘游于云端之上,少有现实和非现实之间的穿越。如《西岳云台歌送丹丘子》从开头站在华岳之巅远望黄河放声歌唱,到"丹丘谈天与天语",及最后诗人自己企望"骑二茅龙上天飞"[①],视野始终在空中和天际,无论写西岳诸峰还是洪波喷流,都是从高空俯瞰。《庐山谣》也是以仙人超然世外的视野和气魄来观照长江和庐山。李

---

① 李白《西岳云台歌》,王琦注《李太白全集》上册,第 381—382 页。

白七古"歌"体抒情节奏的起伏波澜主要与其境界的奇丽多变以及情感的瞬息万变相配合。

杜甫七古"歌"体中的奇境大多是发自现实生活中的奇想,立足于实地的诗人与虚幻的诗境是分离的,他往往取神话故事再加以具体的想象,用以形容或夸张其描绘的对象,因此必须在现实和非现实的语境中不断穿越。如《魏将军歌》①写一个曾在边塞立过大功的将军如今在朝廷宿卫,诗境在现实和想象中不断变换:主人公忽而在西极披坚执锐横扫东西,直达昆仑月窟;忽而在京师君门前率领羽林上万猛士,其精爽气骨令长安恶少及平生流辈尽显蠢相;忽而骑着天马超越天河,无论妖星欃枪还是火星荧惑都不敢妄动。在天人之间来回变换的奇幻思路将魏将军写得虎虎如生,如天庭神将下凡。又如《荆南兵马使太常卿赵公大食刀歌》②用《搜神记》中苍水使者及《列子》中龙伯国大人的故事,将胡刀的威力渲染得神奇无比,可以吓走魑魅魍魉。但他立足的背景则是白帝城荆南兵马使赵公手下的壮士展示大刀的现场。所以在"龙伯国人"被惊得"罢钓鳌"之后,杜甫看见的却是"芮公回首颜色劳"和"赵公玉立高歌起"的现实。再如《阌乡姜七少府设鲙,戏赠长歌》③中"河冻未渔不易得,凿冰恐侵河伯宫。饔人受鱼鲛人手,洗鱼磨刀鱼眼红",想象凿冰会惊动河伯的宫殿,眼珠通红的活鱼是从水底哭泣的鲛人手中取得。想法固然奇幻,但这一奇思是以冬天大风季节打鱼这样一件生活小事作为整体背景的,所以他很快就从河伯宫回到了姜少府的宴席上。另如《观打鱼歌》④描写绵州东津观渔人打鱼,本来是最平常不过的捕鱼场面,在诗人眼前却出现了幻境:"众鱼常才尽却弃,赤鲤腾出如有神。潜龙无声老蛟怒,回风飒飒吹沙尘。"据陶弘景

---

① 《魏将军歌》,《杜诗镜铨》上册,第94页。
② 《荆南兵马使太常卿赵公大食刀歌》,《杜诗镜铨》下册,第729—731页。
③ 《阌乡姜七少府设鲙,戏赠长歌》,《杜诗镜铨》上册,第209页。
④ 《观打鱼歌》,《杜诗镜铨》上册,第408页。

《本草经集注》说，鲤鱼为鱼中之王，神变后可飞越山湖。这里不但将赤鲤跃出水面的姿态写得飞腾如同神变，而且以水底蛟龙被激怒后兴起风浪和沙尘的神异景象，渲染了打鱼搅得鬼神不宁的昏惨场面。《桃竹杖引赠章留后》①也是从章留后赠竹杖这样一件生活小事，引出沿江东下，将会遇到鬼神蛟龙与自己争夺竹杖的想象，而对竹杖的祝告更增强了这种虚想的真实性，从而在虚实交构的故事中暗寓了现实的忧虑。

　　杜甫的七古"行"体虽然不像"歌"体那样夸张跳跃，但也有一些非现实的想象，如《前苦寒行二首》其二②："三足之乌足恐断，羲和送将何所归？"想象太阳里的三足乌都冻断了腿，羲和不知将它送到哪里去，则是以现实生活的经验去体会神话中的三足乌。所以从"冻埋蛟龙南浦缩"转到"寒刮肌肤北风利"，时空转换非常快速。又如《忆昔行》③回忆他当年到王屋山寻访华盖君之事。一路乘舟渡河，进入山中，发现一座茅屋，室内无人，唯余香炉残灰，都是纪实，但转眼之间就进入了"玄圃沧州莽空阔，金节羽衣飘妸娜。落日初霞闪余映，倏忽东西无不可"的幻境，恍惚之间似乎见到了华盖君。又很快被"松风涧水声"和"青兕黄熊啼"惊醒回到现实。这种虚实之境的转换在杜诗中往往十分自然。《渼陂行》④以移步换景的笔法实写自己与岑参兄弟一起游渼陂的情景，在面对"水面月出蓝田关"的美景时则进入了奇幻的境界："此时骊龙亦吐珠，冯夷击鼓群龙趋。湘妃汉女出歌舞，金支翠旗光有无"一节，调集骊龙、河伯、湘妃、汉女等传说中的神仙，以光怪的意象形容月下所见灯火遥映、音乐远闻、晚舟移棹、美人光鲜的景象，恍如神游异境。杜甫那些不用歌行类题目的七古较少非现实想象，但像《寄

---

① 《桃竹杖引赠章留后》，《杜诗镜铨》上册，第 480—481 页。
② 《前苦寒行二首》其二，《杜诗镜铨》下册，第 893 页。
③ 《忆昔行》，《杜诗镜铨》下册，第 917 页。
④ 《渼陂行》，《杜诗镜铨》上册，第 76—77 页。

韩谏议注》①这样的七古,想象之瑰丽奇特近似《楚辞》和李白的仙境,且从头到尾都用了大量神仙道教典故,只是没有像李白那样始终徜徉在玉京群帝的星宫中,而是在病榻上思念岳阳,遥望洞庭,由潇湘倒影想象天上的芙蓉旌旗,对于"色难腥腐餐枫香"的韩谏议寄予济世匡君的希望。所以他的想象不但飞越了从夔州到岳阳的遥远距离,而且还在星宫仙境和洞庭八荒之间来回穿越,虚虚实实,自成奇境。

此外,杜甫有些歌行会在比喻的巧用中产生奇特的超现实效果。如《戏题王宰画山水图歌》中的"焉得并州快剪刀,剪取吴松半江水"②,这两句是向王宰讨画的玩笑,因为把画上的水面看成是吴淞江,希望有一把快剪刀将它剪下来。但剪水的妙思却在有意无意中开启了一种新巧的构思:本是剪画,因画太逼真,就像直接剪水了,这是原意;但剪的动作却把流动不定、无法把握形状的液态的水固体化了。进一步的发展就是李贺的"欲剪湘中一尺天,吴娥莫道吴刀涩"③,将罗浮山人的葛布比作湘中的天,本是形容葛布的清爽,这样说好像连气态的天也可以剪了。从剪水到剪天,原理相同,都是匪夷所思的妙想。诗人也似乎在一瞬间从观画或剪布的现实生活进入了超现实的世界。这也可以说是杜诗艺术的新创影响后世的一个典型例子。

杜甫七古歌行中抒情节奏的起伏转折往往与他在现实和非现实之间的穿越相呼应,因此这种奇思的方式也成为七古歌行抒情节奏发展的助推因素。

## 第二节 杜甫五古"奇思"的表现原理

在杜甫的各体诗歌中,五古创奇求变的特色最为鲜明。如果说杜

---

① 《寄韩谏议注》,《杜诗镜铨》下册,第798页。
② 《戏题王宰画山水图歌》,《杜诗镜铨》上册,第327页。
③ 李贺《罗浮山人与葛篇》,王琦等《李贺诗歌集注》,第125页,上海古籍出版社,1977年。

甫七古中的非现实想象是与抒情节奏密切配合的一种表现方式,往往起夸饰、比喻的重要作用,那么杜甫五古中的奇特想象不但变化更多,而且往往融合了多种心理感觉和超现实想象,有的还主导了全篇的构思和结构。这是因为五言古诗结构自由,容量大,既可以抒情节奏为主,也可以叙述节奏为主,在线性的节奏脉络发展中,便于组织复杂的事件、感想、心理活动,在现实和超现实世界中来回转换而不令人觉得突兀,而且有比兴的传统,能够自然地发展成暗喻、影射等多种表现手法。

## 一 幻觉和幻象中的暗示性

杜甫的有些五古会在幻觉和幻象的描写中融入某种朦胧的政治预感,或者暗示内心对当今时世的直觉感受和总体印象。这在他后期的某些七律如《白帝》和《登白帝城最高楼》中也有所表现。但这样的创变其实他从早年就开始探索了。例如写于天宝十一载的《同诸公登慈恩寺塔》:

> 高标跨苍穹,烈风无时休。自非旷士怀,登兹翻百忧。
> 方知象教力,足可追冥搜。仰穿龙蛇窟,始出枝撑幽。
> 七星在北户,河汉声西流。羲和鞭白日,少昊行清秋。
> 秦山忽破碎,泾渭不可求。俯视但一气,焉能辨皇州?
> 回首叫虞舜,苍梧云正愁。惜哉瑶池饮,日晏昆仑丘。
> 黄鹄去不息,哀鸣何所投?君看随阳雁,各有稻粱谋。[1]

此诗全在大雁塔的"高"处立意:先说塔如高标,跨越苍穹,高空烈风,无时休止,是全篇形容塔景的总领。接着感叹佛教之力足可搜索幽冥,既是夸张佛塔建筑犹如鬼斧神工,又自然引出从幽暗的塔底登上塔顶的过程。而登上塔顶之后,简直像置身于天际:从塔的北窗不但可看见

---

[1] 《同诸公登慈恩寺塔》,《杜诗镜铨》上册,第35页。

北斗七星,甚至能听见银河带着水声向西流动;可看见羲和驾着日车鞭打着太阳行走,少昊帝迎来了清秋的季节。这就从现实进入了似乎登上天际的幻象。因此从塔顶下望,秦山忽然像是破碎了,泾水和渭水也找不见了。俯瞰只有混沌一片,哪里还能分辨得出皇州的所在!这种不辨山川的视觉印象自然让人联想到山河破碎的征兆。而极目远眺,则可以望见虞舜所在的苍梧,也可以望见西王母所在的瑶池。回头呼叫虞舜,只见舜所葬身的苍梧一片愁云。又见周穆王在瑶池饮酒,直到日落昆仑山。这两个故事与羲和鞭日和少昊迎秋一样都取自上古神话,且与大地混茫一片的背景相协调,却并不能像李白的诗那样将人带进神话世界,关键在诗人始终站在塔顶,而非空中。因此所用典故必然让人联想到葬在昭陵里的太宗:诗人呼叫虞舜,不正是呼叫那个已经消逝的清明时代吗?那个迷恋于西王母酒宴的周穆王,不也令人联想到沉迷于酒色的唐玄宗吗?诗人的"百忧"最后归结到对包括自己在内的士人们的人生道路选择,以天上飞翔的两种鸟儿的不同去向寄托了时局将乱之时有识之士的清醒思考:无处可投的黄鹄正是失去归宿的志士的象征,而与此形成对比的是那些追随太阳的雁儿,显然是比喻趋炎附势的小人只知为自己的衣食经营。可见诗人登高望远的视野虽已越出尘世,然而他又清醒地意识到自己立足于现实。因此他所望见的都只是夸张内心的幻觉,并借神话融入对时势的难以明言的隐忧。

又如《奉同郭给事汤东灵湫作》写骊山温汤东面的深潭,因传说此湫为龙所居,因而诗人充分发挥了他的想象力:

东山气鸿濛,宫殿居上头。君来必十月,树羽临九州。
阴火煮玉泉,喷薄涨岩幽。有时浴赤日,光抱空中楼。
阆风入辙迹,旷原延冥搜。沸天万乘动,观水百丈湫。
幽灵斯可怪,王命官属休。初闻龙用壮,擘石摧林丘。
中夜窟宅改,移因风雨秋。倒悬瑶池影,屈注苍江流。
味如甘露浆,挥弄滑且柔。翠旗澹偃蹇,云车纷少留。
箫鼓荡四溟,异香泱漭浮。鲛人献微绡,曾祝沉豪牛。

百祥奔盛明，古先莫能俦。坡陀金虾蟆，出见盖有由。
　　至尊顾之笑，王母不肯收。复归虚无底，化作长黄虬。
　　飘飘青琐郎，文彩珊瑚钩。浩歌渌水曲，清绝听者愁。①

此诗作于杜甫赴奉先县探家之时，在安史之乱爆发前夕。可能是经过骊山有感而作。从字面上看，诗中只是描写明皇与贵妃每年十月行幸骊山温汤，驻跸灵湫、举行祀礼之事。开头写皇帝仪仗驾临温汤的阵势，以及灵湫之水与骊山宫殿交相辉映的景象。"浴赤日"用日出于旸谷的典故，写潭水之热，又借浴日暗指君浴于温汤。阆风为昆仑三角之一，为西王母所居，而据《穆天子传》，西王母之邦北至旷原之野。这就借用王母典故在美化温汤的同时，也暗寓了穆天子与王母"日晏昆仑丘"的讽意。以下写皇帝命属官休沐祭祀灵湫的场面，先倒叙以前的传闻：此湫之来历乃是因为有龙半夜改变窟宅，风雨大作，摧毁林丘，搬到了此地，这才形成众水奔赴、瑶池倒映的美景。接着是致祭场面的正面描写：神灵降临，云车留驻，萧鼓喧天，异香浮空，鲛人献出了鲛绡，曾祝投下了豪牛。"曾祝"句又用《穆天子传》中天子大朝于燕然之山，曾祝沉牛马豕羊的典故。因此表面上是歌颂此举"百祥奔盛明"，超越古先，实际上不难令人将明皇的所作所为与穆天子的奢华联系起来。而在众神享用祭祀的场景中，最奇特的插曲是从水里出现了一只金蛤蟆。至尊付之一笑，王母不肯收拘。于是这只蛤蟆又回到深潭之下，化作了一条黄龙。杨伦引"钮琇曰：按《潇湘录》，唐高宗患头风，宫人穿池置药炉，忽有蛤蟆跃出，色如黄金，背有朱书'武'字，宫人奏之，帝颇惊异，放之苑池。子美当用此事"②。此事确与诗意颇为切合。其实杜甫在《沙苑行》里也曾用过巨鱼可能变龙的隐喻："泉出巨鱼长比人，丹砂作尾黄金鳞。岂知异物同精气，虽未成龙亦有神。"③虽不能确认诗人

---

① 《奉同郭给事汤东灵湫作》，《杜诗镜铨》上册，第106—107页。
② 《杜诗镜铨》上册，第107页引钮琇评。
③ 《沙苑行》，《杜诗镜铨》上册，第93页。

的指向,但很容易让人联想到安禄山之势的日益坐大①。此诗写蛤蟆变龙不可制伏,且归因于至尊和王母的纵容,与当时安禄山已反的时势正相合,比《沙苑行》用意明显。所以一些注家举出不少证据说明此湫中之物确为安禄山之乱的应验。只是杜甫作此诗时,安禄山的反讯尚未传到长安,所以还很难说诗人已经具有以蛤蟆比安禄山的明确意图。但是他多处用西王母和周穆王的故事,把明皇祭湫的盛大场面写得像神话般奇丽,蛤蟆变龙的幻象又明确指向了卑贱之物将因君王放纵而变化难驯的结果,则至少可以说是借以寄寓了天下因至尊荒嬉而即将大乱的预感。这种隐语式的暗示正是诗人的高明之处。

这种幻象和幻觉既可以依靠神话表现,也可见于现实的景物描写。如杜甫在安史之乱初期所作《白水崔少府十九翁高斋三十韵》的后半首写山中傍晚景色的变化:

坐久风颇怒,晚来山更碧。相对十丈蛟,欻翻盘涡坼。
何得空里雷,殷殷寻地脉。烟氛霭崷崒,魍魉森惨戚。
昆仑崆峒巅,回首如不隔。前轩颇反照,嶫绝华岳赤。
兵气涨林峦,川光杂锋镝。知是相公军,铁马云雾积。②

此段所写都是高斋清宴观景:风狂山碧,盘涡坼裂,如有十丈蛟龙翻腾,空中雷声直贯地底。山巅烟霭迷离,犹如魍魉般阴森惨戚。回首昆仑崆峒和华岳,似乎就在眼前,落到前轩的返照也染红了嶫绝的华山。这些景象既是晚来风光变化的实相,又暗中影射叛胡肆虐之乱。诗人仿佛从林峦中看到了蒸腾的兵气,从水光中看到了锋镝的闪烁,山水便在不知不觉中都幻化为兵象。

又如《三川观水涨二十韵》以大段篇幅写他从白水到鄜州,道出华原,一路所见山里发大水的情景:

---

① 一些注本认为这几句就是指安禄山,杨伦觉得无谓。但联系后来的时势发展,不难让人产生这样的联想。这与杜甫善借幻象暗寄政治预感的表现手法有关。

② 《白水崔少府十九翁高斋三十韵》,《杜诗镜铨》上册,第116—117页。

清晨望高浪,忽谓阴崖踣。恐泥窜蛟龙,登危聚麋鹿。
枯查卷拔树,礧磈共充塞。声吹鬼神下,势阅人代速。
不有万穴归,何以尊四渎?及观泉源涨,反惧江海覆。
漂沙坼岸去,漱壑松柏秃。乘陵破山门,回斡裂地轴。
交洛赴洪河,及关岂信宿。应沉数州没,如听万室哭。
秽浊殊未清,风涛怒犹蓄。何时通舟车,阴气不黪黩。
浮生有荡汩,吾道正羁束。①

三川县即鄜州。诗中写山里骤然暴涨之水,形容高浪似乎要冲垮阴崖,蛟龙到处乱窜,麋鹿登高避难,大水拔起大树,卷走枯槎,砂石堵塞,声势惊动鬼神,极为骇人。由此想到水不归穴,不尊四渎,担心江海因此倾覆。这里处处写水势,但隐含着战乱来势汹汹,将使江山颠覆的忧虑。因此接着想象大水携带着沙土冲击坼岸,将山壑中的松柏洗刷一空,并趁势冲破山门,崩裂地轴,不用两天就会交接于洛水,直赴黄河。诗人已经想到数州将会沉没,似乎已经听到了万家百姓的哭声。不由得感叹眼前污秽浊流未清,风涛还在蓄势。盼望着何时能通车船,再也没有漫天阴气。可见诗人借三川水涨的势头暗示了大乱初起势头正猛的现状以及中原百姓将遭祸害的预感。这类写景中的暗示其实是从比兴发展而来。将心理感觉化入客观景物或神话世界,借以表现忧时伤乱的深意,这是杜诗艺术最重要的创变之一。

## 二 超现实想象中的现实生活逻辑

杜甫的有些五古将虚幻的想象写得像现实生活一样真实,而在现实生活中,又往往借神话、夸张等,将真事写得离奇怪异,这是杜甫能在

---

① 《三川观水涨二十韵》,《杜诗镜铨》上册,第118—119页。有论者认为杜甫写此诗时,尚不知安禄山叛变,诗中未必含有以大水喻叛乱的寓意。但杜甫在《同诸公登慈恩寺塔》和《自京赴奉先县咏怀五百字》中已经预感大乱将至,此诗同是借幻觉写预感,只是含义更明显而已。

现实和非现实世界中自由穿越的基本原理。其中的关键在于他的超现实想象始终不离现实生活的逻辑。《同诸公登慈恩寺塔》中,他在塔顶所见到的羲和、少昊、银河、苍梧、瑶池,都是神话世界,但符合登塔仰视天穹观看东西南北的现实逻辑。"河汉声西流",想象银河带着水声西流,"羲和鞭白日",想象羲和驾日车要鞭打太阳,这都是将人间生活中水流有声、驾车要扬鞭的体验输入神话,为李贺、李商隐的奇思开启了思路。李贺的"银浦流云学水声"①、"羲和敲日玻璃声"②只是将幻想世界想得更加逼真、更符合生活逻辑而已。

五言新题乐府《客从》③写泉客所送的珠子本来珍藏在匣子里,待征敛时打开,已经化成了血。这个珠化为血的虚构故事,隐喻朝廷征敛的珠玉均为人民的血泪所凝的道理,构思很奇。"珠中有隐字,欲辨不成书"两句,借助佛教传说摩尼珠里有金字偈的说法,生发奇特的想象,给这一故事增加了扑朔迷离的色彩。珠子里隐约难辨的字似乎藏着鲛人心中难言的隐痛,而织丝的鲛人又自然令人想到民间织机旁的寒女。于是看似荒唐的一个故事就与现实中的征敛自然联系起来了,这隐字也就暗喻着统治者所不了解的下民的痛苦。将奇特的想象写得像生活中经历的事情那样真实,使整个故事成为一个完整的比兴,这是杜甫以"奇思"主导全篇构思的典型例子。

另一个典型例子是他作于同谷时期的《凤凰台》:

亭亭凤凰台,北对西康州。西伯今寂寞,凤声亦悠悠。
山峻路绝踪,石林气高浮。安得万丈梯,为君上上头。
恐有无母雏,饥寒日啾啾。我能剖心血,饮啄慰孤愁。
心以当竹实,炯然无外求。血以当醴泉,岂徒比清流。
所重王者瑞,敢辞微命休?坐看彩翮长,举意八极周。

---

① 李贺《天上谣》,王琦等《李贺诗歌集注》,第70页。
② 李贺《秦王饮酒》,王琦等《李贺诗歌集注》,第76页。
③ 《客从》,《杜诗镜铨》下册,第1003页。

> 自天衔瑞图,飞下十二楼。图以奉至尊,凤以垂鸿猷。
> 再光中兴业,一洗苍生忧。深衷正为此,群盗何淹留?①

凤凰是天下太平的象征,也是杜甫政治理想的艺术化身。杜甫到同谷,凤凰台为当地名胜,但诗人没有把这首诗写成览胜之作,而是以写景为寓言,将澄清海内、拯救苍生的理想化成一个到凤凰山顶寻找和喂养凤雏的寓言故事,使自己成为寓言的主人公,同时将许多关于凤凰的典故幻化成寓言中的情景,构思非常新奇。凤凰台原与西伯姬昌时凤鸣的岐山相距很远,但都是传说中凤凰曾经栖息的地方。凤鸣是有王者兴的祥瑞,出现在西伯的时候。西伯与凤鸣的消逝说明文王之治已经不再出现。因此全诗的立意就在寻找凤凰台上可能存在的"无母"凤雏。这一构思跨越千年时空,按照大自然中禽类生存的规律,将上古虚无的传说落实到眼前的凤凰山上。凤凰台山势高峻,据说人不能到达高顶。诗人由此设想如能得到万丈高梯登上极顶,或许有饥寒的凤雏等待哺育。诗人要剖出心血来喂养它,把自己的心和血当成凤凰所需要的竹实和醴泉。凤雏养大变成凤凰,就成了王者祥瑞,所以诗人不惜为之献出自己的生命。诗人想象当他的心血和生命注入凤雏之后,凤雏就会长出美丽丰满的羽翼,在四方八极任意高飞,将瑞图献给至尊,为中兴大业呈祥。这个美丽的寓言故事的结尾,是融会了古代关于凤凰的好几个传说而绘成的一幅富丽堂皇的凤凰展翅图。诗人的"微命"虽然不复存在,但将在再生的凤凰身上获得永恒。至此,诗人的个体生命与国家的命运已经完全合成一体。全诗"奇情横溢"②,却又基于养育禽鸟的生活经验。

综上所论,杜甫某些诗歌中奇特的表现效果以及展开奇特想象的方式与《楚辞》到李白的传统显然不同。虽然屈原、李白和杜甫的非现实想象都要借助于神话和游仙,但是在《楚辞》及李白的浪漫想象中,

---

① 《凤凰台》,《杜诗镜铨》上册,第295—296页。
② 浦起龙《读杜心解》第一册,第80页。

诗人自己是超越人间、神游天际,与神仙为友的非凡人物,非现实的世界是他们蔑视尘世、与现实对抗的理想归宿;杜甫则相反,他的想象虽然可以自由地穿越在现实和非现实之间,他却始终是脚踏人间实地的,非现实的想象只是短暂的幻觉和幻象,神仙世界中的一切都贯穿着现实生活的逻辑,成为寄寓其政治思考的暗示和隐喻。这种对传统创作方式的重大突破,开启了中唐以后浪漫奇想的新思路。同时,杜甫的"奇思"在不同诗歌体式中的不同表现,充分利用了该种体式的表现原理。尤其是对近体诗和古体诗两类诗体"求奇求变"的不同把握,对于中唐诗人具有重要的启示。大历之后,中唐诗歌的奇变首先在古诗中得到发展,正可追溯到杜甫在想象方式上的创新和开拓。

## 第三节 杜甫五古和五排处理情景关系的新探索

杜甫的"奇"不仅表现为"奇思",更多地体现于"奇境",尤其是入蜀以后的行旅诗。由于构思和取境之奇,他的诗中很少有盛唐王、孟式的清淡空静之境,而是灵奇光怪,危仄险绝。这首先与他的经历有关,在漂泊西南的生涯中,除了草堂时期多用律诗绝句描写相对平静的心境,有过不少清新活泼的小诗以外,他的很多写景诗都作于巴蜀荆湘的行旅途中。蜀中挺特奇崛的自然环境提供了极为丰富的素材,使他的诗更倾向于大谢式的雄壮奇伟,因而多取适用于这种风格的五古和五排。与他的律诗和绝句一样,这些五古和五排写景也注重人对景的感受,往往由人见景,情景互动;但由于体式的差异,表现也各不相同。他极少静态地观赏景物,而是身历其境,从自己在山水中行走的具体感受写出各地景观的不同特征,如蚕丝裹茧,随物肖形,改变了历来山水纪行诗情景交融的结构模式。

### 一 五古纪行诗对大谢体的突破

杜甫的短篇五言古诗数量很少,八句体只有 22 首(不含乐府)。

初唐以来,八句体五古和五律除了声律不同以外,在作法上很难区别,陈子昂和宋之问首先在这方面作出努力。陈子昂的八句体五古以《感遇》诗为代表,极力效仿阮籍的《咏怀》,在体调上恢复汉魏古意,但被后人视为模仿过度,失去了自己的特色。宋之问则主要从五古避忌律调以及句法变化入手,为唐代五古形成自己的特色作了不少尝试。此后短篇五古如何避免律诗化的问题一直没有彻底解决。杜甫也在他的二十多首短篇五古中作了很多恢复汉魏古诗体式的努力。但早期的八句体五古如《望岳》《游龙门奉先寺》中间四句对仗,首起尾结的结构仍然不易与五律区别。当然这并不影响他的游览纪行诗写出佳作。如著名的《望岳》写于他少壮漫游时期:

> 岱宗夫如何?齐鲁青未了。造化钟神秀,阴阳割昏晓。
> 荡胸生层云,决眦入归鸟。会当凌绝顶,一览众山小。①

杜甫作此诗之前考进士落榜,但诗里却依然豪情万丈,表现了希望登上事业顶峰的雄心壮志。泰山是传说自尧舜以来就受到历代帝王祭祀的名山。杜甫之前仅谢灵运《泰山吟》、李白《游泰山》六首等几首咏泰山的佳作较有特色。杜甫这首诗选择了一个"望"的角度,将泰山壮美的自然景观和象征崇高的人文意义融为一个整体印象。开头以散文句式自问自答,"岱宗"的称谓本身已包含了帝王封禅之地的意蕴,接着以齐鲁的青青山色烘托出泰山的高大。之后赞美大自然把神奇和灵秀都集中于泰山,山南山北的明暗由高高的山峰分割,又隐含着"岱宗"一词的本义;万物代谢、昏晓变化正是阴阳造化之功,既然集中于泰山,那么此山当然不愧为五岳之首了。这就超越视野的局限,化用泰山传统的人文含义概括了泰山的主要特征:一个象征造化伟力和代谢变化的自然奇观。后半首写诗人遥望山中云层起伏,心胸豁然开朗;目送飞鸟归山,眼眶几乎为之睁裂。以"荡胸"二字置于"生层云"之前,似乎层

---

① 《望岳》,《杜诗镜铨》上册,第1—2页。

层云气是从诗人的胸中升腾,充分表现出诗人仰望泰山时精神的激荡,以及将大自然的浩气都纳入胸怀的豪情。有此力度,下句说目送归鸟以至要"决眦"的夸张,才更显出"望"的专注急切和目光的清澈深远。那归鸟所向之处,就是诗人相信自己终有一天会登上的极顶。于是结句用孔子"登泰山而小天下"的典故,就极其现成、极其巧妙了。正因为泰山的崇高伟大不仅是自然的也是人文的,所以登上绝顶的想望本身,当然也具备了双重的含义。全诗寄托深远,体势雄浑,因而成为咏泰山的传世名篇。

杜甫五古绝大部分是中长篇,以咏怀忧时为主要内容,也有不少纪行写景的作品。这类诗虽然多取大谢体的厚重奇伟,但对情景关系的处理不同于前代诗人所遵循的大谢模式。大谢体重在观赏和刻画:或面面俱到地描写某一处山水的特征,最后以几句抒情或理语结尾;或以游踪作为主线串连起沿途风光,每节写景中有规律地穿插感想。杜甫从秦州到同谷,再从同谷到成都的一组纪行诗是他用五古写景的典范,这组诗向来被视为继承大谢体山水诗的杰作,但其实多有新创。诗人将极貌写物的精致和传神写意的巧妙结合起来,使每首诗的表现方式都各不相同,尤其善于在同类景物中用不同的视角和处理方式写出不同的境界,凸显其主要特征,这在以往的纪行诗里是少见的。

这组纪行诗所写景物有峡、阁、渡、山、岭等不同类别,仅"峡"就有铁堂峡、寒峡、青阳峡三处。有的峡谷特点明显,他就用最精练的诗句勾勒其给人最深刻的印象。如《铁堂峡》:"峡形藏堂隍,壁色立精铁。径摩穹苍蟠,石与厚地裂。修纤无垠竹,嵌空太始雪。"[①]峡如四壁皆空,壁色犹如精铁,山路在苍穹盘旋,山石从厚地分裂,峡中无垠修竹,山顶积雪不化,写出了铁堂峡崭绝犹如铁壁的主要特色。有的峡谷并无特色,如《寒峡》仅两句"云门转绝岸,积阻霾天寒",点出峡中有河,主要通过人在寒霾中的感受来烘托此地的特点:"寒峡不可度,我实衣

---

① 《铁堂峡》,《杜诗镜铨》上册,第 289 页。

裳单。况当仲冬交,泝沿增波澜。野人寻烟语,行子傍水餐。"①仲冬单衣,一路傍水,天色阴霾,更是寒冷难耐,这就突出了峡的"寒"意。《青阳峡》则完全是从行人观景的恐惧感写出此峡的险绝:"塞外苦厌山,南行道弥恶。冈峦相经亘,云水气参错。林迥硖角来,天窄壁面削。礧西五里石,奋怒向我落。仰看日车侧,俯恐坤轴弱。魑魅啸有风,霜霰浩漠漠。"②远望近观,峡壁劈面而来,大石倾斜,即将落在头上。仰望一线天空,恐怕日车经过也要翻侧;俯看地轴之弱,更是承载不起这大山。身处其中,只听得风声如魑魅呼啸,只见到霜霰弥漫、深不可测。青阳峡犹如地狱般的阴惨险恶也在诗人左躲右闪的情态和悚惧的心情中展现。

又如"阁",也有飞仙阁、龙门阁、石柜阁三处。《飞仙阁》从行人沿阁上小道行走的所见所感来写:"土门山行窄,微径缘秋毫。栈云阑干峻,梯石结构牢。万壑欹疏林,积阴带奔涛。寒日外澹泊,长风中怒号。歇鞍在地底,始觉所历高。往来杂坐卧,人马同疲劳。"③梯石结构的栈道犹如秋毫般微细,缘径而上,只见万壑疏林,阴云密布,长风怒号。待走到地底,才觉出所经栈道之高。《龙门阁》同是写又高又窄的栈道,则是从仰望的角度感叹其惊险:"清江下龙门,绝壁无尺土。长风驾高浪,浩浩自太古。危途中萦盘,仰望垂线缕。滑石欹谁凿,浮梁袅相拄。目眩陨杂花,头风吹过雨。百年不敢料,一坠那复取!"④此阁道与飞仙阁的不同在于石壁凿出,下临急流,盘纡半空,如垂线缕,观之令人头昏眼花,不由得生出一失足成千古恨的忧惧。《石柜阁》同样写临江的栈道,却从山水相映的关系着眼,写出观赏美景的愉悦之感:

季冬日已长,山晚半天赤。蜀道多早花,江间饶奇石。

---

① 《寒峡》,《杜诗镜铨》上册,第290—291页。
② 《青阳峡》,《杜诗镜铨》上册,第291—292页。
③ 《飞仙阁》,《杜诗镜铨》上册,第304页。
④ 《龙门阁》,《杜诗镜铨》上册,第305—306页。

>  石柜曾波上,临虚荡高壁。清晖回群鸥,暝色带远客。
>  羁栖负幽意,感叹向绝迹。信甘屏懦婴,不独冻馁迫。
>  优游谢康乐,放浪陶彭泽。吾衰未自由,谢尔性所适。①

季冬时候日影已经变长,山里的傍晚半天都被照红了。因地气和暖,蜀道山花早开,江中奇石参差;石柜阁在层层波浪之上,水光上映,高壁的倒影像在虚空中回荡;成群的鸥鸟在清朗的霞光中回翔,由远而近的暮色带来了远方的客人。"清晖回群鸥,暝色带远客"两句出语奇隽,历来为人激赏。"清晖"语出谢灵运《石壁精舍还湖中作》:"昏旦变气候,山水含清晖。清晖能娱人,游子憺忘归。"②谢诗这几句颇有理趣,写出了山水间的清气。杜甫诗里的"清晖"也包含了日落时山水间的波光和清气。暝色降临,一般是由远而近的。远客也是由远而近,所以像是被暝色"带"来的。此句之妙还在于在读者眼前拓开了想象空间,仿佛把远客推到了天边,半空的云霞和回翔的群鸥构成了极其绚丽爽目的境界,由此引出后半首感慨自己不能如陶渊明、谢灵运那样自由地在胜景中适性自然的叹息。同是身历目见,由于处理方式不同,三种阁道的不同地势环境和景色特征均历历分明。

又如《白沙渡》《水会渡》《桔柏渡》三首,也都是通过渡江的不同感受写出三处渡口的特点。《白沙渡》从白日渡江的过程来写:

>  畏途随长江,渡口下绝岸。差池上舟楫,窈窕入云汉。
>  天寒荒野外,日暮中流半。我马向北嘶,山猿饮相唤。
>  水清石礧礧,沙白滩漫漫。迥然洗酸辛,多病一疏散。
>  高壁抵嵚崟,洪涛越凌乱。临风独回首,揽辔复三叹。③

嘉陵江即西汉水。上船如入云汉,可见渡口水面之宽阔。而且渡江如

---

① 《石柜阁》,《杜诗镜铨》上册,第306—307页。
② 谢灵运《石壁精舍还湖中作》,萧统编《文选》卷二二"诗乙",第1044页。
③ 《白沙渡》,《杜诗镜铨》上册,第303页。

置身于荒野之外,日暮才过中流之半,更见江水的浩淼。过渡之后,但见沙清水白,令身心得以疏散。然而回头见到高壁洪涛的艰险,又不禁长叹。风景的可娱可畏体现于心情变化之间。《水会渡》从夜间渡江的感受来写:

> 山行有常程,中夜尚未安。微月没已久,崖倾路何难!
> 大江动我前,汹若溟渤宽。篙师暗理楫,歌笑轻波澜。
> 霜浓木石滑,风急手足寒。入舟已千忧,陟巘仍万盘。
> 回眺积水外,始知众星干。远游令人瘦,衰疾惭加餐。①

从山行无宿处说起,迫不得已在暗夜中下了山崖,再渡大江。夜中波澜之险全由篙师歌笑理楫的从容以及自己入舟之后的千般忧虑见出。待过江之后,回眺积水之外,才知众星不在水里,可见"水势汹涌,星汉之行,若出其里,非登岸而回眺水外,几不知天水为二也"②。在夜中难以分辨星空和积水的视觉感受中,写出了黑夜渡江的神理。《桔柏渡》与前两首作法又不同,重在竹桥渡江的趣味:"青冥寒江渡,驾竹为长桥。竿湿烟漠漠,江永风萧萧。连笮动袅娜,征衣飒飘飘。"③行人在竹绳架起的长桥上渡过烟水冥漠的寒江,虽然湿滑摇晃,但江风萧萧,征衣飘飘,也别有一种清旷之气。可见杜甫正是通过人在景中的不同视角和不同感受传达出各处境地的主要特征,这样的传神写意与简练的景物素描结合在一起,便使几类大致相同的山景水色呈现出鲜明的差异性。

除以上三类景物外,杜甫这组纪行诗还有不少是通过自己在行役中的见闻和艰辛苦乐烘托出不同的境界。如《石龛》:"熊罴咆我东,虎豹号我西。我后鬼长啸,我前狨又啼。天寒昏无日,山远道路迷。驱车石龛下,仲冬见虹蜺。伐竹者谁子,悲歌上云梯。为官采美箭,五岁供

---

① 《水会渡》,《杜诗镜铨》上册,第303—304页。
② 《杜诗镜铨》上册,第304页引朱鹤龄注。
③ 《桔柏渡》,《杜诗镜铨》上册,第307页。

梁齐。"①前后东西只听得鬼魃和猛兽的悲啸呼号,都是因为山中不见天日。再加上冬天见虹的异象,以及云梯上伐竹之人的悲歌,虽然没有正面描写石龛,但已见出此地的昏惨和怪异。又如《泥功山》:"朝行青泥上,暮在青泥中。泥泞非一时,版筑劳人功。不畏道途永,乃将汩没同?白马为铁骊,小儿成老翁。"②从早到晚都陷在青泥中跋涉,以致白马被泥糊成了黑马,小儿陷在泥里,走路像老翁一样费力,可见这座山的特点就是泥泞不堪。再如《五盘》:"五盘虽云险,山色佳有余。仰凌栈道细,俯映江木疏。地僻无网罟,水清反多鱼。好鸟不妄飞,野人半巢居。喜见淳朴俗,坦然心神舒。"③五盘岭也是险境,但此篇重在欣赏山色的心情,仰看栈道之细,俯映江木之疏,且能见到水清多鱼、无人下网,好鸟安栖、野人巢居的淳朴风俗,"正写出盘纡避险之趣"④,因而又别是一番风光。

杜甫的纪行诗虽然重在借行人感受传神写意,但景物刻画的精妙简练也随处可见。除了《石柜阁》《铁堂峡》等佳作外,他的《法镜寺》《木皮岭》《万丈潭》等都是善于写景的例证。《法镜寺》作于赴同谷途中:

> 身危适他州,勉强终劳苦。神伤山行深,愁破崖寺古。
> 婵娟碧藓净,萧摵寒箨聚。回回山根水,冉冉松上雨。
> 泄云蒙清晨,初日翳复吐。朱甍半光炯,户牖粲可数。
> 挂策忘前期,出萝已亭午。冥冥子规叫,微径不复取。⑤

此诗之妙在于将一座深山里的古寺写得宛如一幅明暗层次丰富的西洋风景画。诗人正为旅途的疲劳黯然神伤,眼前出现的崖寺使他愁闷顿

---

① 《石龛》,《杜诗镜铨》上册,第293—294页。
② 《泥功山》,《杜诗镜铨》上册,第294—295页。
③ 《五盘》,《杜诗镜铨》上册,第305页。
④ 浦起龙《读杜心解》第一册,第85页。
⑤ 《法镜寺》,《杜诗镜铨》上册,第291页。

消:洁净的苔藓,簇聚的落叶,山根的清泉,松林的雨滴,使雨后初晴的清晨格外新鲜滋润。而在阴云的蒙翳中透出的初日,照射着寺庙,半数朱甍在阳光下闪亮,门窗也都明晰可数。精细的调色用光使古寺的朱甍户牖成为全诗亮点,凸显在绿萝松荫、青苔山泉的背景之上。画面的逼真和色调的光感在前人的写景中至为罕见,对后来韩愈的《衡岳》诗当有启发。《木皮岭》①则以胜景层见叠出见长。诗人首先强调"南登木皮岭,艰险不易论"的辛苦,接着写登岭之后千岩万岫奔赴而来的远景:"远岫争辅佐,千岩自崩奔。始知五岳外,别有他山尊。"不仅群山远近高低,富有动感活力,而且其境界还能给人以哲理的启示。虽然山高蔽日,阁道荒废,虎豹夹路,度岭不易,但是前方又转出更美的景色:"西崖特秀发,焕若灵芝繁。润聚金碧气,清无沙土痕。忆观昆仑图,目击玄圃存。"绝胜之地宛如仙境,也成为登岭之行的高潮。

  杜甫入蜀纪行诗写景往往不求全面而只是突出最重要的特征或印象,唯有写于同谷县的《万丈潭》是"见搏虎全力"②的例外。此诗开头便以潭中有龙蛰伏的想象为全篇立意:"青溪合冥寞,神物有显晦。龙依积水蟠,窟压万丈内。"然后展开从山径下到潭边的过程:"山危一径尽,岸绝两壁对。削成根虚无,倒影垂澹瀩。黑知湾澴底,清见光炯碎。孤云到来深,飞鸟不在外。高萝成帷幄,寒木叠旌旆。远川曲通流,嵌窦潜泄濑。造幽无人境,发兴自我辈。"潭在两岸绝壁之间,山崖如同削成,而山根则在潭中化为虚无;唯有倒影悬垂在清冽的潭水里。潭水黑处知是水流之底,而清波之上则碎光闪烁。孤云和飞鸟的倒影都深深地映入潭中。四周的高萝连成帷帐,寒木叠成层层旌旗,将潭水包围起来,只有远川和潜窦可以通流泄水。诗人对万丈潭的描写不仅在形容其深不见底,更强调了此处被山壁绿植层层包裹的幽深难入,这就营造出"闭藏修鳞蛰,出入巨石碍"的环境,呼应了开篇所说潭有潜龙蛰

---

① 《木皮岭》,《杜诗镜铨》上册,第 302 页。
② 《杜诗镜铨》上册,第 300—301 页引蒋弱六评。浦起龙认为此篇不在纪行之数。

伏的立意,使万丈潭的景色在窈冥深险之外,更增添了神秘光怪的色彩。

杜甫的五古纪行诗数量很多,而入蜀诗最有代表性,充分体现了他处理情景关系变化多样,善于"象景传神、随物肖形"①的独特表现艺术,以及取境好奇好险的特色。

## 二 五言排律表现功能的转化

五言排律的表现原理是以铺陈节奏排比罗列,在初盛唐本来只适宜于应酬赞颂。杜甫不但利用此体咏怀叙事,而且对其写景抒情的潜力也有独到的发现,从而使五言排律的功能发生了根本的转变。本书第二章已经对杜甫五排反映时事的特色作了阐发,这一节着重讨论他如何突破五排处理情景关系的局限,使这种体式发挥出独特的表现优势。

杜甫五排的篇制以十二韵以上的为多,共68首,加十韵体19首,共占总数的68.5%。其余六韵计28首,在其127首的总数中仅占22%;八韵计12首,占9.5%。他的六韵及八韵体五排多数是为亲朋好友而写的,风格较为亲切平易,用典也少或只用常见事,大多脱离了初盛唐五排用于客套应酬的传统。虽然写景的篇章不多,但在成都时期也有少数清新的作品。如《春归》中的前八句:"苔径临江竹,茅檐覆地花。别来频甲子,归到忽春华。倚杖看孤石,倾壶就浅沙。远鸥浮水静,轻燕受风斜。"②写春天回归的江景,竹林、孤石、浅沙,都在江边;浮水的远鸥,风中的轻燕,也在水面。"远鸥"一联,向来为人称赏:鸥在远处,久浮水面,看去似乎静止不动,"静"字写出水鸥的安宁和春水的平静;"受"字点出风势不大,轻燕借风力滑翔的自在。这两句与他的五律一样,用字细入物理。不过杜甫的六韵体五排很少写景,而十二

---

① 《杜诗镜铨》上册,第292页引江盈科评。
② 《春归》,《杜诗镜铨》上册,第513页。

韵以上的长律却有一些写景的佳作,发掘了五排写景的潜能。

　　写景造境原是五律的优势。初唐五排因主要用于应制奉和及送别,六韵体首起尾结之外,中间都是景物、建筑、宴会排场的渲染,因而铺陈景物也是排律重要的表现元素。尽管如此,五排写景反而较受局限。初盛唐排律极少有五律式的意境营造,这固然与典雅富丽的风格规范有关,也因为铺陈容易导致意象密实,又难于融情入景。前人认为排律本来就是最不适宜抒情的一种体裁,如郝敬说:"近体之败兴,无如俳律。使有情者不得展措,滞钝者托以藏拙。"①而杜甫不但使排律能够充分地咏怀言志,而且发现了排律处理情景关系不同于五律的表现方式。他往往能从人物活动着眼,根据不同感受罗列景物意象,使景中有人,象外见意,突显排律写景的独特意趣。如《寄李十四员外布十二韵》后半首自述草堂生活:"闷能过小径,自为摘嘉蔬。渚柳元幽僻,村花不扫除。宿荫繁素柰,过雨乱红蕖。寂寂夏先晚,泠泠风有余。江清心可莹,竹冷发堪梳。直作移巾几,秋帆发敝庐。"②这六韵从字面看,只是平平罗列草堂景物,但细看便可发现实为四句一转,三层三个季节:采摘园蔬,不扫落花,是春景;素柰结果,红蕖盛开,是夏景;江清竹冷,秋帆待发,是秋景。诗人在三个季节中不同的生活乐趣也自然融入其中。又如《东屯月夜》:"青女霜枫重,黄牛峡水喧。泥留虎斗迹,月挂客愁村。乔木澄稀影,轻云倚细根。数惊闻雀噪,暂睡想猿蹲。日转东方白,风来北斗昏。"③月光下乔木疏落的树影和轻云,虽然构成静夜空明澄淡的境界,但是峡水的喧腾、虎斗的泥迹、雀噪的惊心、猿蹲的想象,使夜景中透出可怖的荒凉感,而向晓时北斗的昏暗更为这荒村罩上了一层愁云。景物罗列之中,展示了从月出到黎明的时间推移过程,又隐约浮现着动荡的时代面影,诗人彻夜不眠的凄愁和不安也可以

---

① 郝敬《艺圃伧谈》卷一,《全明诗话》第四册,第2885页。
② 《寄李十四员外布十二韵》,《杜诗镜铨》上册,第528页。
③ 《东屯月夜》,《杜诗镜铨》下册,第861页。

想见。

由以上两例可以看出,杜甫特别善于利用排律需要排比罗列的体式特点写出景物随时间变化的动态过程,从而破除排律堆砌过多的板滞之感。类似例子还有《送严侍郎到绵州,同登杜使君江楼宴》,诗写登临江楼欣赏落景:"稍稍烟集渚,微微风动襟。重船依浅濑,轻鸟度曾阴。槛峻背幽谷,窗虚交茂林。灯光散远近,月彩静高深。城拥朝来客,天横醉后参。"①烟气渐聚,晚风微拂,暮色中视线模糊,只能从船在浅流上行进的沉重感,以及鸟儿穿过层阴的轻快感来感知江天景物;高槛背向幽谷,林影交集虚窗,楼外的深谷茂林模糊一片,可知天色渐黑;散落"远近"的灯光和高空明月的华彩对映,点出了"城拥朝来客"的热闹和月上中天的静谧;而月没参横的夜阑之景又从醉后的眼光见出。五韵景物的铺陈角度着眼于轻重、虚实、远近、静深的感觉对比,写出了江楼背山面江的环境,以及从暮色渐浓到夜半更深的时间变化。可见杜甫排律虽不以营造意境为目的,但在不同的视角转换和铺陈手法中可蕴含更多的兴味,自有短律所不能及的表现优势。

排律写景造境的局限还在于如铺陈景句过多,便容易造成繁复之弊,所以初盛唐排律景句在篇中一般只占一半左右。而游览、登临之作也罕见多韵连续写景的较长片段。杜甫长律中全篇写景之作虽不算多,但善于在连续多韵罗列景物的较长段落中,随类赋彩,创奇求变。如《冬日洛城北谒玄元皇帝庙》十四韵,四句一层,以井然有序的颂体节奏陈述庙宇的来历、建筑的雄伟、庙内的壁画、庙外的景色。虽结构严整、辞藻精丽,而不失飞动之势,与庙宇庄严宏丽的气象相得益彰。其中"碧瓦初寒外,金茎一气旁。山河扶绣户,日月近雕梁"②四句,将无形的"初寒"和"一气"分出内外和近旁,从心理感觉上突出庙宇高入云霄的气势,尤有新创。又如《谒先主庙》首尾以议论成章,中段写凭

---

① 《送严侍郎到绵州,同登杜使君江楼宴》,《杜诗镜铨》上册,第405页。
② 《冬日洛城北谒玄元皇帝庙》,《杜诗镜铨》上册,第26页。

吊祠庙的情景:"旧俗存祠庙,空山立鬼神。虚檐交鸟道,枯木半龙鳞。竹送清溪月,苔移玉座春。间阎儿女换,歌舞岁时新。绝域归舟远,荒城系马频。如何对摇落,况乃久风尘。"①空山中檐宇唯鸟道可通,苍老的枯树半如龙鳞;竹林天天送走清溪的月影,青苔年年移走玉座的春天。祠庙的萧条冷落自可想见。而间阎儿女虽然代代换人,岁时庙前总有歌舞更新,却可见祠庙不能为岁月磨灭的精神影响。诗人系马荒城、临风洒泪的孤独形象,又为这座古庙补上了秋风摇落的背景。同是写庙,此诗以枯淡的笔墨展现了蜀主庙古旧苍凉的景象,与老子庙恰成对照。当杜甫运用排律描写画中的山水时,排律的铺陈节奏犹如绘画的皴染之法,能收到浓墨重彩的艺术效果。如《奉观严郑公厅事岷山沱江画图十韵》②,描写严武厅事上所悬挂的山水画,巧用大谢游览诗上句写山、下句写水的模式扣住诗题,又将绘笔和疑似真境的效果错综组合在对句之中。如"雪云虚点缀,沙草得微茫。岭雁随毫末,川蜺饮练光","虚点缀"和"随毫末"是明言绘笔,"川蜺"句用虹蜺吸水典故,点出素练上"澄江静如练"的效果;"霏红洲蕊乱,拂黛石萝长。暗谷非关雨,丹枫不为霜"四句,前二句像是真境,"霏红""拂黛"又是绘笔的用色,后二句明点不是真境,却因为紧接"秋城玄圃外,景物洞庭旁",而令人以为是另辟的仙境。这种虚实并用的笔法,使绘画逼真传神的视觉效果和观画者的心理活动表现得更曲折细腻,难怪得到杨万里激赏。

而当需要描写长距离的复杂景观时,杜甫在景物罗列中融入身临其境的感受,更是突破了排律"使有情者不得展措"的局限。《大历三年春,白帝城放船出瞿唐峡……有诗凡四十韵》③是描写白帝到江陵旅

---

① 《谒先主庙》,《杜诗镜铨》下册,第598页。
② 《奉观严郑公厅事岷山沱江画图十韵》,《杜诗镜铨》上册,第545—546页。
③ 《大历三年春,白帝城放船出瞿唐峡……有诗凡四十韵》,《杜诗镜铨》下册,第903—907页。

途的长篇,前半篇以二十韵连续铺陈途中各段景观,均从行旅者在不同境地的不同感受着眼。如行舟于深峡之中,两崖凌空的峭窄之感:"窄转深啼狖,虚随乱浴凫。石苔凌几杖,空翠扑肌肤。叠壁排霜剑,奔泉溅水珠。杳冥藤上下,浓澹树荣枯。"罗列头顶、脚下、肌肤可触、视线可及的种种景物,一句一景的铺陈方式形成快速转换的节奏,突出了放船峡中两岸景物擦身而过的印象。又如过险滩时惊心动魄的经历:"摆阖盘涡沸,敧斜激浪输。风雷缠地脉,冰雪曜天衢。鹿角真走险,狼头如跋胡。恶滩宁变色,高卧负微躯。书史全倾挠,装囊半压濡。生涯临臬兀,死地脱斯须。"从船身在漩涡中摇摆倾斜,风雷轰鸣、冰雪耀眼的视听感觉写出激流的汹涌沸腾,又从书籍翻侧、行囊半湿的遭遇写出鹿角、狼尾两滩的险恶,自然形成紧张急促的节奏感。再如出峡后进入平川的畅快之感:"不有平川决,焉知众壑趋?乾坤霾涨海,雨露洗春芜。鸥鸟牵丝飐,骊龙濯锦纡。落霞沉绿绮,残月坏金枢。泥笋苞初荻,沙茸出小蒲。雁儿争水马,燕子逐樯乌。绝岛容烟雾,环洲纳晓晡。""平川决"和"众壑趋"一联承上启下,将江流以决堤之势奔涌出峡的力量一泻无余,顺势展开雨露滋润的春野和霞光摇漾的江面,节奏顿时变得从容舒缓。而泥笋、沙茸、雁儿、燕子的活跃动态点缀其间,更令人心旷神怡。最后以隐现在烟雾中的洲岛将出峡入江之趋向作一总束,为后半篇造势。白帝到江陵的旅程前人诗文虽然多有吟咏,但都是强调朝发夕至的快速,杜甫充分发挥长律利于铺陈排比景物的优势,又善于根据不同地段的特色和亲身感受不断变换视角,调节铺陈节奏的张弛疾徐,才能将这段著名的旅途中行程的艰险和景观的丰富写得如此真切生动。

总之,杜诗的构思取境与盛唐诗人偏爱清新淡雅的审美趣味不同,给人印象最深刻的是那些风格雄伟奇险的长篇力作。这与杜甫的见闻经历和审美取向有关,也得力于他驾驭长篇五七言古诗和五排体式的深厚功力。他的"奇思"和"奇境"从多方面开启了后代诗人的思路,为唐诗的大变展示了新的天地。

# 馀论　杜甫的诗学思想与艺术追求

　　杜诗艺术的成就和创变与他在诗学理念上的自觉追求是密切相关的。虽然诗歌创作的实践往往先于理论，唐代诗人又普遍不擅长理论的思考和表达，尤其是初盛唐，目前仅存的一些诗学著作主要是传授写诗技巧的入门书，对前代诗歌得失的思考也仅见于诗人们的少量文章和零星诗句，但是仍然可以大致看出一个时代的风气和诗人们的诗学追求，这对深入了解诗歌发展的原因是不无裨益的。

　　杜甫在盛唐诗人中，可以说是对诗学的思考最深刻、见识也最超群的一位。由于相关研究已经相当充分，这里只是联系本书的主要论旨，从比较杜甫与盛唐诗人诗学观念的异同出发，观察他在诗歌艺术创新方面的自觉意识。

## 一　对盛唐诗学理念的认同和发展

　　杜甫是盛唐时代的同龄人，他所接受的教育都来自盛唐时代，在诗歌创作上同样充分吸收了当代人的理念，其中最重要的是对建安气骨和齐梁诗风的认识。史家公认唐初是诗风从南朝之绮丽浮靡转向盛唐之积极健康的一个过渡阶段。从初唐到盛唐，诗歌革新几经反复，诗人们在开元年间已经普遍接受了陈子昂所提倡的"汉魏气骨""风雅兴寄"的观点，同时纠正了陈子昂对齐梁辞采淘洗过洁的偏颇,形成了融江左诗风于建安风骨的共识。正如殷璠在《河岳英灵集》的叙和集论中所说:"开元十五年后,声律风骨始备矣","文质半取,风骚两挟,言气骨则建安为传"。① 盛唐诗人也多有推崇建安的表述,如王维说:"盛得江左风,弥工建安体。"②高适说:"隐轸经济具,纵横建安作。"③李白说"蓬莱文章建安骨"④等等。盛唐诗歌以壮丽雄浑和天然清新为上的审美风尚,正体现了这些理念。

杜甫在诗里也多次推崇建安:他早年自称"诗看子建亲"⑤,晚年称赞高适"方驾曹刘不啻过"⑥,并说自己从弱岁起就钦羡江左的清逸和建安诸子的雄奇:"永怀江左逸,多谢邺中奇。"⑦需要指出的是,陈子昂提倡汉魏风骨的观点后来经张说、张九龄等继续发挥,虽然为盛唐诗人所普遍接受,但是除了陈子昂的好友卢藏用和李白、李阳冰、李华以外,盛唐诗人极少在诗文中赞美他。⑧ 只有杜甫几次在诗里提及,并在射洪县瞻仰陈子昂的读书堂和故宅,对他作出了高度评价:"有才继骚雅,哲匠不比肩。公生扬马后,名与日月悬。……终古立忠义,《感遇》有遗篇。"⑨比盛唐诗人更明确地肯定了陈子昂在文学史上继承诗骚传统的功绩,尤其是他的《感遇》组诗的地位。杜甫大量忧国忧民、咏怀言志的诗篇反映了安史之乱时期动荡黑暗的社会现实,表达了企盼天下中兴的热切愿

---

① 李珍华、傅璇琮《河岳英灵集研究》,第117、119页,中华书局,1992年。
② 王维《别綦毋潜》,赵殿成《王右丞集笺注》,第61页,上海古籍出版社,1961年。
③ 高适《淇上酬薛三据兼寄郭少府》,《全唐诗》卷二一一,第2197页。
④ 李白《宣州谢朓楼饯别校书叔云》,王琦注《李太白集注》中册,第861页。
⑤ 《奉赠韦左丞丈二十二韵》,《杜诗镜铨》上册,第24页。
⑥ 《奉寄高常侍》,《杜诗镜铨》上册,第520页。
⑦ 《偶题》,《杜诗镜铨》上册,第713—714页。
⑧ 开元后期,由于孙逖通过两榜科举提拔了一大批文儒,有的天宝文人甚至为了突出孙逖的地位,对卢藏用过高评价陈子昂表示不满。见颜真卿《孙逖文公集序》,《全唐文》卷三三七,第1510页。
⑨ 《陈拾遗故宅》,《杜诗镜铨》上册,第423页。

望,与建安诗歌的精神内涵完全一致,正体现了建安风骨的优良传统。

对于齐梁体,杜甫也像盛唐诗人融合江左风和建安体一样,既主张"别裁伪体亲风雅"①,同时又认为"清词丽句必为邻"②。"伪体"与"风雅"相对,当指不合《诗经》风雅传统的诗歌,齐梁即是其中的代表。"亲风雅"即提倡风雅兴寄,是陈子昂的主张。但陈子昂忽视了齐梁诗的成就,一味批评其"彩丽竞繁",他自己的诗也比较缺少文采。之后在盛唐诗歌革新中作用更大的张说已经在理论上纠正了他的偏颇,指出诗歌既要"理关刑政""义涉箴规",也可以"兴去国之悲""助从军之乐",甚至"江莺迁树,陇雁出云""台沼""风月",都可以做到"发言而宫商应,摇笔而绮绣飞。逸势标起,奇情新拔"③,实际上认可了齐梁诗的多种题材和绮绣辞采。因此盛唐诗人在创作中已经普遍注意吸取齐梁诗的成就,尤其是谢朓的清丽诗风在开元年间产生过极大的影响。杜甫比同时代诗人更明确地指出齐梁的清词丽句必须肯定,也从理论上拓展了盛唐诗人所说"江左风"的实际内涵。同时他所赞美的江左诗人,除了盛唐诗人常提的陶潜和二谢外,还扩大到"阴何""颜鲍""沈鲍""江鲍"④、庾信,即颜延之、鲍照、沈约、江淹、何逊、阴铿、庾信等宋齐梁陈的重要作家。杜甫吸取了齐梁诗取材日常化、多样化以及描写细致的特点,注意从日常生活的各个方面和细节中寻找新鲜诗料,既有宏伟的境界,又有微细的景观,并能使齐梁歌行的铺陈绮丽为讽喻时事所用,这些都是他善用齐梁清词丽句的创变。

盛唐文学思想的另一个特点是注意"兴"的生发。这里所说的"兴"是什么呢?刘勰在《比兴》里说:"兴者,起也……起情者,依微以

---

① 《戏为六绝句》其六,《杜诗镜铨》上册,第399页。
② 《戏为六绝句》其五,《杜诗镜铨》上册,第398页。
③ 张说《洛州张司马集序》,《全唐文》卷二二五,第1004页。
④ 如《遣怀诗》"不复见颜鲍",《寄彭州高三十五使君适虢州岑二十七长史参三十韵》"沈鲍得同行",《赠毕四曜》"流传江鲍体"等。

拟议。起情,故兴体以立。……兴则环譬以托讽。"①这话可作两层解读,一是因外物触发兴起感情,一是有所托喻。后一层意思,是从汉儒解释《诗经》来的,郑众认为六义的"兴",就是"托事于物"。郑玄解释毛诗,也都把"兴"说成"取善事以喻劝之"。前一层意思,西晋挚虞已经指出:"兴者,有感之辞也。"②刘勰很注意情在写作中的作用,《诠赋》说"情以物兴"③,《明诗》说"人禀七情,应物斯感,感物吟志,莫非自然"④,都是说睹物兴情。不过在《物色》篇里,他有两次提到"兴":"是以四序纷回,而入兴贵闲","情往似赠,兴来如答"。⑤ 这里的"兴"主要指自然景物引起的感兴,这就与晋宋山水诗的出现有关。东晋庐山诸道人《游石门诗序》就提到"夫崖谷之间,会物无主,应不以情而开兴"⑥。这里说的是山谷中的景物触发人的兴致,不是因为主观的情志,这个兴是排斥感情作用的。沈约在《宋书·谢灵运传》里说"灵运之兴会标举"⑦,也是指山水引起的兴致,这种兴会主要指诗人对自然之道的会心,是心灵变得虚静之后,万物映照在人心中引起的创作冲动。盛唐诗人中孟浩然最早多次强调"兴",如:"愁因薄暮起,兴是清秋发。"⑧"清晓因兴来,乘流越江岘。"⑨"百里行春返,清流逸兴多。"⑩

---

① 刘勰《文心雕龙·比兴》,范文澜《文心雕龙注》下册,第 601 页,人民文学出版社,1958 年。
② 挚虞《文章流别论》,《全晋文》卷七七,第 1905 页,日本京都中文出版社,1981 年。
③ 范文澜《文心雕龙注》上册,第 136 页。
④ 同上书,第 65 页。
⑤ 范文澜《文心雕龙注》下册,第 694、695 页。
⑥ 张之象撰,中岛敏夫编《古诗类苑》第二册,卷一○二"释部·山居",第 320 页,日本汲古书院,1991 年。
⑦ 沈约《宋书·谢灵运传论》,《宋书》卷六七,第 1778 页,中华书局,1974 年。
⑧ 孟浩然《秋登兰山寄张五》,佟培基《孟浩然诗集笺注》,第 135 页。
⑨ 孟浩然《题鹿门山》,佟培基《孟浩然诗集笺注》,第 52 页。
⑩ 孟浩然《陪卢明府泛舟回作》,佟培基《孟浩然诗集笺注》,第 23 页。

也是这个意思。《文镜秘府论》明确指出:"江山满怀,合而生兴。"①对于诗歌因山水触发而"生兴"有了具体的阐发。殷璠《河岳英灵集》还提出了"兴象"的说法,他把兴和象结合起来,就产生了"兴象"这个内涵丰富的概念,这是他的重要理论创新。但兴象不是简单的兴和象的相加,它包含的意义很广,已经不仅指山水诗中体现兴会的意象,而是把他所说的表现神、情的形象都包含在内,甚至也包括兴原来接近比兴的含义在内,是把创作灵感、思维过程和形象的表现效果融合为一体的一个概念。但从殷璠称赞有兴象的诗例来看,兴象还是较偏重于山水触发的兴以及情兴。这是盛唐诗的一个重要特点。注重直寻,凭兴会作诗,也是盛唐确立的一种创作传统。

  杜甫也接受了盛唐流行的兴会的理念,且对兴发自山水景物讲得更多。例如"云山已发兴"②,"青云动高兴,幽事亦可悦"③,"东阁官梅动诗兴"④,"造幽无人境,发兴自我辈"⑤,"发兴自林泉"⑥,"山林引兴长"⑦等等,都是说"兴"由云山林泉等幽胜引发。他还直接使用"诗兴"一词,说明"兴"就是创作诗歌的冲动,而且这种"兴"不一定要等自然景物触发。他说自己"忆在潼关诗兴多",指的就是他在华州任司功参军时期⑧,其时他的诗写山水形胜的并不多,更多的是与当时朝廷变动的政治形势以及邺下大战有关的篇章。可见他理解的"兴"的内涵已经拓展到云山林泉以外。同时,他认为兴致来时要用诗去排遣,"遣

---

① 遍照金刚《文镜秘府论·南卷》,第139页,人民文学出版社,1975年。
② 《陪李北海宴历下亭》,《杜诗镜铨》上册,第12页。
③ 《北征》,《杜诗镜铨》上册,第160页。
④ 《和裴迪登蜀州东亭送客逢早梅相忆见赠》,《杜诗镜铨》上册,第339页。
⑤ 《万丈潭》,《杜诗镜铨》上册,第300页。
⑥ 《春日江村五首》其二,《杜诗镜铨》下册,第555页。
⑦ 《秋野五首》其三,《杜诗镜铨》下册,第813页。
⑧ 《峡中览物》,《杜诗镜铨》下册,第609页。此句前有"曾为掾吏趋三辅",掾吏指他为华州司功。

兴莫过诗"①,而兴尽之后还可以主动去寻求:"诗尽人间兴,兼须入海求。"②这话虽是指诗材可以从人间万事扩展到海上求仙,但强调了发兴的主动性。他又提出诗兴可以入神:"诗兴不无神"③,"苍茫兴有神"④,将创作兴致的生发与神思联系起来,这种诗兴实际上已经成为满怀创作激情的灵感。虽然他对此没有更具体的表述,但是对诗兴的重视促使他有多首诗以"遣兴""漫兴"为题,他的部分五律和绝句不像盛唐诗人那样侧重于写兴与景会的感悟,而更偏重于对自身情兴的表现,也应与他对诗兴的理解有关。

## 二 对流行观念和创作倾向的纠偏和超越

与盛唐诗人相比,杜甫诗学思考的深刻和见识的超群,突出地体现在他能摆脱传统偏见的局限,以公正、辩证的态度看待当时的一些流行观念和创作倾向。主要反映在以下四方面:

其一,明确提出了推崇"比兴体制"的主张。陈子昂虽然在《修竹篇序》里有感于"汉魏风骨,晋宋莫传","风雅不作",倡导"正始之音""建安作者",批评"齐梁间诗,彩丽竞繁,而兴寄都绝"⑤,但他的主要理论功绩在于第一次从精神上将建安气骨和齐梁文风区别开来,把风雅传统和建安精神联系起来,解决了"四杰"以前许多正统儒家批评建安的问题,指出了"汉魏兴寄"的实际内涵。他的《感遇》组诗以比兴言志为主,被他誉为"正始之音"的东方虬《咏孤桐篇》和他酬答的《修竹篇》均以孤桐、修竹为喻,陈述自己的志向和节操。《感遇》三十八首中除了五、六首批评时事以外,大多是推究历史兴废盛衰的道理,探索自

---

① 《可惜》,《杜诗镜铨》上册,第350页。
② 《西阁二首》其二,《杜诗镜铨》下册,第656页。
③ 《寄张十二山人彪三十韵》,《杜诗镜铨》上册,第279页。
④ 《上韦左相二十韵》,《杜诗镜铨》上册,第85页。
⑤ 《全唐诗》卷八三,第895—896页。

己在"天运""物化"中的地位,抒发"感时思报国"的意气,歌咏"舒可弥宇宙,卷之不盈分"的处世哲学。所以卢藏用说:"至于感激顿挫,微显阐幽,庶几见变化之朕,以接乎天人之际者,则《感遇》之篇存焉。"①指出《感遇》旨在努力从宇宙变化、历史发展中探索人生的真谛和时代的使命,可见陈子昂的风雅观念虽不排斥美刺讽喻,但他的"兴寄"主要是继承建安诗人的人生理想,侧重在乘时立功的追求和穷达进退的节操。这符合三曹、阮籍的诗歌"兴寄"传统。而杜甫所说的"比兴体制",强调的是汉乐府的创作传统。他在《同元使君舂陵行》的诗序中说:"览道州元使君结《舂陵行》兼《贼退后示官吏作》二首,志之曰:当天子分忧之地,效汉朝良吏之目。今盗贼未息,知民疾苦,得结辈十数公,落落然参错天下为邦伯,万物吐气,天下少安可待矣!不意复见比兴体制,微婉顿挫之词。感而有诗。"②诗中又称赞"道州忧黎庶,词气浩纵横。两章对秋月,一字偕华星","感彼危苦词,庶几知者听"。可见杜甫所提倡的比兴内涵,是指反映天下"盗贼未息"的形势,能"知民疾苦"的危苦之词。他赞美元结"效汉朝良吏",实际上将元结的诗与汉乐府美刺讽喻的传统联系起来了。汉乐府采诗的目的是考察地方吏治和贯彻朝廷体恤鳏寡孤独乏困失职之民的政策,内容有赞美有讽刺。③ 杜甫不提赞美,而只强调"忧黎庶""知民疾苦",这是文学史上第一次有人明确提出比兴体制应以反映民生疾苦为本的创作主张,意义极为重大。杜甫自己也以大量反映民生疾苦的诗作特别是新题乐府实践了这一理念。

其二,对于某些历史评价中存在偏见的前代作家作品提出了正确公允的看法。其中最重要的是对于"骚"的认识。"骚"作为楚辞的代称,常与"风"并列,但是从汉代以来就遭遇了极端不同的评价。如刘

---

① 卢藏用《右拾遗陈子昂文集序》,《全唐文》卷二三八,第1061页。
② 《同元使君舂陵行》,《杜诗镜铨》下册,第602页。
③ 参见拙著《八代诗史》第一章,中华书局,2007年。

勰《文心雕龙·辨骚》所说,汉武、淮南、王逸、扬雄四家将骚与经典并列,但班固认为《离骚》"露才扬己",与经典不合。刘勰对骚所作的折衷评论,也是处处以风雅为比照标准的:他认为楚辞有"典诰之体""规讽之旨""比兴之义""忠怨之辞","观兹四事,同于风雅者也"。而另外有"诡异之辞""谲怪之谈""狷狭之志""荒淫之意","摘此四事,异乎经典者也"。① 即认为骚与风雅的相同之处在于有合乎典诰的颂美,有合乎规讽的怨刺,还有使用比兴,这说明刘勰认为风雅在内容方面的示范意义就在于美刺比兴;但还有四点不同于经典;所以他认为骚可以称为战国时代的风雅,却只能说是雅颂的"博徒"。刘勰在《明诗》篇里还指出,"逮楚国讽怨,则离骚为刺"②,认为楚骚以怨刺为主,这种观念对后代影响深远。大体说来,在杜甫以前,由于崇尚雅正的文学观念十分流行,对于骚的示范意义始终存在着正面和负面的两种对立的评论。持正面评价的往往较重视文学本身的价值,六朝到唐初比较多见。但是经过西魏北周及隋初的文学革命,初唐以来对于骚的负面评价日见增多,一度占据了主流地位。其批评主要可归结为两个方面,一是文辞的华艳,二是内容的怨诽。批评者往往比较重视诗歌颂美政治的教化功能。这种见解从班固发源,由颜之推、苏绰、王通等代表的南北朝儒家进一步发挥,将汉魏以来文风的浮薄一概归咎于屈宋。③ "四杰"对于屈宋的评价也延续了以上的矛盾,一方面赞美屈宋"得丘明之风骨"④,一方面又批评"屈宋导浇源于前"⑤,"屈平、宋玉弄词人之柔翰,礼乐之道已颠坠于斯文"⑥。就连大力称道陈子昂的卢藏用也说:"孔

---

① 范文澜《文心雕龙注》上册,第 45 页。
② 同上书,第 66 页。
③ 参见拙文《论南北朝隋唐文人对建安前后文风演变的不同评价》,《汉唐文学的嬗变》,第 37—55 页。
④ 卢照邻《南阳公集序》,《全唐文》卷一六六,第 745 页。
⑤ 王勃《上吏部裴侍郎启》,《全唐文》卷一八〇,第 806 页。
⑥ 卢照邻《驸马都尉乔君集序》,《全唐文》卷一六六,第 745 页。

子没二百岁而骚人作,于是婉丽浮侈之法行焉。"①

到了盛唐,对于骚持矛盾评价的仍然大有人在。如张九龄说:"《诗》有怨刺之作,骚有愁思之文,求之微言,匪云大雅。"②怨刺之《诗》即变风,可见风、骚都不合大雅。受李白之托编纂《李翰林集》的魏颢更在序文中直言:"六经糟粕离骚,离骚糠秕建安七子。"③李白虽然赞美"屈平辞赋悬日月"④,但也说"正声何微茫,哀怨起骚人"⑤,认为正声衰落以后,起来的是哀怨的骚人。正如赵翼解释李白《古风》其一所说:"开口便说大雅不作,骚人斯起,然词多哀怨,已非正声。"⑥如果再看一看与杜甫同时代之人对骚的批评,更可见出在杜甫的时代,视骚为怨靡之源的传统看法仍然影响很大。如贾至说:"泪骚人怨靡,扬马诡丽,班张崔蔡、曹王潘陆,扬波扇飙,大变风雅,宋齐梁陈,荡而不返。"⑦柳冕说:"屈宋以降,则感哀乐而亡雅正;魏晋以还,则感声色而亡风教。"⑧都是从哀和丽的两面把骚排斥在风雅之外。

杜甫不但多次在诗中将"风骚"和"骚雅"并提,感叹"骚人嗟不见"⑨,提出"窃攀屈宋宜方驾,恐与齐梁作后尘"⑩,而且纠正了当时有些人认为风骚不及建安的流行观念。他在《戏为六绝句》其三中曾批评当时的一种偏见:"纵使卢王操翰墨,劣于汉魏近风骚。龙文虎脊皆君驭,历块过都见尔曹。"⑪前两句诗的意思,以前多种解释都未能讲

---

① 卢藏用《右拾遗陈子昂文集序》,《全唐文》卷二三八,第1061页。
② 张九龄《陪王司马宴王少府东阁序》,《全唐文》卷二九〇,第1302页。
③ 魏颢《李翰林集序》,王琦注《李太白全集》,第1448页。
④ 李白《江上吟》,王琦注《李太白全集》上册,第374页。
⑤ 李白《古风》其一,王琦注《李太白全集》上册,第87页。
⑥ 赵翼《瓯北诗话》,第3页。
⑦ 贾至《工部侍郎李公集序》,《全唐文》卷三六八,第1653页。
⑧ 柳冕《与滑州卢大夫论文书》,《全唐文》卷五二七,第2372页。
⑨ 《偶题》,《杜诗镜铨》下册,第713页。
⑩ 《戏为六绝句》其五,《杜诗镜铨》上册,第399页。
⑪ 《戏为六绝句》其三,《杜诗镜铨》上册,第398页。

通,关键在如何理解汉魏和风骚的关系。如果联系同组诗其二里的"王杨卢骆当时体,轻薄为文哂未休"①来看,应按字面意思顺理成章地解为:当时轻薄后生说卢王的文章劣于汉魏,而近似风骚。但这样解释便会得出风骚反而不如汉魏的结论。按后人的理解,风骚自应在汉魏之上。即使按"四杰"的理解,汉魏也是"劣于风骚"的。所以一般认为按字面顺解是不可思议的。但如果了解从陈子昂到殷璠这个特定时期盛唐普遍崇尚建安气骨、鄙视怨刺愁思之文的流行思潮,就不难理解杜甫之批评的针对性:正是由于盛唐虽然在理论上肯定了汉魏气骨,却还没有解决在盛世如何评价骚文之怨的问题,才使当时一些后生产生了片面尊尚汉魏而轻视风骚的倾向,把创作风格与骚文近似的王杨卢骆归入了"风骚"之流。或者也可以说,在陈子昂已经将建安风骨归入风雅传统之后,杜甫的意图在于借批评轻薄后生以进一步端正人们对"风骚"的认识。虽然他的观点没有在同时代人中得到反响,但后来在中唐韩愈、白居易特别是北宋欧阳修的诗文革新运动中,推崇风骚的正面评价在宋中叶以后渐占主流。② 由此也可以见出杜甫的卓识及其长远意义。

杜甫对庾信的评价也与初盛唐人不同。庾信早年在梁代出入萧纲的东宫,文辞绮艳。后来出使西魏时,梁元帝在江陵的小朝廷被魏军所灭,他被迫留在西魏北周任职,因失节而愧悔不已,写了许多思念乡国的诗歌。其所传诗歌大多是晚年在北朝所作,风格苍凉刚健,与早年判然不同。但初唐史臣对他的评价是"词赋之罪人",将梁朝灭亡归咎于庾信这类文辞华丽的文人。杜甫之前,唐代从没有人称赞过庾信。杜甫在流落到西南以后,将庾信因侯景之乱流落到江陵的身世和自己同样因胡羯之乱流落西南的遭遇相比较,在《咏怀古迹》其一里对庾信的

---

① 《戏为六绝句》其二,《杜诗镜铨》上册,第397页。
② 参见拙文《从诗骚辨体看"风雅"和"风骚"的示范意义》,《中华文史论丛》总第83辑。

命运表示了深深的同情,认为"庾信平生最萧瑟,暮年诗赋动江关"①,充分肯定了庾信暮年抒发乡关之思的诗赋。在《戏为六绝句》其一中,他还明确赞扬"庾信文章老更成,凌云健笔意纵横。今人嗤点流传赋,不觉前贤畏后生"②,实事求是地指出庾信老年的文章更好,已达到健笔凌云、纵横如意的境界,这就否定了前人视之为文风绮丽的代表人物的看法。这一评价至今仍是对庾信的定评,而且为后人树立了根据生平和文风变化公正评价诗人的范例。庾信在南北朝文学史上的地位很特殊,可称是一位集南北文风之大成的作家。他的诗赋反映了侯景之乱中梁朝覆灭的历史,长篇五古述怀诗和应酬诗大量运用排偶典故;新体诗讲究构思变化和琢句;在题材上多所发掘,开拓了齐梁诗人将日常生活诗化的路子,在艺术表现上颇有新创。这些长处都为杜甫所吸取。齐梁诗风过于追求清新浅易,失于轻薄单调。庾信则能以拙间秀,以生间熟,以钝间利,以深厚治浅易,以博大治单一。杜甫对此中道理深有体悟,并进一步发挥到自己的创作中去,这也是他能在艺术上集大成的原因之一。

其三,对当代诗风的纠偏。杜甫充分尊重当代诗人所取得的极大成就,但也敏锐地发现了诗风发展的偏向。其中较为明显的是多数诗人对王、孟清新诗风的盲目追随,缺乏宏大雄伟的气魄。《戏为六绝句》其四说:"才力应难跨数公,凡今谁是出群雄。或看翡翠兰苕上,未掣鲸鱼碧海中。"③联系组诗前三首,数公应指庾信和王杨卢骆等才力难以超越的前代诗人。杜甫提出在当代要成为这样的出群之雄,应有碧海掣鲸的魄力。这是针对"翡翠兰苕"而言的。郭璞《游仙诗》"翡翠戏兰苕,容色更相鲜"④,翡翠鸟娇小美丽、羽毛多彩,兰苕分指兰草和

---

① 《咏怀古迹》其一,《杜诗镜铨》下册,第650页。
② 《戏为六绝句》其一,《杜诗镜铨》上册,第397页。
③ 《戏为六绝句》其四,《杜诗镜铨》上册,第398页。
④ 萧统编《文选》卷二一"诗乙",第1020页。

陵苕（即凌霄花），翡翠戏游于美丽的花草之间，容颜色彩相互映衬，更加鲜丽。杜甫借以形容一种清丽柔美的诗风。鲸鱼在碧海中游息，则是浑涵汪洋的宏大气魄。杜甫认为这种壮阔的境界要凭出群的才力才能达到。从诗意看，杜甫显然认为当时翡翠兰苕式的诗作较多，但鲸鱼碧海式的境界欠缺。这里指出的偏向固然针对那些寻章摘句雕琢文字之徒，但联系他对当时学诗者盲目模仿孟浩然的批评来看，也应包含时人过于看重清丽诗风而忽略宏伟气势的意思在内。《解闷》其六说："复忆襄阳孟浩然，清诗句句尽堪传。即今耆旧无新语，漫钓槎头缩颈鳊。"①指出孟浩然诗风清新，句句都可传世，但今人只会模仿其词语，没有创新。这种倾向其实从大历诗风普遍沿袭王、孟，以致遣词造境都过度陈熟的事实也可以看出。杜甫对于清丽诗风并无贬意，相反，他非常推崇诗风以清新见长的陶谢、阴何和王维。在草堂时就说过："焉得思如陶谢手，令渠述作与同游。"②在夔州时所作《解闷》其七说："陶冶性灵存底物，新诗改罢自长吟。孰知二谢将能事，颇学阴何苦用心。"③其八又说："不见高人王右丞，蓝田丘壑漫寒藤。最传秀句寰区满，未绝风流相国能！"④对于孟浩然的"清句"和王维的"秀句"，杜甫都高度推崇，认为都是传世之作。他所要纠正的是那些只知模仿的耆旧末流。而要突破这种局面，他认为最重要的是追求碧海掣鲸的气魄。杜甫自己的创作以长篇大制、才力雄劲取胜，其气象壮丽、境界宏阔历来为后人所极力称誉，正体现了他所主张的审美理想。

其四，对于诗歌创作艺术的关键问题提出了前瞻性的见解。杜甫喜欢与他人细细"论诗""论文"，对诗歌创作的形神关系、苦思、句法、声律等许多问题有自己独特的思考。

---

① 《解闷》其六，《杜诗镜铨》下册，第817页。
② 《江上值水如海势聊短述》，《杜诗镜铨》上册，第345页。
③ 《解闷》其七，《杜诗镜铨》下册，第817页。
④ 《解闷》其八，《杜诗镜铨》下册，第817—818页。

杜甫在很多诗里以"神"来赞美友朋的诗篇或者自己的写作状态。如说自己"诗应有神助,吾得及春游"①,"醉里从为客,诗成觉有神"②,这是指欣赏春光或醉中成诗,灵感来得很快,如有神助,和他所说的"诗兴不无神""苍茫兴有神"意思类似。他赞美薛据"乃知盖代手,才力老益神"③,称汝阳王"挥翰绮绣扬,篇什若有神"④,说薛端、薛复"文章有神交有道"⑤,说他们的才力和才思达到神妙的境界,也包含写作神思畅旺的意思。"神"的概念早见于上古,不可知的奇妙之境往往被称为神奇,如孟子说:"圣而不可知之之谓神。"⑥也可指人的精神,如庄子说:"用志不分,乃凝于神。"⑦在写作上把"神"与"思"联系起来,早见于东晋时期。孙绰《游天台山赋》想象自己登上天台山:"余所以驰神运思,昼咏宵兴,俯仰之间,若已再升者也。"⑧晋宋之交的宗炳《画山水论》从绘画创作心物交融的角度谈到神思:"峰岫峣嶷,云林森渺,圣贤映于绝代,万趣融于神思。""目亦同应,心亦俱会,应会感神,神超理得。"⑨认为应目会心,心感于神,神超于物,悟得大道,这就进入了创作过程。谢灵运说自己写出"池塘生春草,园柳变鸣禽"这样的句子是"语有神助"⑩,也是指神超理得,只不过强调了产生感悟时仿佛受到一种自己都不能把握的神奇灵感的驱使。刘勰在《文心雕龙·神思》篇

---

① 《游修觉寺》,《杜诗镜铨》下册,第347页。
② 《独酌成诗》,《杜诗镜铨》上册,第155页。
③ 《寄薛三郎中据》,《杜诗镜铨》下册,第750页。
④ 《八哀诗·赠太子太师汝阳王琎》,《杜诗镜铨》下册,第682页。
⑤ 《苏端、薛复筵简薛华醉歌》,《杜诗镜铨》上册,第126页。
⑥ 《孟子·尽心下》,宋元人注《四书五经》上册,第114页,中国书店,1985年。
⑦ 《庄子·达生》,郭庆藩辑《庄子集释》第三册,第641页,中华书局,1961年。
⑧ 《全晋文》卷六一,严可均辑《全上古三代秦汉三国六朝文》,第1806页,中华书局,1958年据广州广雅书局刻本复制重印。
⑨ 《全宋文》卷二〇,《全上古三代秦汉三国六朝文》,第2545—2546页。
⑩ 钟嵘《诗品》卷中"宋法曹参军谢惠连诗"评语引《谢氏家录》,曹旭《诗品集注》,第284页,上海古籍出版社,1994年。

里更充分地论证了神思活动的过程,指出"文之思也,其神远矣","故思理为妙,神与物游",并认为要使神思通畅,应当"积学以储宝,酌理以富才"①,即积累储藏知识学问,斟酌事理增加才华。天宝时期殷璠《河岳英灵集序》提出创作的三个要素:"神来,气来,情来"。他所说的"神来"也是指不期而至的灵感,同时指写成的诗句达到一种入神的境界。所谓入神,可以指把内在的精神层面的东西生动地表现出来,也可以指达到了非常人所能的境界。杜甫所说的"有神"应包括以上种种内涵。而这种"有神"的境界是通过积累学识得来的:"读书破万卷,下笔如有神。"②这两句名诗与刘勰所说的"积学储宝""酌理富才"意思相同,但出于杜甫自己的创作体会,所以格外可贵。

与此相关,杜甫对书画艺术提出的传神写意的高标准要求,在当时可称独见。在《丹青引》中,他称赞曹霸"将军画善盖有神",批评"幹惟画肉不画骨",韩幹画马形体肥壮,反映了唐人普遍以丰腴为美的欣赏标准。杜甫作此比较,主要是以韩幹画肉反衬曹霸画骨之长:马的神韵在骨力而不在肉,画骨才能见出气韵,画肉只求形似而容易丧失神气。这种强调骨力的主张和他在《戏题王宰画山水图歌》里赞王宰"尤工远势古莫比,咫尺应须论万里"的观点相通。绘画有远势,也意味着必须脱略形似;画家能画出气势,才会在有限的尺幅之中见出遥通万里的境界。在《李潮八分小篆歌》里,他也提出"苦县光和尚骨立,书贵瘦硬方通神"③,认为写字与绘画一样要通神,要写出字的筋骨,而字形瘦硬遒劲才能见出神采骨力。杜甫不仅对书画提出传达神韵、气势和骨力的要求,自己咏物咏画尤其是写马和鹰,也无不体现出气骨峥嵘、瘦硬传神的艺术趣味。而在艺术表现上更是注重传神写意的手法。宋代以后文人诗画对于形神关系的处理,愈益强调传神写意,成为中国美学的重

---

① 范文澜《文心雕龙注》下册,第493页。
② 《奉赠韦左丞丈二十二韵》,《杜诗镜铨》上册,第24页。
③ 《李潮八分小篆歌》,《杜诗镜铨》下册,第717页。

要特色,杜甫的先见由此也可见一斑。

杜甫多次在诗里提到作诗的"苦用心"和"苦思",如:"陶冶性灵存底物?新诗改罢自长吟。孰知二谢将能事,颇学阴何苦用心。"①自言每作新诗,都要仔细修改,学习阴、何对诗歌的刻苦用心。何逊、阴铿都是齐梁诗人,都很讲究构思、修辞的工巧和变化,尤其是新体诗。杜甫也称赞别人:"清诗近道要,识子用心苦"②,"知君苦思缘诗瘦"③。主张苦思是因为他对创作的完美有极高的要求:"文章千古事,得失寸心知。"④"为人性僻耽佳句,语不惊人死不休。"⑤文章、诗歌只有千锤百炼、精益求精,才能避免平庸,流传千古。在《敬赠郑谏议十韵》中,他称赞对方:"思飘云物动,律中鬼神惊。毫发无遗憾,波澜独老成。"⑥这种一丝不苟的创作态度其实也是杜甫自己的写照。

从杜甫自己的表述来看,他的苦思主要体现在佳句秀句的锤炼、诗律的讲究这些方面。他在诗里屡屡提到"词人取佳句,刻画竟谁传"⑦,"远游凌绝境,佳句染华笺"⑧,"题诗得秀句,札翰时相投"⑨。他不但自己"性癖耽佳句",也称道他人,如李白:"李侯有佳句,往往似阴铿。"⑩高适:"美名人不及,佳句法如何。"⑪王维:"最传秀句寰区满,未绝风流相国能。"⑫他所说的佳句,有时指佳作。但联系"秀句"一词来

---

① 《解闷》其七,《杜诗镜铨》下册,第817页。
② 《贻阮隐居》,《杜诗镜铨》上册,第228页。
③ 《暮登四安寺钟楼寄裴十迪》,《杜诗镜铨》上册,第347页。
④ 《偶题》,《杜诗镜铨》下册,第713页。
⑤ 《江上值水如海势聊短述》,《杜诗镜铨》上册,第345页。
⑥ 《敬赠郑谏议十韵》,《杜诗镜铨》上册,第45页。
⑦ 《白盐山》,《杜诗镜铨》下册,第634页。
⑧ 《秋日夔府咏怀奉寄郑监李宾客一百韵》,《杜诗镜铨》下册,第804页。
⑨ 《送韦十六评事充同谷郡防御判官》,《杜诗镜铨》上册,第148页。
⑩ 《与李十二白同寻范十隐居》,《杜诗镜铨》上册,第15页。
⑪ 《寄高三十五书记》,《杜诗镜铨》上册,第53页。
⑫ 《解闷》其八,《杜诗镜铨》下册,第817—818页。

看,有时确指好句的提炼。初唐以来,唐人就很看重好词秀句的编纂,如《文镜秘府论》载褚亮编有《古文章巧言语》,元兢编有《古今诗人秀句》,而且唐人还将秀句抄录随身携带:"凡作诗之人,皆自抄古人,诗语精妙之处,名为随身卷子,以防苦思。作文兴若不来,即须看随身卷子,以发兴也。"①前人佳句可以帮助诗人在诗思阻滞时生发诗兴,杜甫重视佳句秀句正是当时作诗风气的体现。但他与高适探讨"佳句法如何",《偶题》又说"法自儒家有",就进一步考虑到诗歌创作之"法"。后来在夔州时又提到"雕刻初谁料,纤毫欲自矜"②,说明他在句子的雕琢方面确是有自觉思考的,所以即使是纤毫的创获也很自得。这就带出了后人所研究的"句法"问题。事实上杜甫的许多诗句尤其是律诗被唐末到宋以后的诗格、诗法类著作分出许多"格""法",虽然是诗人自己所始料不及的,而且这种分类也过于死板,但是确实反映了杜甫在句法变化方面的"苦用心"。

杜甫对于诗律更是十分重视,不但说自己"晚节渐于诗律细"③,还称赞他人"遣辞必中律"④,"诗律群公问,儒门旧史长"⑤,"思飘云物外,律中鬼神惊"⑥,"郑李光时论,文章并我先。阴何尚清省,沈宋欻联翩。律比昆仑竹,音知燥湿弦"⑦。他所说的诗律一般都认为指近体诗,因为杜甫擅长五律和五排,晚年又在七律方面大力开拓,确实可说是对近体诗律的讲究更加深细,这也是杜诗的一大特色。不过诗律也不限于律诗。殷璠《河岳英灵集序》里已经指出开元十五年后,风骨声律始备,并在"集论"中专论音律,认为"故词有刚柔,调有高下。但令

---

① 遍照金刚《文镜秘府论·南卷》,第132页。
② 《寄刘峡州伯华使君四十韵》,《杜诗镜铨》下册,第809页。
③ 《遣闷戏呈路十九曹长》,《杜诗镜铨》下册,第740页。
④ 《桥陵诗三十韵》,《杜诗镜铨》上册,第100页。
⑤ 《承沈八丈东美除膳部员外郎,阻雨未遂驰贺,奉寄此诗》,《杜诗镜铨》上册,第80页。
⑥ 《敬赠郑谏议十韵》,《杜诗镜铨》上册,第45页。
⑦ 《秋日夔府咏怀奉寄郑监李宾客一百韵》,《杜诗镜铨》下册,第803页。

词与调合,首末相称中间不败,便是知音。""璠今所集,颇异诸家。既闲新声,复晓古体。"①他首先承认诗人必须懂音律,也说自己"既闲新声",即讲究平仄律的近体诗。其次认为所谓音律不必拘泥于平仄律,要真正欣赏古人或唐人的古体诗,必须注意到平仄律以外的抑扬关系,即轻重清浊所组成的音律。② 由此可知盛唐人所说音律也可以包括古体诗在内。联系杜甫的创作来看,他细究近体的声律,必然也要探索古体的音律。事实上从陈子昂、宋之问开始,唐人已经在努力区分古体和近体。杜甫的五古和七古在作法乃至音律节奏方面努力突出古体的体式特点与律诗的区别,也是"渐于诗律细"的体现。他对句法和诗律的关注,直接涉及各种诗歌体式的创作特征。虽然没有更明确的理论表述,但杜甫在实践中努力发掘各种体式的表现原理,扩大其表现潜力,应是有自觉意识的。

杜甫主张的苦思,是中国诗学中的一个重大问题。"自然"和"苦思"这对矛盾一直是中国批评史上争论的焦点之一。梁代的萧子显、萧纲等都提倡自然,反对过分用意和苦思,主张"委自天机,参之史传,应思悱来,勿先构聚,言尚易了,文憎过意"③。天机指自然而然到来的灵感,史传指经史材料,"悱"是心里想要说的意思。这几句说的是创作应当依靠自然的灵感,参考史传等材料,文思一来就说出来,不要事先构思,语言要容易懂,文章讨厌过分刻意。这一观点到唐代就发展成自然和苦思的对立,与杜甫同时而稍晚的大历诗僧皎然《诗式·取境》说:"诗不假修饰,任其丑朴。但风韵正,天真全,即名上等。予曰不然。无盐阙容而有德,曷若文王太姒有容而有德乎?又云:不要苦思,苦思则丧自然之质。此亦不然。夫不入虎穴,焉得虎子?取境之时,须至难、至险,始见奇句。成篇之后,观其气貌,有似等闲,不思而得,此高

---

① 李珍华、傅璇琮《河岳英灵集研究》,第119页。
② 同上书,第73—74页。
③ 萧子显《南齐书·文学传论》,《南齐书》卷五二,第908页。

手也。有时意静神王，佳句纵横，若不可遏，宛若神助。不然，盖由先积精思，由神王而得乎？"①皎然对当时的两种说法都提出了批评，一种认为诗歌纯任自然，不必修饰，就是好诗；一种主张不要苦思，认为苦思就失去了自然。这两种说法其实是一致的，都过分强调自然，否认苦思。皎然提出真正的高手是经过苦思之后得到好诗，看起来好像不假思索而成。并且指出，所谓"神助"，也是因为精思积累已久，遇到精神旺盛时迸发而出。这一观点是符合创作实际的，可以为杜甫所说的"入神""苦思"作注脚。由此也说明在盛唐时代用崇尚自然来否定苦思的看法曾经流行一时，杜甫强调作诗"用心苦"和细究"法""律"，在当时应是有针对性的。皎然的《诗式》于德宗贞元初完成初稿，五年出呈湖州刺史李洪。因此杜甫关于苦思的见解早于皎然。而他同样重视作诗的兴会和入神，说明他对自然和苦思没有偏向，这种辩证的认识在盛唐诗人中也是富有前瞻性的。当然更重要的还是他以自己的创作充分证明了这些理论思考的正确性和必要性。

随着中晚唐诗和宋诗的变化，自然和苦思的矛盾一直延续到明清诗学中。但是因为明清部分诗论家片面崇尚天机自然和清淡空灵的审美趣味，杜甫被贬低为苦思派的代表人物，被置于自然天真的对立面，这是中国诗学研究中两种不同审美标准的争论走向极端的结果，其影响到二十世纪仍然存在。因此联系杜甫的创作实践，对历代杜诗学中的偏见加以清理，深入发掘杜诗艺术博大精深的内涵，在当代的杜诗研究中仍有其重要意义。

---

① 皎然《诗式·取境》，《历代诗话》上册，第31页。

# 引用书目

黄生《杜诗说》,黄山书社,2014年。
卢世㴶评《杜诗胥钞》,崇祯七年(1634)刻本。
浦起龙《读杜心解》,中华书局,1961年。
仇兆鳌《杜诗详注》,中华书局,1979年。
王嗣奭《杜臆》,上海古籍出版社,1983年。
杨伦《杜诗镜铨》,上海古籍出版社,1962年。

遍照金刚《文镜秘府论》,人民文学出版社,1975年。
曹旭《诗品集注》,上海古籍版社,1994年。
丁福保辑《历代诗话续编》,中华书局,1983年。
丁福保辑《清诗话》,上海古籍出版社,1963年。
范文澜《文心雕龙注》,人民文学出版社,1958年。
郭绍虞编选《清诗话续编》,上海古籍出版社,1983年。
郭绍虞辑《宋诗话辑佚》,中华书局,1980年。
何文焕辑《历代诗话》,中华书局,1981年。
张伯伟编校《稀见本宋人诗话四种·日本五山版冷斋夜话》,江苏古籍出版社,2002年。
张健编著《元代诗法校考》,北京大学出版社,2001年。
张寅彭选辑《清诗话三编》,上海古籍出版社,2014年。
张忠纲《杜甫诗话校注五种》,书目文献出版社,1994年。
周维德集校《全明诗话》,齐鲁书社,2005年。

陈善著,孙钒婧、孙友新评注《扪虱新话评注》,福建人民出版社,2014年。

陈廷焯《白雨斋词话》,人民文学出版社,1953年。
陈衍《石遗室诗话》,台湾商务印书馆,1976年。
冯班《钝吟杂录》,中华书局,2013年。
高棅编选《唐诗品汇》,上海古籍出版社,1982年。
胡应麟《诗薮》,上海古籍出版社,1958年。
胡震亨《唐音癸签》,上海古籍出版社,1981年。
焦竑《焦氏笔乘》,中华书局,2008年。
李攀龙选,蒋一葵笺释《唐诗选》,清华大学图书馆藏明刻本,《四库全书存目丛
    书》集部第三〇九册,台湾庄严文化事业有限公司,1997年。
刘熙载《艺概》,上海古籍出版社,1978年。
沈德潜编《唐诗别裁》,中国致公出版社,2011年。
王夫之《唐诗评选》,上海古籍出版社,2011年。
《西溪丛语　家世旧闻》,中华书局,1993年。
徐增《而庵说唐诗》,《四库全书存目丛书》集部第三九六册。
许印芳编撰《诗法萃编》,云南图书馆藏板,台湾新文丰出版社,1989年。
叶燮、薛雪、沈德潜《原诗　一瓢诗话　说诗晬语》,人民文学出版社,1979年。
袁枚《随园诗话》,人民文学出版社,1982年。
赵翼《瓯北诗话》,人民文学出版社,1981年。

范晔《后汉书》,中华书局,1965年。
房玄龄等《晋书》,中华书局,1974年。
刘昫《旧唐书》,中华书局,1975年。
逯钦立辑《先秦汉魏晋南北朝诗》,中华书局,1983年。
欧阳修《新唐书》,中华书局,1975年。
《全唐诗》,中华书局,1960年。
《全唐文》,上海古籍出版社,1990年。
沈约《宋书》,中华书局,1974年。
司马光《资治通鉴》,中华书局,1956年。
宋敏求编《唐大诏令集》,台湾华文书局,1969年。
《唐五代笔记小说大观》,上海古籍出版社,2000年。

萧统编《文选》,上海古籍出版社,1986年。

萧子显《南齐书》,中华书局,1972年。

严可均辑《全上古三代秦汉三国六朝文》,中华书局,1958年据广州广雅书局刻本复制重印。

余嘉锡《世说新语笺疏》,中华书局,2007年。

张之象撰,中岛敏夫编《古诗类苑》,日本汲古书院,1991年。

《杜牧全集》,上海古籍出版社,1997年。

方回选评,李庆甲集评点校《瀛奎律髓汇评》,上海古籍出版社,2005年。

郭茂倩辑《乐府诗集》,中华书局,1979年。

《韩愈全集》,上海古籍出版社,1997年。

李伯齐《何逊集校注》,中华书局,2010年。

李商隐著,冯浩笺注《玉溪生诗集笺注》,上海古籍出版社,1979年。

陆游《剑南诗稿》,《陆游集》,中华书局,1976年。

《欧阳修全集》,中国书店,1986年。

钱伯城《袁宏道集笺校》,上海古籍出版社,1981年。

钱谦益《有学集》,上海古籍出版社,1996年。

钱仲联《梦苕庵清代文学论集》,齐鲁书社,1982年。

《苏轼诗集》,中华书局,1982年。

佟培基《孟浩然诗集笺注》,上海古籍出版社,2000年。

王安石《临川先生文集》,《四部丛刊》影明嘉靖本。

王安石著,李之亮笺注《王荆公文集笺注》,巴蜀书社,2005年。

王琦等《李贺诗歌集注》,上海古籍出版社,1977年。

王琦注《李太白全集》,中华书局,1977年。

王世贞《弇州四部稿 外六种》,上海古籍出版社,1993年影印《四库全书》本。

王先谦《庄子集解》,中华书局《诸子集成》本,1954年。

吴之振、吕留良、吴自牧选辑《宋诗钞 宋诗钞补》,上海三联书店,1988年据1914年上海涵芬楼影印本重印。

辛更儒《杨万里集笺校》,中华书局,2007年。

杨维桢《东维子文集》,《四库全书珍本三集》。

元好问《遗山先生文集》,商务印书馆,1937年。

《元稹集》(修订本),中华书局,1982年。

袁行霈《陶渊明集笺注》,中华书局,2003年。

《张方平集》,中州古籍出版社,1992年。

郑永晓整理《黄庭坚全集辑校编年》,江西人民出版社,2011年。

朱东城《白居易集笺校》,上海古籍出版社,1988年。

朱熹《朱子语类》,《朱子全书》,上海古籍出版社、安徽教育出版社,2010年。

陈贻焮《杜甫评传》,上海古籍出版社,1982年(上卷),1988年(中、下卷)。

葛晓音《诗国高潮与盛唐文化》,北京大学出版社,1998年。

葛晓音《先秦汉魏六朝诗歌体式研究》,北京大学出版社,2012年。

李珍华、傅璇琮《河岳英灵集研究》,中华书局,1992年。

莫砺锋《杜甫评传》,南京大学出版社,1993年。

松浦友久著,孙昌武、郑天刚译《中国诗歌原理》,辽宁教育出版社,1990年。

# 关键词索引

**A**

暗示性 317

**B**

包蕴众体 180,181

比兴体制 342,343

变体 14,37,39,41,220,279

辨体 1,101,102,137,150,158,346

表现功能 83,103,112,122,123,155,157,206,207,214,225,228,269,275—277,280,284,294,332

表现深度 219

表现印象 312

表现原理 34,122,131,133,136,211,270,273,275,277,284,287,289,304,306—309,311,313,316,324,332,353

别趣 20,21,290,294,299,303,304,307

**C**

超现实想象 309,313,317,321,322

传神写意 172,326,329,330,350

创调 44,270,271,279,280,285

创奇求变 308,316,334

创体 137—139,144,171,293,307

创作情绪 290

**D**

单句独立 253,259

独造 23,179,180,203,206,218,219

杜诗注本 1,11,25

**F**

腐儒 25,45,46,53,54,58,60—62,80,197,245,246

**G**

构思立意 198,265

孤独感 45—47,49,54,56,57,59—61,78,197,258,264

**J**

集大成 3,9,29,39,179—181,347

集注本 11

纪行诗 324—326,329—332

尽越陈规 179—181,193,206

句脉跳跃 253

**K**

苦思 19,21,175,348,351—354

夔州诗 14,34—36,242,312

**L**

历史评价 3,343

**M**

妙悟 20,21,23,24,28,208,211,276

**P**

铺陈节奏 123,332,335,336

**Q**

齐梁体 272,339

奇境 314,316,324,336

奇思 142,258,308,309,314,316,322,324,336

穷尽物态 265

穷理尽性 206,214,219

取材途径 185

取景造境 193,194,219

**S**

神韵说 17,21

审美感觉 285,287,289,305,307

诗法 9,15—19,22,23,28,32,187,220,226,352,355,356

"诗史"说 12,13,17,31—34,81

诗学思想 337

时调 279,280,283

抒情基调 99,290,292—294,307

抒情节奏 91,92,98,99,112,138,152—157,162,313,314,316,317

**T**

体调变化 166

天分 1,21—24,26—31,224

推进方式 154,155,157

**X**

新题乐府 81,100—104,109—111,113,115,117,118,120—122,129,134,136,137,153,158,230,322,343

兴致 18,19,24,74,174,244,270,292,301,340—342

性情面目 61,62,76,80,299

叙述节奏 82,85,91—93,95,96,98,154,317

学力 1,20—24,26—31,224

**Y**

雅人风致 299,303,304

野老 45,47,61,62,76,78,80,119,203,231,239,302

一祖三宗 10,15

移情于景 185

以禅喻诗 18,20,25,26

意趣 154,190,191,276,290,294,303,305,306,333

咏物笔法 172

**Z**

争议焦点 3

正中有变 39,235

中长篇五古 83—85

# 后　记

　　杜甫是我最敬仰的伟大诗人。每读一遍杜集，就觉得朝他走近了一步。但以前只是零星地发表过一些讨论他的君臣观、新题乐府、孤独感的文章，未能深入钻研。大约六七年前，北京大学出版社编辑艾英女士为《名师大讲堂》丛书向我约稿。因先前曾为上海古籍出版社写过一本小书《杜甫诗选评》，就打算在此基础上写一本介绍杜诗的普及性著作。将要动笔的时候，觉得既然花了时间，还是应该多下一点研究杜诗的功夫。又因为此前刚完成了一部《先秦汉魏六朝诗歌体式研究》的论文集，思考杜诗总会不由自主地和他在诗歌体式上的创新联系起来。在重新研读杜诗的过程中，也注意到杜甫其实在诗歌辨体方面有明确的意识，他的表现艺术和诗歌分体密切相关，但目前的研究往往不能说清楚二者之间的联系。宋元明清的诗论，虽然都能根据诗歌分体讨论杜诗，但是对诗体的"正""变"各有定见，由此产生不少争论。相当多的论者对杜甫各体诗歌开拓创新的意义还缺乏足够的理解。于是我决心由此入手，重新考虑全书的写作。基本构想是从前人的争议中提炼出若干最重要的热点和焦点问题，希望联系杜诗的创作实践，通过公正平允地辨析这些争议，认真探讨杜诗的表现艺术与辨体的关系及其中的原理，以求对杜诗的重大贡献获得更深透的认识。为此先后写了八篇关于杜诗体式研究的论文，对他的五古、长篇七古、短篇五七古、五律、七律、五排、五绝、七绝这几类体式做了一番系统性的研究,觉得有了一些自己的体会,才敢撰写此书。当然,原先写普及性著作的计划也就此取消,最后还是写成了一本研究性专著。

全书虽是在多篇系列论文的基础上写成,但因为书的篇幅比较自由,可以展开从容舒展的论证,多收一些论文中容纳不下的诗例,加上也要适当考虑可读性,所以关于杜甫体式创新的详细论证,我主要是放在论文里。此书只是按照杜甫处理五七言古诗、律诗、绝句等各种体裁的不同方式,安排章节结构。至于论文中的主要观点,则择要摘取,而将重心放在对杜甫各体诗歌艺术的研究上。如果在体式研究的视野中,能进一步贴近杜甫的创作用心,或许也可以对自己有所交代了。但是,"文章千古事,得失寸心知",倘若"诗圣"在天有灵,会不会哂笑我的自作聪明呢?

此书最终未能进入原计划的书系,有负编辑艾英女士的初衷,承蒙她抬爱,拟收入北大出版社的"博雅撷英"系列,但不久被北大人文学部主任申丹教授发现,又纳入"北大人文学科文库"。虽几经周折,艾英女士却不嫌麻烦,克服工作中的种种不便,坚持担任责编直到出版。其审稿及校对之细致,也令我深受感动。此书又承赵敏俐教授和左东岭教授大力推荐,获得2017年北京市出版基金的资助,在此一并致谢。